# 隐手开牌

于 卓 著

开明出版社

**图书在版编目（CIP）数据**

隐手开牌 / 于卓著 . –– 北京：开明出版社，2019.3

ISBN 978-7-5131-4642-5

Ⅰ . ①隐… Ⅱ . ①于… Ⅲ . ①中篇小说—小说集—中国—当代 Ⅳ . ① I247.5

中国版本图书馆 CIP 数据核字 (2018) 第 120026 号

责任编辑：卓玥

隐手开牌

著　　者：于卓

出　　版：开明出版社

　　　　　（北京海淀区西三环北路 25 号　邮编 100089）

印　　刷：北京市玖仁伟业印刷有限公司

开　　本：880×1230　1/32

印　　张：13.125

字　　数：280 千字

版　　次：2019 年 3 月第 1 版

印　　次：2019 年 3 月第 1 次印刷

定　　价：48.00 元

印刷、装订质量问题，出版社负责调换。联系电话：(010) 88817647

# 目　录

# 七千万

　　晚饭后只要家里不来人，能源局局长贝先林看完《新闻联播》，总要独自出去散一会儿步。今晚他看完《新闻联播》后却是没有出门，一声不吭钻进了书房，坐在真皮转椅上抽烟。他心里合计着，等一会儿何星来了，自己拿什么口气跟他谈话妥当。如今贝先林越来越感觉到，想抓到全须全尾的何星，可不像前几年那么容易了。前几年何星当多种经营处处长时，贝先林只要在局机关大楼里咳嗽一声，何星准能什么地方冒出来。眼下何星摇身一变，成了金牛实业股份有限公司总经理，左手攥着四家公司三家工厂，右手提着两个酒店一个宾馆，在离局机关大楼老远的地方盖了自己的办公楼，面对面跟贝先林请示汇报的时候少了。有时贝先林找他有事，顺当了一下能找到，不顺当时就得七拐八绕。今天下午一上班，贝先林找不到何星，打他手机，就听一个小姐说这个用户不在服务区，不得不把电话留到何星的公关部。快下班的时候，何星才冒出来，说去了天津，问贝局长找他什么事。贝先林心里别扭，沉吟了半天说，股票的事，晚饭后你过来一趟。

八点钟过一点，何星来了。贝先林的妻子把何星送到书房门口，过了几句家常话就转身走了。贝先林点着烟说，最近股民的牢骚不少，不知你怎么看这个事？何星坦然一笑，贝局长，您放心，这里头没麻烦，股民们是在瞎嚷嚷。贝先林弹弹烟灰道，我还听说，市里那些人也在犯嘀咕。何星避开贝先林的目光，端起茶杯托着。金牛股票，是在两年前发行的，分企业法人股和职工内部股两种，每股面值一元，发行溢价为一元二角，法人股抛出去两个多亿，职工内部股敛回一个亿，能源局十几万职工或多或少都买了金牛股票。攥着三个多亿的股金，何星当时气派蛮大，张口就许愿，头年每股按一毛五到两毛分红。等到了兑现的日子却是没能兑现，分红利改成了送股，每十股送两股，慌得一些股民心里没着没落，眼巴巴盼着明年能分到红利。到了今年该分红利的时候，股民又是空欢喜一场，打发人的说法换成了暂不分红利，滚存利润，结果理事会和股东大会开得腻腻歪歪，意见码了一桌子。身为金牛董事长的贝先林，到这时才觉得自己平日里对何星这一块太马虎了，大家呛呛的一些问题，并不像何星平时跟自己说得那么不疼不痒，甚至有些事，他连听都没听说过，被动得说话直气短，在会上就没给何星好脸色。而何星倒能沉住气，要他解释的事情，经他舌头三拨两挑，光亮就闪现出来了，他说大家一时半会儿见不到红利，那是因为有些长期项目一年半载不好见回报，这就好比母鸡生蛋，得有个过程，心急吃不上热豆腐嘛。跟下来，何星的话就又有诱惑性了，说金牛股票正在争取上市，一旦上市炒起来，诸位就静等着发大财吧……

何星瞥一眼沉默不语的贝先林说，贝局长，市里刮了什么风？我可是什么都没听到啊。贝先林说，那边的人你可是万万得罪不起。何星跟上话，是，是。贝先林不再提股票的事了，何星掏出三五烟，猛一转话题说，贝局长，有件事想听听您的指示。何星打算近日飞日本，跟一家电讯株式会社洽谈合作意向。贝先林听完没马上表态，过了半天才说，刚开完股东大会没几天，股东们的情绪还不稳定，你此时飞来飞去会叫人说东道西。贝先林早有耳闻，说何星拿股民的血汗钱逛美国游德国转香港，一夜间造掉十几万不当回事。何星脸上没有不满情绪，舔了一下嘴唇说，对对对，还是贝局长考虑问题细致。贝先林说，缓日子去，不耽误生意吧？何星说，我再跟日本人商量商量。贝先林点点头，打个哈欠问，还自己开车呀？小心哪天开到沟里，你的大奔驰可不比我这奥迪，刮了碰了不好配件！何星讪笑，不接话茬。

股票风刮着刮着就刮过劲了，职工们的情绪渐渐归位，贝先林悬着的心总算是落了下来。谁知就在这个节骨眼上，又来了比股票更要命的麻烦，平阳市政府下来文件，要能源局一次性交纳城市建设附加费七千万，限期十天内。贝先林刚松口气，现在又把心提到了嗓子眼上。贝先林不会不明白，这七千万对能源局来说不是个小数目，平阳市的胃口越来越大了。当初能源局来平阳创业时，平阳还是个不起眼的小村子，如今人家成了市，就处处找事由挤你的油水。贝先林想起大前年修环城路的事，当时市里开口要能源局出三千万，贝先林就想修环城路不关能源局的事，能源局去凑哪门子热闹，于是就吭吭哧哧拖着，捂着腰包死活不往外掏钱。市里等米下锅，一来二去关系就闹僵了，官司一家伙打到国务院，省里和部里的友情自此提不到桌面上了。在国务院看来，闹翻了脸的省部两家，横竖说都是手心手背，还能偏向谁不偏向谁？便指示部省两家，不兴急皮酸脸，不许下绊子，鱼水关系鱼水情嘛，坐下来好好商量解决。部里见贝先林把事儿搞成了这样，就不再给他打气撑腰了。先前在三千万上头不低腰不弯的贝先林，这时也就灰溜溜的了，一口气没锁住，哆哆嗦嗦批出去三千万。事后，部里的某位领导气哼哼说，这不是败家子吗？这不是败家子是什么？能源局虽说家大业大，国有资产一百个亿都打不住，可是近两年效益上不去，也是罗锅上山——前（钱）紧。更新改造设备要钱，上新项目要钱，现代化办公要钱，发展教育要钱，改善医疗条件要钱，增建民宅要钱，涨工资要钱，离退休职工福利保障要钱，评省优部优国优要钱，提高企业知名度还得要钱，要钱的地方都不敢细琢磨。能源局的日子不景气，其实都写在了职工的脸上。灶底下少火，职工们能痛快吗？怨气撑圆了肚子后，职工们说能源局建局到现在，换了三茬局长，一茬比一茬不会关心老百姓，还编了几句顺口溜来发泄：头茬吃不了，二茬混个饱，三茬眼看讨，能源局早晚砸锅卖铁拉倒！按说瘦死的骆驼比马大，如今能源局的光景不耐瞧，从根上说是吃了三角债的苦头。中央下决心清理三角债那会儿，能源局借东风讨回了一些外债，可至今还有七八亿要不回来，再加上境外的几项大工程算计不好，没赚到美元不说，还大把大把用人民币去填窟窿，家底眼瞅着见薄。

掂掂这七千万够沉的了，又有期限卡着，贝先林跟党委书记关谈云一碰头，七千万就蹦到了局领导班子会上。班子会开了两个多钟头，死气沉沉，拢不正主题。关谈云坐在一片阳光里，不紧不慢地抽烟喝茶，脸上丝毫没有与七千万相关的表情，不接谁的话茬，更不打断哪个的发言，稳当得如一个局外人。从时间上说，关谈云跟班子里的人还没混到彼此不分的程度。两年前他从部里下来，下来前他是部经济开发部副部长，到了平阳后官升至正局级。部领导有心栽培他，说他下基层的路子对头，摔摔打打多积累点工作经验，回头好干大事业。走马上任后，关谈云并没有像一般新官上任那样，风风火火地往外踢头三脚，他只埋头抓党群口的工作，不过问贝先林掌心里的基建、工程、生产和多种经营，也不怎么参与财务和人事上的事，跟班子里的人，还有那几位资深的老总，关系处得都留有余地，上上下下笑脸往来。倒是他的腿脚显得勤快，时常到下面的二级单位现场办公，跟不痛快的处级干部谈心，帮窝窝囊囊的知识分子跑职称住房，替特困职工安排子女就业，邀请动不动就骂骂咧咧的离退休老干部开座谈会嘘寒问暖。另外对贝先林的家事，他也是格外上心。贝先林的妻子是家属工，闹转正闹了几十年，贝先林躲躲闪闪就是不肯出力。一次趁贝先林去加拿大考察，关谈云做主把贝先林的妻子转了正。考虑到光转贝先林妻子一人不合适，将一个劳模的老伴也一并转了。贝先林从国外回来后，心里有点忽悠，可一看妻子那张喜兴脸，也就没说什么，心想转就转了吧，反正是关书记出面办的事，自己到啥时候都能说清楚。可是没想到后来还是出了乱子，两个局级离休干部，伙着一群老工人找贝先林闹老婆转正，贝先林遮遮掩掩说这事关书记能解决，你们去找关书记。闹事的人鼻子不能是鼻子脸不是脸，嚷嚷说找过关书记了。关谈云那会儿对这些人说，贝局长辛辛苦苦也不容易，大家要多理解贝局长，人心都是肉长的嘛！听了学舌，贝先林的火直往脑门上顶，有苦难言。当初他不给妻子使劲，怕的就是出现眼下这种局面，心说老关啊老关，你叫我老婆乐呵了让我吃苦了。那些人见贝先林吞吞吐吐不给痛快话，就联名写状子，派代表进京叫屈，状告贝先林以权谋私肥水不流外人田，事情闹得沸沸扬扬，部领导很不满意。解铃还须系铃人，此事后来给关谈云的巴掌抹平了，关谈云在部里熟门熟路，一番活动后，回来就把局里五十余名家属工统统转正了，职工们一片喝彩。贝先林从这起转正风波中，看到了关谈云左右事情的潜在能力……

现在会开不下去了，贝先林放下不锈钢真空杯，望着关谈云说，关书记，你给综合综合吧。关谈云直起脖子说，大家讲得不错，贝局长你是一家之主，还是你定个调子，这样大家心里就踏实了。大家看看局长和书记，然后附和着书记的话说，贝局长您就定个调子吧……贝先林感觉自己被孤立了，会再开下去也不会有什么名堂，于是说大家要是没别的，就先到这里吧。

下午一上班，基建处卫处长来跟贝先林汇报。贝先林被这七千万城市建设附加费搞得晕头转向，上午开班子会前，他嘱咐卫处长算算细账，把有关数据核对一下，看看七千万叫不叫准。卫处长说，贝局长 从建局到现在，市里把咱们工业建筑和民用建筑总面积算了个八九不离十，抠条款也找不出什么毛病。贝先林手撑着沙发扶手坐下，闭了会儿眼睛，然后一扬手说，老卫，我知道了，你先回去吧。卫处长走后，他点了一支烟，想理一理自己的思绪，他知道班子里的人从今往后都会躲着七千万走道，看自己一个人折腾。唉，给，还是不给呢？他又三心二意了。给了，部里能甘心吗？职工能一言不发吗？不给，不给的后果跑得了停水断电挖沟刨路？如今局里跟市里的关系，远赶不上从前了，从前的好光景都睡在了局志里。七十年代初期，能源局来平阳建造基地，那时的平阳，街没街样，楼没楼形，最高的建筑物怕是火葬场的那个烟囱了。很不起眼的一个小县城，县财政傍着农副业度日，县长县委书记的官位比能源局局长和党委书记低两格，能源局一拉开架式就是正局级单位。那时县头头们到能源局来，不是无偿提供土地，便是廉价支援民工，说话办事都仰着脸，哪敢大声大气。有一年县里建水库，能源局敞亮，刷一下就甩过去二十万，县长感动得直流泪，亲自扛块匾到能源局来答谢。水库建成后，县领导把能源局领导毕恭毕敬请去剪彩，剪了彩县长才说，水库还没起名儿呢，再三让局长赐名。那时的局长叫赵双，赵双一激动说，叫连心咋样？县里大小领导都说连心好，有意义，就立了块大青石，镌刻上连心水库四个大字。在计划经济时期，能源局在地方上办事，那是说一不二，相中了哪块地皮，踩上一脚就是我的了。后来搞改革开放，市场经济叫响了，两家的当家人也换了几茬，局市间的一些事儿也就越办越不明白了。

平阳的地理位置显眼，夹在京津两座大城市之间，各距百十公里。在能源局来安家落户前，平阳民间就有了这样的顺口溜：上有天堂，下有苏杭，进不了京津，落户平阳。大概是在八十年代中期，平阳人会精打细算了，经济意识也有了，再跟能源局打交道，甭管公事私事，都能开出个价码，紧把着土地脱贫致富，经济眼见腾飞。似乎是在能源局打盹的工夫，平阳由县升至为地级市，县长和县委书记猛地往起一蹿，就甩掉了头上县团级的旧帽子，跟能源局局长和党委书记平肩齐头了。能源局领导和职工财大气粗的优越感，自此画上了句号。市里不再把能源局当大爷供着了，即便是抽冷子喊一声大爷，能源局也不敢随便吭声，吭声了能不给压岁钱？给少了能行？贝先林憋气，心想如今跟市里软硬都不是，硬了头破血流，软了当孙子，甚至有时连孙子都当不成。去年年底，为征一块地皮盖老干部活动中心，他给市长和市委书记分别送去一台电脑，这两台电脑是半月前日本一家公司总裁来局里洽谈合作意向后送给贝先林和关谈云的，合下来两台电脑也值个几万块钱。谁知道三天后，《平阳日报》头版头条位置发了一则消息，内容是为增强市局间文化交流、促进科教事业迅速发展，日前市委市政府向能源局电教中心赠送两台电脑，价值人民币近六万元。贝先林那天气得一摔报纸，心想这不是叫人家涮着玩嘛……

秘书送来一份打印讲话稿，贝先林明天下午要在局质检工作总结大会上讲话。秘书走后，他踱步到窗前，窗外阳光融融，树木绿得鲜亮。贝先林想，七千万搁在自己肩上够受，得想办法把关书记也拉进来使劲才行。于是贝先林就有了初步的打算，兵分两路出击，让关书记去部里下下毛毛雨，找条后路留在脚边，自己则奔省城，找前任市长汤涛说句话，压压七千万。汤涛现在是省某部的副部长，过去贝先林跟他的关系还可以。那几年，贝先林先后帮他解决了三十多个人的工作，还两次塞给他近千万的基建工程。汤涛离开平阳前对贝先林说，老贝呀，往后省里有什么事，尽管找我，我这个人你还不知道，你敬我一尺，我还你一丈。想到这儿，贝先林便来到关谈云办公室。贝先林掏出烟，磕出一根递给关谈云。闲聊了一阵子，贝先林才把话题切到七千万上。关书记，七千万现在可是压得咱们喘不过气来。如果这事处理不当，今后咱俩怕是都没好日子过了。关谈云点点头说，老贝，你有啥办法尽管说出来。贝先林眯起眼睛，狠吸了一口烟道，关书记，你看这样好不好，你我同时出击，我到省里活动，你去部里跑跑。关谈云想了想说，这样也好，死马当活马医吧。贝先林吐口烟，岔开话题，关书记，你可有日子没回北京喽，也该回家看看了。关谈云一笑道，那你平时就多给我找点往北京跑的差事。贝先林也笑着说，老关，依我看呀，你还是把家搬平阳来算了，一心不可二用哟！这时电话铃响了，关谈云拿起电话，没想到对方是找贝局长。他把话筒递给贝先林，贝先林听了没几句，就急慌慌说，我这就下去。贝先林走后，大连绿岛大酒店总经理邢全柱打来电话，讲下星期四，酒店举办绿岛春潮时装表演，请关书记过去散散心，关谈云说走不开，你们好好搞吧。

关谈云跟邢全柱有点关系。邢全柱的小姨子和关谈云的小姨子在一个单位，这是关谈云去年去大连整顿酒店班子时挖出来的关系，邢全柱那次没被拿下来，多少是沾了小姨子的光。邢全柱管理酒店没毛病，就是公款吃喝没节制，大模大样睡外国女人不在乎，另外他猛给手下员工发钱，也招惹了局内一些人眼热。总之，那次关谈云若不是想放过邢全柱，邢全柱也就没地方狂了。所以邢全柱忘不了关谈云的关照。那次冲关谈云没收拾邢全柱，贝先林事后老大不满意，曾在班子民主生活会上露过不满情绪。当时关谈云的解释有二：一是酒店经济效益不错，突然拿下邢全柱，一时没人能顶上去；二是邢全柱的事应以批评教育为主，召他回基地，无疑是给基地增添不稳定因素。其实，大家心里明镜闪闪，贝先林绕弯子支使关谈云去大连，真正的用意是想借刀杀人。假如邢全柱老老实实听贝先林摆布，贝先林也就不会忽悠关谈云去大连整顿领导班子了。贝先林的这次失手，倒是给了关谈云一次争取人心的机会。

关谈云每天在局机关食堂吃处级标准的工作餐，两菜一汤。按理他应该吃局级标准的小炒，冲这一点食堂的人都说关书记廉洁，不像是局级领导。降格吃饭这个事，局宣传部部长认为有内涵，想写写，关谈云没同意。步下食堂门口的台阶，关谈云看天色不好，像要下雨，就匆匆忙忙往回赶。他住在四家属区的一套母子间里，两小室，没客厅，厨房和卫生间的面积也都不大。四家属区离局机关办公楼不远，走路六七分钟的事。关谈云到家不久，安装公司经理王海就来了。王海在官场上随关谈云的步子，但平时跟得不显山不露水。王海能从生活公司副书记的位置跳到安装公司经理这个宝座，关谈云是出了力的。那时关谈云刚来平阳半年，赶上二级单位领导班子调整，贝局长和一个资深的副局长都想在安装公司经理这个位置上安排自己的人，事情咯叽咯叽的就闹僵了，搞得安装公司一片混乱。这时关谈云就站了出来，保举王海当经理。没人听说关谈云跟王海有什么特殊关系或是复杂背景，于是王海就捡了个便宜，他对关书记自然十分感激。王海到任后，在家里摆了一桌海鲜宴请关谈云。那天关谈云进了王海家，没想到屋子里坐着市委书记赵萍珍。

寒暄时关谈云才知道，赵书记是王海的表姑。关谈云就指王海的鼻子说，好哇，你还有这样的埋伏。他想，要是局里人知道了王海跟赵书记这层亲戚关系，自己不被别人戳后脑勺才怪哩。赵萍珍说，这孩子最大的优点就是嘴紧，心眼实在，日后他要是有什么不合适的地方，关书记您别客气，只管批评他。关谈云说，哪里哪里，我也就这么两下子。赵萍珍开玩笑说，两下子还不够用呀关书记，我可是只有那么一下子。过去关谈云跟赵萍珍接触过几次，知道她的一些经历。赵萍珍今年五十来岁，高中文化，是个土生土长的平阳人。她是从基层一步一步走上来的，工作能力虽说比不上市长王庆河，可她在平阳有群众基础，工作干得既不冒火也不拉后，在官场上一直平平稳稳。酒喝到酣处，关谈云对赵萍珍说，我初来乍到，水土不服，以后少不了会麻烦赵书记。赵萍珍客气地笑道，好说，好说。现在是党政分家，平阳的事，市长管一大半，我这书记观念跟不上趟了，给市长打打下手还行。市长年轻，我再干几年就该退出了。王海插话问，姑，党校的大本拿到了吗？赵萍珍看一眼关谈云说，今年吧。关谈云想，她这把年纪的人了还去奔文凭，也不容易啊。关谈云说，赵书记，在平阳，您可称得上是德高望重啊！赵萍珍拿起餐巾纸，摆摆手说，关书记，您可别这么说，有些事，我还得请教王海呢。再说这巴掌大的平阳，也比不过你们能源局，你们要人有人，要钱有钱，日子比市里过得好，今后我的工作，还得仰仗关书记关照呢。关谈云掰开一只螃蟹腿说，赵书记，能为您做点什么，我可是求之不得。来来来，赵书记，我敬您一杯。赵萍珍半推半就说，还让喝？再喝就出洋相了。事后关谈云在自己的权限范围内，倒是没少给赵萍珍方便。去年赵萍珍牵头搞教育下乡扶贫，关谈云让局里资助了五十万。同样，赵萍珍也没少给关谈云开绿灯，局子弟中学超负荷，再建房子没地皮不说，师资也是件头疼的事，后来赵萍珍一句话就接走了三个班的学生；局里打算办一本内部准印的《党风》，拿到省里报批，结果批回来一鼻子灰，关谈云一看玩不转了，只好去找赵萍珍，赵萍珍说那我试试吧，支使个秘书去省里就把关谈云的难事解决了。曾有一阵子，贝先林对关谈云和赵萍珍的合作很不舒服，因为他得到消息说，市政府那头甩脸子了，说贝局长成心晾王市长，有钱哭穷，戳在开发区里的能源贸易公司，不过是一个空壳儿……

王海坐在关谈云家里东拉西扯了半天，话题才引到七千万上。关书记，听说局里开会议了七千万？关谈云笑而不语，手里摆弄着时好时坏的电动剃须刀。王海瞟了关谈云一眼，吞吞吐吐道，关书记，我中午到我姑家去了。关谈云瞅瞅王海，心领神会地说，这一次贝局长的压力不小呀。王海说，明摆着这是市长在冲局长使邪劲。关谈云马上沉脸道，不要在背后瞎嘀咕，贝局长够上火的了。三海连连点头，咧着嘴说，关书记，还是你通情达理。关谈云弄响了剃须刀，笑出了声。王海离去不久，关谈云给贝先林打电话，说他明天上午回北京，看看贝局长还有没有什么要交代。贝先林说，我明后天也动身。关书记，部里就靠你费心了，但愿在七千万上，部里能有什么好办法。关谈云说，我看问题不大。

放下电话，贝先林心里乱乱糟糟，总觉得王庆河在七千万上借风挽扣。因为他隐约记得有关城市建设附加费，早几年国家像是有个什么说法，从哪年哪月起这么执行，从哪年哪月起那么执行，可王庆河是一口气把账算到了七十年代。不过这一层怀疑，他没有跟关谈云挑明。贝先林说去省里找汤涛帮助不假，另外就是他打算请请有关部门，套套近乎，调查一下有关城市建设附加费这个事，国家到底有没有红头文件，省里有没有一个统一的说法，这样也好知道王庆河在七千万上打了多少埋伏。一细想王庆河，贝先林眼前就一片模糊，搞不懂为什么回回出事，被动的准是自己。

王庆河今年四十岁出头，有大学文凭，做事擅长抓热点，总结常出新经验，他前面的几任市长，有升有降，上去的都有政绩摆在平阳。王庆河上台后想，农业被抓上了中央电视台，商贸被省里竖了样板，看来自己非得在经济这一块动脑子了。当时大气

候好，全国都在搞开发区，王庆河便不失时机剁出一块农田建造
开发区。开发区从酝酿到四通一平的基础设施完工，王庆河没少
邀请能源局领导去实地考察，变着法子鼓动贝先林往开发区注
血。贝先林心里有谱，他吃透了王庆河不会死守平阳，开发区一
旦红火起来，他的政治资本和工作业绩也就捞到手了，往省里奔
仕途是早一天晚一天的事。所以他认为王庆河不可靠，跟他合作
太冒险，宁可在海南烟台等地投资搞三产，也不在王庆河的一亩
三分地上栽花种草。

　　回到北京的当晚，关谈云拜见了两位老领导，如实汇报了七
千万的事。从部领导的口气里，关谈云猜出部里已经知道了七千
万的事，这年头消息传播得比什么都快，没风也能从这个城市滚
到那个城市。部领导对七千万挺关心，讲平阳小城真是个多事之
地，看看贝局长这次怎么防守吧，他总不会老是没个主心骨吧？
关谈云说，贝局长会有办法，这回他不会一撒手就给市里七千
万。转天中午，关谈云又去了一位老首长的家，汇报了自己近来
的工作情况，老首长很高兴，传经送宝似的说，小关呀，做事抓
住机遇很重要。关谈云谦虚地点头。晚上，他约了几个厅局级老
朋友到春秋阁喝交情酒，喝到很晚才散伙。他累坏了，回家灌了
一大杯凉白开，上床后就打起了呼噜。小他六岁的妻子一肚子怨
气，恨恨地蹬了他几脚，他一点反应也没有，妻子嘟囔道，一回
来就疲软，疲软你回来干什么？晨起，他意识到了什么，就推醒
妻子献爱心。妻子睡眼惺忪地说，你还要我呀？他不开口，用行

动表示。两个人都忙出了一身汗，都恨不能再睡个回笼觉。吃过早饭，夫妻俩愉快地分了手。中午我可不回来了，关谈云说。晚上你回来吃。妻子道，我给你做西班牙煎土豆。

奥迪刚接近平阳城郊，就遇上了大雨，贝先林听着雨声，回想此行省城的一遍忙碌，一点乐观的感觉都找不到。省里有关部门，热情是热情，只是不办实事，像是王庆河事先给那些人烧过高香。至于汤涛，如今可是个大忙人了，贝先林没想到见他那么费劲。他送给汤涛一身价钱不菲的名牌西装。那会儿，汤涛接过西装后说了句什么，就随随便便把西装放到了沙发上。贝先林感到这个在省里的汤涛已经不是在平阳的那个汤涛了，自己来之前对他的自信看来是过时了。于是意识到汤涛现在时间宝贵，就没好意思磨蹭，含蓄地道出了来意。他说话时，汤涛打断了一次，老贝啊，你这么拘泥，叫我多下不来台，好像咱俩没交情似的。他知道汤涛这番话里有水分，可心里还莫明其妙地一热。等到他说完后，汤涛真真假假地说，嗬，这个王庆河，帮你们能源局减肥了！贝先林尴尬地笑笑。汤涛说，好吧老贝，你别吃不下睡不着，下来我找王庆河试试，不过说成什么样，我这会儿可不敢跟你打保票。他满口感谢，汤部长，等啥时候再去平阳，我一定好好谢谢你。汤涛说，怎么着老贝，你还真把我当成多大个官是怎么着？你呀你，可不大像早先那个老贝了。听到这，贝先林心里酸不叽叽，再也坐不住了。正好这时来了一男一女，贝先林忙起身告辞。

　　车子缓缓驶进城区，路灯亮着，灯光里雨雾腾腾。小金，往右拐，贝先林说，挺挺腰，拍了一下小金的肩膀，直接开到关书记家。到了关谈云家单元洞口，贝先林让小金等着，然后打开车门，左手盖在头顶，猫着腰，踮着脚尖扑进门洞。关谈云住在102室，贝先林叩了几下门，里边没反应，他又加力敲了几下，里面还是没动静。没回来，贝先林自言自语，扭身往外走。雨点子扑面而来，浇得他打了个寒噤。回到家，贝先林浑身酸乏，没精神头搭理问东问西的妻子，扒得身上只剩下背心裤衩后，抖着脑袋钻进卫生间……天放亮时，还在睡梦中的贝先林给电话铃声吵醒。他眨眨眼，侧耳听听窗外，没听到雨声。妻子也醒了，冲他说，快接电话呀你。他刚抓起话筒，就听对方说，贝局长，出事了，东平房塌了，小柱两口子给砸死了！贝先林身子一摇晃，本能地下了床，把绕着圈儿的电话线拉直了也没说出话来。小柱是贝先林老家一个远房姑姑的老儿子。去年夏天，远房姑姑也不知从哪儿打听到贝先林做了大官，跟跟跄跄从老家赶来，说小柱两口子在镇里吃不上穿不上，日子过得没油星，到今儿都养不起孩子，怀一个拿掉一个，都快把她儿媳妇的胆拿光了，非逼着贝先林把小柱两口调来做事，干人活牛活不计较，能挣到钱就行。还老泪横流地说，你不应下，俺死活不挪窝，见天给你磕响头！秋后不久，小柱两口子就来到了平阳，小柱进了设计院维修班，小柱媳妇去了储运仓库当保管员。贝先林跟他们的亲戚关系，一直处于保密状态，只有仨俩人知道内情。关系瞒到当年年底，他们的亲戚关系还是露了馅儿，小柱媳妇为分冻鸡跟班长吵了架，吃了亏，一委屈就搬出了贝局长。起初人们不信，当这土里土气的女人在胡说八道，等到后来就不得不信了，议论怪不得她们能住进东平房，原来后台大老板是贝局长呀！东平房有年头了，早已过了服役期，破破烂烂定了危房，许出不许进，已腾空大半，等都腾空了以后盖楼房。现在可好，仅仅一个上午，死人的事就在基地传得打滚，职工说什么的都有，本来就被七千万压得直不起腰的贝先林，这下更是架在火上的一块肉了。

关谈云下了车，进了机关大楼。刚才在回来的路上，消息灵通的司机把东平房砸死人的事告诉了他。他径直来到贝先林办公室，贝先林不在，问过秘书科的人，说是贝局长可能去了生产处。关谈云回到自己办公室，收拾桌面时，无意中被《平阳日报》上的一条消息吸住了目光。消息内容是市委书记赵萍珍亲率一干人马，到北岭抗旱保春耕。看完消息全文，关谈云又看看报上的日期，心说，旱不成了，这雨不是下来了嘛。

四点钟左右，贝先林进了关谈云办公室，关谈云降音压调地说了一些安慰话，并问后事棘手不，有麻烦的话他出面去办。贝先林这时心里就一阵晃荡。想起了妻子转正的事，心有余悸地说，关书记，你就不用操心了，有侯处长他们呢。接下来，彼此交换了活动情况，贝先林紧蹙眉头，一脸灰色。关谈云说，等等看吧，汤部长也许是那种嘻嘻哈哈办真事，认认真真办假事的人。起码部领导还是很理解咱们眼下的困境。老贝，你看要不要找时间跟市领导一起坐坐？有时候正面接触一下，比迂回包抄要好。贝先林恼火地说，都跑了，姓王的到省里开会去了，姓赵的下了乡，这分明是在躲咱们！望着失态的贝先林，关谈云忽地生出了怜悯之情，感觉到了眼前这个人的无奈和焦头烂额。

　　黑沉沉的夜空里，荡着潮湿的风。何星进了贝先林家门，一头扎进厨房，把两只大甲鱼扔到水池里，搓搓手来到客厅。他屁股刚落到沙发上，就打探起小柱两口子的丧事。在来路上，何星想贝局长此时让自己到家里来，八成是为了解决小柱两口子的事。何星说，贝局长，怎么这么倒霉？不过您甭为难，所有款项什么的我何星全都包了。贝先林坐在那儿没动身子，只是有气无力地摆摆手，随后说，今天找你来，不是为这事。何星脑子一转，蓦然想起前几天贝先林交代给他的特殊任务，谨慎道，贝局长，我到几个副市长和秘书长家转过了，他们都说这次事来得冲，插不上手。贝局长，我看这事就得您亲自找王庆河说说，让他手下留情，别一刀切了，好歹得给您个面吧？实在不行，七千万咱先给狗日的四五千万，找个台阶嘛，余下的再从其他渠道给他们补上。贝局长，您可千万别一下子就给王庆河七千万，那样的话，关书记可就有事干了。我听部里一个哥们说，部领导这会儿都盯着你呢，你要是给出七千万……贝先林点着烟，平静地说，你想办法把市头头脑脑的股票都给我收回来，越快越好。何星一愣，咂咂嘴没吱声。当初发行金牛股票，明文规定局外单位和非能源局职工无权购买。然而贝先林惹不起市里的大小官员，在极其保密的情况下，放出去六十万股，市里人购买股票时，大都用了化名或是亲友的名字。眼下贝先林是有病乱投医，他觉得七千万与股票之间急约有点牵扯，因为在七千万下来前两天的下午，王庆河爱人给他打电话，真不真假不假的口气说家里等着用现钱，不知能源局里有没有人要股票。贝先林不待见这个女人，所以那天就没让这个女人乐呵。何星见贝先林脸色阴沉，就硬着头皮问，贝局长，要是往回收的话，什么价位合适呢？贝先林说，你看呢？何星心里说，我看，要我看他妈的半股也不往回收，但脸上却挂着笑，说，贝局长，您下什么料，我做什么菜。贝先林犹豫着说，六十万股，利息算下来也不是仨瓜俩枣的事。何星趁机发牢骚，当初就不该搭理他们。贝先林苦笑道，一动你的钱，你就缩头。何星一脸为难地说，都是股民的血汗钱，我不精耕细作行吗贝局长。贝先林神情复杂，干咳了几声。何星目光虚飘，嗓子眼发紧。贝先林口气生硬地说，你要是年年兑现红利，我还用得着操这分闲心？何星自知刚才把话说冲了，赔着笑脸说，贝局长，我这也是为你着急，我何星没别的想法。贝先林的两根指头在沙发扶手上轻轻点击，何星心里七上八下。贝先林盯着何星，何星只好说，贝局长，您看按每股翻一番收，行不？贝先林大脑里闪出了一组数字。何星感觉到了贝先林心里舍不得，便见缝插针说，贝局长，我倒有个办法，不知行不行？贝先林双眼一亮，侧过头来说，你还有工夫卖关子？何星身子往起一拨，解开西服扣子说，收他们股票，不如给他们分点红利，按每股两毛钱分，这个价拿到哪儿都说得过去。贝先林听出来了，何星说来绕去，还是在考虑他自己的得失，就说，万一走漏风声，股民们不造你的反？到那时，我看你这个总经理还当得成当不成？贝局长的话，让何星心里忽忽悠悠。贝先林直视着何星，何星道，贝局长，我现在回过味了，还是您的主意比我那办法高明，每股翻一番退，说到家不过是损失一百四十多万嘛，多大点事呢，我这就去办。贝先林抬起头说，此事要慎重再慎重。何星说，贝局长，我明白。贝先林说，眼下王市长和赵书记都不在平阳。何星再三表示没问题。之后贝先林有一搭无一搭地问了健身器材厂和装饰材料厂的近况，这两个厂都是合资厂，都办得要死不活。何星轻描淡写应付了几句，再之后贝先林又问了问股票和房地产生意，话虽简短却是捅到了何星的疼处。何星在局外投了巨额资金炒股票和房地产，刚一上手时还行，可是没过多久，气候变了，国家开始宏观经济调控和紧缩银根，何星躲闪不及，一头栽进了烂泥塘里，赔得愣惨，不然他远不是今天这个样子。贝先林点到为止问问这些，意在拿愁事给何星提个醒儿。

小柱母亲和岳母同天到达平阳，被安排进了局招待所。贝先林赶到招待所，正碰上两位白发苍苍的老人抱在一起啜泣呢。此情此景，让贝先林心酸不已。贝先林用目光把侯处长等人请出房间，保卫处那两个穿公安制服的人面面相觑，不知是走好还是留下好。这两个人是贝先林让保卫处安排的，穿上制服也是他叮咛的。虽说是亲戚间的事，可贝先林还是留了一手，怕到时万一抓瞎。他晓得乡下人眼生，怕穿制服的人。两个穿制服的人也出去了。

贝先林抢一步，双手攥住姑姑的右手，喉头那儿滚动了一下，眉毛往一起揪着，一句话也说不出来。老人浑身战栗，瘪陷的腮帮子一劲儿疼痉，嘴里虽说嘟嘟噜噜的，却是成不了一句囫囵话。贝先林紧抿嘴唇，低下头，悲腔哀调地说，姑姑，我不好，我对不起您老人家。姑姑一劲儿摇头，抬起泪水淹着的老脸，颤音道，姑姑睩不抓字，短文化，可姑姑心里不少理，老天爷收人，不怪谁……贝先林再也忍不住了，五官一收缩，热泪夺眶而出。见状，姑娃慌了，赶忙劝贝先林，你是官家人，官家人脸面珍贵，不敢随侵糟蹋呀——小柱岳母也上前来，抽抽噎噎地劝贝先林别难过，身子骨要紧。说完，老人踮着脚，拿衣袖给贝先林擦脸，贝先林抗不住了，哇一下哭出了声，他觉得自己自私，窝囊，都不如……是他妈只会在家门口逞能的熊蛋包！

火化了尸体，两位早已哭不出泪水的老人，相挽相扶上了车。因为贝先林有话，侯处长在抚恤金上没敢优惠，规规矩矩照国家和局里有关文件行事，所以说两位送走儿女的老人，从公家那里没拿到多少钱，贝先林从自家存折上摘下两万元，砍半儿伙在了公家的抚恤金里给了两位老人。

王庆河和赵萍珍前脚后回到平阳，贝先林问何星股票的事办妥当没有，何星说都拿下了。贝先林这才往王庆河办公室打电话。一上午打了三遍都没有人接，手机也是关着的。无奈只好问政府办，政府办的秘书说王市长上午在开发区跟外商谈判，贝先林要是有什么急事，他们可以想办法转达。那一刻，贝先林感到自己的舌头短了几厘米，强烈的自尊意识让他面红耳赤，无地自容。他怪自己太愚蠢了，现在找王庆河是雾里寻花不说，收他们股票这一做法也显得太幼稚。

贝先林迈着沉重的步子来到关谈云办公室，关谈云正在低头写什么呢。贝先林情绪低落地说，老关，看来只能委屈你到市里活动活动了，我这张脸在那边已经成了假冒伪劣产品，他们不买账。关谈云递来一支烟说，嗯，我也正合计着去市里跑跑呢。贝先林斜视着关谈云，心里打翻了五味瓶，心说老关呀，你也太沉得住气了，火都烧到房顶了你还不愁水源，你难道真要看我笑话？那你索性就冲我说老贝算了，反正都是公家的钱，给他们七千万就给他们七千万，那样我也就豁出去了。可是，可是你偏偏不这么开口，偏偏让我觉得你还有办法，还有没使出来的绝招……

贝先林正想把心里的话倒出来，关谈云突然想起一件事，哦对了，老贝，刚才部里来电话说，政研司冯司长，明天上午到咱这里检查工作。贝先林吸口烟，点了一下头，那神情说明他并没有把冯司长的即将到来放在心上。

屋子里只剩下关谈云一个人了，他坐在靠背椅上闭目养神，直到医院的周书记来他才睁开眼睛。周书记来没什么大事，专门来送足部按摩仪使用说明书，昨晚周书记光把按摩仪搬到了关书记家，说明书忘带了。周书记没多待，抽了关书记一根烟就走了，这时就快到了下班时间。下班回家后，关谈云想上床打个盹，刚掀开床罩，王海来了，王海说他上午见到了赵萍珍。

那会儿赵萍珍对王海说，听说你们金牛股票没前景了，你手里存了多少？快想办法转让出去吧，我们市里一些人的股票都转让出去了。王海有点犯蒙，心说不对呀，市里人哪来的金牛股票呢？就问了赵萍珍，赵萍珍就带着几分神秘感说，贝局长就不兴有几个关系户？我以为你什么都知道呢，既然这样，这件事就哪儿说哪儿了，别出去乱嚷嚷，否则对贝局长不利。王海扫了赵萍珍一眼，似有所悟，连连点头称是。王海想表姑真行，她肯定没少买金牛股票。出了市委大楼，王海站在一片树荫里，反复回味赵萍珍刚才说过的那番话，渐渐就品出了主题。现在王海坐在关谈云家里，把市里退股票的事锯锯剪剪，拣出合适部分汇报给关谈云。关谈云尽管吃惊，可脸上没流露出什么，他说，股票上要是再出点事，贝局长可就更麻烦了。

太阳升起来，窗上一片明亮。贝先林眺望窗外，心里乱成了一团麻。时至今日，部领导还没哪个问过七千万的事，这叫他心里飘飘忽忽的没底。有几次，他主动拨通了某位部领导办公室电话，或是家里的电话，也听到了领导或是领导夫人和子女的喂喂声，可是那一刻他的嘴仿佛离开他的身子出差去了，脸上没有发声的器官了，赶忙断掉电话，站在那儿发傻。

有电话打进来，贝先林皱着眉头拎起话筒。贝局长，股票的事漏风了，今早好些人给我打电话。贝先林脸色倏变，问何星在哪里打电话，何星说在车上用手机打的。贝先林磨着牙，腮上的肌肉紧着，半天才急赤白脸地说，怎么搞的？何星也有些恼怒，鬼知道哪儿破口子了！贝先林着急地说，你马上到我办公室来。

何星说，贝局长，不行呀，我已经出了城，就快上高速路了，我得马上赶到北京，一千瓦这个老杂种卷资金要散伙，我今天要是抓不到他就完了贝局长。一千瓦是装饰厂的外方厂长，一个胖乎乎的香港人，一千瓦的绰号是工人们冲他那个秃头起的。贝局长，你想想办法吧，我尽快赶回来。我……没电了……贝局长……贝先林听着话筒里的嘟嘟声，久久没有放下电话，脸色铁青。他预感到要出大乱子了，心里怦怦直跳。在这火烧眉毛的当口，他下意识地想到了关谈云，于是拔腿出了办公室。关谈云正在跟局政研室刘主任交代工作，贝先林进屋后摆摆手，示意他们先忙工作。刘主任说，那我去准备了关书记。关谈云嗯了一声。刘主任出屋时，冲贝先林笑笑，叫了一声贝局长。贝先林神不守舍，就忘了跟刘主任打声招呼，刘主任挺计较，走到门口时回头瞪了贝先林一眼。刘主任的这个小动作，被关谈云眼角余光捡到了心里。事到如今，纸里包不住火，贝先林只好把卖收股票的前前后后和盘托出。关谈云一声不吭。贝先林气短地说，关书记，你说说，我辛辛苦苦干下来，怎么就里外不落好呢？关谈云见怪不怪地说，也许不会有什么事，你别往心里去，况且你这也是为了局里的利益。贝先林一脸委屈，说市里面……关谈云打断他的话，我活动了，看样子是无缝插针呀老贝，现在咱们跟市领导意思意思，也不知管不管用。贝先林扬起脸，两眼里有了一线希望，说，老关，我看这样吧，我签字批条，你去市里打点打点。关谈云说，我反复想过，我出面也不大合适，目标太显眼，稍一失手咱们就没有回旋余地了。老贝，我看让何星去跑跑，他生意场官场两精通，比咱俩会摆弄事。贝先林叹息道，他躲到北京去了。关谈云正欲开口，贝先林裤兜里的手机振动起来，贝先林犹豫了一下，还是掏出手机。接通后听出对方是王庆河，贝先林的耳根子就有点发紧。王庆河歉意地说，贝局长，听说你找了我好几次？真不好意思，这阵子开发区里的事把我钉住了。贝先林下意识睃了一眼关谈云，关谈云忙拿起一本《求是》杂志翻看。贝先林转过身子说，啊，都忙都忙，这样吧，我这就回办公室给你打过去，手机电不足了。

贝先林收起手机，跟关谈云打了声招呼便匆匆忙忙出去了。关谈云搓把脸，瞟一眼门口。他从贝先林刚刚说话的语气里，咂摸出了一些味道，猜出了那个打电话的人是谁。稍后，他望着桌上的电话，慢慢提起听筒，轻轻点击出一组熟得像是长在肉里的号码。占线，切断，拿起桌角上一支烟，点着了，摁一下重拨键，那个号码还是占线。关谈云微微一笑，放下听筒，有滋有味地抽了一口烟。

十点多钟，部里冯司长等人拥进二楼贵宾室。茶几上早摆好了西瓜、草莓、香蕉等水果，还有烟茶和口香糖。关谈云忙前顾后，连冯司长的两个年轻随行也紧着招呼。两个年轻随行与关谈云早就认识，在部里时就把关谈云当上级领导看待，今天被关谈云这么一伺候，都觉得不好意思，抢着说关书记您还跟我们客气啥，我们自己来。冯司长坐下后，从包里拿出保温杯说，关书记，这次下来，我可没带什么中心思想，就是随便转转。关谈云在部里时，跟冯司长的关系不远也不近，火候拿捏得很适度。冯司长这人不乏智谋，善于研究政策，领悟各种文件精神的功夫非一般能比。前些天关谈云去部里说七千万时，得到内部消息，说是冯司长近日有可能到组织部去当部长。关谈云坐在冯司长对面，腾出冯司长身边的位置让刘主任坐，刘主任受宠若惊，手脚都不知道该往哪儿放了。

关谈云正正身子说，冯司长，您一年里得有大半年时间在基层调研工作吧？太辛苦了。刘主任随后帮腔道，冯司长辛苦，辛苦。冯司长应酬了几句，摸着后脑勺说，关书记，怎么没见贝局长？他出门了吗？关谈云道，冯司长，贝局长知道您上午到。

中午摆了两桌给冯司长接风，贝先林也参加了。下午一上班，刘主任代表能源局给冯司长汇报工作，关谈云主持会场。关谈云担心冯司长的身子吃不住劲，四点半钟就收了摊子。喝茶放松时，关谈云问冯司长晚上想吃点什么，冯司长困惑地说，天天吃，都不会吃了。刘主任笑道，冯司长您真幽默。小小平阳城，能吃出新鲜味的地方实在不好找。关谈云想着想着，就想起了五里营，笑呵呵说，冯司长，晚上咱换换口味，去五里营吃吃砂锅您看如何？这五里营的砂锅可是远近闻名。冯司长饶有兴趣地问，五里营是个什么地方？关谈云道，在城外乡下。冯司长脸上绽开笑容说，好好好，到乡下转转蛮开心嘛，呼吸几口新鲜空气。刘主任表情吃紧，替关谈云捏把汗，他不明白关书记干吗要把冯司长领到乡下去，那里档次低，乡土味太浓，万一冯司长吃不顺口，岂不是费力不讨好？其实关谈云也没去过五里营，他是听一个副局长跟人闲聊时，得知五里营的砂锅味道如何纯正，经济实惠，市里的小车总往那儿跑。

当两辆小车一前一后开进五里营时，冯司长和关谈云都吃惊不小，村子里不见土路，一幢幢小楼簇新气派，空中飘着若有若无的膻腥味，随处可见砂锅居、砂锅坊、砂锅城、砂锅王、砂锅全、砂锅仙、砂锅总汇，以及老砂锅、祖传砂锅、张记砂锅、马家砂锅、王大头砂锅等牌匾，有些店门不涂不漆，老旧的木色看上去勾人思绪回流。倒是宝来、捷达、桑塔纳、切诺基、红旗、奥迪和皇冠、福特、本田、丰田、奔驰、子弹头等车尚能证明今夕何年。司机很内行地说，这里天天如此，来晚了就得等着。冯司长一听这话，忙问司机，咱们来的是不是时候？司机说，有七八成的把握。关谈云瞥眼车窗外，发现了几辆北京和天津的小车，心说五里营可够热闹的了。车停稳后，刘主任打开车门先下了车，然后给领导开车门。司机最后一个下了车，指着咫尺外的老五家说，满五里营，老五家的砂锅算是正宗了，祖传三辈的绝活。冯司长抽抽鼻子，目光四游，瞧哪儿都有景。一条小黄狗扭搭扭搭跑过来，冯司长笑着逗狗，开心得不行。刘主任凑上前说，冯司长，五里营是个地地道道的回民村。关谈云甩一眼刘主任说，刘主任平时没少来吧？刘主任似笑非笑道，也不常来。关谈云说，好哇刘主任，每次来也不喊上我！刘主任嘿嘿一笑。司机推门进了老五家，与迎上来的小伙计过话，看上去彼此很熟了。八张桌子上都有了人，冯司长脸上就有些着急。关谈云低声问司机有没有雅间，司机说设雅间，就没有乡村特色了，五里营带雅间的店都不是正宗店。关谈云点点头，飞眼窗边那张桌子，桌上有两个人，一个戴眼镜的中年男人和一个驼背老者，正在细吃。关谈云与中年男人的目光搭上，稍一愣怔，中年男人忙将右手食指竖在嘴唇上，拿眼睛说话，关谈云心领神会，猛一回头，见刘主任与司机正欲启齿，也忙学着中年男人将一指竖在鼻子下，轻轻摇头。中年男人起身过来，握住关谈云双手紧悠，似久别重逢，与此同时用眼睛跟还在犯迷糊的刘主任和司机打招呼。关谈云小声问，你搞什么鬼？王庆河也压低了声音说，我这是悄悄地进村。关谈云一笑，心想怪不得戴副镜子，怕人认呀。王庆河看出关谈云心有疑问，指指镜子说，平光的。关谈云忙把冯司长介绍给王庆河，然后跟冯司长耳语，此人就是平阳市长王庆河，今天下来微服私访。冯司长再次跟王庆河握手，脸上的笑直飞。这工夫，关谈云又跟自己人通报了情况，大家脸上都流露出异样的开心。王庆河道，相识是缘，相交是份，来来来，也没闲桌了，就并到我这桌上吧。碍着秘密，大家这时就免去推辞，择位落座。王庆河讲他身边的老人是他父亲，七十有一，又聋又哑，倒是身子骨还算硬朗，平时他只要不外出，每月至少领老人来这里两到三次，老人家就得意这口。大家没起立与老人握手，都用眼睛问候老人，老人频频点头，笑得很幸福。跑堂的小伙计站到王庆河身边听吆喝，王庆河摘下平光镜，揉着鼻梁道，人多，正好上一套八仙回人间。刘主任隔着关谈云向冯司长解释，所谓八仙回人间，就是八个品种的砂锅一样上一个，人多了吃热闹。冯司长噢噢直点头。王庆河问客人喝什么，冯司长兴致正好，忘了征求大家意见，张口说，我看路上到处是老家烧锅的广告，就喝老家烧锅吧。大家就说老家烧锅好，本地酒，货真，配砂锅绝了。冯司长搓着手说，哎呀，想不到平阳还有这么好的地方。关谈云笑道，平阳宝地，自古人杰地灵。工夫不大，八仙回人间陆续摆上桌面，热气腾腾，香味扑鼻。观砂锅，并不精美，炭灰色，肚鼓，底部和锅口稍窄，颇似煎中药的药罐子，古香古色，市面上并不多见。小伙计把老家烧锅放下，右手托一个花瓷碗，左手操一把式样古旧的漏眼紫铜勺，分别从八个砂锅内取出一样炖物，置于花瓷碗内，此举显然有讲，只是不点破，留下一句慢用，托碗而去。大家都看糊涂了，就连刘主任和司机也没了解释。刘主任把空盅一一满上，王庆河说，这八仙回人间，来自一个传说，刚才诸位都瞧见了吧？来来来，大家幸会幸会，干了这盅，我啰唆几句。大家一饮而尽。王庆河开说，过去有两个人打赌，一个说你一顿若能连汤带肉吃掉八大碗，我输你纹银十两。另一个也不含糊，讲我若是吃不下八大碗，输你五两一对。于是寻了证人开赌。吃至八碗时，吃者已是肚圆眼翻，却不认输，舍命不舍财呀！后主眼见要出人命，灵机一动，上前伸漏勺于锅中搅动说，客官得罪，得罪，方才我见锅内有蛆尸漂浮。言罢捞出一小块羊肝让食客看，食客一梗脖子讲，这分明是牛心嘛。店主哦了一声说，那蛆尸，想必已入客官肠胃。食客听了这话，脖子一挺，哇哇大吐，地上污烂一摊。眼看要赢的一方不干了，店主就说，我奉送客官纹银十两如何？翌日，险些丧命那位，给店主送来纹银二十两，致谢再三，后有说法，取君一勺肉，还君命一条。至于说八锅叫成了八仙回人间，成其一套组合砂锅的美名，则是后人演绎之作，意在借仙德，喻人品。至此，王庆河摇头摆手，打住，打住，怎能光听我说呢？来来，大家动筷子。邻桌几人也听得入迷。那边，柜台上一个一直不动声色的小老头，这时提一泥坛过来，激动万分地冲王庆河说，这位同志通史晓今，妙言传说，对民间文化和五里营砂锅知之甚多，倍令老朽钦佩。老朽接送食客万千，还是头回遇上如此学识之人。其实，这位同志是小店常客，老朽眼拙眼拙。把泥坛放到桌上，小老头又说，这坛老酒，乃祖传工艺酿制，已有十五载时光，今个儿送诸位同志一品，略助诸位聚兴。关谈云望着王庆河那张普通的宽脸，心底嗖嗖地冒寒气。

关谈云与王庆河虽无深交，可也有过亲近接触。关谈云刚到平阳不久，他岳父便来看他，也为见见住在平阳市干休所里的一位退职政委。他岳父离位前，在某部掌管财政大权。那一次，关谈云在与岳父的闲谈中扯出了市长王庆河。他岳父听后直嘀咕，王庆河王庆河，听着怎么这么耳熟呢？该不是老花眼那个外甥吧？老花眼是关谈云岳父扛枪闹革命的战友，从政协口才退下来。岳父说我打个电话问问老花眼，可号码没在身上，就嘟嘟囔囔把电话打回家，让老伴给找号码。王庆河果然是老花眼的外甥，老花眼在电话那头喊，你个老不死的，窜到乡下做甚？他岳父说来看看女婿，女婿刚调到能源局当书记。老花眼说，老哥哥你坐稳当了，回头我叫庆河去招呼你。当晚，王庆河就来了，送给他岳父一对纯正和田玉健身球。收下礼物，他岳父笑吟吟说，你来看我，我就很高兴了，还送东西。王庆河说送一对小球我已经很过意不去了。上茶后，他岳父说倒是年轻呀，看着就比我们那一代人有出息。王庆河说您是老前辈了，过的桥比我们走的路都多。他岳父摇头道，古人云，少年出英雄，壮年谋天下，老来闭门闲，如今的社会是你们的了。后来，关谈云跟王庆河越说越热乎了，他岳父适时退出去。那晚，关谈云和王庆河深深浅浅唠了近两个钟头……

小老头引客出门，笑脸相送。一群人说说笑笑，情绪极好地走出老五家，刚才结账时，小老头死活不肯收钱，王庆河说什么也要给，推来挡去的都要争个主，临了，还是打了七折了事。上车后，冯司长问关谈云，这顿饭，花了多少钱？关谈云说，不打折，也就一百六七吧，什么，才一百六七？冯司长口气惊讶，乖乖，就算一百七十吧，那也是便宜呀，搁北京没个四五百能下来？回部里我得宣传宣传，再来人别搞山珍海味什么的，就到这五里营来，吃老五家的八仙回人间，多舒服吧，路也不算远，还好走。关谈云笑道，冯司长，您可真会逗笑话。冯司长说，不信你就等着吧。关谈云说，看出来了，冯司长是个美食家。冯司长身子往前一探，乐呵呵又跟司机搭上了话。关谈云想，冯司长今天是真开心真吃舒服了，不然他不会说这么多话。刘主任瞟一眼倒车镜，冯司长的奥迪跟上来了，往回收目光时，刘主任看见一盏路灯下，王庆河搀夫着行动不便的老父亲上了一辆土的（土的是平阳特有的一种交通工具，前一轮，后两轮，扣个密封壳子，从五里营打到市区，五块钱足足的用），心里一阵热乎，被感动得不轻。

　　女儿一家三口回来吃晚饭，饭桌上，在职工医院内科当大夫的女儿说，爸，钟部长来住院了。贝先林放下筷子问，什么时候来的？我怎么一点没听说！女儿道，像是中午到的。正在嚼水萝卜的妻子埋怨说，你瞧你，这么大的事你都不知道，你整天都忙什么呢？回头当心叫钟老头子嘀咕你不是东西。贝先林匆匆扒净碗里的饭，出了家门。钟杰现在离休了，退之前他是副部长，分管能源局。昔日钟杰要是相不中贝先林，贝先林也就走不到这一步了。钟杰是东北人，办事爽快，说话干脆，脾气大得很，贝先林那时没少挨他训。钟杰常说，我批评你，说明你还是块料；我不搭理你，说明你屎蛋不如。在医院门前的水果摊上，贝先林花一百多块钱买了四盒猕猴桃，他想过去不敢给钟杰送礼，是因为他在位置上，如今他交权歇班了，自己可以大大方方表示一下了。他在位时对自己是真不赖，自己身上的某些东西，想必是从他身上复印下来的。这么一想，贝先林笑了，问自己是不是在借钟杰拔高自己？嗨，若是没这个老头子的影响，自己的性子未必这么死性，他那套管教人的方法，狠到份儿上那是六亲不认。

　　钟杰一见到贝先林就嚷嚷，看看看，想躲你们远远的，可还是被你们盯上了。你们呀，在这种狗屁事上一个比一个能耐。接下来一聊天，贝先林才知道，从下午到自己来之前，两个在位副局长，三四个离休老领导，以及工会主席和纪委书记等人都先后来过，心里不免疙疙瘩瘩，心说这帮鸟人，看个住院的病人也跟自己耍心眼儿，忒不是东西。怨恨中忽又想到关谈云，刚才钟杰没提到他，他是没来呢？还是钟杰忘了提他？钟杰这人一是一，二是二，也没到糊涂的时候，关谈云要是来了他第一个提到的就应该是他。那么关谈云究竟因为什么没来呢？说他没得到钟杰来此住院的信息那是不可能的，那么多人都知道了他怎么能靠边站？想来想去也找不出原因，但没来这个事实，倒是让贝先林心里平衡了一些。钟杰的稀发都白到根了，乱乱蓬蓬没个形状，像一团败季的杂草。贝先林心里很不是滋味，人啊，真是一年不如一年，人再怎么也是斗不过岁月的。钟杰说，怎么着，听说你碰上难题了？贝先林明白他这是在指七千万，悻悻道，压力不小。钟杰说，看你这精神头就不大对劲，搁早先我早臭你一溜够了。能干就像个人似的干，不能干也得像个人似的活着，垂头丧气能解决问题吗？贝先林低着头说，市里人太难缠。钟杰抖着手说，他们有政策，你就不能琢磨点对策？现在什么事不掺假？什么事不是半斤对八两？想想你的那些在野外施工的工人，抛家舍业的容易吗？贝先林心里一阵酸楚，恍惚中看见了王大世。

　　下午在办公室，贝先林偶然在自家办的《能源报》一版上看到一篇写王大世的文章，文章主题扣在两代人合用一个骨灰盒上，当时他心里一震，吃惊自己居然不知道王大世离开人间了！王大世是建局初期的功臣，全国五一劳动奖章获得者，一手钳工活在系统内顶呱呱。那年王大世光荣退休，贝先林还代表局里送去一个大花篮。一口气读下文章，贝先林心潮起伏。王大世临死前，嘱咐家人在自己死后不要惊动单位和亲朋好友；不许大操大办搞迷信活动；不准叫公家买骨灰盒送花圈，一块死肉蔫不悄声烧了就完了。至于说一捧骨灰，到时就放进他爹的骨灰盒里，现如今死人花钱比活人还冲，稍像个样的骨灰盒，过千顶万，贵得没谱，冤大头才去花这冤枉钱，人都没了还摆个屁谱！

钟杰盯着贝先林开了口，我问你，平时你跟关书记，合得来合不来？贝先林直起身子，一时不知怎么回答好。钟杰沉着脸说，照直讲嘛。合得来合不来呢？贝先林想了好半天，最后模模糊糊说，还可以吧。钟杰叹口气，显然对他的回答不满意。而贝先林还在心里问自己与关谈云合得来合不来？钟杰又出声道，关书记点子多，心也细，七千万你要是搬不动的话，我建议你往后靠靠，别在这件事上赌面子。贝先林望着钟杰，似乎没听懂他的话。钟杰攥了一个拳头说，我看你抓生产是块料，搞关系不行。我让你往后靠，就是让你住进医院来陪我，这回听明白了吧？贝先林捏着下巴颏儿，伤心的目光洒了一地。

清晨的阳光，鲜嫩得一如破壳而出的蛋黄，柔稠中显现出细腻的质感。贝先林不到七点半就进了办公室，往一位部领导家里打了告病电话，他没听出部领导有什么不高兴，他在打这个电话前，还担心领导会说他撂挑子呢，现在他如释重负，心情一下子轻松起来。上班后不久，安全处副处长来了，惊虚虚地说昨晚河南施工现场翻了一台十六吨吊车，伤三人死一人，项目部让局领导赶紧上去。贝先林摸出一根烟点了，抽了几口道，你去找叶局长汇报，让他处理这个事吧。副处长想说什么，但什么也没说出来。办公室里又恢复了平静，地上的阳光越来越亮，贝先林的样子像在回忆什么。到了九点多钟，基建处董处长来汇报说，七住宅区被迫停工了。能源七住宅区里正盖着六幢处长楼和十五幢职工楼，承建单位是浙江的一个建筑公司。董处长喘口气继续说，市城建去了一帮人，便说施工单位的进驻证有问题，当场执法，把电闸拉了，还铐走两名不服气的工人。贝先林知道这种事迟早会发生，因此脸上并没有太多的意外和愁苦。董处长试探，贝局长，七千万的期限过了吧？贝先林一愣，扭头去看台历，可不嘛，今天是第十一天了。董处长气哼哼说，他们也太不像话了！贝先林没有反应。就在这时，走廊里传来一阵杂乱的脚步声，贝先林和董处长还没来得想是怎么一回事，一群人便涌进办公室，有二十来号，个个脸上结冰挂霜，仿佛一群等待离境的难民。贝先林和董处长大眼瞪小眼，脸上都很紧张。这时一个胡子拉碴的男人打破僵局说，贝局长，我们找你退金牛股票来了，说罢掏出一沓子股票。其余人也都拿出股票，抖落出一屋子响声。贝先林镇静下来，暗中给董处长递了个眼色，董处长会意，身子侧侧闪闪出了办公室。贝先林冲大家笑笑，觉得这些人的年纪都在五六十岁之间，且都不像是坐机关的人。贝先林说，啊，股票的事呀，股票的事情，请大家去找何总经理。胡子拉碴的男人说，我们找过何总，他人不在。再说了，你贝局长是金牛的董事长，管着何总，我们没找错地方吧贝局长？贝先林解释说，股票不能退，我想这一点大家应该明白。又是胡子拉碴的男人说，贝董事长，这就奇怪了，我们的股票不能退，市里的股票怎么就能退？不但能退，还能卖呢！人群骚动起来，你们翻番退了市领导一百

四十多万! 你们为什么说话不算数? 我们辛辛苦苦挣的血汗钱，
到头来都赔到股票上，我们冤不冤呀? 董事长您发发慈悲吧……

贝先林招架不住了，他还从来没有在办公室里被人这样围攻
过，脸憋得通红。领头的又说，大家不要瞎嚷嚷，咱管不着当初
股票卖谁不卖谁，咱今天找贝董事长只一件事，退股票，旁的话
不说。大家齐了心，拢正了腔调，口口声声要求退股票，退股
票。贝先林硬挺着，目光不时往门口溜。怎么回事怎么回事? 嚷
什么? 嚷什么? 局长办公室是自由市场啊? 说着话，保卫处吕处
长甩搭甩搭就进来了，身后跟着三个穿公安制服的人。吕处长往
贝先林面前一横，脸吊得老长。胡子拉碴那位冲吕处长说，哟，
吕处长，你好神气呀! 吕处长定神一看，立马笑了，迎上去说，
哟，李师傅，您呀，我当是谁呢。李师傅笑道，请问吕处长，我
们找贝董事长解决问题，犯不犯王法? 吕处长说，李师傅，瞧您
说哪去了。只是贝局长这会儿工作忙，大家不妨先到三楼接待室
休息一下，稍后再跟有关部门通通气。李师傅回头扫了大家一眼
说，我们怕接待室盛不下，楼底下还等着二百来号人呢吕处长!
吕处长转身来到窗前，伸头往下一瞧，果然黑压压一片人头。吕
处长回到比原位更靠后一步的地方，难为情地盯着六神无主的贝
先林。吕处长，你去请关书记来。贝先林撑着劲说。

关书记一进屋就开始发火，把贝先林吓得够呛，他这是头次
见到关书记的怒容。你们这是干什么? 是来反映情况? 是来解决
问题? 关谈云一口气甩出三个大问号，镇住了场面。我看你们这
是围攻，是干扰国家机关正常工作，是触犯法律! 你们不怕去吃

窝头咸菜，我们还怕喝西北风呢！都什么年月了，还搞这套鱼死网破同归于尽。你们自己说说，你们当中哪个聪明？我明白，大家这么折腾，说明大家还相信组织，还想靠组织为你们解决实际困难，不然大家可以主部里捅，往法院告，对不对？大家的心情我理解，我想大家也同样明白胳膊拧不过大腿，个人硬不过组织，我关谈云讲的都是大实话吧？他抖着双手，叹口气接着说，说一千道一万，大家这是在用形式求内容，造气氛施压力，好让我们这些当官的重视起来。照理说，大家要办的事，明明可以直来直去，可大家为什么还要绕大圈子呢？是大家有闲工夫？还是吃饱了撑的？不是——关谈云猛一挥手，是我们有些人有些部门做事操蛋！官僚作风老爷作风不正之风让大家伤透了心，大家这么做，归根结底是被逼无奈！诸位师傅，我现在告诉你们，这件事我和贝局长重视了，我们可以相互信任，坐下来脸照脸，头对头，心平气和对话，柜信我和贝局长会给大家一个说法，一个实实在在的说法！

屋子里静得都听得到喘息声，站着的人或像木偶或像蜡像。关谈云抱着拳说，我和贝局长谢谢师傅们了，我们会用良心回报师傅们的理解和信任。李师傅的脸色渐渐平静下来。关谈云又道，师傅们看这样好不好，选出几位能替大家说话办事的代表，到我办公室坐坐，这样解决问题和机关办公就两不误了。门口的人悄悄溜出办公室，接近门口的人慢慢地往后退。李师傅转过身，口气沉沉地说，马师傅、邵师傅、齐师傅、杜师傅和我，咱们几个人去关书记那里坐坐，其余人都回去，顺便跟楼底下的人说说，都先回去，有啥情况，晚上在大广场扭秧歌时再碰头。一阵杂乱声响过后，办公室里仅剩下贝先林自己了。贝先林刚松口气，忽然又替关谈云担心起来，怕他们在什么实质性问题上谈崩了，出现闪失，就往保卫处打电话，叫他们去人听着点关书记办公室里的动静，有情况务必保护好关书记。之后贝先林才知道，那天自己对关谈云的担心完全是多余的，关书记那天跟几位退休工人代表谈得挺投机，老工人们都很感动。其实那天关谈云说服几个老工人代表，并没有花言巧语，净说些大实话。比如说当初卖给市里股票对不对？关谈云一针见血道，这是某些人不讲原则滥用职权！至于翻番退市里股票，关谈云说市里冲咱们能源局索要七千万城市建设附加费，这件事师傅们怕是早有耳闻。这是地方政府的说法，咱们没理由不给这笔钱。可是能不能少给点呢？少给人家光凭装孙子说小话不行吧？得动点真格的吧？于是文章就做在了翻番退股票上。七千万要是能压下几百万，咱们都合适，师傅们可以算算细账。有人说是这理儿，李师傅问现在到底压下多少万了？关谈云说，等信呢。李师傅道，关书记，压下一分是一分，尽量往下压啊，这阵子大伙在私下里没少议论，现在咱能源局的日子不好过呀，听说有一两个单位明年就开不出满工资了。关谈云心里热烘烘的，就想自己在位期间，如果不为职工多办点实事好事，真不是那么回事，到头来挨骂挨损可以不当回事，关键是躲不过自身的愧疚和尴尬。

那天就在关谈云突生这些冲动想法时，贝先林坐在沙发上，一脸疲倦。他想差不多了，该去医院陪陪钟杰叙叙旧了。人到这把年纪，咋说都有寂寞。另外他还想起钟杰在位时说过的一番话，领导之间怎么能没有矛盾、冲突和急皮酸脸？只是我们这一代干部，再啃，再咬，伤也是在对方的肉身上，哪能在工作上挖坑、下绊、扫腿，而你们可好……

　　冯司长一行人正了北京，贝先林住进了职工医院跟钟杰就伴儿了，这时局机关大楼里的人都把目光落到了关谈云身上，想看看他怎样操持贝先林撂下的那份活儿。现在人们有种奇妙的感觉，就是关书记忽然间离自己远了，过去他身上一些让人看得很清晰的东西现在模糊起来了。明天关谈云要主持一个会，有资格或是没有资格参加会的人心里都不平静。

　　一出家门，关谈云就感觉到今天会是个大晴天，脸上油然增色，撂在地上的步子轻轻盈盈，隔会儿就跟熟人招手或是点头。到办公室后，他泡杯茶，望着墙上的石英钟，准八点。关谈云收拾了一下，去了平时极少用的四楼大会议室。路上，他的心异常地跳动着，脸上的表情显得格外庄重。今天来参加会的人，是机关大楼里科处级干部，要是如数到齐，能塞满大会议室。当关谈云的屁股落在那把象征能源局最高权力的座位后，他意识到今天该来的人几乎都到了。会议室里的气氛与往常不大一样，人们脸上的表情飘忽不定，似乎人人都在留心什么，期待什么。今天的这个会不好起名，所以大多数人都搞不清楚关书记的葫芦里究竟卖的是什么药，不过有一点与会人员是不会犯糊涂的，那就是从今天往后若干天里，贝局长管的事关书记接管了。开场白后，关谈云不急不躁地说，贝局长身体不适住院了，眼下局里的麻烦事不少，希望大家都守好自己的摊子，做好本职工作。关谈云没啰唆，会只开了二十多分钟就结束了。散会后，敏感的人往一块凑，议论七千万是不是有眉目了，关书记怎么一个字也没提呢？不甘寂寞的人说，嗨，七千万轮不到咱们操心，关书记像是白给的人吗？走着瞧吧，关书记有道！接茬的人添油加醋地说，没错，真人不露相，露相不真人。

回到办公室，抽了一支烟，关谈云跟王庆河通了话，开门见山地说贝局长犯了心脏病，住进了医院，自己把能源局的党政活一肩挑了。还说，王市长，有件事你兴许还不知道，市里有关部门停了我们七住宅区的施工，说是缺什么手续。王市长，真要是缺什么手续，我们想办法补办就是了，只是……王庆河的声音传过来，是吗？我最近光忙乎开发区了，市里的事交给他们了。关书记，你别往心里去，我这就问问，稍后再给你去电话。关谈云冲对面墙上石英钟挤挤眼。许是过了十来分钟，王庆河就回话了，这些二百五呀，做事太冲动！关书记，你多担待啊！关谈云说，要说我的人也不会办事。王庆河说，关书记，过一会儿我去开发区，路过你们七住宅区，你要是不忙，二十分钟后咱们工地上见。关谈云一本正经地说，欢迎王市长现场办公，一言为定。王庆河的笑声浪一样涌过来，关谈云撇撇嘴，一摁电话机上的弹簧舌，把对方的笑声咔嗒一下切断。

关谈云与王庆河如约而见。一个瘦矮的男人，撕下电闸上的封条。王庆河慢腾腾走向电闸。关谈云原地伫立，用右脚轻轻碾死一只携食回家的蚂蚁。王庆河挺挺腰身，手扶闸刀回头说，关书记，从今往后，咱两家的关系应当这样——合闸！手往上一擎，市里的电就又遁到了能源局。一台处在开启状态的搅拌机，咣当咣当响起来，四周围看热闹的建筑工人呜呜地叫着，啪啪地拍响了巴掌。王夫河走过来，靠着关谈云说笑了一气。王庆河道，我看咱俩有共同语言，能搞到一块去。关谈云听出他话里有话，便也话里有舌地说，我这个代理局长能不能干下去，可全看你这个大市长怎么支持了。王庆河马上表态，大力支持，大力支持。关谈云道，这我就有信心了。分手前，王庆河扬起脸，望着晴朗的天空说，抽空，我约赵书记去医院看看老贝，怎么搞的，看上去他身本挺结实嘛。

夜深了，屋外刮着小风。关谈云打开床头灯，下床解小手。晚饭后琢磨事，茶水喝过量了，尿频不说，还睡不着。不过睡不着也没有闲着，他在翻来覆去的过程中搞出一套精密周旋七千万的行动计划。经验和阅历使他懂得，时下官场上的某些事，微妙就微妙在公掺私，私参公。具体到七千万上，光凭面子礼金还不行，多少得捏着点石砸不碎、水泡不烂的硬理儿，大公套小私，两头加温才容易把事坐熟了。他很有先见之明，能源局今日这个状况，他在前阵子就预感到了，并且为自己今日出山埋下了伏笔。上次回北京，他人部里有关部门，查到了国务院有关城市建设附加费征收若干暂行规定的红头文件，复印了一份，从中抠出一些对能源局有利的条款和字眼儿。所以，他心里老早就有了数，知道卡正理，七千万这笔城市建设附加费站不住脚，一旦打起官司，能源局虽说注定是输家，但不会输个赤身裸体。然而从理上到底能砍下几位数，这一点他心里就没明细了。锯口上的事，往往是深也行浅也可，一深一浅落到钱数上，就又有文章可做了，百八十万是它，千把万也是它，要不说微妙呢。从寻找硬道理这个角度，以及跟市里死拼的劲头上讲，关谈云对贝先林多少有些不理解，他为什么不去查找有关文件，啃透吃净，然后拿着文件中某些对自己有用的条款去跟王庆河硬碰硬干一下，到头来怎么还不找回半斤八两，总不至于束手无策嘛，看他那些天的样子，简直是走投无路了。关谈云上床灭了灯，依旧没有睡意，睁着两眼望黑。王庆河，赵萍珍……他嘟囔着，再一次剖析这两个人。王庆河会下棋，常常是走一步看后三五步，他索要的不仅仅是钱，钱是用来为某种追求营造气氛和舆论的，钱是追求的燃料。追求说白了是一种东西，那种东西对王庆河的命运和前途确实重要，那东西必须是省里市里都能看得见摸得着的东西，一如马路、楼房、汽车，以及男人女人那么实实在在的；而赵萍珍的心理则跟王庆河不大一样，年龄摆在那儿，她没精神头再去奔仕途，超负荷的事她能不干最好不干，平平安安比什么都强，抓住机会捞点实惠，这一辈子也就拿下来了。不过关谈云不得不承认，作为官场上的女性，赵萍珍的文化程度虽说不高，但她还是不缺精明的算计，她很会利用女人的细腻和柔弱去处事，她那一套言行在小城里很吃得开。的确，关谈云没把赵萍珍看浅了，说明关谈云有城府。这几十年来，小城的政治教赵萍珍自然而然地懂得了生存的奥秘：党政党政，两人执政；各有一半，不能全占；男强女弱，逞能惹祸；适当回避，保存实力；年老让少，福星高照；一唱一和，班子楷模。这四十八字的根扎在了赵萍珍心里，枝条盘在脑子里。

关谈云坐起来，把被子拉到肚脐眼，摸黑点了一支烟，头一口吸了个足实。他担心业已成型的行动方案不够严实，就又从头捋了一遍。冲着王庆河，他打算马上在平阳各个公共汽车站点安装防雨蔽日长廊，同时翻修市内所有公共厕所，给王庆河的小城添点色彩；针对赵萍珍，他策划的交易就得在不见光亮的地方进行了。他曾从王海嘴里得知，赵萍珍有个辈分大年龄小的表弟，去年年底在北南镇自己开了一家运输公司，赵萍珍曾托王海在能源局给她衰弟淘几台便宜车，王海只搞到了一台六成新的黄河和一辆半新不旧的1C3。王海还告诉关谈云，赵萍珍表弟昔日丢掉的那条腿，与赵萍珍有直接关系，所以说关谈云的文章，正是做在了赵萍珍表弟的那一条腿上。赵萍珍这个表弟有名有姓，但几乎是没人叫，而是喊他老三。老三那会儿是个小玩闹，看重江湖义气，打架打得出名。老三混完初中后，就不愿再上学了，父母怕他闲手闲脚闯大祸，就缠着赵萍珍给老三找个挣工资的地方。按说赵萍珍办这点事不费吹灰之力，但是她有顾虑，唯恐表弟有着落后给她添乱，横冲直撞起来，哪个敢惹敢管？打狗还得看主人呢。恰巧当时是招兵的季节，赵萍珍就拐弯抹角鼓动老三报名参军，说你待在巴掌大的平阳有什么前途，参军吧，就你这性格，在部队里肯定会有发展，说不准能干出大名堂呢。咋说老三的脑子也不是死脑子，猜着了官亲的私念，一气之下就穿上了绿军装。后来老三在那场边境反击战中，把一条腿扔到了境外。借老三这段人生悲剧垫底，关谈云觉得跟赵萍珍做成那笔交易不会有太大问题。他打算从局运输公司弄出六台八成新的东风货车，然后以报废车的名义处理给老三，只要老三不拒绝，话自然就能传到赵萍珍耳朵里，此举也算为她赵萍珍还了一份亲戚债，这个脱裤子放屁的举动，要比直接去攻赵萍珍好，亲情、自然、保险系数高不说，弯儿拐的有力度。

续上一支烟，关谈云又琢磨到了何星。前两天，纪委书记把几封揭发何星的匿名信转给了他。对于匿名信，关谈云小有研究，认为写匿名信的人，大致可分为两类，一类是有正义感但胆子小，揭了事实后藏头缩脑；另一类是有私欲有阴谋，捕风捉影臭你，搞乱一方浑水摸鱼。揭发何星的几封匿名信，腔调基本一致，说何星嫖和贪，事实揭得模模糊糊，没有某年某月某日某地某人的概念，愤恨的词句倒是挺有劲。何星嫖哪个与不嫖哪个，说实话，关谈云并不上心，只当那是何星的业余爱好，管不了，也没法子管，还能把他那个多吃多占的东西上锁？至于贪，关谈云倒是有看法，也就是说这里面有个尺度问题，蔫不唧唧的往兜里掖点就掖点了，掖得再足实也不过是几个衣兜嘛，只是不能拿筐、不能拿麻袋，更不能使汽车房子装钱，那样的话，金牛实业股份有限公司当真就稀里哗啦了，到时就是把何星毙一百八十个来回，受害的照样是国家和股民，管他的人也得跟着吃瓜落。眼下，何星不在平阳，看样子是猫在了什么地方躲股票的麻烦。关谈云想，得尽快想法子把何星找回来，稳住他，叫他一心一意做生意，他可不能节外生枝，他那里一刮风下雨，可就不是湿犄角旯旮的事，而是横淹竖灌呀！就眼下的情形，关谈云不打算往死里整治何星，反倒想给他一些支持，因为他明白何星好赖都是个人物，你不得意他吧，可他偏偏能办成你办不成或是不敢办成的事，何星现在只有多挣钱才能摆脱困境。人长人短，论在事上，关谈云想，何星其长可用，其短亦可使，这类人往往比一般人更在乎领导信任。说到家，只要手段得当方法有效，任何人都有可能成为自己用得上的人。由此关谈云继联想，一个成功的政治家，就其成功而言，一半是成功在今天的努力里，而另一半却是成功在昨天的铺垫中。

关谈云把做长廊的任务交给了综合机修厂，翻修公厕的活落实到了基地建设公司，六台车的事也安排得周密细致。他跟邢全柱通话后，邢全柱马上就从大连往回飞，快了明天就能到达平阳。养兵千日用兵一时，关谈云召回邢全柱，说明他对代理局长的工作十分投入了。

关谈云看一眼台历，今天是四月二十日，他想七千万能在五一前摆平就好了。那样就可以轻轻松松回北京过个节了。一想到北京，就自然而然想到了爱人，意识到有日子没给爱人打电话了，心里痒痒起来，探身子操起话筒，嘀嘀嗒嗒按响了键码。当他听到了某立部领导的声音后，身子本能打了个挺，吓了一跳。好在他的应变能力够用，一下子就转过弯来，将错就错把电话打下去。部领导的口气很热情，问他能源局的形势怎么样了，工作干得顺不顺手，作为一个当家人，面对困难时，脑子不能发热，嘴巴不能语无伦次，步子不能错乱，要冷静处理问题。关谈云嗯、嗯、嗯……地听着。接下来，领导关心了一下七千万进展，关谈云说七千万正在努力之中，等一有了结果，马上给领导汇报。领导最后说部里信任你，我们都望着你呢。挂断电话，关谈云下意识地想，有时人走错步也能错出意外效果，自己这不莫明其妙地就跟部领导联络了一次。之后他感觉额头上有些湿，伸手一摸果然有汗。

电话铃声响过三声后，关谈云才提起话筒。对方是扎营甘肃的大西北能源综合公司党委书记，说是给关书记汇报汇报工作，汇报了五六分钟，关谈云嗯啊了五六分钟，废话也耐着心去听。搁下这个电话不久，东北能源分公司经理又打进电话，操着大嗓门请示工作，关书记鼓励了对方一番。如此一直到中午下班前半小时，基地内基地外，关谈云接了不下二十个下属单位经理、厂长、院长和党委书记、纪委书记、工会主席们的电话，那些人基本上都是请求汇报工作。接了这些电话后，关谈云的情绪没有大起大落，他想贝局长住院了，底下人打来电话是很正常的事。国不可一日无君，局不可一日无主，这年头大家摸着石头过河是可以理解的事。秘书进来说，关书记，部国有资产清核小组到了，一行五人，直接去了太阳宫美食城。关谈云点点头，吩咐秘书往食堂打电话，告诉他们不去吃午饭了，秘书嗯了一声说，关书记，车在楼下等您呢。

邢全柱从首都机场打出租车奔回平阳，出租车直接开到了关谈云家门口。一见邢全柱，关谈云脸上就流露出了平时少有的兴奋，问他吃饭没有，家里有康师傅方便碗面。邢全柱早已饥肠辘辘，拍拍肚子说，泡一碗。还有火腿肠你吃不？问完不等邢全柱做出反应，关谈云就转身去了厨房。在车的事上，关谈云舍近求远安排人自然是有考虑的。邢全柱是那种悟性极好的人，什么事一点就透，而且事上了肩头，就能一扛到底，处理问题比王海有品位。再就是花邢全柱账号上的钱从运输公司买车，比硬从运输公司调拨好。运输公司现在是吃上顿愁下顿，在这个时候再白要他们的车，他们心里肯定不平衡。眼下自己毕竟还没有真的一肩挑，动作太大容易适得其反。邢全柱扫光碗里的面和手里的火腿肠，关谈云也把该说的话都说清楚了，邢全柱点头不语。关谈云就欣赏他这一点，什么都明白后不该打听和知道的事，他从不开口过问。关谈云问，办成大概得几天？邢全柱思忖道，顺利的话，两天差不多。关谈云问，难度大吗？邢全柱说，琢磨好细节，问题不大。关谈云说，那就全看你的了，不过你千万要记住，行动过程中一定要注意保密。至于你垫出的这笔车款，日后我会想办法处理的　不会叫你吃哑巴亏。邢全柱笑道，关书记，我的钱是谁的钱？还不都是局里的钱，只当我提前上缴利润了。说完打着火机，点着关谈云嘴上的烟，关书记，要是细说，我邢全柱欠你的。甭管邢全柱这话是实是虚，此时此刻关谈云听了心里都舒服。

耐看的防雨蔽日长廊全都到位了，成了平阳市的一道街景。与此同时，翻修公厕的工作也在紧张地进行着。平阳百姓议论纷纷，一些人夸王庆河是历届市长中最为老百姓办实事的人。关谈云听到这些七嘴八舌的评论后总是一笑而过，对谁都不露心迹。

此时在能源局招待所一间豪华房间里，关谈云与部资产清核小组的人说说笑笑，打成一片。后来，八点多钟的光景，关谈云又坐在了钟杰的病房里，他这是第二次来看钟杰。钟杰说，你年轻能干，多干点吧，没亏吃。有了成绩，站着说行，坐着说行，躺着说行，不说照样行！关谈云不住地点头，嗯，嗯。出了钟杰的病房，下一层楼，关谈云去看贝先林。贝先林刚散步回来，换下的休闲鞋还拎在手里。关谈云问，老贝，好点了吗？贝先林说，关书记你坐。说罢放下手里的鞋。关谈云坐下说，老贝呀，你可别不当回事。贝先林也坐下来，叹口气说，顺其自然吧。关谈云说，老贝，我把局里这几天发生的一事跟你说说。贝先林想这就不合适了，部里都让你关书记全面主持工作了，我躺在医院里再插手多没水平？就说，你关书记真是不心疼我呀，我都穿上住院的病号服了，你还不放过我。关谈云见他真不想过问局里的事，就把后面的话吞进肚子里，说，那好，我就什么都不说了，老贝。贝先林站起来，背着手走到窗前。远处的灯火明明灭灭。贝先林说，老关，何星这人靠不住，你要多留点心才是。话题猛一转弯，关谈云眉头一紧，歪头审视着贝先林的后背，心想他这是什么意思？拿话试探什么还是暗示什么？气氛沉闷下来，关谈云心里紧着活动。

从医院回到家，已经快十点了。关谈云脱去夹克衫，换上拖鞋，坐进单人沙发默默地抽烟。一根烟抽到半截，他往北京家里打电话，妻子一听是他的声音，没好气地说，你在哪儿呢？他说，平阳。妻子道，在平阳你扯什么淡！都几点了？他望一眼手机上的时间说，你烦。干脆搬平阳来算了，平阳的局长窝比北京的部长楼还阔气，楼上楼下，独门独院的小楼。妻子哼道，我才不去那个破地方呢。妻子来过平阳一次，住了一天的感言是没意思憋死人。妻子又道，你相中了，你一个人待那儿吧。关谈云打个哈欠，眨眨眼说了几句不疼不痒的话。妻子静会儿说，女儿明天回来过周天，你明天到底能不能回来？我看你比中央领导还忙。关谈云的两个孩子都在上大学，儿子在广州，女儿在天津。他故意磨蹭了一会儿才开口，下个礼拜，也许能回去。唉，对了，你猜我今天给你买了什么？妻子的口气顿时平和了，问，你给我买什么了快讲。他说，一双时髦的拖鞋。妻子的笑声不无撒娇，说，这还差不多。他知道妻子很好哄，有时跟小孩子差不多，随便给她买点小东西，她就乐得不行。撂下电话，他想明天无论如何得去给她买一双拖鞋，怕忘了，就记到了工作日记本上。困劲坠沉了眼皮子，想想就免了洗脸洗脚，脱衣上床睡觉。他刚迷糊了不久时间，手机响了，他一激灵，掀开被子坐起来，拿起枕旁的手机接听。关书记，不好意思，这么晚打扰您了，我是何星。关谈云抽了大烟似的精神起来，啊何总，你回来了？何星道，关书记，我在青岛呢，一千瓦的转款我追到手了，我想跟您汇报一下关书记。关谈云安慰道，何总你辛苦了。他心里有底数，何星这个钟点打来电话，无非是想探听一下局里的情形，以及自己对他的态度，同时他还断定，贝先林住院后何星跟他通过气，掌握了一些信息，想到了一些问题，现在是躲是归拿不准主意。关谈云下了床，来回走动说，何总，我跟你说一声，股票的风波平息了，职工们还是通情达理的，对你也还是理解的。何星沉默。关谈云又道，何总，局里打算跟市里合作上个项目，这方面我经验不足，想等你回来听听你的意见呢，你比我懂经营，你务必得给我拿个像样的主意。另外，贝局长住院了，家里家外的事忙得我透不过气来，青岛那边的事要是处理完了，就抓紧回来吧，好些事都等着你参谋呢。再有，我打算再给你一些政策，这样便于你放开手脚经营。静了半晌，何星开了口，关书记，我这就往回返。关谈云脑子里一闪说，对了何总，听说青岛有韩国的原装电动剃刀，也不贵，回来时给我捎一个，国产的用不住。何星说，我一定，一定，关书记！声音明显比刚才放松了，甚至还有些激动的成分。关谈云心里踏实了，他明白，偶尔主动跟部下讨要点小东西，会叫部下觉得你看得起他信任他，没把他当外人。放下电话，抽了一支烟，困劲又上来了。转天起床，关谈云鼻子不通气了，头也昏昏沉沉，猜想是昨晚穿背心裤衩接何星电话时着凉了。吃完一罐八宝粥，他把两粒感冒通填进嘴里。

　　天空乌灰，风不大。关谈云拢拢头发，迈进贵妇人用品专卖店。他在门口犹豫了一下，感觉这里变了样，上次来时不是现在这个样子。上次他是陪爱人来的，爱人买了一套浅粉色的真丝内衣。触景生情，他眼前隐隐约约飘起一片感人的浅粉色，痴醉的神情看上去有些幸福。三拐两转，他找到了卖拖鞋的地方，拖鞋的品种杂多，皮的，布的，棉的，丝麻的，绸缎的，平绒的，草编的，绳结的，塑料的，国产的进口的，他三挑两挑，就挑花了眼。导购小姐脸上挂着笑容问，先生您给什么人买？他脱口而出，大姑娘。说完心里直乐，想妻子若是在面前，非得踩自己一脚或是捣来一拳。导购小姐向他推荐丝麻拖鞋，说是新产品，刚上市，卖得相当不错 这季节正好穿。关谈云买了一双，等走出专卖店，他就不知道该去哪里了，仰脸瞅瞅天空，天空还是灰不溜秋。拐过一个丁字路口，步上一条窄街，他无意中发现不远处有一座正在翻修的公厕，飘浮的心雲时有了着落。建设公司把翻修的活包给了市里一家建筑公司。忙呢？关谈云绕过一堆砂子，跟蹲在那儿系鞋带的男人搭话。男人挑了他一眼说，厕所不能用，到别处去吧。关谈云腋下夹着拖鞋，凑过去，掏出烟递给男人一根，师傅我不上厕所。男人拍拍大手接过烟说，你像能源局的人。关谈云问，能看出来？对方说，只是觉着。关谈云侧脸打量着厕所问，快完了吧师傅？男人也朝厕所看去，说，两三天的活。聊到烟去半截，男人说，听说翻修厕所的钱，是能源局掏的。关谈云吐口烟，噢了一声。男人又道，这才叫会来事会哄人呢。依我说，能源局在人来小去的事上，犯不着跟市里扯皮，能源局再财大气粗，也还是一个企业，平阳市再寒酸，也还是一级政府，企业能干过政府吗？那才笑话呢！就说前年修环城路吧，能源局到头来不还是掏了三千万。工商卡，税务堵，法院传票如老虎，讲来硬的，能源局到啥时候都不会占上风，我一直这么看。关谈云微笑。男人扔了烟头踩灭，道，说句老百姓的话，他们爱咋闹咋闹，有咱老百姓吃喝就行了。不过这话又说回来了，他们和气相处，老百姓多少也能沾点光，就像这厕所。大家在一块地皮上刨食，有些事分得太清楚了，也没啥大意思。什么好呀坏的，打早还不就是合久必分，分久必合。关谈云接话茬说，有道理。男人望着关谈云笑笑，扭身干活去了。直到进了家门，关谈云还在回味修厕所男人的话。吃过午饭，他上床眯了一觉。醒来后他用凉水洗把脸，锁上门来到街上，打了一辆出租车奔开发区去了。私访开发区的念头，几天前就萌生了，他想如果有合适的项目，跟王庆河合作一把也未尝不可。

　　星期日一整天，关谈云也没落闲，事情安排得满满当当。下午，他往王庆河家打电话，王庆河接的，关谈云用很随便的口气说他馋饺子了，晚上想去他家里吃饺子，只是不知王市长欢迎不欢迎？王庆河满口欢迎，问他吃什么馅得口，关谈云说吃随便最得口。王庆河说你六点钟到，咱六点钟开煮。关谈云想空手去，转念一想头一次，好歹也得带点什么，就买了一个大西瓜。王庆河搞得并不复杂，四个小凉菜，一瓶五粮液，还有一大盆蛤蜊。王庆河说，先喝着，不忙煮饺子。客随主便，关谈云坐下开喝。王庆河爱人有酒量，敢上桌陪客。碰杯后，王庆河嘻嘻哈哈地说，你老兄这么美化我的小城，叫老弟怎么谢你好呢？女人接茬道，关书记，庆河总跟我念叨你有本事，人也好。关谈云敬了女人一杯酒说，哪里话，过奖了。王庆河感慨万千地说，没有能源局，又哪来的平阳市呢？来，咱俩干了这杯酒。关谈云说，那夫人得陪着吧？女人侵来了劲，说干一心不到，干二话不灵，干三事事成。关书记，咱俩碰个事事成。王庆河一笑，看了一眼夫人说，老兄，你可得悠着点，撞到枪口上可别埋怨我没提醒你。等天黑时，关谈云已酒足饭饱，起身告辞。女人说，关书记，你一个人在平阳怪不方便的，往后想吃什么就过来，千万别客气。关谈云拱手道谢，脚底下有点飘了，心里倒还有数，嘴上也没什么废话。一场吃喝下来，两个男人始终没谈七千万的事。

党政联席会一散，关谈云闷头回到办公室，琢磨怎么给赵萍珍打电话。邢全柱已经把车的事办到位了，想必这会儿老三也把痛快话递给了赵萍珍，现在就等着摸摸赵萍珍对这件事的反应了。接上线，关谈云说，赵书记，我是小关啊。赵萍珍道，噢，关书记。关谈云说，赵书记，听说你又出门了。赵萍珍道，可不嘛，昨天下午才回来。这个月是交通安全宣传月，我去大营县抓个典型树树，那里交通安全工作抓得不错，现在回来了还满脑子宣传口号呢，什么宁停三分，不抢一秒；马达一响，集中思想；车轮一动，想着人民群众；前方弯路，请您减速……嗨，一套一套的多了，虽说都是些八成新的口号，不像国外别吻我，注意地上有黄金那么诙谐好玩，可用起来效果蛮好，符合国情嘛。嗨，瞧瞧我，扯哪云了，关书记，找我有什么事吗？关谈云嘴说没事，心说这女人真是了得，舌头不碰老三不摸车，只是借用几句交通安全宣传口号，就把她对那六台车的感觉表达出来了，巧妙、艺术、漂亮，既让你心领神会，又让你抓不住她什么，公开了也是一番幽默之言。关谈云说，赵书记，哪天有空想请你过来坐坐。赵萍珍说，关书记，你太客气了，这几天我身体不大争气，回头我请你们来市里聊聊。放下电话，关谈云长出了一口气，意识到现在是该找王庆河谈谈七千万的时候了。他打王庆河手机，联络不上，只好打到政府办，秘书说王市长到公安局听工作汇报去了，上午没空。下午他又开始打电话，直到四点多钟他才打通了王庆河手机。他问王庆河晚上有没有应酬，想见个面。王庆河说没应酬的时候少，不过你老兄招呼我，我哪敢不到场，说我架子大我可吃不消。关谈云笑笑。王庆河说，去哪？关谈云道，五里营。王庆河哈哈大笑，关书记，你可真会选地方，该不是投其所好吧？关谈云说，关键是还想在那个氛围里，听听你谈论饮食文化与民间趣事。王庆河说，光你自己听？嗯，那我不讲，怕老兄你付不起讲课费。关谈云听出了话外音，于是说，到时别怪我是人心不足蛇吞象就行了。那边传来王庆河嘎嘎的大笑声。

去五里营，王庆河和关谈云同坐一车。路上，关谈云说，王市长，听说你手里有不少好项目，能不能拿出一两个来，咱两家合作合作？关于往开发区注入资金搞三产，关谈云跟贝先林的看法照不上面。关谈云认为跑到省外去搞三产，不利于管理不说，也不容易把握市场机遇。而跟市里合作，怎么说都是利大于弊，起码能解决一大批转岗和下岗职工，这部分人如果消化不好，谁也不敢保证不出乱子。再从利润回报上讲，关谈云想这个问题王庆河会比自己关心一百倍，他没有理由把合作项目搞砸了，因为他把自己的命运与前途，全都赌在了平阳经济发展上，他比自己更渴望看到红火，看到成功。王庆河望着车窗外的田野说，我们有土地，你们有资金有技术，地又夹在京津之间，咱们联手合作，那是天时地利人和。关谈云道，我听说你想在开发区建一个高科技光盘厂，正在找合作伙伴。王庆河点点头。关谈云看着他说，咱两家不能合作吗？我投资一千万。王庆河拍拍关谈云的肩头说，老兄，你这么信任我，支持我，往后我这双手可就软了。关谈云意味深长地说，谁得软骨病，你老弟也得不上软骨病。王庆河微微一笑，推心置腹地说，你我都是出入官场的人，我想老兄会比我更明白，说你们，我能捞到什么？我又不是七老八十的人，还打算风光几年不是？关谈云也上劲地说，老弟啊，以后有啥事你尽管言语，我能帮上的绝不说个不字。双赢的事，谁干都没够！

到了五里营，关谈云让司机过两小时来接。推门进了老五家，在不显眼处找了一张空闲桌坐下来。要了牛舌和羊蹄筋两个砂锅，酒还是老家烧锅，外加一碟煮花生米、一碟素什锦、一盘羊杂。动筷子前，关谈云从文件夹里取出那份国务院文件复印件晃晃说，老弟，理上的长短，我想今天咱就别抠扒了，省点时间喝酒。王庆河掏出烟和打火机放到桌子上，笑道，跟老贝比，你老兄可不上多两手呀。不瞒你说，老贝曾问过我，国家有没有什么相关文件和政策，我笑呵呵对他说省里有精神。老兄，我想你是个明白人，在这个事上不会叫我太为难，是吧？关谈云说，你中有我，我中有你，就是这么个事。王庆河道，你看怎么合适，就怎么往我这头砍吧，多少都揣不到咱俩的口袋里。关谈云说，我说老弟，你可别吓唬我，砍谁我也不敢砍你老弟呀！王庆河沉吟片刻，伸出两只手，比画着说，这数怎么样？关谈云笑笑说，老弟出的这个数，已经是给我面子了，只是今年局里……王庆河想了想，又伸出一掌说，赵书记那头的想法，我也得考虑，不然我不好交代啊。关谈云把他的手掌轻轻往回一推说，赵书记那边，我会把工作做到家的，不会叫你老弟为难。王庆河喘了一口粗气，把目光锁定在关谈云脸上，许久才说，关书记，再往下扒皮，我这皮包骨可就挺不住了。关谈云一笑，伸出四根指头在王庆河面前一竖说，老弟，就算你帮老兄这一把。王庆河一怔，跟着讪笑道，天外有天，山外有山，老兄你是武林高手呀。关谈云笑着端起酒盅，说，激动，千言万语，全在酒里，我敬老弟一盅。王庆河端起酒盅，阴阳怪气地说，把快乐建立在别人的痛苦上，搁我也激动啊！关谈云想笑，但绷住了，说，日后我再找机会为老弟两肋插刀。说罢，先一口将酒送进嘴里。不过……关谈云放下酒盅，嘿嘿道，老弟，这个数里含着光盘厂那一千万入股金。王庆河腮帮子一跳，苦着脸道，关书记，净毛去皮，我真就剩下一堆骨头了！关谈云赶紧说，来日方长，老弟这次成全了我，其实是容我缓口气，待局里形势好转，我再回过头来为市旦建设添砖加瓦。王庆河撇撇嘴，伸出一个巴掌摇晃道，原以为这一掌伸出去，能顶住呢，没承想遇上台风了。关谈云调侃道，亏你这一掌不是铁砂掌，不然我可就报销了。王庆河边倒酒边说，老兄，我担心贝局长出院后，咱们今天谈的这些……关谈云知道他担心什么，就一语双关地说，这种事要命的事，我能闹着玩吗？部里能闹着玩吗？王庆河放下酒瓶道，人在官场，身不由己，说句良心话，大家谁都不容易，包括贝局长。来老兄，碰个响吧。酒过数盅，王庆河冷不丁想起一件事，从兜里摸出一个牛皮纸信封，递给关谈云说，有件事想请老兄帮忙。关谈云放下筷子，接过信封，抽出一看，上写，崔梅，女，十九岁，未婚，高中文化，现在永河镇光明印刷厂当工人。关谈云心里动了动，疑惑地看着王庆河。王庆河闷闷不乐地说，这孩子我不认识，她爹是村支书，抓计划生育，抓他妈的红眼了，拆房子捆人，叫一个杀猪的捅死了。这姑娘一门心思就想进你们能源局，现在有人求到家里来了，老兄不为难的话……关谈云收好信，也不说什么，端起酒盅一扬脖子干了，王庆河说，痛快，够意思，也端起酒盅一饮而尽。酒喝到这分上，话也就说透了，只是都不往起抬屁股。司机早来了，一直没下车，抽着烟，听着流行歌曲，时不时往老五家瞟上一眼。

一场大雨过后，天气渐渐热起来。能源局机关大楼上的红旗换了新的，五一眼看就要到了。贝先林捧着一盆玉米面菜包子来到钟杰病房。钟杰明天回北京过节，贝先林的妻子特意做了玉米面菜包子送来，钟杰昨天中午跟贝先林说想吃玉米面菜包子。没拿大蒜来？钟杰瞪着眼睛问。贝先林一笑，从病号服口袋里摸出几头紫皮大蒜，放到小茶几上，钟杰一脸喜兴。菜包子也有贝先林的份儿，他也没有吃晚饭。钟杰一大口菜包子一小口大蒜，吃得极香，贝先林也觉得菜包子好吃，只是不敢就大蒜。钟杰吃到第三个菜包子时说，我听说关书记把七千万砍下来了？贝先林噎一口，半天说，嗯。钟杰把一整瓣蒜扔进嘴里，咔叽咔叽嚼着，额头上沁出了细汗。吃完菜包子，钟杰去卫生间漱口，贝先林打开电视机，中央一套的《新闻联播》刚刚开始。

看完《新闻联播》和《天气预报》，钟杰说换台换台，看看平阳新闻，我现在是半个平阳人了。也巧，一转到平阳台，屏幕上就闪出了关谈云和赵萍珍，钟杰瞪着眼睛说，别动，看看。贝先林两眼直勾勾地盯着屏幕。平阳市电视台正在播放的新闻是团市委和能源局团委联合行动，以送温暖献爱心为主题，向尚未脱贫的田家堡捐助了一批教学用品。两辆满载着课桌课椅和其他物品的大卡车，车头上拴着红绸子扎成的大红花。赵萍珍和关谈云谈笑风生，与前去送温暖的年轻人一一握手话别……播过这段新闻，钟杰沉默不语。贝先林脸色一阵发灰，真真感到了心脏跳得不对劲。刹那间，贝先林委屈得要命，真想变成一个孩子好好哭一场。

# 八千万

　　天色黑下来，秘书邹云还在副部长苏南办公室里等着，苏南正在跟部长谈事。这时电话铃响了，邹云过去接起。那边一开口，他的耳朵就分辨出对方是鲁娜。邹云溜一眼门口，说，嗯，听出来了，苏部长在部长那儿谈事呢。鲁娜是苏南的第二任夫人，两天前她随一个访问团去了美国。邹云问，都顺利吧？鲁娜笑道，还好！邹云说，苏部长也挺好的，你不用挂念。鲁娜说，你那么会心疼他，我还操什么心。哎，你也挺好吧？邹云道，还行。

　　放下电话不久，苏南就回来了，笑呵呵说，等烦了吧？邹云赶紧迎上去，接过他手中的杯子说，苏部长，刚才鲁娜打电话来了，您正跟部长说事就没叫您。苏南点点头说，她有事吗？邹云道，就是给您报个平安，问问您身体。苏南注视着眼前跟随自己多年的秘书，岔开话题说，干到明年初，我就到站了。这些天我一直在想你的事，我是该安排安排你了。小邹，说说看，你现在有什么选择。邹云神色似惊非惊，只是目光有些捧不住苏南的脸。苏南要退下来，邹云早有思想准备，他知道苏南在退之前会给他安排好退路，然而却是没想到会这么快。他镇静了一下，看着苏南说，苏部长……苏南说，有相中的地方，说好了，高一点也能看出你的自信心嘛。邹云道，苏部长，我听您安排。苏南换了一脸笑道，你呀——站起来，看看窗外说，好了好了，这个事今天就先说到这吧。小邹，东升那边，都打好招呼了吧？邹云忙说，苏部长，都安排好了。苏南说，八千万，究竟是给一局还是二局，我想让你多操点心，锻炼锻炼嘛，这是个机遇。等从东升回来，我要听听你的看法。邹云这回没能吃透苏南的意思，但他还是点点头。苏南说，不早了，你先回去吧。邹云走后，苏南放松了神经，疲倦的目光铺在写字台上。东升，八千万！他自言自语。

东升是座小城，离北京百十里路，部直属工程一局和二局的大本营就扎在那里。多年前，一局和二局本是一个局，一劈两半，都是因当时分管这个局的副部长肖承山一句话所致。当时肖承山要堆起两座山头，能扔到桌面上打滚的说法是局长李汉一和书记袁坤不挽手，干脆分两摊叫他们比着干吧。大家心里有数，知道他肖承山不喜欢知识分子出身的李汉一，得意穿过军装的袁坤，因为肖承山也是军人出身。分了以后，肖承山承包了一局，苏南的身影坠上了二局，一局和二局从这时便开始了窝里斗。两座山头对峙，彼此都明白打通地方关系很重要，能有效地制约对方，于是你拿房子、液化气罐亲工商税务银行，我用招工名额基建工程贴公安法院检察院，搞得谁迈步都哆哆嗦嗦，让市里人占了大便宜。不仅如此，在系统外竞争工程时，两个局也是你捆我，我绑你。尤其是袁坤，有一次争红了眼，竟不惜赔本去干，惹得部里怪话不少，苏南跟肖承山的关系也搞得挺僵。去年肖承山退了下来，一局移到苏南手里，开始苏南有心再把两个局合二为一，但始终没有下手，原因是肖承山退下来后没有闲着，三天两头往东升跑。今年一开春，肖承山犯心肌梗塞了，部长在一次会后对苏南说，老苏，一局和二局的事，你琢磨一下，拿个方案出来。到了真要动手时，苏南也挺犯难，两大摊子，十几万人，动起来哪是上嘴皮一碰下嘴皮的事，两套班子摆弄不顺，乱起来不好收拾，所以苏南一直在等合适的机会。如今机会来了，这机会是苏南自己创造的。

明年准备上马的东北原油输送复线工程，总造价一亿八千万元，其中一亿的工程量通过招标都有主了，一局和二局也投了标，但都没中。余下那八千万工程，部里准备用来搞最后一次指令性扶贫工程。几个副部长都有分管片，都惦着把八千万扔到自己的自留地上，而苏南想得到八千万的心情，却是比任何人都急。他明白凭自己手中的权力，硬把两个局捏合起来不难，但他认为那样干不聪明，况且他打算借合并来安排邹云，所以说合并必须要有一个很好的借口撑着才行，而拎着八千万到东升去就是最好的借口。于是讨要八千万的工作，会上会下他做得很是积极，部里几个主要负责人都知道他明年就要退下去，在大小会上也就不跟他硬争，苏南在会下也做了不少工作，最后还是部长一句话，苏南如愿以偿，总算把八千万捏到自己的手中。

邹云到家后，喝了碗绿豆粥，就倒在了床上，虽说这次他揣摸不透苏南在八千万上是刮风还是下雨，但有一点他似乎感觉到了，那便是苏南有可能把自己放到东升去，他那会儿在办公室里说的一番话，就是给自己的一个暗示。邹云翻翻身，把两只手垫到头下。他自问，去东升后，将会扮演一个什么角色？自己一个正处级秘书，能顶替李汉一还是袁坤？正想着他爱人小莹在客厅里接了一个电话，小莹放下电话走进卧室说，小兰打来的，她后天到京。小兰是邹云的小姨子，刚刚离婚。邹云坐起来，搓着脸，摇摇头说，我要是不走，到时跟你一块去接她。小莹点点头。又有电话打进来，邹云去接，是袁坤打来的，询问苏南明天的日程有没有变动，邹云说没有。袁坤说，我这都准备好了。邹云想想说，袁局长，苏部长明天下去，也就是转转，不会拍什么板，你得沉住气。袁坤笑道，八千万有你老弟托着，我就有四千万的底了。邹云打哈哈说，我要是苏部长，八千万都给你。袁坤又道，苏部长能住我这里吗？邹云反问一句，你说呢？袁坤笑道，不过明天中午，我要露一手。对了，明早你们几点出发？噢，八点钟，好好好，再见！

邹云跟袁坤的特殊关系，是从那年在田城被当地老乡兰截发展起来的。那次邹云代表苏南去慰问袁坤的一线职工，车在离宿营地老远的地方，被一群怒气冲冲的老乡拦住，大嚷着他们的鱼塘被破坏了，少赔不行，口口声声让车上官大的人下来说话。当时邹云脸色紧张，医为老乡手里都攥着铁锹镐头什么的。袁坤递来一个眼神安慰他，对围上来的老乡说我官大，有什么话咱们慢慢谈，只是这车你们不敢扣留，车上装着抢救危险病人的药品，得马上走。趁老乡们犯愣的工夫，袁坤一扭头说，我说邹大夫，不赶紧去抢救病人还等什么？邹云犹豫，袁坤又道，我在这跟农民兄弟聊聊还会有事。快走吧，没事。司机暗中拉拉邹云，叫他上车。关上车门，司机说，邹秘书，咱们得赶紧回去喊人，把大推土机弄来几台才能镇住这些人。等后来一个小队的人把袁坤抢回来时，袁坤成了泥人，小队长骂骂咧咧地说袁局长被狗东西们推到水渠里去了。袁坤脸上还有几道血印子，邹云一问才知是被一个老太太抓的，邹云很过意不去。当晚杀到县里喝压惊酒，邹云成了县里一伙人围攻的对象。袁坤又豁出去了，邹云的酒他全部代劳，拼得县里的人都成了大舌头。回来的路上，袁坤坚持不住了，下车靠着一棵老杨树哇哇大吐，苦胆汁都吐出来了，邹云一边给他捶背一边想：袁坤这么做不论图什么，都让自己感动。同样，通过后来的交往，袁坤也很看得起邹云。去年十一，袁坤差人给邹云送去一桶甲鱼，那意思很明显，是想通过邹云的手，感受一点苏雨的温暖。转天，袁坤接到离任副部长肖承山老伴打来的电话，说老肖这次住院是治小病，叫你挂念不说，还让邹秘书送来六只大甲鱼，袁局长你对老肖是真有感情呀，怪不得他那会儿老提你的名字。袁坤当时不知道老领导住院，更没料到邹云会这么做二传手，尤其是事后，邹云压根儿没跟他提起过替他送人情的事。袁坤想邹云是个有心人，交情一到位，一些事就容易

063

办到家了。袁坤前前后后替邹云安排了十几个关系户，也提了一些他关照过的人。而邹云也没少在苏南面前替袁坤吹热风，袁坤两次出国考察，邹云都帮了大忙，另外邹云还利用各种关系，帮袁坤揽点塞牙缝的工程。

八月的清晨，阳光一开跑，就散出了热气。

乌亮的奥迪驶出京城，盘上高速公路，箭一样射向东升。邹云亲自驾车。那会儿邹云去接苏南时，苏南看看左右问，犯车瘾了？邹云替他打开后车门，说，苏部长，您请上车！上车后苏南又问，你在驾校学了几个月？邹云道，满期。邹云给苏南当贴身秘书前，就在大桥驾校里拿到了驾驶执照，以后他就经常给司机放假。别走神！苏南说，他今天似乎有点担心。邹云回了一句很微妙的话，老人家，我敢拿您开玩笑嘛！苏南欠欠身子，回味着他这句话，心情一下爽朗起来，走吧！

邹云的车子开得很稳，苏南感觉很舒服。不经意间，苏南发现邹云的黑发里藏了几根白发，心里泛起一股说不出的滋味。奥迪轻轻摇晃了一下，邹云超过一辆本田。苏南瞥一眼车窗外，心想把邹云安排到东升，也算是对邹云的爱护和重用了。苏南深吸了一口气，缓缓打开额上的抬头纹，从秋野里收回目光，沉浸在往事之中。他对邹云感兴趣时，邹云还是个普通秘书。那年邹云被评为部机关优秀秘书，在他的事迹材料中，千只笔芯这一细节被人津津乐道。邹云在一年内使用了几千支油笔芯，他用这些废物串编了一个两层厚的椅垫，一时间传为佳话。有一天苏南路过邹云他们办公室，见一屋子人正在喊喊喳喳，就走了进去。看过笔芯椅垫后，苏南说，嗯，不错。邹云的名字，就从这时候印在了苏南的脑海里。至于说他对邹云由好感到喜欢，则是因为一桩不起眼的小事。一次苏南要到坑西工程局视察，贴身秘书因拉肚子不能离京，办公厅主任来征求苏南的意见，问能否找个秘书临时顶一下。苏南想想说，那个小邹在家吧？就这么着，邹云成了苏南此行的贴身秘书。在坑西视察期间，苏南在一个二级单位的会议室里，不小心打碎了一个烟灰缸。会议室的墙壁上有"损坏公物照价赔偿"的字样，但苏南没注意到。返京后的某一天，苏南无意中在一家很有影响的报纸上，看到一篇题为《烟灰缸的故事》的文章，文章中讲的那烟灰缸，正是自己在坑西打碎的那一个。文章署名金蓓蓓。事后苏南一了解，方知邹云在离开坑西前，说服了死活不肯收赔偿款的领导，替自己交了一个烟灰缸的钱。那位被说服的领导很感动，请来当地一个小有名气的女记者写了这篇文章。这以后不久，苏南的贴身秘书提升了，邹云顺理成章跳进了提升秘书腾出来的空坑。在脚印踩脚印的日子里，邹云善解人意的能力，令苏南都不敢相信他还是个三十出头的年轻人。

　　一辆银灰色新款奔驰追上来，飘飞似的超过奥迪。邹云活动一下脖子，心想到东升后，得叫龚琨给做做按摩。邹云心里明白，苏南会去职工医院的，因为中药浴和保健按摩他很喜欢。想到龚琨，邹云就想到了许多往事，他曾在这个女人身上作过文章。那年苏南下来看病，意外与龚琨邂逅，邹云当时就站在一旁，他感觉这个身段修长的女人比自己大不到哪去。龚琨告诉苏南，她是半年前从原水调过来的。那天回病房后，苏南情绪不错，跟邹云说他是十几年前在原水大会战指挥部认识的龚琨，那时的她还是个毛丫头，整天在医疗队里叽叽喳喳。再往下，苏南讲了一大堆有关龚琨的笑话。这以后苏南再见龚琨时，龚琨就当上了副主任，负责干部住院部这一摊工作。龚琨对苏南和邹云表示感谢。那天在那样一种气氛里，苏南看着邹云心里有数了，风趣地说，小龚，部里要是评选十佳伯乐，我想你一定能投邹秘书一票。

苏南这一生，走得也是坎坎坷坷，尤其是前年那场大火，险些把他一生的荣誉烧光。东港油库是苏南的安全责任承包点，去年七月里的一天，油库东4号油罐遭雷击起火，伤亡数十人，有关部门派下了联合调查小组。事故起因的说法很不统一，有说天灾无奈，有讲主要领导安全意识淡薄是发生这场大火的主要原因，苏南没能顶住前后左右的压力，住进了东升职工医院。他很内疚，他在病床上等待组织对他做出处理。这时节部里有了传闻，讲上头可能要把苏南挪出京城，去一个边远省份的一家亏损大企业挂闲职。就在苏南无力回天的时候，邹云把一份《东港油库事故调查分析报告》及时送到有关部门。苏南对这场大火责任的担待面一下子被"报告"缩窄了，命运出现转机。邹云为这份五万余字有理有据的鉴定分析报告，花费了大量心血。他先是在事故现场搞第一手资料，先后跑了气象局、矿山机械局，以及有关研究所、设计院、金属设备检测中心、地质勘查大队等单位，千方百计搜集各种数据，然后在油库又走访了二十余人。记得他驾车返京那天，是一个雨夜。进京后邹云又开始了新一轮串跑，什么校友熟人老关系，能用上的人都用上了，最后请出多位资深的专家学者，用科学眼光透视起火原因，最终讨到了"进口避雷针设计安全系数不符现场地势陡度是造成东港油库失火主要原因"的科学鉴定不说，还牵出了一桩降低进口设备质量标准、收取外方公司贿赂的大要案。邹云去东升接苏南出院那天，苏南让病房里的局长、处长、院长们先出病房，他要用官场上敏感的礼仪告诉那些人他对邹云的隆重谢意。出病房时，苏南还有意让邹云走在他前面。

奥迪弯下高速公路，驶出收费站，邹云一眼认出停在前面路口的奥迪是袁坤的专车。邹云心说袁坤搞什么名堂，昨天他在电话里说今天中午要露一手，看来他这一手还挺神秘。

苏部长，咱们去……邹云话到半截打住。苏南接上话，这回不住一局也不住二局，直接去医院。这几天不舒服，我要查查。邹云点点头，打方向时瞟了一眼跟在后头的奥迪。车子进了城，眨眼间就开到了职工医院门口。这时从门卫室小窗口拱出一颗头来，大概看清了是北京的车，才没问什么就打开了电动铁门，邹云按下喇叭，点着油门开进去。职工医院在东升的地位比较特殊，不属一局管理，也不在二局的幌子下，架着副局级的牌子，直接听部里吆喝。

李院长一见苏南，有些愕然，他吃不准苏南突然赶来是检查工作还是看病。等听了苏南的几句话后，李院长赶忙招呼人去收拾 203 病房。203 病房是双套式病房，里外两间，外加一个宽敞的会客厅，装修得很讲究，空调冰箱彩电也一应俱全。203 病房可以说是苏南的专用病房，平时他不来住，那把锁是不打开的。邹云把苏南送到病房后，找了个空来到一楼，掏出手机打通袁坤的手机。邹云说，袁局长，我们到了。袁坤道，我知道你们到了，在医院呢。邹云出了楼说，下回再跟踪，你最好换辆车。袁坤嘿嘿笑道，露马脚了。邹云说，什么行动？袁坤道，也没什么大动作，就是想招呼魏市长搞点声势，给苏部长接风洗尘，你看行吗？邹云不好表态，问，通知李局长了吗？袁坤说，我这就跟他联系。

接过袁坤的邀请电话，李汉一点了一支烟，坐在转椅上若有所思地抽着。他想魏市长请客，说白了还不是魏市长用面子搭台，袁坤用钞票唱戏！他没把袁坤这一手放在眼里，因为一顿饭在八千万上留不下什么痕迹，此时此刻叫他费心的是苏南这次下来，究竟要走几步棋？苏南一猛子扎进医院，无非是向自己和袁坤表示，此行东升，他在八千万上保持中立态度。他弹弹烟灰，心绪在八千万上悠悠打转。八千万这块肥肉，自己能否咬上口，他还不敢给二局打保票，但他相信自己获胜的面会比袁坤大。首先从能力上说，自己被苏南领导多年了，他摸自己的底。再讲自己跟苏南在感情上的温度，他袁坤也没法比，自己早在数年前，就为苏南献过身。那时苏南还是部工程审计局局长，而李汉一也仅仅是个处级干部。那是个夏季，苏南在东升听完工作汇报后，由李汉一一行人陪着去河南工地现场办公，结果车走到半路一个小镇上抛了锚。时值日落，一行人不得不在小镇上过夜。小镇不繁华，他们下榻的小旅店昏暗潮湿，摆放两张木板床的双人间，就算是上等客房了，李汉一跟苏南住在一起。店里没有蚊帐，发给的劣质蚊香又不能点，因为苏南闻那味过敏。躺下后身子刚焐热床板，苏南就被蚊子叮起来了，拉灯下床，噼噼啪啪拍打蚊子。李汉一也遭了叮咬，一条腿挠红了大半截。也咬你了吧？苏南问。李汉一一骨碌下了床，挥着枕巾边扇边说，咬了，苏局长。打完一圈两人躺下，李汉一在黑暗中说，苏局长，您裹上单子，等睡着了就没事了。许是后半夜，苏南开灯下床小解，迷迷糊糊中看见李汉一挺尸一样瘆人，待走到近前才看清他浑身上下只有一条花裤衩，胸上、胳膊上和大腿上，粘着许多鸟屎似的小黑点。苏南眨巴眼盯看了半天才反应过来，李汉一身上那些鸟屎一样的小黑，原来是吸饱了血懒得再动的蚊子。许多年过去了，那些吸饱了血的蚊子，依然没有飞出苏南的记忆。

李汉一续上烟，扺曲吐吐来到窗前，朝远处眺望。跟袁坤争高低，他有耐心和信心，他知道这些年来自己与袁坤总是在最后一步棋上论输赢，自己从不在一件事的序曲上耗费太多的精力。就说针对苏南这次下来查大重型施工机械设备完好率和闲置率的情况，袁坤紧着做面上文章，收缴车辆设备搞展览。而自己的劲呢，都使在了市场上，尽可能把闲置的东西都租赁出去。那天办事回来路过一局，李汉一就去了袁坤办公室闲坐，袁局长，李汉一说，听说你管理闲家伙有创新之举，我是跑来取经的，您给念念吧！袁坤嘻嘻哈哈说，我那做法充其量是笨鸟先飞。李汉一说，老袁，你该不是给我上眼药吧？袁坤大笑道，你得红眼病了？李汉一说，快了吧。袁坤扬起头说，行了，你老兄是大树底下好乘凉，这些年里我可是净挨晒了！李汉一坐下，袁坤接着说，老兄，你们二局不愁吃不愁穿，我看你们就发扬风格，往回缩缩手，叫我们一局也过过年嘛。李汉一道，老袁你这话就有毛病了，你们一局是老大哥局，要说发扬风格，理应是大哥让小弟嘛。袁坤挑挑眉毛，伸过脸说，要我说呢，一家干一半皆大欢喜，也不知苏部长有没有这个打算？李汉一一听话说深了，冲着乜斜他的袁坤只笑不语。袁坤摇头感叹，争来抢去，到头来一局也是陪练的角色。李汉一摊开双手说，我说老袁，你就甭跟我卷刃了，你上上下下里里外外的能量，我还能没个数？袁坤摸起桌上的烟说，你就拿我捏着玩吧，你老兄那口牙能咬铁嚼钢，我袁坤浑身上下，可就剩下嘴皮上的劲了。老兄，再这么耗下去，我看咱俩终有没话可说的那一天。李汉一笑道，友谊第一，比赛第二，我看到啥时候咱们都是朋友。袁坤晃晃头，刚想开口，忽听窗外压来一片稠密的车笛声，窗玻璃都震嗡嗡了，两人匆匆对视了一下，不约而同来到窗前探望。楼前的空地上，停了一大片各式各样的摩托车，铮铮闪烁。骑手个个戴头盔，目光推着目光朝楼上张望。李汉一感觉洪亮的喇叭声，旋转成了一个无形的大声球，在半空中滚来滚去。蓦地，笛声止息，继而复起，响响停停，停停响响，李汉一困惑地问，老兄，你这是搞什么演习？袁坤捏着下巴，想起了几天前上午接到的一个电话，打电话的人火气十足，说你袁局长要是再不管青年小区的车棚，我们就到局里示威。李汉一看着袁坤，袁坤苦笑一下，打电话叫后勤处处长孙驼上来。时间不长，孙驼气喘吁吁跑来，见李汉一在，匆匆打声招呼，来到袁坤办公桌前。外面的人干什么呢？袁坤笑着问。孙驼弯弯腰说，嗯……袁坤撇撇嘴，怎么，孙处长中午没吃饭？孙驼的脸都不是色了，腰也要塌了，讷讷地说，小区里的绿化草坪，市环保局不叫铲。这时窗外的喇叭声，嘀嘀嗒嗒响得节奏鲜明。孙驼急得直嘟哝，可怎么办呢？袁坤脸一绷，大巴掌啪地落到办公桌上，说，问谁怎么办？问我？那要你干什么？去去去，你出去跟他们解释，二十分钟不把人给我轰散了，你就回家睡大觉去吧！孙驼点了一下串头，灰溜溜去了。李汉一望着袁坤说，杀鸡给猴看吧？袁坤甩手道，老兄，您怎么能是猴，您是东升虎嘛！这时电话铃响了，袁坤回身去接。李汉一审视着他那半张脸，想到这次跟他争夺八千万，不会像以前跟他争夺别的东西时那么轻松了。虽说袁坤贴不上苏南，可他跟邹云来往神秘，天知道在八千万上邹云会替也使什么劲。往深处琢磨，面对八千万下一步自己还真没什么绝招，不过有一点倒是能吃准，那就是现在谁对苏南行贿，谁就会栽跟头，等于帮苏南解决了一件束手的事，因为从迹象和感觉上看，苏南在八千万上要的不是金银珠宝。李汉一想，眼下最理智的办法是以静制动，待发现袁坤在什么上露出破绽，再在他的破绽上酝酿对策，只要自己能沉住气，想必袁坤会给自己制造出四两拨千斤的机遇。

魏市长给苏南的接风宴场面不小，摆了四桌，闹闹哄哄吃到一点多钟，苏南疲倦得不行，一回到病房就上了床。苏南原打算中午在医院的小餐厅里设一桌，把李汉一、袁坤等人叫来吃顿和气饭，顺便安排一下明天的检查工作，下午好好睡一觉，晚上若有时间就去看看白铁成的老伴彭青。白铁成是苏南五十年代的队友，在一次抢险中，白铁成为救苏南，左腿被钢管砸断，从此落下残疾，隔年调回东升一家水泥厂，十年前病故。苏南每次来东升，都要抽时间去跟彭青叙叙旧，彭青也是个残疾人，只有一条胳膊，现在跟小儿子白石光一起过。这些年苏南的两只手，没少拎彭青家的愁事，给她的子女找工作、落户口、调房子。白石光辞职做生意那几年里，他也没少用电话关照白石光的生意，还批过两次条子……

两点钟的时候，有人敲门，躺在外间的邹云坐起来，穿上拖鞋去开门。来人是龚琨，怀里搂个雪白的纱布袋，邹云知道那袋里装了十几种泡浴水用的中草药。苏部长休息呢？她放轻了步子说，我还以为你们不会回来这么早呢。邹云冲里间一努嘴，说，一点半就回来了。她把药袋子放到茶几上，坐进沙发。闻着浓浓的中药味，邹云做了个解乏的动作。累了？我给你按摩按摩？此时邹云很想按摩，但他下意识地扫了一眼里间的屋门，强作精力充沛的样子说，不累，谢谢龚主任。沉默一阵后，她吞吞吐吐问邹云能不能帮她销些磁疗床垫。邹云知道磁疗床垫是怎么回事，那东西价钱很贵，双人的超万元，北京传销它的人不少，邹云的一位朋友就曾找过他帮忙，说是利润部分砍半分，邹云没有动心，他没工夫挣这份外快。邹云糊涂着脸问，磁疗床垫？她就介绍了一遍，最后说，跟你开这个口，实在是不好意思，我正凑钱买商品房呢。邹云抬起目光，买商品房？她嗯一声，仰脸说，上个月我离婚了，儿子和房子都判给了他，我现在住在单位的单身楼里。邹云点点头。她搓着双手道，要是麻烦，就算了。邹云从冰箱里取出一听雪碧递给她，说，龚主任，你要是客气，我倒不好意思了。她接饮料时咬咬嘴唇。外面是小龚吧？苏南的声音传出来。是我，苏部长，给您送药袋。龚琨站起来时，苏南已走了出来。

邹云来到院长室，李院长说，坐坐坐，邹秘书。几句闲话过后，邹云问，李院长，龚主任住单身了？李院长摘下听诊器，看着邹云点点头。邹云又问，李院长，医院的房子挺紧张吧？李院长会听话，愁眉苦脸地说，我是想给龚主任解决困难，可我这里是僧多粥少。平时跟袁局长李局长说说笑笑可以，可一到正经事上，事情就难办了。唉，邹秘书，我这里真是成了三不管的地界。医院职工的住房，由一局和二局五五分担，三家为房子的事，年年扯皮。李院长说，邹秘书，我想你找袁局长李局长说说，问题不大。邹云笑笑没接话，李院长脸一热说，惭愧惭愧！

走出院长室，邹云想可以借房子的事，往八千万的方向拉袁坤一把。这次下来，谨慎是必要的，但多多少少也得在看得见摸得着的地方对袁坤关照关照，也好让他清清楚楚地感觉到自己在八千万上一直在替他动脑子，不然他容易起疑心。邹云摁着手机出了医院。骄阳烈烈，热浪推人，邹云快步奔到一片树荫里。

嗯，是我。袁局长，有件事你还不知道吧？龚琨已经离婚了，没房子住就搬进了医院单身宿舍，生活很不方便，我想你是愿意为她解决一套住房的。放下电话，袁坤没怎么琢磨，就领悟到了此时此刻给龚琨解决一套房子的重要性。他打电话把孙驼叫上来，问他现在还有几套装修好的两室一厅公关房，孙驼想想说，二小区还有三套。袁坤叫他挑一套合适的把钥匙送来，孙驼频频点头。袁坤挥挥手说，快去办吧！孙驼刚走到门口，袁坤喊住他，说，顺便再给配几件家具。孙驼半天才开口，袁局长，那标准……袁坤不耐烦地说，你总不会去当铺买吧？孙驼被噎得脸一阵红一阵白，咽着唾液往外走。

接下来袁坤想给运输公司潘经理打个电话，提醒他要看好摊儿，苏南在东升期间，没有十万火急的事，集中的车辆设备不许出公司大门。可以说，为了应付苏南这次检查，他动了很多脑子才想出了良策，就是叫潘经理在公司内腾出一块水泥地皮，大小比着足球场来，用钢管角铁石棉瓦等建材，临时搭个大棚子罩住足球场，然后把局属各二级单位闲置的汽车、吊车、铲车、拖车、检测车、抢险车、通讯车，以及推土机、挖沟机、钻孔机、发电机、电焊机，但凡有轱辘的统统集中到足球场上，然后动员了一大群家属工，把这些铁家伙洗刷几遍，使得它们都有了闲而不败的外观。那天，袁坤去察看，人离那片有光有色的钢铁群还老远时，他身上的血就涌了起来，激动得比比画画，不住地说好看好看。等兜了一圈，袁坤的粗眉毛拧起来，心说怎么还空了块地？这不是破坏整体气氛嘛。他心里有小九九，闲置的东西越多，越能显出吃不匀的样子，而越是吃饱才越有理由贴近八千万。嗯，得把那块空地填满。回来后他责令各单位把近期可用可不用的车辆设备都送到足球场上摆着。令传下去，底下响应得不太积极，没送来什么显眼的家伙，袁坤阴了脸，吩咐人再敦促。这回倒是收上来一批，不过都是些使不得也看不得的破烂货，袁坤瞪眼珠子了，打电话问潘经理，填满那块空地，大约还得多少车辆？潘经理估算后说四十多台大车吧！于是袁坤在局长办公会上，口气不容商量地给各家下达了硬指标：两日内各家送两至三台大型车辆或设备到运输公司，谁拖拖拉拉谁就别端饭碗了。见局长动了真格的，各家头头都不再叫苦，想尽一切办法去达标。子弟小学家底薄，在实在挤不出车的情况下，只好停开一辆接送学生的专用大客车来凑数，学生家长从心里埋怨到嘴上，几位脾气大的家长一串通就闹到了局里。袁坤找来校长，哭笑不得地说，没你这么死心眼的，那天我的话，是在敲打车多人多的大户，你个缺粮短饷的小学校瞎积极什么，赶快叫司机把车开回学校！

　　袁坤的手刚触到电话，电话铃就响了。接过这个电话，袁坤蹙着眉头，刚才运输公司调度长说，潘经理不听劝，放走三台十六吨吊车去了市水泥构件厂。袁坤在屋里走了几圈，拿起电话打到潘经理办公室，没好气地叫他过来。十几分钟后，潘经理到了，进门就是一脸任打任骂的表情，袁坤的气更不打一处来了，说，你这是跟局里唱对台戏！潘经理避开他的目光，说，袁局长，我有那胆吗？袁坤一听他这话不软不硬，大声道，没胆你放车？潘经理说，跟人家有合同，不去挨罚。袁坤一哼道，不就是几个钱吗？那好，你马上把车给我弄回来，他们罚你多少，局里掏！潘经理，你也不看看，现在是什么时候，上午打电话我是怎么跟你说的？潘经理拿起袁坤的小熊猫，押出一根捏着说，袁局长，不是挨你训，就是被职工骂，我怎么干里外都不是人，这顶乌纱帽号不对，我戴着不合适，袁局长你把我冷冻算了。袁坤咬咬牙，猛一转身，把整扇脊背给了潘经理。潘经理是他看得上的人，这些年里没少给他出力，年初部运输局王局长相中了潘经理，要拉过去当大梁用，潘经理也愿意过去试试，袁坤说什么都不放。袁坤说，你想着公司的效益没错，我操心全局的利益也对。潘经理说，那会儿你若是放我走，还会生今天这肚子气？袁坤回过身，抬眼看看许是因为委屈而红了眼圈的潘经理，语调平和地说，算了算了，只当我什么也没说行了吧。拿起打火机，点着潘经理刚叼在嘴上的烟。潘经理思忖道，袁局长，这么做管用吗？要是管用，我到市里借些车来摆着。袁坤摇摇头，免了吧，万一叫李汉一抓到把柄，到苏部长那里奏咱一本就坏了，咱还是用自己的锅盛自己的米吧。要说管不管用，我心里也没有谱，看运气吧！潘经理吹吹烟头说，真要能拿到八千万，明年咱一局的日子就好过了。

四点钟的时候，邹云分别给李汉一和袁坤打了电话，叫他俩四点半带双份书面材料到 203 病房汇报工作，现场看车安排到明天。两位局长准点来到 203 病房。苏南换了住院服，这叫两位局长心里多少有点压抑。问候的话音落地后，苏南叫邹云拿饮料给两位局长。按惯例，先从一局开始。轮番上阵，深浅都有侧重点。将近五点半时，汇报结束。苏南摘下花镜，闭上眼睛。袁坤掏出烟，想点火时无意中发现邹云的眼神不对劲，就又把烟装进烟盒。李汉一落下架累的腿，斜视着苏南。苏南想两家在汇报材料上，都是下了功夫的，闲置的东西数量差不多，区别在于说法上不一样。袁坤强调这些东西散在二级单位容易遭风吹日晒不说，关键是人为损坏叫人头疼，集中管理就把问题解决了；李汉一则阐明把闲家伙租赁出去，不仅仅是个创收的问题，而是市场意识的体现。苏南睁开眼，看看两位局长，微笑道，怎么都不说话了？嗯，汇报得不错，各有特色。小邹，你看呢？邹云没想到苏南会当着两位局长的面要自己的看法，心里有点慌乱，只好用脸上的笑掩饰一下情绪，加紧在大脑里组合最佳词句。苏南笑道，随便说说没关系，两位局长又不是生人。邹云这才开口，苏部长，李局长和袁局长跟您多年，积攒了很多工作经验，他们一句玩笑话也够我学习的了。苏南站起来，一本正经地说，在两位局长面前，你懂得谦虚这很好！袁局长和李局长身上，是有许多东西值得你好好学习。邹云连连点头，心跳加快了，因为他意识到苏南这就开始安排自己了。苏南避开主题说，晚上我请客，李院长掏钱。小邹，到时你要好好跟袁局长和李局长喝几杯。袁坤和李汉一面面相觑。

　　龚琨领着两个人进了 203 病房。哎呀彭大姐，你怎么找医院来了，我还说晚上过去看您呢。苏南道。彭青说，石光讲你在这儿住院。苏南迎上去，两只手握住彭青的一只手。见屋里人多，彭青笑得很拘谨，问苏南，老苏哇，你这又是哪儿病了？说完回头看一眼儿子，石光呀，见了你苏伯伯，咋还愣着？白石光将一袋水果递给邹云，叫一声，苏伯伯。苏南用拳头碰碰白石光的肩说，还越活越脸小了。白石光道，苏伯伯，我是被您住院吓的。大家笑起来。

袁坤和李汉一跟这母子二人不陌生，袁坤给过白石光废旧钢材，李汉一帮彭青解决过子女工作调动，这病房里只有龚琨是初次见到这母子。都长长短短打过招呼，病房里的气氛热闹起来，袁坤趁机点着一根烟。

苏南留母子俩吃晚饭，彭青推辞，苏南说，彭大姐，留下大家热闹热闹。彭青支支吾吾说儿媳和小孙子在家等呢。苏南道，好说好说，石光，你跑一趟，把她娘俩接来。一直插不上话的龚琨，眼睛终于抓到了苏南的目光，苏南哎呀一声说，瞧我，忘给你们介绍了。走到门口的白石光，又回来跟龚琨握手，一旁刚跟龚琨握了手的彭青，夸龚琨好看，长得像电影明星。邹云过来小声跟白石光说，你快去吧。龚琨用目光告诉苏南她要走了，苏南没开口，目光朝邹云脸上一抹，邹云心一动，转身笑着对龚琨说，龚主任，今晚大家一块坐坐。龚琨说，这多不好意思。邹云说，龚主任，你怎么也得帮我照顾照顾伯母吧？龚琨还想说什么，李院长进了病房，开口道，嗬，好热闹。苏南说，李院长，这屋里的人，都是我今晚要请的客人，你不怕我们把你吃空了吧？李院长边拿目光跟袁坤和李汉一说话，边用嘴回苏南的话，苏部长，您可真会说笑话。

晚饭大家吃得格外愉快，就连心里旋事的李汉一和袁坤也暂时放松了神经。喝酒时龚琨不打酒官司，敬酒罚酒比别人多喝了不少，她的好酒量营造了好气氛，早已不动白酒的苏南，破例喝了一小盅茅台。席间邹云眼观六路耳听八方，端着酒杯攀上够下，左说右笑，不让饭桌上出现死角。散席后，袁坤、李汉一、李院长和龚琨离去了，其余人跟着苏南去病房。白石光说，苏伯伯，有件事又要麻烦您。彭青冲苏南嘟哝道，一天到晚就他事多。苏南笑道，彭大姐，年轻人事不多，还会咱们这些人事多？回头看看白石光接着说，石光，有什么事，你跟小邹谈吧，他现在当我半个家呀！彭大姐，叫他们说去，咱们先走。邹云和白石光放慢了步子。

天气闷热，两人朝通风的地方走去。邹云问，游戏厅的生意还好吧？白石光摇摇头，早兑出去了，不赚钱。邹云知道，白石光挎把牙刷四海为家那厂年里，挣了一笔钱，回东升后开了一个贸易公司，生意还过得去。后来他跟人合伙到黑河做边贸生意失了手，被骗走了四十多万，还差点把命扔那边，回来后就把公司改成了游戏厅。邹云觉得他不适合经商，他身上的义气味太浓。邹云问，现在干什么呢？给人打工。白石光说起来。

一个叫马义的人雇了白石光，给个副经理头衔跑业务，专做成品油生意，每月做成做不成，马义都给他一千八百块钱工资。

如果一笔生意做成了，白石光按百分之十提成。虽说白石光过去在油路上蹚过，关系网织织补补也能拎起来，可时下远不是中间商一肩挑货主、一肩担买家空手套白狼的时期了，如今大家都不见兔子不撒鹰。现在的做法是中间商找到货源后，得先垫钱储货，然后再加价抛出。成品油市场不好把握，国家控制严不说，有时一股小风也能把人吹个仰面朝天，况且油价也是白天猛涨，夜里就有可能暴跌，中间商都不敢轻易放款套油，因为赔赚都不是个小数目。前阵子白石光试了几把，其中一桩九十号汽油的生意，很有做成的苗头，怎奈马义跟他有约在先，他可以使用的公司流动资金，不得超过一百万，突破这个数他得自己想辙补缺，后来九十号汽油的生意被北京一个大油贩做成了。刚刚白石光就是因资金困难才冲苏南开口，他正准备上手的生意是"一龙"零号柴油，货在东北，买家山西河南都有。"一龙"是倒油人的行话，指的是一趟四十四节的油罐专列，装油两千两百吨。这"一龙"他有把握每吨一千八百五十元拿到手，倒到山西的话，每吨售价能涨到两千四百元左右，剔除每吨两百五十元的运费，每吨的赚头在三百元上下，就按三百元算，他这"一龙"的盈利是六十六万，再按百分之十提成，落到白石光口袋的数目在六万元左右。这是抠理的明账，马义说了，做成的话再奖赏他十万。为淘弄这"一龙"油的缺口资金，白石光曾打算求苏南找单位借他几百万，但他前思后想感觉不好，就放弃了那个念头，在社会上的朋友圈里活动了几天，找到了一家肯借贷的银行，银行叫他找家有经济实力的单位出面担保，白石光试了几家单位，结果都没谈成，没办法才向苏南开口。他是中午在外吃饭时，听市政府的一位秘书说苏南已经到了东升，他想正好，省腿劲了，要不明后天自己还得往北京跑一趟。

邹云沉默不语，等在心里把账算清了后才说，做这笔生意，你需要资金四百零七万，减去你公司那一百万你得跟银行借贷三百零七万。白石光说，三百万，那个零头马义给补。说实话邹秘书，三百万不是个小数目，在市里不好找担保单位。邹云道，苏部长这不是考验我嘛。白石光嘿嘿一乐，不好意思，又吃老爹跟苏伯伯的交情利息了。哎，我说邹秘书，我可看出来了，苏伯伯百分之百欣赏你的才能。邹云右脚蹭着地说，忽悠我？白石光蹲下道，我现在要是贴不上你老弟，赶明儿你可能就不认识我了。邹秘书，日后你官当大了，给我一片树叶的阴凉，就够我这辈子避暑的了。邹云也蹲了下来，说，我在想你老兄今后若是发了横财，会不会忘了我？白石光侧脸道，滴水之恩，涌泉相报。邹云抬头望着夜空，觉得那弯瘦月很像是白银铸的。白石光冲夜空说，邹秘书，那我回头等您话了。

过了十点，203 病房里安静下来。苏南在泡药浴，邹云坐在沙发上清理思绪。他知道苏南的玩笑话，一向是很有内涵的，他让自己接手白石光的事，说明他要从这件事上试试自己什么东西。担保三百万，除了袁坤和李汉一还能有谁呢？眼下这二位正在拼八千万，从帮忙的角度说，自己应该让袁坤来担保。想到这，邹云像是获得了什么奇妙的灵感，两眼闪亮。他确实获得了奇妙的灵感，那灵感明明白白地告诉他，现在不是一般时候，所以说话办事就不能用正常思维，具体说就是此时该给袁坤的好处要给到李汉一那里。邹云有点兴奋，心里翘起一条小尾巴。

在远处楼群后，圆圆的太阳喷射出炽热的光芒。

袁坤和潘经理一群人，拥着苏南视察集中起来的车辆和设备。苏南凝神望去，视野里的车辆摆得整整齐齐，设备也码得井井有条，庞大的钢铁群能让人感受到一股神秘的力量。走近钢铁群，苏南看看左右，带着一脸笑容，顺一条窄缝走进去，时不时在铁家伙上拍拍敲敲，跟在他身后的大尾巴拉得老长。转到另一头时，苏南想说点什么，却被一声问候堵住了嘴。苏部长，你好。从一台杏黄色的十六吨吊车下探出一颗脑袋，苏南稍稍吃了一惊。爬出来的人满身油污，脸上也不干净，一双大手看不到本色。苏部长，您忘了，是我，我叫张国民。那年在大榆沟工地，您坐过我的推土机。对了，还有那年在部劳模表彰会上，是您亲手给我披挂的大红绸子。苏南想了半天，才把记忆深处一个模模糊糊的山东汉子跟眼前的人对上号。嗯，是他，他的家乡口音还是那么浓。苏南笑呵呵伸出手，张师傅，你还在我记忆里呀！张国民抖抖油手说，谢谢苏部长，我手脏手脏。袁坤跟潘经理碰碰目光，似乎都纳闷张国民怎么会出现在这里？张国民是老标兵，过去他在一局的知名度不比袁坤低。苏南一指吊车问，现在开这家伙了？眼神还得劲儿吧？张国民道，老早就开它了，眼睛啥的都还中。苏南点点头，又问，张师傅，你这台吊车，平时的使用率高不高？听了这句问话，袁坤有几分紧张，生怕张国民实话实说，把今天这出戏唱砸了。张国民一叹道，唉，苏部长，不瞒您说，这台吊，净落床了。苏南嗯嗯地点头，气也喘粗了。潘经理心里一热，其实全公司里，就属张国民这台吊车最忙。张国民笑道，苏部长，那您忙着看吧，我就不打扰您了。苏南说，好好好，张师傅，您多保重呀！等张国民再次钻到车底下，苏南回过头看看大家，拖声长叹，朝停在不远处的奥迪走去。

送走苏南等人，潘经理来找张国民。面对张国民，潘经理的喉骨滚动了几下，没说出话来。张国民放下工具说，不叫出车，闹心，就来收拾收拾。潘经理，我是昨晚才听说有八千万这档子事，今天赶巧碰上了老部长，讲了几句违心话。潘经理的鼻子直发酸，叫了一声，张师傅！张国民苦笑道，说了一辈子实话，偏偏在离退休不远时说了瞎话。潘经理，你领大伙儿好好干吧，干出样来，也就没人愿意说假话了，大伙儿看你还是不赖的。潘经理转过脸，不敢看张国民了。

下午，苏南转了二局几家二级单位，每到一处说话都十分节省，搞得周围的人心里发毛，尤其是李汉一，言行小心翼翼。苏南上午观察一局时，他应袁坤之邀派去一个处级观察员，这样一来苏南在那边的活动细节，他就一清二楚了，现在他怀疑苏南在自己的战区没走出兴奋感与那个张国民有关，他有理由相信那一刻张国民从车底下钻出来这个细节，是袁坤或是潘经理事先精心设计好的鬼把戏，专门演给苏南看的，因为很多人都知道苏南对有过大会战经历的老工人们，一向都讲感情。

苏南从二局回来时，正赶上龚琨在换浴水。龚琨额头上布满细汗，白大褂前襟被赭色的药水洇湿了一大片。好闷。苏南解开衬衫扣子说，小龚，怎么不开空调？龚琨甩甩湿手，不好意思地说，我弄不凉。苏南乐了，哎，小邹，你给小龚示范示范。邹云拿过遥控器，边摁边说，龚琨连连点头。好累！苏南说。龚琨转身说，苏部长，我给您按摩按摩就解乏了。苏南道，看你一头汗，我还好意思？龚琨拢起一绺爹发说，不是真汗，热水虚的。苏南站起来，那好吧。说完走进里间。

邹云喝了一大口饮料，坐在那儿纹丝不动。一般秘书在这种时刻容易左右为难，他认为不该溜掉的时候你溜掉了，会给领导造成不必要的被动和麻烦，甚至有些事情一辈子都说不清楚。这时候门被笃笃叩响。请进，邹云站起来说。推门而入的是李院长。邹秘书，苏部长休息呢？苏南在里屋说，捏筋捶骨呢！李院长望去，门半开着，他看见苏南的两只脚吊在床边有节奏地上下颤晃。邹云说，坐，李院长。李院长掏出一把单子，说明天查什么后天验哪些大后天……一口气把体检日程安排了一个星期。苏南说，没病也吓出病了。李院长挺挺脖子道，这还是我安排得紧呢，不然一星期的时候哪够用？邹云心想，今年的李院长，就比去年的李院长会办事了。

晚饭桌上，李院长说，苏部长，晚上八点我们医院团委举办首届天使杯卡拉 OK 大赛，您是特邀嘉宾。说完递来一张精美的请柬。苏南摆弄着请柬说，李院长，这是小青年们的意思？邹云插进话，苏部长，李院长可是越活越年轻啊！李院长冲邹云笑道，小邹呀——苏南放下请柬说，嗯，他是实际年龄与心理年龄不符。李院长，不知给不给老朽出场费呀？李院长说，到时我代表全院医护人员，送您一首歌。苏南夹起一条黄瓜问，什么歌这么值钱？李院长说，把根留住。苏南笑出了声，邹云和李院长也乐颤了脸。

邹云没去看卡拉 OK 大赛，他跟苏南说去李汉一家说说白石光的事，苏南问什么事，邹云说白石光做生意差点资金想贷款，银行要个担保单位。苏南没再深问，邹云知道自己的话说得恰到好处。

邹云在电话里跟李汉一约好后，到街上一家超市买了盒礼品咖啡，开车奔到李汉一家。李汉一住在老局长楼时，邹云去过两次，现在这新局长楼他还是头次来。新局长楼是独门独院的两层小楼，建筑面积怕是超过了两百平米，邹云楼上楼下看过后，感慨颇深，说，东升的住房是宽敞。李汉一就借题发挥说，邹秘书，你要是来东升，也住这样的房子。邹云笑眯眯地盯着他，这么说，李局长给我留了一套？李汉一给邹云倒茶时说，水到渠成，房子算什么事。邹云愿意跟李汉一这么你一句我一句地对话。

茶水下去半杯后，邹云开始谈正事，李局长，又要给您添麻烦了，有件事想请您帮帮忙。李汉一说，你太客气了邹秘书。邹云把担保的事说出来，李汉一脸上没露出难色，他在想这件事是福还是祸呢？从亮处看，这是件有利于争夺八千万的好事，此时帮白石光这个忙，就等于亲了一下苏南的脸。不过李汉一又不得不往别处想想，既然是件看不出什么破绽的好事，邹云会忘了袁坤？嗯，看来叫自己出面担保是苏南的意思，邹云充其量是个跑腿的。李汉一想从邹云嘴里再抠点什么，试探道，苏部长……邹云马上说，李局长，动静最好别搞得太大，苏部长总跟我讲李局长是个办事稳重的人。李汉一点点头。临走前，邹云把白石光的名片给了李汉一。

从李汉一家出来，邹云直奔袁坤家。袁坤的房子不是独门独院的两层小楼，一局的日子不如二局好过，袁坤拿不出造小楼的钱。邹云跟袁坤熟，袁夫人跟邹云也就不见外了，说说笑笑像是接待亲戚。袁坤见邹云迟迟不甩话头，明白了他的意思，把夫人支出客厅。袁坤主动说，龚主任的房子落实了，两室一厅，钥匙在我这儿呢。邹云舔舔嘴唇。袁坤嘴里咻一声，说，我不知道这钥匙怎么交给龚主任，我派人送？给你？还是叫李院长来办？这个细节邹云事先倒没有考虑，他陷入沉思。我说老弟，给出两室一厅，切我一块肝呀！你可不能叫我瞎子点灯白费蜡！邹云犹豫道，当然是影响面越小越好，同时还要显出你的功劳。袁坤说，我也是这意思。这样吧，邹云伸手说，把钥匙给我，我来办。交钥匙时，袁坤说，这我就踏实了。邹云往手包里塞钥匙时，袁坤又说，我给配了几件家具，不过分吧？邹云瞅着他，一笑道，我想龚主任不会生气的。房子的事到这里点上了句号，接下来袁坤把话题夯到八千万上，流露出惶惑，邹云没法给他定心丸，就说刚开始，还早着呢。

　　袁夫人端来一盘加过工的哈密瓜，每块小瓜上都挺着一根竹牙签。尝尝，新疆带回来的。邹云冲她说，真好看，没吃就感到甜了。袁坤伸手说，来来来，吃！邹云捏住一根牙签时，袁夫人说，小邹，这大暑假的，小莹就在家闷着，也没出去转转什么的？邹云把一口瓜咽下肚说，她的事不用我操心。袁夫人说，叫小莹来东升住几天吧。袁坤挥挥牙签道，东升有什么好玩的？邹云说，她妹妹来了，北京就够小莹陪的了。袁坤想想说，这样吧，叫小莹带她妹妹到三亚度假村去住几天。袁坤说的三亚度假村，是袁坤跟法国一家公司合伙经营的，去年夏天袁坤就让小莹去住几天，邹云打马虎眼挡过去了，因为那地方太招部里的人。

　　邹云回到医院，见苏南没在病房，猜想老人家是跟年轻人卡拉 OK 到一块去了，没兴趣的话他早回来了。邹云的神经一放松，就想该给小莹打个电话，到东升后还没听到过她的声音呢，再说也该问候一下小姨子。电话打通了，他跟小莹说了不到一分钟，之后又跟小姨子聊了三四分钟，长短都是些家常话。

　　邹云觉得身上黏糊糊的，心说该冲澡了，就找出内裤和背心进了卫生间。一股中药味扑面而来，邹云抽抽鼻子，肺叶对这味道并不反感。他脱光后扩扩胸，走到浴盆前，感觉盆中的水平静得像一摞茶色玻璃，幽暗的光泽忽见忽不见。他弯下腰，抬起右脚，就在欲进盆子的一刹那，他愣住了，悬空的右脚跟着落回原处。他咬咬嘴唇，许久后右手才从盆里舀了一掌药水，甩到肚脐眼下那团蓬如发菜的黑物上。他喘口气离开浴盆，来到对面墙下，那里有一盏莲花喷头。他调好水温，站到喷头下，边洗边想自己从喷头下到浴盆里，究竟要走多少年的路途？当他意识到自己的思绪远离了现实时，笑了笑自己，劝自己还是把心思集中到怎么处理那三把钥匙上。后来他在关喷头时，一个处理钥匙的办法在他心里形成了，这一回他要跟苏南正话反说。

苏南回来了，邹云正在沙发里打盹。苏南脸色红润，邹云闻到了他身上散发出来的汗味。苏南说，今天可是锻炼透了。邹云笑道，苏部长，冲个澡吧。苏南脱下白色 T 恤衫，拍拍肚皮说，冲一下，好热。苏南没进浴盆，他在邹云刚刚用过的喷头下冲了冲。苏南穿条大裤衩子走出卫生间，脖子上缠着毛巾。苏南说了些卡拉 OK 的场面，情绪高得跟年轻人似的，邹云便在这时候抓住一个空当，拿出钥匙说，苏部长，袁局长可真会拍你马屁，他给龚主任解决了一套房子，钥匙却送到 203 来了，叫我给龚主任。苏南摘下毛巾擦擦额头说，那哪是拍我马屁，我看是拍你马屁呢！邹云说，找麻烦呢，明天我把钥匙给李院长，叫他看着办吧！苏南笑道，那样不合适吧？在一些方面你比我了解袁局长，这事你也别叫他太为难，你处理一下就行了。邹云给苏南端来温茶，苏南说，小邹呀，从明天开始，我就不办公了，安安静静检查，你跟袁局长和李局长他们要是有什么事，就尽管去办，愿意回北京歇两天也行，你自己安排吧！邹云挠挠头说，苏部长，这次出来也不知怎么了，老想家。苏南说，那你就回去待两天。邹云听出苏南真让他走的意思，心想那就回北京吧。

早晨一上班，李汉一就给安装公司经理赵松打电话，让他到办公室来。昨晚，为考虑谁给白石光担保合适，他比往日少睡了两个多小时，最后敲定了赵松。赵松是他画圈到的正处级位置，在二局是个不大显眼的人物。工夫不大，赵松到了，没说几句话就打听苏南回北京没有，八千万不会飞到一局吧？昨天下午苏南转到赵松的地盘时，赵松察觉出苏南脸色不大好。李汉一说，不提这些，今天找你来，是想试试你有没有软骨头病。说着把一张名片递过去，老朋友托来的事，给这个人担保三百万贷款。赵松把名片举到下巴那儿，心里出声，方圆贸易股份有限公司副经理白石光。赵松转着脑子，心想担保可不是吃顿饭的事，保砸了也不是鼻青脸肿的皮肉苦，在这上倒霉的人可不少。不过赵松也能想通，给名片上的这个人担保，保险系数低不了，就算万一鸡飞蛋打，李局长还能不给自己撑着？赵松收好名片说，担保三百万，一粒枣核的事，放心吧李局长！李汉一说，枣核也是钱买的，别一不小心吐了出去，叫别人捡去发了大财！赵松心有灵犀，稳稳地点点头。李汉一背过手，那就抓紧时间跟他联系吧。赵松说，我今天就办。

等回到公司，赵松又犯犹豫了，心说全局那么多二级单位，处长经理一抓一把，李汉一怎么就让自己挑上了这副重担呢？看来他还没把自己列在年底进手术室的黑名单上，那会儿传说自己不灵了看来都是瞎嚷嚷。黑名单的说法源于年初全局各二级单位领导班子的考核结果。往年民主评议干部的结果，不公开透亮，老百姓只能逮些小道消息滚雪球似一传十，十传百，传得五花八门，搞得被评议的人和参与评议的人，都好长一段时间不能安心。今年李汉一改革了 搞公仆亮相，就是评议分数统计出来以后张榜示众，谁半斤谁八两纸上一清二楚。赵松的相没亮好，用他自己的话说是跑光了，分数在第三名屁股后，人一下子蔫了，因为传说李汉一搞公仆亮相，让普通员工心里痛快是一方面，真正的用意是为年底大修理各二级单位领导班子营造群众舆论。

赵松打通白石光办公室电话，接电话的小姐说白经理办事去了，您有事打他手机，赵松就打通了白石光的手机，白经理您好，我是工程二局安装公司经理赵松，担保的事……白石光说，啊，赵经理，您好您好，给您找事了，我现在古巷里办事，赵经理您看中午咱们出去坐坐怎么样？赵松有应酬经验，说，谢谢白经理，真不凑巧，中午我有安排。白经理，你看这样好不好，下午两点半，我去你们公司谈。白石光停停说，赵经理，这像什么话，还叫您来回跑，要不我去您那里吧？赵松一转脑子说，没什么没什么，下午我还要办别的事，顺路。白石光说，也好赵经理，那就这么说定了，咱们下午见！


邹云进家时，已经十二点多了。高速公路上出了车祸，车堵出去好几里地，不然邹云早就进京了。小莹和小姨子正在吃饭，见他回来了，都放下碗筷说话，邹云一张嘴对两张嘴，手里的拎包都没空放下。小姨子不知东升是个什么样子，问得一脸兴奋。小莹打断说，东升是个天堂，行了吧？又问邹云，还没吃饭吧？小兰，去给你姐夫拿碗筷！她们的午饭是炸酱面，邹云问小莹，有我的份儿？小莹道，小兰下的面，我看四口之家都吃不完。小兰正进来，吐吐舌头说，我就知道姐夫今天中午回来，这就叫感应传递！邹云看小姨子还是什么都不在乎的样子，知道她离婚也没离出疼来，就说，小兰，晚上想吃什么？我请客。小兰扬起脸说，烧鹅仔吧！小莹笑道，就知道吃和玩，小孩呀？小兰说，姐姐同志，别老拿这腔调说话好不好？我们可不是你的学生。小莹叹口气说，别贫了，快给你姐夫捞面吧，我再去切根黄瓜。小莹在厨房叮叮当当时，邹云和小姨子有说有笑。都上饭桌后，小兰冷不丁想起了什么，用胳膊肘碰碰姐姐，说，姐，那事，你忘了？小莹说，没忘。邹云看看这个瞧瞧那个，不知这姐俩在打什么哑谜。小莹望着邹云道，上午十点多，东升来个人，一局的，说是袁局长叫他来送点东西。小兰，你去把那个信封取来。小兰取来一个牛皮纸信封，倒出里面的东西说，四张特制的三亚度假村贵宾娱乐卡，卡上写着 5000 点；这两张白券，等于钱了，配上身份证到券上说的地点就能拿到往返三亚的飞机票。姐夫，你们的人太厉害了，是真方便领导呀！邹云明白这是袁坤绕着自己搞的地下活动，那会儿离开东升时，自己跟他通过话，他居然没提这事，一步到位了。他拿起一张卡细看，卡面金黄色，设计得很讲究，像牡丹卡长城卡似的，他想自己去年到度假村时，没见过这东西，看来这娱乐卡是袁坤他们开发的新项目，专为女性提供服务。小莹和小兰都盯着他的脸，他从她们的眼神里看出，去不去三亚她们已经商量过了。小莹低声道，小兰特想去。小兰跟上说，你更想去。小莹红着脸说，我说等你再来电话时问问你，正好你现在回来了，你定吧！小兰不满地瞟了姐姐一眼，这点小事要姐夫拿主意？姐，给领导当老婆，有时就要挺身而出，替他们去犯这些美丽的错误。小莹的脸上又盖了一层红。邹云一笑，心想去就去吧，也占不了袁坤多大的便宜。再从另一头说，不叫这姐俩去，袁坤势必要在八千万上胡思乱想，现在不能叫他对自己失去依赖的信心，自己在东升的路还长着呢。他说，那你们就去开开心吧，好赖都是人家的一片心意。小兰噌地蹿起来，兴奋道，英明！小莹仰起脸道，瞧你，就没个稳当劲。小兰手中的筷子在酱碗里一戳，接着拔出来，愣呵呵直冲邹云的嘴捅去，接酱，奖赏的！邹云不备，本能地一闪，面酱抹进了他鼻孔里。

　　赵松没有坐车，骑自行车前去赴约。他想在白石光面前装装穷，不会吃亏。方圆公司很好找，就在红领巾大街上，一幢两层高的小白楼，房产权在水利局手里，方圆公司租了整个二层楼。赵松和白石光站着握手坐着寒暄。一位小姐进来给赵松沏茶敬烟，忙完后笑盈盈退了出去。白石光把一份彩印的公司情况简介递给赵松。

　　等赵松的目光从简介里移出来，白石光又把公司里的一些新情况，用嘴补充到简介里，最后才把他这次准备上手的"一龙"柴油生意，叠边拔角地抛进赵松的耳朵，赵松不露声色地听着，其间呷了两口茶。白石光睃了他一眼，站起来走着说，当然喽，赵经理，我们多少也会对公司有所表示的。赵松端起茶杯。白石光所说的表示，是到时可以给公司八万担保答谢费，而且是现金，并一再暗示赵松可以一次性交到他手里，而且还不需要留什么字据。

赵松想，原采不是义务担保，李局长那会儿可没点出这层意思。再想白石光的那种暗示，赵松心说饶了我吧，这手鬼敢伸，八万元我要是私吞了，还不天塌地陷！赵松心里敞亮了，他认为这个新情况，可以做篇好文章。在来的路上，他琢磨担保这件事，自己一手包办不大合适，纸里包不住火嘛，最好能找个什么借口摆到公司班子会上镀镀金，把那些人也牵进来，将来万一有点啥说法，也好堵住那些人的嘴。至于李局长那里，想必不会有什么异议，掩藏好他的影子，怎么运作是自己的事。现在有了八万元好处费，事情就容易挑明了，担保的事可以演变成一桩创收的生意来做。

白经理，不知担保日期要多少天？白石光说，顶多二十天。赵松说，白经理，一两天内，咱们再联系，您看怎么样？白石光笑了一下说，赵经理，明天要是能办清担保手续，我明天就可以点出八万元现金。赵松听出他要赶时间，便说，我会抓紧，放心吧白经理。后来白石光又有请赵松出去坐坐的意思，赵松又客客气气地推掉了，赵松想现在不是出去坐坐的时候。

小城的街景，总是那么没有新鲜感，在赵松的感觉里，自己的家有多大，小城似乎就有多大。他推着自行车慢慢走着，考虑担保之事上班子会的时候，自己应当注意哪些细节，重点盯着哪几个人。车前轮颠了一下，他扬起头，无意之中看见了马路对面事达通礼仪信息咨询服务中心的招牌，脚步不由自主地停下来。他对这家中心承办的业务并不陌生，去年开发区里一家合资企业赖了公司一笔款，一去讨就说没钱还，赵松愁得不行。一天他在家里诅咒那家合资公司，女儿就给他介绍了这家中心，说那家公司到底有没有钱，有钱都藏在哪儿了，人家能给你摸个黑白分明。那个中心里的业务员比克格勃还有能耐，手段奇特不说，国内国外跟好几百家类似的机构挂了钩。赵松就将信将疑地前去试试，结果三天后中心就揭开了那家合资企业的老底，钱一分不少地讨了回来，赵松当时惊叹不已！

赵松穿过马路，来到中心门口，锁好车走进中心。中心的业务门类不少，打探一类分公探私探，收费标准不一样。在赵松看来，中心有些业务明显是侵犯个人隐私权，或是在法律上站不住脚，显然这个中心肯定有大背景，生意好也是因为能旁门左道地帮人排忧解难，而且是百分之百给客户保密。今天接待赵松的服务生，就是上一次接待他的那个圆脸小伙子。小伙子认出了赵松，脸上格外热情。赵松边想边往一页纸上开列调查名目，最后交了三百块钱定金离开中心。

按说李汉一吩咐的这件事，赵松似乎没必要查这查那，因为是福是祸，到头来他都无力左右，他查方圆公司背景以及白石光这"一龙"柴油生意的相关情况，完全是一种下意识防范心理在起作用。

在转天的班子会上，过担保生意时，围会议桌的人没谁站出来剥皮砸核，赵松高悬的心落下来。工会主席挺会钻空子，说正愁没钱往职工活动中心里添点东西呢，这下妥了；管后勤的副经理也趁机说幼儿园等钱干这干那。后来谈到担保细节具体操作时，赵松一退老远，在会上定了让财务科等相关部门手挽手去办。财务科是赵松的掌上明珠，赵松心里踏实。下午临近下班时，财务科沈科长来见赵松，说手续都办到位了，拍拍怀里的皮包，老板，整八万，都在这里面。赵松盯着皮包说，那就按上午会议上定的去办吧。沈科长磨磨叽叽不走，赵松就问，还有事？沈科长笑道，老板，您再跟杨厂长过个话，把我媳妇那笔学费报了吧，才几个钱嘛！沈科长的爱人在二局机修厂，厂长是赵松的老同学。赵松一抬头道，这家伙，还拖呢？好吧，下来我催催他。沈科长高高兴兴地走了。赵松抻抻手指头，给李汉一打电话。那边的铃声响了半天才接起来，赵松从杂音里听出李汉一办公室里有人说话，于是压低了声音说，我，李局长，担保的事都办妥了。

孙驼给袁坤传来一个信息，说针对明年要实行的三岗制，李汉一已经在自己的农场里做文章了，准备建造上规模的蔬菜大棚和发展淡水养殖业。袁坤一想到三岗制，脑仁儿都疼，虽说局里已经成立了三岗制领导小组，可是没干出多少事来。想想离明年不远了，袁坤意识到自己也该在这方面动动心思了，整天盯着八千万，眼睛都盯花了，一局乱七八糟的事还多着呢。袁坤打算明天开个全局二级单位多种经营经理会，摸摸这一路家底，等到再次从主业往外分流人员时，也好心里有数。

夜里下了小雨，早上袁坤上班时，天色还阴阴的，似乎还有雨要下。袁坤把工作梳理出头绪时，已经快八点半了，他抓起真空杯去了会议室。八点四十分时，开会的人还没到齐，袁坤知道这些管三产的经理们不好摆弄，谁主管他们，他们的笑脸就冲着谁，好像他们的笑很值钱似的。主管三产的副局长邓品，此时挨着袁坤坐着，时不时拿闲话填充袁坤的耳朵。

会议开始后，二十几张嘴统一培训过似的，大谈市场疲软、产品积压和资金短缺，能捞到钱的项目瞪着两眼上不去，叫袁局长再往他们的锅里撒几把米，水多米少粥是熬不稠的。袁坤本来气就不顺，听了这些怪话就压不住火了，厉声道，你们哭穷，穷哪了？你们这些人，有谁家的房子装修得比我袁坤次？一个月里，你们能在家吃几顿饭？住宾馆，没个三星四星的，你们往里迈吗？我想你们都忘了茅台是国货吧？凌志福特大奔驰，哪个屁股下不是坐着金丘银包？同志们哪，我看是没犯事，犯了事，是死是活，你们都比我有数！邓品脸上挂不住了，猛地抬起屁股，头也不回地往外走。袁坤发了一阵傻，直到邓品走出会议室，才把手里的真空杯重重地蹾在会议桌上，四周的脸都惊呆了，会议室里只有刚刚那一蹾的余音在回荡。

小虹出事了，等李汉一赶到医院时，又知爱人因过度悲伤昏死过去了，正在急诊室里抢救。

小虹是李汉一的女儿，前年高考落榜，情绪一直不好，后来花钱进了市一中开办的高考补习班。班里一位女代课老师，求李汉一把她在外地工作的弟弟调进二局，李汉一没点头，代课老师就一直不给小虹好脸色，时常拿难题当众嘲讽小虹。有一次小虹被捉弄得够呛，站在那儿尿了裤子都不知道。从这以后，小虹就不再去补习班了，因为这时小虹的神经已明显不对劲，发愣发呆发木反应迟钝，领到医院找专家一看，说是得了青春期综合恐惧症。治吧，天津北京跑下来，没治好不说，还加重了。有一回小虹笑嘻嘻地让李汉一背五讲四美三热爱，李汉一背到半道卡壳了，小虹乐得直拍手，讥笑他是小笨猪大草包，整天就知道臭美，还想考大学呢，做梦去吧！李汉一为了小虹，不知愁出了多少白发。后来听人说五台山和峨眉山都有治这类病的高手，爱人就让弟弟陪着去了两山，奔波下来小虹还是老样子，倒是把家里存折的钱折腾得差不多了。没办法，白天只好请个本地老保姆来照料小虹，这阵子小虹老是呕吐，爱人叫老保姆哄小虹去医院查查，一查是有了身孕，老保姆吓得一屁股坐到地上，起来后哆哆嗦嗦给小虹母亲打电话。

事情就这样传得沸沸扬扬，二局保卫处长颇觉失职，站在李汉一面前唉声叹气。保卫处长分析了情况后，怀疑这件伤天害理的事，有可能是正在李汉一家不远处施工的民工干的，准备大查一场。那天李汉一沉默了好长时间才说，查可以，但不能胡来，已经够乱的了。保卫处长觉得李汉一声音颤抖，再往他脸上一看，都没有了血色，他能想象出李局长这一刻多心碎。

妻子女儿都住院了，李汉一两头奔忙，在外地的儿子也赶回来帮把手。晚上九点多钟，他抽身来到203病房，此时亲人的不幸倒成了他见苏南一面的借口，因为自从那天的热闹宴后，他就再也没见过苏南的面，只是经常打打关心电话。苏南已经知道了小虹的事，是龚琨告诉他的。苏南气愤，大声说了几句抨击社会风气的话，接着同情地说，汉一，我认识个气功大师，号称百病克星，你看……李汉一说，谢谢苏部长，小虹的病……摇摇头，垂下目光。苏南的感叹声很重。李汉一搓搓脸，打听了一下苏南的体检情况，苏南说血黏度高，脑供血不足，消化系统也有点问题，李汉一不住地点头。

赵松从财务科拿了张空白支票，打的来到事达通礼仪信息咨询服务中心。他进了四号洽谈间，坐进单人红木沙发，面前的圆形茶几上放着茶、烟、咖啡和几样水果。服务生笑着把一张电脑打印件递给他，随后又送上一支笔和几页白纸。赵松熟悉这套业务程序，客户不可拿走这张打印纸，纸上的内容看了记不清的话，一行行文字你可以抄走。赵松记忆力不弱，他推开笔和白纸，掏出了支票。服务生先收走打印纸，然后才来接支票，转身时问赵松是否满意，赵松点点头。服务生道，先生，收您六千，您若觉得不合适，就请先生随意关照。赵松想，这里真是一流的服务一流的收费，他一挥手，表示不还价。服务道，谢谢先生，请先生稍等。赵松拎起一小串葡萄，在心里把刚刚在打印纸上看到的与白石光那天说过的往一起重叠。

小莹和小兰进屋时脸色僵硬，这叫邹云犯蒙，不知姐俩因何都是这种表情。他试探着问小莹怎么不多玩几天，小莹就天大委屈地哭起来了，说，你问她！小兰梗梗脖子，不服气地说，问我什么？邹云想她俩可能是在三亚因鸡毛蒜皮的事闹别扭了，一赌气回了北京，心里就没当回事，可脸上却拿出了当姐夫的大度神色，冲小莹道，哎，有什么嘛，有什么你也是姐姐！小莹捂住脸道，我没欺负她，是她在度假村不学好！邹云望一眼小兰，小兰这才红了脸，一扭身去了另一间屋子。小莹抽噎道，那天，她在一个加拿大男人的屋子里，待到后半夜才回来，差点没把我急死。邹云吃了一京，但他很快就控制住了自己的情绪，说，小莹，不会是你多想了巴？小莹流出眼泪，咬咬嘴唇说，她丢了一条内裤。我听那旦的招待员说，那个加拿大人不是好东西。小莹说到这，邹云有点头晕，想吼上一嗓子，然而他却是把泣不成声的小莹揽进怀里抚摸。一直到吃晚饭，小兰才打开屋门出来，两只眼睛通红。邹云看着小兰，心说她哭了怎么没听到哭声呢？

后来小莹告诉邹云，那四张贵宾娱乐卡大有名堂，卡上写的5000点，其实是五千块钱的意思，交此卡可以在度假村里任意挑选五千块钱的实物，也可以兑成五千块钱现金拿走。邹云原地转着，他没料到袁坤会这么下本钱，那会儿他想姐俩回来时，度假村顶多送上千八百的纪念品。你看怎么办吧？两眼红肿的小莹惶惶地问。邹云把手里四张攥得温热的娱乐卡揣进裤兜，说，没事了，回头我把卡运给他们。


白石光把山西客户从首都机场接到东升。三个山西人很精明，脚一落东升，就寻家银行办了个临时账户，把拎来的七十万元现金存进去。过去白石光没和这三位打过交道，他是通过朋友牵线挂上钩的。刚跟他们接触时，白石光每吨开价两千五百元，山西人嫌贵，软着舌头往下压，最后双方在两千四百元的价位成交，这也是白石光的底线价位。不过山西人有一个附加条件，就是叫白石光在资金上给一点方便。按时下的车板交易运作，山西人在柴油装罐前，要在东升跟白石光签个合同，讲明付款方式为五五付款，即见到货后给一半资金，等回山西接到货后再付余款，行话叫终点车板割清。山西人说眼下财力不足，倒不出足额定金，拿现金的话少点行不？白石光想现金当然好了，但不能少于二百万车板定金的一半，也就是一百万现金。双方磨开了嘴皮子，临了在七十万定金上握手了。

油主是千文第二炼油厂下属的劳动服务公司，对外称总厂分厂，经理大秋跟白石光和马义从前有过生意往来，都混成了熟脸，尤其是马义跟大秋，交情到了一定火候，那年大秋的老爹来北京开刀摘瘤，马义往医院送了三万块钱喂刀。

油道上也有很多约定俗成的规矩，中间商一般不希望货主和买家碰面，担心被挤成柿饼子甩了。白石光把山西人带到千文后，便把他们安顿在一家中档宾馆里，单独去找大秋办手续。白石光以127特户自带信汇方式，带来了全部油款。白石光把大秋早已拟好的供求合同书，拿回宾馆给山西人过目，山西人传看了几遍，没发现什么漏洞，这才从密码箱中取出印章盖上。接着白石光又返回大秋那里，交合同的同时也递去了信汇袋，换来大秋手里的提油六联单。白石光说，哥们儿，从现在起，我的小命可就捏在你手里了！大秋道，啥话呢，你就等着发大财吧，三天后提油、装罐、发车。白石光点点头，仍有些不放心地问了一句，车皮没问题吧？大秋挥手道，哥们在铁路上好不好使，你还没谱？白石光扫了一眼大秋举起的手，那手上的小拇指短了一截。那一节的去向，白石光曾听大秋念叨过，他的一个小兄弟因替他兜事栽进去了，事后他剁下半截指头是为了记恩。

三天后上午，白石光领着山西人来到炼油厂，山西人眼见五个装油站同时工作，脸上露出笑容，白石光也感到了轻松。四个人当天下午就飞回北京，在机场打的奔回东升。马义听说生意成了一半，脸上很有光彩，晚上在金海湾渔村摆了一桌海鲜宴。翌日上午山西人把七十万元转到马义的账上。山西人急着赶回去接货，下午包了一辆塔纳，带着白石光走了。当天下午，邹云从北京赶来，把芷南接了回去。

在山西等足了四天也不见油到，白石光心里直犯嘀咕，山西人也着急，说，白经理，油款我们都凑齐了，就等你车板交割了，你的油不会憋罐吧？白石光硬挺着说不会憋罐。憋罐是指油在货源地装车了但是没有发出来。白石光紧着给大秋打电话，不知打了多少次才跟大秋通上话，大秋说去黄林了刚回来，大秋分析说油车迟迟不到，是不是在什么站编组时耽误了，再等等没事。白石光又往家里打电话找马义，想让马义嘱咐嘱咐大秋千万别冒泡，马义也不在，去了天津。

又过去了三天，白石光吃不消了，整天恨不能把电话听筒焊在耳根上。大秋总是说别急别急你别急，你一急我就上火，我已经打发人到铁路上探道去了。等到第十天上午。大秋给话了，坏菜了哥们儿，你那条龙不知为什么发到了山东。白石光软得像被人抽去了几根筋，他对大秋说，大秋，咱可是道上的朋友，玩笑开大了不好收场，是朋友你就赶紧再组一龙给我发来。大秋道，兄弟试试吧。搁下电话，白石光狠骂了一句，打通了马义的手机。马义听了后气得也骂了大秋一顿，说下来给大秋打电话。

山西人就在这时恼怒了，说白石光合伙跟东北佬搞猫腻，一个气鼓鼓的胖子抢来一拳，打出了白石光的鼻血，说，再给你三天时间，如果油还不到，你明白会怎么样！白石光舔舔嘴角的血说，别盼了，龙回头了，我和你们一样，都上套了，信不信由你们。你们把我废在山西，还早了点，等你们从东升讨回你们的七十万再说吧。胖子搓着手说，那边可是你的朋友！白石光点点头，所以我才被骗。除了胖子，其余的人一时也不知谁对准错了，脸上只剩下了惜钱的表情。白石光道，你们赶快派人去东升追钱吧！六神无主的山西人一想也是，现在废不废他是小事，要紧的是把那七十万追到手。


袁坤早知道小莹回来了，也知道那四张娱乐卡没发挥作用。这几天他跟邹云通话时闭口不问小莹的事，是想先看邹云是什么态度，然而邹云比他更能埋头，袁坤就拖不下去了，先给邹云打了电话，老弟，这些日子跟夫人联系了吧？她们在那边还满意吧？邹云道，袁局长，瞧我这记忆，忘跟您说了，小莹她们回来好几天了。袁坤道，回来了？邹云故意吭哧，小莹她，有反应了。袁坤道，噢，我说呢，恭喜恭喜。说完他的心还是落不到原处，猜不准邹云说的是真话还是搪塞话。往下袁坤就没好意思提八千万的事，他突然觉得这会儿提八千万很没意思。他点了一根烟，没滋没味地抽着。

　　眼看为期二十天的还贷偿息日就要到了，赵松到处找不见白石光的影子，问到马义那里，马义说白石光还在山西，不会有什么问题的。赵松还是心慌，就打电话跟李汉一汇报，李汉一不惊不慌道，赵经理，事情未必像你说的那样复杂吧？还贷期，不是还有一两天嘛。听李汉一这火烧屋顶不愁水的口气，赵松的心里又虚了一层，埋怨自己刚才在电话里不冷静，随随便便怀疑李局长介绍的人，李局长能高兴吗？然而没过多久，赵松又觉得自己的怀疑有一定道理，这年头的事有什么准呀，万一白石光连李汉一也蒙骗了呢？不行，趁日期未到，还是防着点吧，也算是对领导负责。他打电话问沈科长，现在公司账面上还有多少钱？沈科长稍后回电话告诉他还有三百一十多万。赵松打算找家信得过的单位处理一下，账面上只留几十万做做样子。他心里明白，此举是跑和尚庙还在的小把戏，真要是出了事，早早晚晚还得替白石光补窟窿，但终归还是一种对策，到时也好有个回旋余地。

　　下午一进办公室，赵松还在合计找什么地方藏钱时，局党办打来电话，叫他马上过去有事。

　　赵松一路想事地来到局党办，党办主任一见他就笑眯眯地说，好事，你皱什么眉头嘛？临时决定把你增补进局领导下基层慰问小组，你回去准备准备，明早八点出发。说罢拿起办公室桌上一套半新不旧的工作服。赵松是基层领导，他知道一线的工人都管这半新不旧的工作服叫情感道具。赵松接过工作服，心里蒙上了一层阴影。此类慰问活动几乎年年都有几次，组织十几个在岗和离岗的局级领导，到局基地以外的施工现场转转，走走停停怎么也得十天半月。过去，倒也有处级干部进此类慰问组，可那都是些资深辈高的处长厂长和经理，自己算什么呢？出了党办，赵松觉得这里面问题不少，这个节骨眼上让我下去，万一担保的事砸了谁来扛？那样的话不是给李局长添乱吗？

赵松别别扭扭拐到李汉一办公室，李汉一让他坐，他没坐，站着说，李局长，我进了下基层慰问小组，明天一早走。李汉一笑道，噢，我脱不开身，要是能腾出时间，这次我就带队下去了。赵松看看手里的工作服说，李局长，我担心担保出事。李汉一笑出了声，背过身说，赵经理，你多虑了，放心去吧。对你来讲，这可是一次机会，你明白吗？赵松从话里听出来，自己下去慰问李局长是知道的。李汉一道，担保能出什么事？就算是出了问题，你不也得往我这里跑吗？赵松张不开嘴了。赵松走后，李汉一站到了窗前。担保担保，他现在就盼着担保出事呢，出了事苏南在八千万上就没什么好犹豫的了，不想被拴住也得被拴住，不想给也得给。拿三百万换来八千万，是件丢芝麻捡西瓜的买卖。

孙驼上楼时，不断有人跟他打招呼，他木着脸，谁也不搭理。他来到袁坤办公室，袁坤正跟一个副局长说话。孙驼盯着副局长说，你先出去，等我说完你进来。袁坤和副局长都愣了，袁坤喘口粗气后递给副局长一个眼神，副局长瞪了孙驼一眼就出去了。孙驼说，袁哥长，我听说二局那个赵松，给一个姓白的人担保了三百万贷款，现在姓白的跑了。这信息是孙驼的女儿传来的，他女儿现在正跟市建行一个小伙子搞对象。袁坤心里一动，忙问那人叫白什么？孙驼说，白什么光。袁坤心里咯噔一下，脱口道，白石光？孙驼说，白死光。袁坤望着孙驼，孙驼说，赵松要倒霉了，李汉一也跑不了，袁局长你现在有机会抢到八千万了，拿这事往部里捅，捅它个满城风雨把二局捅垮！听到这，袁坤头皮直发麻，心说眼前这位还是孙处长吗？他这些日子是怎么了，神经兮兮的，他脑子不会是真的有什么问题吧？就这么回事！留下这句话，孙驼转身走了，袁坤呆呆地望着他的背影，有气无力地坐进沙发。他想是该完了，白石光在八千万上画了句号！后来他又问自己，赵松给白石光担保，邹云事先就没有听到什么风声？

将近五点，李汉一如不速之客进了袁坤办公室，袁坤强打精神接待。袁坤说，是什么风把李局长刮我这里来了？李汉一说，老袁，我今天是来给你送炮弹的，你就轰我吧！袁坤没听懂他的意思，斜着目光看他。李汉一就愁着脸把赵松给白石光担保三百万的事说了个大概，袁坤听后一言不发。李汉一说，看样子要出事了，唉，老袁，我怕赵松到时承受不住，让他暂时离开东升回避一下。老袁，你也知道苏部长近来身体不佳，这件事要是让他上了火……你市里关系多，贷款银行的许行长，跟你称兄道弟，你说你不帮忙谁帮忙？袁坤点了一支烟说，李局长，你就不怕我帮倒忙？李汉一道，那样想我还会来？袁坤想他要达到什么目的呢？他跟孙驼刚才来放炮的动机不会一样，他又没有神经分兮。这种事搁在以前，他死活会瞒着自己，怎么可能跑来说清楚呢？袁坤越想心里越乱，索性说，李局长，刚才你说的话，我一个字也没听见！李汉一站起来说，得得得，使不使劲，使多大劲，你老兄就看着办吧！现在咱换个话题，晚上我请你吃饭，这事不难办吧？袁坤摇摇头，咳嗽了几声，眼里冒出金花。

吃过晚饭，赵松的爱人还在他明天下去慰问这件事上饶舌，说全局这次只选了你一个处级干部，该不是要提你当副局长吧？老郑那个位置可是一直空着呢。老郑半年前死于脑溢血，死前老郑是分管文教卫生的副局长。赵松不接爱人的话茬，他心里还在悠着担保的事，他老是觉得担保要出什么大事。儿子垂头丧气地走进来说，今晚没给热水冲不成澡了。赵松没好声地说，这天冲冲凉水澡又怎么了？儿子也没好气地说，我凭什么要冲凉水澡？爸，要冲你冲去！赵松本来就心里发热，叫儿子这么一顶，心里就更火烧火燎了，说，我是要冲凉水澡！说完找来内衣内裤，一头扎进卫生间。爱人把儿子熊了一顿，然后冲卫生间喊，洗什么凉水澡！你明天出门，你想找感冒呀？赵松赌气地想，感冒了好，发烧明天就有借口不走了！此时他这么想确实是因为赌气，可洗着洗着他就打了喷嚏，这以后他倒是盼明天能真的感冒发烧。转天一早，赵松睁开眼后，摸摸头不烧，再摸摸胸也不烫，一下子泄了气，心想找感冒都感不成，昨晚那些喷嚏算是白打了。

过了夜市，袁坤的步子加快了。他边走边想，有日子没见许行长面了，上一次请他去农场钓鱼，大概是六月二十九号。许行长住平房，在外头看房子很普通，里面就豪华了，五六间屋子装修得像宫殿。

院门未开，就传来了狗叫，袁坤骂了一句，许行长说，虎头，外面是袁局长，你怎么六亲不认呢？门打开后，袁坤边往里走边说，虎头不认没关系，只要你认就行。许行长穿着休闲装，笑眯眯说，空手来的，还办事吗？袁坤回头道，人怕出名猪怕壮，我再喂你，你说你成什么了？许行长照他后背就是一掌，笑道，老东西，嘴还挺贱。进了客厅，袁坤四下看看，问，弟妹呢？许行长说，你来，我还敢让她在家？挤挤眼又道，到北京旅游去了。袁坤坐下说，不会游到别人家去吧？许行长一咧嘴，旧的不去，新的不来。许行长已经结过两次婚了，现夫人才三十出头。

开心之后，袁坤问起了赵松给白石光担保的事。许行长道，明天到日子。袁坤说，姓白的现在没在东升。许行长摸着后脑勺说，我知道，在不在都公事公办。袁坤道，这次别介，我就是为这事来的。许行长斜来一眼，噘噘嘴，我猜你也是为这事来的。袁坤解释说，不是那个意思，还贷期再宽限十天半月，怎么样？许行长又瞟了他一眼，老兄，我怎么听说你这阵子在跟李局长争什么八千万工程？袁坤说，这没你事，肉烂了还在锅里。许行长说，噢，原来你是这个意思。袁坤看他一眼说，这次是真的，你别稀里糊涂。许行长道，我也没往假上想啊。袁坤说，那就说定了。许行长说，没问题，你老兄的事还不就是我的事。袁坤拿起眼前的玉溪烟，抽出一根闻闻，许行长捧来一炷火说，哎，老兄，你那里还有小户型吧？再借一套。袁坤吐口烟，扭脸道，又有新蜜了？许行长一摆手，我前任小姨子，过几天要来师专进修英语。袁坤说，师专没房子？许行长说，咱不是欠她姐姐的嘛，从小姨子身上还还情呗！袁坤想想说，等你办完我的事再说吧。这时，安在厅门口的音乐门铃响了，许行长站起来。

来客是马义，手里拎着一个纸盒。袁坤和马义是初次见面，许行长介绍说，这位是大名鼎鼎的工程一局局长袁坤，这一位是……马先生。许行长这是有意把马义介绍得模模糊糊。又待了一会儿袁坤说，许行长，马先生，你们聊吧，我还有点事。送走袁坤，马义警惕地问，他来干什么？许行长淡淡一笑，那你又来干什么？我看你俩的目的差不多。马义放心了，点点头说，白石光给您来过电话吧？许行长说，打过好几个，求我延长借贷期。马义捻着手指说，许行长，明天能执行吧？许行长打个哈欠说，法院那头，你不是跑完了吗？马义点点头。

安装公司账号被冻结时，山西人把七十万现金也追回了山西，一个矮个子跟胖子说，还真及时，狗日的账号上就剩这点钱了。被当人质扣押的白石光，一听就明白了，这场骗局的策划人是马义，他在账上留下七十万是他想到了山西人要回来找事。山西人放了白石光。他没有回东升，坐飞机来到沈阳，又从沈阳租车杀到千文。正值下午四点多钟，阳光满街。白石光在一家商店买了把刃锋极快的折合刀，就找大秋去了。大秋不在办公室，隔壁的女人问白石光有什么事。白石光说我姓韩，是来送油款的，说完拍拍手包。女人说你等会儿吧！几分钟后，大秋就出现了。大秋一见是白石光，脸色马上就变了，进退不得的样子。你老弟呀，我还以为谁呢。白石光关了门，停在大秋身后说，生意做成了，我是特意来请大哥吃饭的。大秋转过身，颤着音说，我请我请！白石光掏出烟，抽出一根递给大秋说，那就喝点去吧？大秋看看手表。

　　两人来到得仙意酒楼，这里是大秋的老地方。进了浮月阁包间。小姐请两位点菜，大秋把菜谱推给白石光，白石光拿起菜谱说，小姐，我们商量商量，请你先出去一下，等商量好了，再喊你进来。小姐退出去，白石光腾出一个茶碗托盘，看一眼大秋，掏出折合刀，打开，用左手大拇指试试刃口，然后再把这只手上的小拇指放进托盘，咬紧牙根一发力，嗤一声切下半截小拇指。大秋一阵眼晕，他重温到了昔日自己断指的情形，身上一阵痉挛。殷红的血盖住了盘底，白石光额头上滚下豆大的汗珠，脸上白得没有血色。他放下刀，用餐巾纸裹住断茬，闪跳的目光直视大秋。大秋早闭上了双眼，脖子一梗一梗要呕吐。白石光把托盘推过去，说，小弟今天请大哥吃一道红汁小泥肠。大秋到了没忍住，哇一声吐出来……

　　大秋说，都是马义的馊主意，坑成了，四六分成。唉，也搭我这几个月点背，手头紧，十几套商品房压在手里出不去，另外我妹妹正在戒毒。哎，不管怎么说，大哥对不起你，三百万你带走，马义的钱我先压着，管他呢！白石光哽咽道，往后咱们还是朋友！大秋低下头。白石光问，怎么不五五分成？大秋道，他说你们那边还有人合伙。白石光又问，你也没想想，到时怎么跟我交代呢？大秋说，马义说这三百万，是北京一个大官帮你担保的，公家的钱就那么回事，到时你不会有什么事，叫我看情况再分你一二十万。

　　许行长动手后，袁坤气得没了脾气。袁坤拨通了许行长的电话，许行长抢先说，老兄，还满意吧？我可是等你的钥匙了。袁坤憋了半天，说，岂有此理！许行长的声音迟迟才传来，袁兄，你这是什么意思？我可是照你的意思办的。袁坤道，我哪是那个意思。许行长说，你什么意思嘛？你不是那个意思？不是那个意思你那天为什么那个意思？袁坤的舌头没劲了，就是有劲，他此时也没理由怪罪许行长，因为过去跟他办事，这个意思那个意思，都意思惯了，搞得许行长的思维都有了套路。

　　就在袁坤跟许行长通话时，李汉一也在办公室里跟邹云通话。李汉一选择这个时候跟邹云谈担保情况，是经过周密考虑的。自从邹云把担保的事掼给他，他就一直没再跟邹云提过这件事，他是在等生米做成熟饭后再跟邹云联系。他先是对邹云讲了封账号的前一天，他迫不得已找了袁局长，请他到一个姓许的行长那里通融通融。李汉一说道，我想袁局长肯定没少使劲。没谈下来，也许是事情太复杂吧！邹云听出他话里有话，他现在把袁坤扯到担保这件事上，说明他这些天里借担保之事，没少打袁坤的主意。自己曾暗示过他担保的事不能往外漏，他李汉一难道会不明白其中的意思？现在只能说这个人办事会找借口，会看火候，还会周旋。

李汉一说，邹秘书，您不必担心，这件事我会想办法妥善处理的，不会闹得沸沸扬扬。邹云没表什么态，只是说，那就让李局长费心了，有新情况咱们再联系。这几天苏部长安排了不少事，不然我就过去看看了。李汉一说，邹秘书，担保这点事，你就不必挂在心上了。邹云又客气了几句。

袁坤一直在办公室坐到天擦黑才回家。他草草了了吃过饭，就进了书房。女儿给他送来茶水，他望着女儿的脸，感觉她还没有摆脱今年高考落榜阴影的纠缠，心里不由得酸起来。很想跟女儿聊点什么，这些日子对她的关心太少了。他摸着女儿的头说，看你不开心的样子，是不是还在想那事？就差几分嘛，还有明年呢。女儿说，爸，我就是运气不好，你看人家小菲，去年进了北京，今年考分比我低一块都录取了，有北京户口是合适。小菲是随父亲工作调动进京的，小菲走之前是袁坤家的常客。女儿靠住他，可怜巴巴地说，爸，干脆你也找找人调北京算了，我要是进了北京，明年保准能考进名牌大学。袁坤仰起头，女儿的目光叫他直想流泪。你们当官的就是这样！女儿扫兴地走了。他回味着女儿的话，心里很不舒服。是啊，袁坤想，能去北京也挺好的，在东升这块土地上，自己每迈一步都显得吃力，忙忙碌碌中也没把一局搞出个太平样儿来，事事都累不到点子上。他苦笑一下，意识到一局的日子马上就没法儿过了，乱套的那一天就是二局得到八千万的那一天，到时自己这个局长还怎么干？上床睡觉时，袁坤打定主意，明天就进京面见苏南。

同在这个下午，白石光跟马义的账也算清了。白石光是下午五点多回到东升的，他没急着回家，找了台公用电话跟赵松联系。他在山西和千文时都给赵松打过电话，想跟他解释一下有关情况，可他就是听不到赵松的声音。他拨通了经理办电话，接电话的人说赵经理还没回来。他交了电话费，到路口拦了辆红色出租车。上车后，司机问他去哪儿，他说水利局。车拐上嘉民街时，白石光觉得脚底下有什么东西滚动，弯腰拾起来一看，是一大瓶雪碧。里面是汽油。司机说，中午两个醉鬼带上车的，说是去放火烧什么站，你说这不是找病嘛，他俩下车时我把瓶子骗来了。白石光哼哈地听着，忽然意识到这瓶汽油对自己很有用，就说，师傅，把这瓶油给我吧。我出差刚回来，这是去单位骑摩托车，我担心油箱里的油不多了。司机说，只要不去放火就行，拿去拿去。

白石光离开千文前，跟大秋约，要他暂时对马义封口，所以马义现在还不知道白石光身上掖着三百万的汇款。但马义还是觉出了不妙，目光直往门口溜。白石把他逼到老板椅上，掏出汇票在他眼前晃晃，说，三百万，我带回来了。马义想站起来，被白石光按了下去。白石光把汇票装进手包，然后把手包扔到沙发上。掏出打火机，拧开雪碧盖，顺着马义的脑袋瓜子浇下去。马义傻了，等反应过来时，白石光已经住了手，他只浇了半瓶。马义抖着嘴唇道，好兄弟，我错了，给我一个补偿的机会行不？白石光骂道，王八蛋，你够毒的了，你知道被人坑被人骗是什么滋味吗？我上有老下有小，你也下得了手？白石光两眼潮湿，把剩下的半瓶汽油倒到自己的身上，那好，我就找你这个死伴吧！马义瘫了，拱起手说，别别别，开个价怎么样？白石光伸出裹着绷带的断指说，那半截，我送给大秋了，你说这个价怎么开？马义的身子又矮下一截，绝望地说，十万！白石光摇摇头，马义又说，十五万？白石光笑了，马义往起挺挺说，十六万！白石光看看手中的打火机，马义闭上眼睛说，十八万！白石光说，这个数你就心疼了？二十万！白石光跟上说，你要是我呢？这个数满意不满意？二十……一……二万？白石光挺直了腰说，甭费口舌了。二十五万？马义咬咬牙，把一只在桌底下攥紧的拳头，摆上了桌面，行吧……白石光说，你还可以骗我，但最好先把全国的汽车都买到手。马义望着白石光，不知是因为内疚还是惜钱，掉下了眼泪。

苏南跟袁坤谈得很愉快，他本想中午请袁坤吃饭，不巧来了外宾，就嘱咐邹云把袁坤照顾好。邹云领着袁坤进了机关食堂的小包间。桌上四菜一汤，还立了两瓶啤酒。邹云说，袁局长，这里的条件赶不上东升，凑合吃点吧。袁坤笑道，东升能赶上北京的话，我还会往北京奔？邹云打开瓶盖说，袁局长，这么说上午您跟苏部长谈的是进京的事喽？袁坤给他倒了酒，说，小老弟，下来还得请你多关照呀！邹云笑道，袁局长，你这么客气我就不习惯了。袁坤笑道，是呀，你这么客气，我也不习惯，好像咱们刚认识似的。邹云举起杯子说，来，袁局长，祝你心想事成，干一杯！两瓶啤酒喝净后，邹云说再上两瓶，袁坤拦住了，说下午还要去肿瘤医院看个人，以后再找机会喝吧。饭吃到尾声时，邹云才问袁坤，好好的为什么要离开一局？袁坤要离开一局的理由很多，但他只说了一个不太硬气的理由，那就是为女儿明年能考上大学创造条件。后来邹云又巧妙地把话题引到了旅游上，最后再扯到三亚度假村。袁坤说，这次小莹姐俩没玩好，娱乐卡也没用上嘛。邹云心想，是到了给他一个说法的时候了，就说，唉，袁局长，别提了，去时小莹在飞机上解手，不小心卡都掉进了便池里，袁坤一乐道，我说呢。邹云听出他对这个结局还算满意。

　　下午一上班，邹云又习惯性地复读苏南这一整天里的工作议程安排。两点三十分，苏南跟人谈话，邹云不知那个人是谁，他的记事本在这件事上没有提示语。两点二十五分时，邹云来提醒苏南，苏南放下手里的活说，坐吧，小邹。邹云坐下，苏南望着他说，袁局长回去了？邹云答，他说下午去肿瘤医院看个人。苏南点点头。邹云看看表说，苏部长……苏南道，到点了？那就开始吧。邹云如梦初醒，愣怔地看着苏南。苏南说，小邹呀，今天我想跟你谈谈东升的事，时间呢，你也知道，我想够用了。邹云稳定下来，他清楚自己的命运将要改变，李汉一和袁坤你争我夺的八千万，也将随着这次谈话的结束而失去被争夺的意义。邹云为了吻合苏南今天的谈话情绪，确定了自己的情绪基调，沉稳加乐观！

苏南说，袁局长要来京，等把他的事办了，一局二局合并了怎么样？邹云说，那样一局和二局的职工，从此就又是一家人了。苏南侧侧头，嗯，还有呢？邹云道，减少内耗，利于竞争。苏南点点头问，如果调你去东升的话，你不会有什么想法吧？邹云笑道，苏部长，我很想下去锻炼锻炼，以前没跟您提出来，是我舍不得离开您。苏南点点头说，到时给李局长当副手，没什么困难吧？邹云道，李局长这人挺好处的。苏南再问，副局长、副书记，你掂量一个，看看干哪一头更合适你？邹云心里的意思是干副书记，然而他却说，也不知我能不能干好副局长的工作？苏南笑着站起来，意味深长地说，那就干你心里想干的那个角色吧。停停又说，以后呢，我会常去东升看你的。

# 九千万

## 一

　　齐名注独自来到这座海滨城市，联系上了武培实。齐名注来头不小，他现在是能源一局常务副局长。齐名注倚在阳台上说，武总，我。齐名注每次来，称呼武培实官职时，照着事开口，也考虑场合，放松时就武经理武总摆在一起招呼。单叫武总，说明此行要办的事，百分之百圈在三星级的天湖国际饭店里。天湖国际饭店是能源工程公司开发的三产成果，武培实兼着天湖国际饭店的总经理。

　　武培实说，齐老弟，我可是有日子没被你关怀了。齐名注笑出了声，说还没到下海的季节呢，我先给你的耳朵放几天假。武培实笑道，你再放下去，我的耳朵就该长毛了。忙什么呢，领导？齐名注说，到了，刚飞过来。武培实停顿了半天说，领导就这么蔫不叽叽地摸来了，这不是成心给我制造失礼的机会嘛。我在公司呢，我这就去天湖。齐名注道，那你可就扑空了，我住进了浪岛大酒店 17506 房间。

浪岛大酒店离天湖国际饭店不远，是一家股份制酒店，老板是台湾人。浪岛的规模比天湖要大一些，星也比天湖多挂了一个。武培实嘎嘎笑了几声说，齐局，你不会是代表局常委来宣布老兄副局级了吧？跟你说齐局，你可千万别害老兄，你老兄我现在沾点幸福就晕。齐名注道，你还别打哈哈，等下我罚个点球，啪一脚射出去，就看你这个守门员怎么把门了，你要是把球扑出来，你恐怕就要在海力待上一辈子了，如果你扑空，我看你老兄的机遇啊，说不定就来了。武培实声音有些发飘地说，我怎么听着像要玩假球。齐名注说，嗯，你有思路了，你赶紧过来把大门吧。

坐奥迪去浪岛的路上，武培实静下心来，琢磨着齐名注偷偷摸摸地跑来，要办的事一定很神秘，只是还猜不出埋在他舌根下的是公事还是私事？到时事压到了肩上，也不知自己能不能站稳？想想这些年里，局领导搬来的事，甭管姓公还是姓私，桩桩让人劳神，自己这两个肩头得常年腾出一个来给局领导们专用。

在能源一局下属的二级单位里，武培实比同级的干部们活得风光，这是因为他蹲的地方显眼。武培实的实力，在他的地面上就不必说了，到了 A 域的局机关大楼里，他的站、坐、说、笑，那也是不含糊。一般下属单位的头头脑脑往局里跑，见了局领导站成啥样另说，单讲面对小科长们，岁数大的不敢卖老，年轻点的不敢显摆阅历，都拿吹吹拍拍的好话哄人给笑脸，这跟武培实的待遇没法儿比。武培实每次到局里，不论是开会还是汇报工作，局领导和处室长们都主动跟他打招呼，那劲头都把他当成自己人。至于说小科长们，到时哪个能请他武培实吃顿饭，哪个就有面子了。武培实能在局里混到这份上，那也是没少动脑子，他冲局里人年年夏天往海边挤这一现实，暗中给自己定了个应酬原则，那就是当家做主的领导说啥是啥；多事的太太不能马虎亲自抓；伺候重点处室长问寒问暖不能出差；一般关系扯扯拉拉面子上打发；没工夫伺候的热热闹闹客套几把；实在回避不开的装孙子说点小话。至于说齐名注的事，武培实则另有关照标准。武培实与齐名注的私交，那可不是三言两语就能找到主题的事。每年一进暑期，打齐名注旗号来住天湖的男女老少一拨接一拨，天南海北操什么口音的都有。武培实常常想，这个齐名注了不得，他的社会活动面也太宽了，想必他有事时只要把手里的关系网往外一撒，百分之九十九是想捞啥，就能捞到啥。

## 二

敲开 17506 房门，武培实与齐名注一搭手，就嘻嘻哈哈地说，你什么意思嘛老弟，咱天湖的总统套，就比浪岛的 17506 差？齐名注摇着被握住的手，咧咧嘴说，不是在电话里跟你汇报了嘛，我这次是来罚点球的，心里没谱，担心你到时人球不分，把我扑出来，所以就没敢往府上住。武培实盯着齐名注这张不大好琢磨的脸，料到他打算办的事不会让自己省心。武培实坐进沙发说，领导一幽默，我这心里就推磨。齐名注转着眼珠，拿起茶几上的软中华，磕出一支递给武培实，说，你才是玩潇洒呢，老兄，局常委们把你集体信任了，你说你有多大能耐吧！这话是从何说起？武培实接烟的手迟疑了一下，心里拨开了算盘珠子。齐名注笑眯眯望着略显失神的武培实，耸了一下肩头，并没有把话题进一步展开的意思。武培实给他点着烟，把心里的算盘珠子归位，拿着劲，拐弯抹角地说，照老弟这么说，往下可真就有好看的了，唉，就怕领导信任啊，一被领导信任，这头疼脑热的病就来了，我武培实也就不是武培实了。齐名注笑了，吐口烟，眼角余光黏在武培实脸上。武培实稳住神问，老弟啥指示，是叫我扛呢？还是让我撅屁股拱？齐名注慢吞吞地说，准备好了？准备好了我可要射门了。武培实晃了晃肩头说，你再不起脚，怕是要射空门了。齐名注摇了一下脖子说，局里决定把天湖卖了。武培实一听是句没影的话，心情放松了，乐找乐说，那好哇，往后我就省得再得罪人了。齐名注站起来，拍拍武培实的肩头说，真事。武培实身上一麻，腾地起来，意识到齐名注此时不大像是跟自己逗闷子，齐名注嘴上和脸上的真真假假，自己一向有感觉。卖了？武培实嘟哝着又坐下来。齐名注垂下目光问，球，进了？武培实直起腰，摸着后脑勺，诧异道，你射门了？球呢？打飞了吧，老弟？齐名注捏着下巴，讪讪一笑。武培实谨慎地说，要不，你再来一脚。齐名注心里有数，他这是在跟自己索要局里卖掉天湖的说法，于是捻着手指说，内幕呢，我本不该透露，透露了，咱俩可就是一条绳子上的蚂蚱了。总局对一、二、三局下属的部分二级单位重组方案已经有眉目了，你们工程公司可能划给三局。

　　能源总局嚷嚷战略重组这股风，去年一入冬就刮了起来，只是一直没动真格的。齐名注搓搓脸，仰起头说，这几年，局里对你够意思，这你心里也有数。邹局长当初把一个亿甩在你这里，多少人眼红呀，还少嘀咕你了？齐名注这番话，武培实听着不舒服，心里一堵一堵的，便把烟头拧死在烟灰缸里，散架的口气说，我能知道买家是哪个吗？齐名注道，熟人，贺少仁。

　　贺少仁是香港人，A城联华电子股份有限公司经理，这个公司是总部设在香港的联宇国际电子集团公司的子公司。贺少仁跟邹局长往来甚密，贺少仁年年光顾天湖，曾给天湖揽过香港方面旅游观光团队的生意。武培实对贺少仁印象最深的事，当是贺少仁在天湖开的那个规模不小的电子产品推介会，当时请到了一些政府官员、社会名流、商界精英，住在香港的集团公司董事长也携妻来了，搞得天湖上下一片热闹，贺少仁趁机把他四十多岁男人的风采尽情展现。

　　武培实续上一根烟问，能打听卖价吗？齐名注想了一下说，两个四千五百万。武培实嘟着嘴，点点头。齐名注瞅着武培实，安慰的口气说，你的心情我能感受到，其实我心里也有疙瘩。武培实依旧沉默。昔日天湖拔地而起，不搭天湖压着的那块地皮钱，人民币一捆捆投进去一亿四千万。这还是那当儿的成楼价，天湖若是搁现在往起盖，没有两到三个亿垫底怕是开不了张。当初天湖的一亿四千万投资是从三个方向拢来的，局里无限期低息贷款一个亿，公司掏了两千万，差的两千万是从银行贷来的。时至今日，银行那两千万贷款已全部还清，公司那两千万也早已从各种性质的接待费和其他一些名目上核销掉了，只是局里的那一个亿，到现在也没有还回去，局里年年也就是讨回那点象征性的利息给机关的人搞福利。

武培实感慨道，去年要是听我的，我现在也就不多想了。齐名注没接话茬，脸上也没任何多余的表情。去年秋天，武培实张罗卖天湖，是因为大环境和小气候把他压得喘不过气来。去年气候异常，武培实他们这座海滨城市连雨天多，境外游客比往年来得少，外汇收入锐减。再就是暑期刚至，也不知从什么人嘴里造了天大的谣言，说是这座海滨城市正在流行甲肝，已经死了若干若干人，哪哪也给封闭了，一时间城市陷入恐慌之中，市民谈肝色变，外地游客仓皇逃离，大饭店大酒店大宾馆的客房灯越关越少，最后关成一片漆黑。此时尽管市电视台、市日报和晚报等新闻媒体联合辟谣，但负面影响已经造出去了，这座海滨城市的飞机场、火车站、汽车站和码头安静下来，几家大浴场里全无了往年的沸腾景象。整个城市惊呆了。事后有人感叹，这就谣言效应，这就是脆弱的餐饮业市场。到了秋天，天湖的困境让人打蔫，现任副总车婧见武培实挺得难受，就说企业在这节骨眼上想搞活天湖，还有段路要走，就现在的情形看，可以考虑将天湖转让，也可以变换模式，及引外资搞股份制，不然天湖被挤垮是早晚的事。这时的车婧，已经在天湖干了将近两年，她对天湖的市场对接能力和内部管理有了相当程度的认识。那一年里的武培实也是够累的了，天湖风光时给他带来的美好感觉，如今他是一点也重温不到了，他那时怎么看天湖，怎么像一座超豪华的大坟包。那天他犹豫不决地问车婧，卖的话，怎么卖？合作又有什么方案？车婧说，卖有人买，合作有人注入资金。武培实就想，原来车婧早有想法啊，她的手早就搭在了天湖的脉搏上。荒掉了不如卖掉，也只能走这一步了，武培实灰头土脸去了局里汇报。那天邹局长听完汇报，手指点了一阵桌子，不慌不忙地说，武经理，这时候出让天湖，你们还有没有一点经济头脑？跟外商合作，外商的胃口有多大你晓得吗？想想吧，这几年里，我们一局跟外商合作，哪一次愉快了？武经理，不要遇到点困难就打退堂鼓。再从另一个角度讲，天湖是局里戳在你那儿的一个对外形象窗口，所以说天湖的作用就不仅仅是挣钱的事，这就是咱们企业操持饭店的特殊性。还有天湖前前后后一共安置了一百多名转岗下岗职工吧？要认识到这个数字对稳定能源一局的意义。局里的一个亿撂在你那里，我这局长都能稳当住，你的屁股还愁没地方落？噢，对了，那个小车，不是蛮有脑子蛮有市场意识嘛，你把她调动好了，我想她会有办法叫你眉开眼笑。被邹局长捏软了，武培实倒也不怎么沮丧，因为邹局长的嘴怎么开怎么合，他在来时就有了一些预感。

太阳西沉，17506 房间里的光线暗下来。齐名注说，局里的意思是速战速决，贺少仁随时可以飞来。你考虑一下，这件事怎么跟班子里的人通气，分析分析，到时会不会有不同声音。我实话跟你说，在这件事上，邹局长的态度很明确，就是天湖要卖，但大家的情绪不能今儿爬坡明儿下坡，要稳定，要一个鼻孔出气。武培实长出了一口气道，那个价出手，难保有人不问点什么。齐名注说，这就要看你的能力了，这件事最终说深说浅、说薄说厚、说冷说热，火候还不都是在你老兄的嘴上？武培实摊开双手，难为情地说，那里有从公司主业分流过去的一百多号人呢。齐名注拢拢头发说，公司过去的那些人，贺少仁原则上接收。武培实神色黯然地说，话是这么说，以后他三天炒一个，五天炒一对，到时那些人都回公司来闹，叫我怎么收拾？齐名注摸了摸脸，避重就轻地说，谈跑题了吧？哎我说，车婧那里，不会有什么事吧？武培实没接话，像在想什么。齐名注扫了他一眼，不无暗示地说，她再有什么，也是你聘用的副总。武培实马马虎虎地说，谁知道这个女人到时会是什么心态。齐名注眯起眼睛，接上话茬，心态，你说她会是什么心态？武培实吹口气说，她在天湖，扑腾得也快筋疲力尽了。老弟，你也知道，她刚接手天湖时，正是天湖历史上最艰难时期，她花了近一年时间，才把天湖的元气找回来。再往下你也知道，曾有人给这座城市制造了一个黑色夏季，如果老羊问我她那时的心态，我倒能说明白，那就是她想走人。至于说她这会儿的心态，我真的不好说，因为从去年底到今年初，她在外面奔波了四十多天，到处找客源拉会议，前几天她还跟我说，今年暑期的床位，已经订出去三分之二了。根据她的预测，今年暑期的入住率说得过去，再下点功夫，也许天湖就能打一个翻身仗。齐名注不动声色地听着。武培实歇口气，准备再次开口的时候，齐名注的手机响了，齐名注瞟了武培实一眼，武培实避开他的目光站起来，打着半生不熟的哈欠朝卫生间走去。

　　齐名注走到窗前说，嗯，有事，哪能呢。好好好，我明白，过半小时我打你手机。收机后，齐名注点了一根烟。吞吐了几口，意识到武培实还在卫生间里，就说，嘿，老兄，往长江里滋呢？武培实走出来说，压力大，流量小，费工夫。齐名注咧了一下嘴，看一眼手表。武培实说，老弟，天湖眼看着要划给三局了，你也管不了我几天了，今天就让我往死里表现表现，你说，晚上我怎么安排你？齐名注抖着手，一脸吃紧的样子说，老兄，我都住进浪岛了，你就不能给我点自由？武培实笑道，我是怕你寂寞，更担心你在这里路不熟，踩上地雷什么的。齐名注说，这里是什么地方？四星级，我倒想寂寞，人家让吗？至于说地雷嘛，那是不见鬼子不挂钩，你看我像鬼子吗？武培实笑着问，明天呢？齐名注挥手说，我谁都不想见了，明天咱们再联系。武培实说，要这样，我就回去了，琢磨琢磨后面的事该怎么办。说着人已经走到了门口。就在武培实开门时，齐名注从后面抽冷子拍了一下他肩头，武培实本能地扭过头来，感觉齐名注的目光里有内容。齐名注意味深长地说，公司划走了，但老兄你有可能留在一局。武培实身子一颤，齐名注收回手说，就目前的情况看，局里不是没有适合你老兄的位置，问题是你是否愿意离开海边。老兄，晚上好好掂量掂量。武培实心里跳乱了。齐名注刚才拍过武培实肩头的那只手，又在武培实肩头上起伏了几下。

## 三

公司领导班子会收场后，武培实回到办公室。针对今天上午这个班子会，昨晚他没少动脑筋，生怕从哪儿开出岔口，把会开砸了，到头来让人包了包子，所以说该想不该想的问题，他都尽量去想一想。在刚才的会上，当他把局常委转让天湖的事掐头去尾传达给大家后，除了纪委书记甩出几句借题发挥的牢骚话，其余人都没表现出惊讶和多疑，仿佛卖掉天湖是件鸡毛蒜皮的小事，值不得他们七嘴八舌。最让他意外的是，居然没一个人问天湖卖了多少钱？

武培实走到花架旁，看着花想，自己一直管着天湖，在大事小情上没少得罪班子里的人，他原本想党委书记等人会借机敲打他几下，如果较上劲，管三产的副经理老孙，没准就会一舌头捅到底，把自己往死胡同里赶。天湖的事，过去自己从不让老孙插手，老孙的肚子里一直积压着怨气，在以往的一些会议上，老孙时常跟自己犯别扭，有些话还挺刺人。可是老孙今天像换了个人似的，坐在那儿只顾喝茶，自己试探性地让他来几句，他就笑吟吟说，看来局里主业这一块也是资金紧张，打不开点了，局里的这个决定，我们能理解。听了这话，武培实在我们二字后头点上了一个大问号，心想老孙说的我们是指他个人？还是指除自己以外的所有人？看班子里这些人的劲头，倒像是他们在会前就听到了什么，而且还坐在一起通了气。武培实噘起嘴，越想越不对劲，这么大个饭店，局里一句话就卖了，难道班子里的人真会相信这里面没有猫腻？武培实望一眼墙上的石英钟，犹豫中掏出手机，打通了齐名注的手机，齐名注让他过去。

一见齐名注，武培实就格外关心地说，瞧你脸色不大好，是不是住在这里不习惯，没休息好啊齐局？齐名注眯眼一笑，拍拍武培实的肚子说，算了吧老兄，你这里装的啥馅，我还没数？武培实笑道，啥馅？素三鲜，没荤的。齐名注讪笑，扩展着胸说，说说正事吧。武培实坐下来，把班子开会的情况讲了讲。讲时，他的语气和神态故意带出几分沉重，他这样作秀意在提醒齐名注，班子里那些人的平静可能是阴谋。齐名注倒是不觉奇怪，说这可能就叫当局者迷吧。你想想，天湖两支笔，你和车婧。既然那些人没有天湖的签字权，心里自然就不会痛快，现在把天湖处理了，他们还是他们，而你手里的那支笔却是废掉了，你说那些人是高兴还是不高兴？武培实回味了一下，盯着齐名注说，不过卖价，我可是没说出去。齐名注做了一个打住的手势说，甭说还能卖上几个钱，就是白送人，那些人也会高兴的。至于说他们是否想在此事上看你出丑，或是准备情绪幸灾乐祸，对不起，还真就扫他们兴了，让他们去三局等着吧。武培实若有所思地点了几下头，心说冲齐名注说话的口气，局里没准已经把自己的明天掂量得八九不离十了。武培实想再从齐名注嘴里捞点干货，可目光一触摸到齐名注眼角余光，身子便紧了一下，两片嘴唇就没能分开。齐名注说，老兄，那我中午飞回去，下午跟邹局长汇报。至于贺少仁嘛，他什么时候来合适，我等你电话。还有，车婧那儿不要拖，最好你今天就找她谈谈，有必要的话，我们可以考虑给她一点补偿。武培实哼哈应承下来。

中午武培实应酬了一个饭局。散伙后他没回家，来到了天湖办公室。他躺在沙发上想，卖了天湖，局里还能把自己留在一局吗？留下的话，往哪儿安排呢？离开这里，自己究竟还能有多大奔头？他瞪着两眼，心像是被谁借去了一半。后来他不愿琢磨自己的事了，开始想怎么跟车婧谈话。他有感觉，能猜测出车婧的心态，她不会是班子里那些人的心态，车婧不大会平静地接受局里卖掉天湖这一事实，因为她对自己制订的振兴天湖计划还是蛮乐观的。

在武培实眼里，车婧是个人物。几年前，车婧辞了公司团委书记职务，去了南京一家大酒店练身手，后来又奔了广州，再后来去了北京一家四星级宾馆做总经理助理。有一次车婧回来跑业务，武培实在天湖给她接风。席间，武培实说天湖眼下需要像车婧这样的业内能人。车婧就说如果有合适的位置，她倒真想在江东父老面前试试。后来武培实又跟车婧很具体地长谈了一次，不久车婧就回来了。车婧的家还在这座海滨城市，这也许是她最终放弃北京的一个重要理由。

武培实坐在老板椅上打通了车婧办公室电话，那边没人接，他又打车婧手机。连上线，他问她在哪里，她说在天湖。武培实再问她现在忙不忙，她停顿了一下说，武总，你在天湖吧？我这就过去。放下电话，武培实笑了，他想这个女人真是不白给。工夫不大，车婧就来了。作为女人，车婧这张长条脸，虽说已经远离了青春本色，但看着也还是够滋润。武培实酝酿了一下情绪，刚要开口，车婧抢先说，武总，我先来告诉你一件事，省里准备在七月中旬召开的乡镇企业家经验交流会，上午给我敲定了。搁以往，武培实听了这话会高兴的，但今天他却是高兴不起来。他看了她一眼，心说告诉你天湖卖了，你还能是这一脸丰收的表情吗？武培实大声叹口气，想造出点伤感的气氛再说事。车婧乐了，望着屋顶，话题一转说，武总，当真不好开口？嗯，那我替你说吧，局里已经决定把天湖卖给了贺少仁先生。武培实吃了一惊，怔怔地看着笑嘻嘻的车婧。车婧又道，上午刚开完班子会，消息就传进了我耳朵。

武培实原以为车婧是个坎儿，自己不好往过迈，谁知现在人家把自己当坎儿迈过去了。卖掉天湖，别人可以不疼不痒，但她车婧可以吗？她在天湖付出的不仅仅是多长几根白头发的事，她可是一直都把天湖当家来料理，当孩子来呵护……武培实越想心里越拧劲。

快乐情绪是送给别人的最好礼物。武培实一下子想起了车婧曾经说过的这句话。他望着车婧，心想她此刻哪怕是问一问天湖卖了多少钱，自己也会好受一点，就会告诉她天湖卖了多少钱。武培实的手机响了，接通后他哼哈了几句就把对方打发了。武培实收好手机，一本正经地说，车总，下来咱们再找时间谈吧，有些话咱们还没有说开。车婧把目光移到他脸上说，武总，你晚上要是没什么应酬，我想请你吃个饭。武培实想想说，五点来钟，咱们再联系一下。车婧微笑着点点头。正在往回收目光的武培实，认为自己从车婧的这个微笑中发现了破绽，他感觉她的微笑里夹着一丝苦涩，就不由得长出了一口气。

## 四

车婧是从纪委书记那里知道天湖卖给了贺少仁。那会儿在电话里，纪委书记张口就说，车总，摆几桌请请同志们吧。车婧说书记你又高升了？纪委书记大笑道，车总你要是不抓紧时间请请大家，恐怕你以后就没有这个机会了。车婧继续跟书记打哈哈，哎呀书记，你高升到总局去了吧？纪委书记顿了一下说，怎么，天湖卖给贺少仁的事，武总没跟你说？接着把班子会上的内容，一股脑甩进了车婧的耳朵里。挂线以后，车婧离开椅子，在空地上走动。离暑期不远了，天湖的势头正看好，局里怎么会在这个节骨眼上出让天湖呢？还有买主，为什么偏偏就是贺少仁？那一刻，从商人这个角度，车婧很想知道贺少仁花多少钱拎走了天湖，她相信自己从钱数上，就能判断出局里出让天湖是市场行为还是不正当交易。她的这个欲知天湖卖价的渴望，刚才在见到武培实前几秒钟里还是那么强烈，可是当面对武培实后，她的那个渴望一下子失去了靶心，她凭感觉已经明白了，在卖天湖这个问题上，自己没有必要再让武培实身负官场之重了，所以那一刻她在武培实面前尽量放松自己的神经。

车婧刚接手天湖时，曾有种一脚踩空的感觉，账上几乎没有周转资金，员工情绪消沉。车婧花了一星期时间，深入各个部门摸情况，敛回一堆问题。接下来，她改变了旧的管理模式，解聘所有中层管理人员职务，实行竞争上岗，部门承包，此举把天湖从死气沉沉中拖了出来，调动了一些人的积极性。时值初春，到位的各部门承包人，都绞尽脑汁准备在夏季里大干一场。与社会上的大酒店大饭店相比，天湖的员工素质还达不到三星级饭店的要求。天湖的员工构成比较复杂，有从公司转岗来的（这部分人不论男女，大都不在饭店一线岗位上，干着水电暖运的二线差事）；有市里再就业办公室硬塞来的；有从职业学校招的；还有挖墙脚挖来的，文化素质和服务意识不在一个层面上。尽管这些员工都会微笑，但车婧认为她们当中大部分人的微笑，不是那种可以获得市场盈利的微笑，那些微笑应酬官员或是企业领导或许还有点魅力。于是车婧只得把一线员工组织起来培训，结合自身经历，给员工们讲商业服务与市场效益是怎么回事。

浪岛的郭总打来电话，晚上打算请车婧吃饭，车婧说晚上有安排，婉言谢绝了。车婧心里有数，郭总这是在借吃饭之名，要自己尽快给他一个回话。上星期的一个晚上，郭总请车婧游泳，休息时他邀请车婧到浪岛出任副总经理一职。郭总是台湾人，五十出头的样子，矮个子大眼睛，办事精明持重，喜欢女性。过去郭总一直都在琢磨天湖，而车婧也没把浪岛不放在眼里。车婧入主天湖不久，就熟悉了天湖的周边环境，意识到天湖前后左右几条街几条路上只有四星级的浪岛，在生意上是天湖的竞争对手，便在某一天以普通顾客的身份，在浪岛转了一个白天住了一个晚上，暗访下来的结论是浪岛的硬件比天湖硬，软件比天湖软，员工的服务意识和应变能力整体上高于天湖。至于说天湖优于浪岛的地方，则是门面贴着主干街道，停车场宽大，大楼的外部视觉效果好。心里有了斤两后，车婧在一个下午以天湖现任副总经理身份来到浪岛拜会郭总，郭总对车婧的第一印象不错。在这次礼节性会面不久，车婧拿事造势，独家赞助了省直机关桥牌邀请赛，郭总、贺少仁等工商界名流，还有省市政府官员、大企业党政一把手等作为特邀嘉宾被车婧请进了天湖。当时郭总对车婧这一举动一直用微笑来评价。再以后，天湖和浪岛虽说天天都在竞争，但之间也开始有了商业性质的补台和救场合作，郭总对车婧的管理才华和策划能力，看在了眼里想在了心上。

车婧站在窗前，她在想自己的下一个机遇究竟是在天湖还是在浪岛？从个人收入上说，浪岛开的价已经很诱惑人了，郭总给她开的年薪是八万美元，外赠一部车一套房子。而现在她在天湖，月收入是一万人民币，年底是否能拿到奖赏钱、拿多少，一要看饭店的效益，二要看领导的心情。她明白，自己来天湖后的付出，比自己以往在任何一个地方付出的都要多，可是回报如何呢？天湖这幢大楼本身没什么问题，天湖的员工也是可以调教的，叫自己无奈的是天湖所担负的那部分非市场化服务功能，时常要接待这部长那司长局长，还有这些人的七大姑八大姨；赔本承办总局和本局一些毫无工作意义的旅游性质会议；消化公司印制的各种免费招待券、优惠卡、打折卡，这些耗尽了自己一条腿的气力不说，还坠得另一条迈向市场的腿也总是乏力，有时两条腿还相互缠绊，摔倒了都不知道疼在哪里，这种半市场半企业的运营体制，让自己总是找不到放开施展的感觉，一个没留神，就卷到了官场和人情的旋涡里……老板台上的电话响了，车婧看了一眼没去接。过了一会儿手机又叫唤了，车婧一愣神，心说可能是武总打来的。

接过手机，车婧的脸色就吃紧了，匆忙离开办公室，坐电梯上了九楼。等在电梯口的娱乐部经理脸色慌张地说，车总。车婧点点头，摆摆手，直奔豪华麻将室去了。刚才娱乐部经理在电话里说，两个蒙面人洗劫了豪华麻将室。车婧叩门，不等里面有动静，就把门推开了。一股浓烟味扑面而来，呛得车婧脸都紧变形了。四个男人还在打麻将，他们腰间都围着一样的浴巾，从他们的表情上看不出被人打劫过。车婧心说够潇洒的了，阔佬就是阔佬。嗬，车总来了。车婧朝着跟她打招呼的人叫林总，然后走近麻将桌，冲着另外三张脸叫肖总、任总、孙总。林总捻起一张牌，看了一眼车婧，把牌扣在眼前说，不好意思车总，给你们天湖找麻烦了。说罢摸起扣着的牌，啪地一拍，车婧看去，是三万。林总说，自摸！推倒牌哈哈大笑，那三位总受传染似的，也跟着哈哈大笑。

寒暄了几句，车婧绷着脸，带着气说，什么人这么大胆，敢跟几位老总开这种玩笑，也太猖獗了，以为我们天湖是大车店啊！林总笑道，看看，我叫他们不要打扰你，怕惹你不高兴，你生气了不是？车婧道，我这就给市局打电话。任总接话说，市局的事，还用车总亲自出马？肖总这会儿要是一跺脚，全市的警车就都能开到你天湖门口。肖总摇着头说，没意思，不值得。这几位老总，在本市都是脸孔放亮名声响亮的人物，是天湖的场面客人，平时没少给车婧捧场子。林总看看三位牌友，嘟着嘴，怪模怪样地说，哎，我说几位老总，发生什么事了？让车总这么不开心。三位老总碰碰目光，不约而同地笑起来。车婧领悟了几位老总的意思，他们这是不想把今天的事张扬出去。车婧松口气，刚要开口，林总扬起头说，今天算是遇到行家了，连我们的裤子都拿去收藏了。车总，您看……林总瞧一眼自己的下身，车婧马上明白了林总的意思，退出去，在娱乐部经理耳边嘀咕了几句，经理连连点头。这时又有人打响了车婧的手机，车婧掏出手机，同时递给经理一个去吧的眼神，经理转身就走。车婧低声说，你好武总。武培实说，你晚上……车婧打断对方的话，林总肖总任总他们在我这儿呢，缠二了。武培实道，嗯……晚上我在公司，你不忙了，可以往我办公室打电话。车婧说，好好好，武总。回到屋子里，车婧说，几位老总稍候。今晚，我请几位老总坐坐，不知几位老总……几位老总嘻嘻哈哈逗乐子，直到有人送来四套深蓝色名牌西装，几位老总的嘴巴还在乌烟瘴气。四套西装，被经理摆在了小茶几上。东南西北见方，呼应着麻将桌上四位老总的位置，此举显然说明四套西装在号码上有区别。做好这些，经理无声无息地退出去。车婧把四套西装从纸盒里拿出来，按麻将桌的对应位置发给四位老总。肖总抖着上衣说，这沾不上行贿受贿吧？车婧半真半假地说，这是我们天湖员工的新制服，几位老总穿上它，以后可就是我们天湖的名誉员工了。肖总说，名牌制服，天湖待遇不低呀。任总一笑道，车总是要脸面的人嘛。林总已经套上了裤子，左右看看说，好家伙办事的人眼力不错嘛，量体买的，比原来那条还合身。正在试上衣的任总，冲林总挤挤眼睛，一只手掀起衣襟，一只手朝内兜里指点。林总眯着眼睛，抓起自己的衣襟，手往内兜摸去，目光顿了一下就转到了车婧脸上。林总干咳了一声，看看大家，笑着抽出手，把两叠厚厚的钞票放到麻将桌上。车婧愣住了。林总说，搞一套制服就可以了车总？听了林总这话，那三位老总也都把两叠厚厚的钞票掏出来，放到麻将桌上。此情此景，让车婧一下子想起一个亿万富翁曾在一次打保龄球时说过的话，富翁说如今消费心情，是有钱人的嗜好。今天车婧从这四位老总身上，算是领教了什么叫有钱人消费心情，更感慨心情这东西玩火了，也真是无价。甭说眼前这几位老总了，像自己这等有点钱、但还远远沾不上富婆的女人，有时去时装精品屋，或是大商场之类的地方消费，心情一痛快了，花钱不也是没感觉吗？车婧张开手说，不知几位老总今晚是否有活动？林总挺挺肚子说，不走了，不走了，在你这儿喝粥。任总嗯了一声，林总侧头一看任总的脸，想起什么似的，忙说，噢，不行不行，得走得走。车总啊，改日再来你这里喝粥吧。车婧应酬了几句，感觉这几位男人的精神头还真是不错。

打发走四位老总，天色渐渐黯淡，车婧回到办公室，刚坐下，娱乐部经理就来了，经理还在紧张中。车婧笑笑说，放松吧，没事了，是林总的几个旧友把玩笑开成了恶作剧。经理怔怔地望着车婧。车婧口气疲倦地说，你先回去吧，安慰一下那个服务生。经理走后不久，保安部负责人又来了，负责人说，车总，几位老总的裤子找到了，给扔到厅台上了。车婧笑道，口袋里没百八十万吧？负责人一惊，但一看车婧的表情，脸上缓过劲来，说，都洗了个干干净净。车婧收住笑问，这个案子，有放电的疑点吗？放电是餐饮业的行话，指内外勾结。负责人思忖道，目前还没看出有什么茬口，不过我还没有找过当班的服务生。车婧抬起头，瞅着负责人说，下来动作不要太大，讲究点策略，有新情况随时报来。负责人说，车总你放心吧，我心里有数。

负责人一走，车婧就不再想这件事了。她看一眼老板台上的座钟，此时正是填肚子的钟点，可她一点食欲也没有。她想，武培实现在干什么呢？她的目光在紫黑色电话机上停留了很长时间，但最终也没去摸电话。她双手垂落，轻声喃喃了一句，贺少仁！不等话音落地，她就一激灵，坐挺了，恍惚中觉得贺少仁就在天湖的某个地方。咦，车婧往椅背上一靠，苦笑自己有点神经质了。

## 五

对贺少仁这个香港人，车婧的感觉是他有心计、有胆识，他是个从商界到官场、到社会各领域都有大路小道可走的生意人。车婧初识他，是在自己正式接手天湖后武培实为她张罗的小型宴会上。那天武培实把贺少仁作为贵宾请到场。贺少仁没空手来，他的礼物是液晶显示的天湖内部构造平面示意图板。当时武培实感叹道，还是你贺经理有心啊。车婧对贺少仁送来的这件礼物有种本能的敏感，她的阅历这时提醒她，香港人此举是借鸡下蛋，为自己的形象做宣传。因为图板上有联华电子股份有限公司赠的字样，且字体很大，格外显眼，于是车婧就委婉地说，看来贺先生对星级酒店很有研究，以后天湖有不入眼的地方，还望贺先生多言。贺少仁沉吟片刻道，给你们挑毛病，就是给你们送效益，如此我可是犯了商家大忌。车婧觉得他此话不俗，脑子一转道，我想贺先生留在天湖的建议或是批评，日后都会有利息的。贺少仁睃了车婧一眼，心情很爽朗的样子。

车婧拉开抽屉，从一个精制的纸盒里捏出一粒话梅，放在下唇上，用舌头尖轻轻够到嘴里。她想，在商场上，任何一个对手想从贺少仁那里占点便宜都不是件容易事，贺少仁十分懂得投入和回报的比例关系。贺少仁曾在天湖露过一手。那是去年，黑色夏季刚劲，身为总经理的武培实，面对冷冷清清的天湖大楼心里直上火，就在一次吃饭的时候，拿话点拨贺少仁搞点合作，给天湖揽点生意，赚不赚钱无所谓，天湖只图人进人出的场面。几天后贺少仁打来电话，说他正在与有关部门沟通，准备在天湖搞一场企业家台球联谊赛，赛事各项费用他一兜到底。武培实一听这话，心里狂痛快，感谢贺少仁在天湖揭不开锅时投米，许诺届时优质服务优惠价格。到了瓜熟果香时，赛事搞成了，来自全国各地的厂长经理们把天湖各处浮尘一扫而光，报社记者和电视台记者来了三十多人。等赛事落幕后，天湖一拢账，还真就是没赔也没赚，干吆喝了一场热闹。而贺少仁，在这场赛事上落下了好名声不说，在赛事期间和赛事后，跟好几家财大气粗的企业不是做成了订单生意，就是交上了来日方长的朋友。后来有一天，车婧跟武培实谈起这场台球赛时，感触很深地说，贺先生进天湖时，口袋里掖个小网球；出天湖时，怀里捧个大篮球。当时武培实也有几分后悔，说是当时给贺少仁的优惠太狠了，要不天湖多少也能赚回几捆青菜钱。

电话铃声打断了车婧的回忆。她往前拖拖转椅，探身子提起话筒。车总，你好，我是潘雨。潘雨是车婧从本市一所高校挖来的计算机专家，三十岁出头，负责天湖国内外电子商务这一块。在车婧到位以前，天湖的网上业务要死不活。潘雨兴奋地告诉车婧，新加坡的合作伙伴刚刚发来邮件，六十人的观光团队已经组成，详细情况明天发传真说明。车婧努努嘴，脸上挂着笑。放回话筒，车婧自言自语，贺少仁，你他妈的好运气啊！继而又想，天湖落入贺少仁手中，贺少仁会一刀刀割掉拴在天湖上的那些关系绳索，让天湖完全进入市场状态，让效益成为天湖的主题，因为一个商人的价值，必须要用利润体现。

车婧觉得自己此时的心态并没有扭曲。自己毕竟是个干职业经理的自由人，自己已经习惯从市场角度去思索天湖的现在和将来。天湖姓什么？归谁主宰？这对自己来说并不重要，自己是空手来淘金的，说白了是借天湖这幢大楼圆梦，自己的梦是物质的也是精神的。天湖易主后，如果自己愿意再干下去，相信贺少仁能从自己身上看到天湖未来的效益，而自己也有能力与贺少仁处好关系，因为像贺少仁这种精明的商人，很难把生意场子上的人当知心朋友，但他有理由把自己视为一个能干的商业合作伙伴。再就是贺少仁不会同情弱者，用人他看本事，谈事他讲经济效益，这就是市场经济赋予商人的现实心理。从这个意义上讲，给贺少仁打工，比给武培实当副总经理更能圆好自己的梦，在贺少仁的影子里，自己的站姿也许会更挺立。车婧闭上眼睛，思绪又飘到了浪岛，意识到此刻的自己，两只脚正踩在两条路的端点上。她叹口气，拍拍脑门，话梅核在嘴里咯啦啦咯啦啦地摇动着。是留在天湖跟贺少仁合作？还是一溜小跑去浪岛挣美元？单冲收入去浪岛，说来有点勉强，如果跟贺少仁谈成了，贺少仁给自己的佣金，绝不会是月薪一万人民币，一万人民币是企业价而不是市场价。等等，等一等再往下落脚吧，相信香港人会主动找上门来的，到时不妨先听听他的想法。后来她猛然想起来，武培实还有话要跟自己说呢。她看看手机上的时间，肚子里咕噜了几声。

## 六

暮色悠来的时候，武培实在小关夜市吃了一碗兰州拉面，然后来到公司。装在他心里的事还在发酵，他想卖天湖的事，车婧好像根本就不往心上坠，再看看自己现在的情绪，分明是想硬往她耳朵眼塞点什么。他长出一口气，沏杯茶，坐在椅子上摇着身子。

将近七点钟的时候，武培实接了个长途，是在外揽活的项目经理打来的。眼下项目经理正在 G 市咬一块肥肉，那个工程若是拎到手上，今年公司里就不会有闲人了。武培实问，进展顺利吗？对方说，缝儿还是撕不成口子，来活动的人太多了。武培实说，你的能耐都使到家了？对方说，天湖的暑期贵宾卡和免费招待卡，我已经赠得差不多了。武培实皱着眉头，意识到卖天湖的事，这会儿不能跟对方说，于是就嘱咐对方把事盯紧点，再动动脑子再想想办法。放下电话，武培实满脸愁容。失去天湖，公司得天独厚的海边优势就没有了，以后在竞争某些工程时，后劲就不足了。回想过去，无论是在纸上签协议，还是在桌面上谈合同，差点火候的时侯，只要打出天湖这张牌，甲方的人不是吃、碰，就是停牌和牌，公司的主业有天湖托着，啃出来的市场在中国地图上东一片，西一块，北一段，南一条，虽说零零碎碎，但年年都有个收成，不然公司的日子早就不好过了。武培实捧着茶杯，耷拉着眼皮，像个猫冬的年迈老人。

吃了几口盒饭，车婧就没了胃口，用纯净水漱了口，打开笔记本电脑上网。她的手刚触到鼠标，躺在老板台上的手机就响了。车婧刚喂了一声，那边就说请你马上到二医院来。车婧听出对方是女儿月月的姑姑，在市二院当大夫的卢梅。车婧紧张了一下，问，什么事卢梅？卢梅哼了一声说，事不大，车总，请你来接月月出院。车婧慌了，急忙问月月怎么了？卢梅说，哆嗦什么，你来了不就知道了。卢梅挂断电话。

月月读小学五年级，长得清秀含蓄，脸蛋儿越来越像她死去的父亲卢松。月月从出生到断奶这段时间里，车婧里里外外还像个母亲，可是后头她顾家的时间就少了，不得不把母亲从佳木斯接来照看月月。等到月月入了托儿所，车婧心一横去了南方，剩下老母、丈夫和女儿一起过日子。初到南方时，车婧每每想起家来，眼前就能浮现出三个亲人的面孔。后来随着生活和工作节奏加快，车婧对家的感觉就不如从前那么细腻了，偶尔腾空心思想想家，也是想得模模糊糊，有时甚至都回忆不出女儿的模样了。南方的生存压力，渐渐淡化了她做女儿、妻子和母亲的感觉，她在金钱世界里的那种生存危机感，让她无法不去给自己漂泊的命运时时捕捉植根的机会。几年下来，南方的生存经历，破坏了她做普通北方女人的感觉。不过，当她从南方归来后，面对北方的传统文化、面对家人淳朴的脸，她的南方生存经验不由得就沉到了往事之中，她开始对自己这个老少三代人的家庭生活反思了，觉得这些年里自己欠家人的东西用金钱是很难弥补的，那些东西叫她背不起也扛不动，尤其是女儿，她在相当长一段时间内，为自己是月月的母亲而愧疚。至于说对丈夫卢松，她只能是怀念了，因为她是在卢松死后，才真实感觉到那是一个多好的丈夫和父亲啊，他把自己的幸福和快乐，定位在家庭成员的幸福和快乐上。卢松走后，面对家里的现实问题，车婧总是感到力不从心。母亲老了，手脚吃不上劲了，可是那些干不完的琐碎家务活，自己又没有时间去料理，还有月月的功课，自己也没精力过问。没办法，车婧只好把市场机制引进家来，雇了一个小保姆操持家务，请了一个勤工俭学的大学生给女儿做家教，家里的问题算是暂时得到了缓解。

车婧气喘吁吁推开医师值班室的门，看见卢梅坐在床上，把月月搂成一团，叽叽喳喳地讲着什么；母亲堆在沙发里打盹，像个泥塑的老妇人；小保姆坐在木椅上，静静地翻着杂志，整个场景，如一幅充满浓郁生活气息的油画，没有一点不祥的气氛，车婧不安的脸色这才好转。对她的到来，最先做出反应的是小保姆，其次是她母亲和女儿，卢梅只是投来一眼。小保姆抢嘴报告了情况。

三天前月月发高烧，住进了医院，现在烧退得差不多了，月月自己也表示没事了，明天要去上学。车婧的目光从小保姆身上移到母亲脸上，母亲胆怯地说，没啥了，没啥了，不碍事不碍事，月月的烧，都给药拿干净了，是孩子想你，才叫你来接。唉，婧呀，这几天，孩子姑姑忙得团团转。疼女儿的车婧，这时疼得有点失态，她埋怨起来，月月都病三天了，你们怎么不早告诉我？母亲扬起一张皱褶的脸，惊慌失措的目光攀到女儿脸上。显然，母亲对女儿刚才说出的话感到惊诧，一时间不知说什么好了。卢梅瞪了车婧一眼，车婧这才镇静下来，她从母亲湿润的眼睛里意识到刚才把话说重了，伤了她老人家的心，心里就拧了一下。卢梅慢腾腾下了床，走过来说，伯母说你忙，心疼你，怕你耽误工作，不叫对你说。小保姆也开了口，车阿姨，伯母这几天都没好好睡觉。月月也有话了，妈妈，姥姥昨天晚上坐在我床边尿床了。母亲揉搓着眼睛，冲外孙女歉意地笑笑。车婧心里酸楚，眼前也朦胧了。家人都这么关爱自己，支持自己，这是自己从哪儿修来的福分呢？在这般心境下，车婧就想起了卢松，怀念使她的心在哆嗦……

卢松一直在公司党办干着文案差事，脾气好，人缘好，就是业务能力不拔尖，没干出什么名堂来，秘书这碗饭，他一捧就是十几年。卢松在车婧从南方回来不久，就从卢梅所在的医院里查出了晚期肺癌。起初，卢梅瞒着他，可是没几天卢梅就受不了了，她不想做那种天天藏事的癌症患者亲人，她不承认在真实面前，这个世界上会有什么善意的谎言。其实早在卢梅开口吐出实情前，卢松就感觉到自己是得了癌症，种种征兆摆在那儿，医学对癌症的尴尬，他在医院不用看不用听，嗅也嗅到了。所以那天当卢梅把话挑明后，他没有发傻也没有恐惧，他甚至还冲妹妹笑了笑。卢梅把哥哥的绝症归结到平日里对家务事过度操劳上，她对车婧的南方之行至今还有冷言冷语，总说像车婧这种心野的女人，压根儿就不配有丈夫有孩子。卢松只能替车婧打圆场，说车婧天生就是个干大事的女人，她的幸福和快乐都是从冒险中打拼出来的，她比你哥哥有出息。哥哥这辈子，立不起多大的理想，更谈不上跨世纪的追求，窝窝囊囊一个平庸人。卢梅不服气，她不顾哥哥怎么说，她对车婧依旧是没有好话。早在卢松跟车婧结婚前，卢梅对车婧的看法就不是一两把能抓干净的事，她说哥哥跟车婧不是一路人，将来伺候不起这个女人，劝哥哥三思。卢松明白妹妹这辈子对车婧的看法是岩石上凿字——风吹不掉了，所以他就不想在车婧人生定位这个老话题上饶舌，他眼下急需妹妹帮忙的事，就是把嘴巴闭紧了，暂时别把真情泄露给车婧。那时车婧刚接手天湖，整天忙得没黑没白，为追回几笔外债，她一星期里飞了四个城市，卢松知道最叫妻子头疼的外债，是那笔压在齐阳的两百万设备购置款。那天车婧从齐阳回来，匆匆忙忙去医院看丈夫，卢松问她有收获没有，她情绪低落地摇摇头。等到车婧要走的时候，卢松笑道，明天，中午吧，能抽空给我包顿饺子吗？车婧注视着丈夫消瘦的脸，心里噎了一下，意识到自从丈夫住进医院，作为一个妻子，自己并没有送来多少温暖，丈夫提出吃饺子是不是寒心了呢？这样想着，欲走的她又下意识重新坐下来，替丈夫掖掖毛毯，耐着性子问他想吃什么馅的饺子。卢松说啥馅都成，只要是你亲手包的就好。车婧点头说，没问题，我还没忘记怎么包饺子。卢松想，话说到了这份上，她再待下去就是浪费时间了，于是故意打着哈欠说，我挺乏的，想好好睡一觉，你先回去吧。翌日将近中午，正在市里办事的车婧，猛然想起了饺子的事，急忙往天湖打电话，安排人煮一斤水饺送到二医院去。当卢松揣着热腾腾的天湖海鲜水饺时，双手禁不住有些发抖。送水饺人走后，卢松夹起一个饺子，咬了一口，味道很可口，但他这时却想流泪。他想车婧你再忙，也不该食言，你忘了包这顿饺子，你以后也许会后悔的。

卢松以工程公司催款人的名义去了齐阳讨债。碰钉子后，卢松就在那家公司的招待所里结束了生命。卢松死得很理智，他在来齐阳前，给车婧留下一封信，信不长，内容也简要，只是对车婧说他死后人家如果给了那两百万，就一了百了。如果他的死不能帮她讨回那两百万，他就不能白死，尸体不要火化，官司打到天边也要打。看过信后，车婧哭了，明白了丈夫那天为什么要吃自己亲手包的饺子，丈夫那是在一种悲苦的心境下渴望通过一顿饺子，重温到妻子的柔情，家庭的温暖，在留恋的情绪中与亲人作最后的道别，而自己却没能满足丈夫……车婧讨厌自己，谴责自己，诅咒自己，她发誓如果自己是个男人，绝不找像车婧这样的女人。好在卢松的后事，车婧办明白了，不然她真不知从哪儿补偿丈夫。

那次车婧和卢梅等人，由武培实陪着去了齐阳。人命关天，那边早在车婧一行人赶到前，就把两百万欠款汇往海滨城市。然而车婧并没有就此罢休，她想丈夫已经死了，死是闹着玩的吗？

必须要对得起丈夫，要把丈夫死在异乡的价值全部挖掘出来。车婧按现行的银行利率，把两百万的利息算了出来，让对方支付这笔利息，否则就抬着卢松上法庭打官司。敢拿爱人的尸体说事，对方意识到这是碰上了惹不起的女人，就没讨价还价，支付了利息。还不仅如此，出于对卢松献身精神的赞叹，对方把卢松的丧事也办出了档次，号召公司员工都去殡仪馆送卢松这个外地人，把送行仪式作为一次爱企业、讲奉献的教育活动来操办。倍受折磨的卢梅，受不了两头如此做一个死人的文章，一气之下，拔腿离开齐阳。

## 七

搂着女儿睡了一夜，转天上班进办公室后，车婧心里揣着一股说不清道不明的感觉，神色微微有些疲倦。静坐了几分钟，她拨通了武培实办公室电话，解释说昨晚接女儿出院，忙到很晚。武培实说了几句关心话。车婧问他这会儿有没有事，他说不忙。车婧没再搭话，武培实沉默了几秒钟说，车婧呀，我想问问你现在有没有什么具体打算？车婧挑起眼皮，目光射向屋顶说，武经理，你是指我个人呢？还是指天湖？武培实说，我想两层意思都有吧。车婧笑了，说，誓与天湖共存亡。武培实从她的口气里，感觉卖天湖这件事，到现在也没被她当成一回事，他对她这种无所谓的心态感到困惑，他甚至想有必要下点功夫去怀疑一下她与出卖天湖这件事是否有什么瓜葛。武培实站起来，语气低闷地说，告诉你，天湖卖了……两个四千五百万。车婧没出声，她不明白武培实为什么这样报数，不过这个售价确实让她意外，因为冲当下的市场行情，天湖就是削去三五成，四千五百万乘二这个价也兜不走。嗯，看来是叫自己猜着了，这是一桩有内幕的交易。同时车婧也感觉到，武培实对这个卖价似乎也有看法，只是他不好明说而已。车婧无声一笑，问自己现在难受吗？伤感吗？恍惚吗？她摇摇头，开始在心里琢磨贺少仁。她对自己说，无论贺少仁使用了什么手段，这个价拿下天湖，足以证明他是个有能量有实力的商人。

车婧半天没吭声了，武培实想是不是两个四千五百万把她的心占满了呢？压疼了呢？他的脑子有点涨。车婧转换了话题说，武经理，那公司分流到天湖的职工怎么安排？武培实说，这个事，到时我想让你跟贺少仁谈谈，因为那部分职工的情况你比较了解。车婧说，武经理，你可别板上钉钉地信任我，我这人跑龙套行，挑大梁还缺点劲。武培实笑道，话是这么说，也许贺少仁接手后，那些职工都死活要回公司来呢，到那时你说你还会有什么麻烦事？车婧一想也有道理，天湖易主了，那些分流职工的心态，没准会因为贺少仁的身份而发生变化，要求集体回归呢。武培实道，这样吧，车总，你下午抽点时间找有关人座谈一下，看看大家的情绪有什么起伏，这样咱们也好心里有数。车婧一歪头，不经意间就闻到了一段春天特有的气息，扭头往窗外瞟了一眼。

开完中层管理人员会，车婧的心还在动荡，与会者的心态确实叫她吃惊不小。刚才在会上，她小心翼翼地向大家通报了天湖转让的事，只是把卖价压在了舌根下。事儿捅开了，大家脸上并没有乱七八糟的表情，这让车婧心里纳闷。后来她发现大家都把目光集中到公关部部长项菲身上，就预感到今天大家是有备而来。项菲毕业于一所名牌大学，人水灵，善思辨，会来事，周旋场面的功夫要比一般人得要领，在天湖中层管理人员圈里可谓是个扛旗的人物，她的喜怒哀乐，都具有一定的影响力，车婧一直把她当长明灯使用。项菲是从蓝天宾馆跳槽来的。项菲冲车婧笑笑说，车总，天湖转让的事，我们昨晚就听说了，大家聚在一起也议论了。今天我受兄弟姐妹的委托，跟车总您做个游戏。说着起身走到车婧面前，把一个纸盒子放到桌上。车婧一时猜不出项菲要做什么，心里就空出一大块。项菲回原位坐下说，车总，请您打开盒子。

车婧打开盒子。盒子里的东西是这些人平时佩戴的胸卡，车婧抬起目光扫了大家一眼，这才发现他们胸前一无所有，便责怪自己今天的眼力太差劲了，居然就没发现这个破绽。项菲说，车总，我们这些人的命运，是否与天湖的明天有牵连，就全看你如何处理这些胸卡了。我们信任你，我们对天湖的未来也有足够信心，这就是我们大家对天湖易主的态度。车总，你若是觉得我们还可以为天湖尽份力，您就亲手把这些胸卡再发给我们。如果说面对一个新的天湖，我们变成了旧人，我们被新东家炒了无怨。项菲话音刚落，就讨到了一片掌声！

车婧在沉思中感到了问题的复杂性，这些人把命运和前途，以这种新颖的方式交到自己手里，这对自己来说，就不是普通意义上的信任了，他们这是以整体的存在价值，向自己的业务决策水平，以及面对现实的承受能力发出了挑战。车婧有点激动，她想这些人在一夜之间就决定了自己的未来走向，这种速度是市场节奏，也是竞争赋予他们的时间概念，他们已经懂得通过竞争和参与可以提高自己的素质和生活质量。车婧发觉此时大家都在注视着自己，于是明白这些人在这种场合，没有兴趣听自己喋喋不休的解释，他们向自己索要的是耿直的勇气和到位的动作，同时也有试探自己对未来怎样选择的用意。唉，今天自己被动就被动在到目前还没有想好去留这个问题，他们这么做等于集体决定自己不要去浪岛。这种群体信赖与挑战，叫车婧意识到这些中层管理人员的信心和渴望，应该成为天湖明天的无形资产，不论自己走与不走，都不能伤害！车婧把胸卡一一发给它们的主人，会议室里只可听到车婧轻敲的脚步声。谢谢各位！车婧给大家鞠了一个躬，转身朝门口走去。就在车婧迈出会议室时，她忽然听到身后传来断断续续的哭泣声，车婧的情绪嗞啦一下被感染了。但她马上就克制住了，因为她明白在商业圈里，员工的泪水没有经济效益，她不能在此时此刻为如此动容的属下喝彩，她曾在给他们讲课时说过，流泪的眼睛看不清市场！

窗外的太阳在拔高，办公室里越来越亮堂。车婧走到窗前，俯视长街，心中的犹豫还没有转变成某种选择。她一遍遍问自己，刚才给那些人发胸卡时，自己的职业动机是什么？自己究竟在无声中流露出多少女人情感？自己在尚未决定去留之际，尚未与贺先生沟通之前，就承接了一个群体的信任，此举是不是过于冲动了呢？万一贺先生到时对这些人另有打算，自己将如何对今日的行动负责呢？假如这些人都是昔日从公司过来的转岗职工倒也好说，他们调过头还能看到一条生路，到时武培实好赖得给他们一个说法。可是这些中层管理人员，大多是没有回头路可走的人，一下子丢了饭碗，尽管不会要了他们的命，可在短时间内，他们也难再就业。在这座城市高档饭店酒店之类的地方，中层管理人员的职位不大好谋取，除非像项菲这样的人尖子可以跳来蹦去。车婧操着手，意识到自己刚才的行为，等于自己把自己押在了天湖，而且押得心里没底。

车婧被一阵敲门声惊动，她转身回到老板台前坐下，说了声请进。门被推开，车婧看见了一张方方正正的男人脸，接着又看见了几张模模糊糊的男人脸。车婧站起来，冲走在前头的人叫了一声佟师傅。佟师傅胸前一片紫红，车婧不知道那块红绸布下罩着的东西是什么。车总，佟师傅说。回了一下头，车婧数过来了，他们一共六个人，都是公司转岗过来的职工，现都在天湖二线岗位上，其中三人干水暖，一人干机械维修，一人在餐厅配菜，一人当保安。车婧想，这些人平时从不来自己办公室，他们的事都由部门经理过问。车婧把目光停在那块红绸子上，心里一鼓一鼓的，生怕这些人在办公室里闹起来。佟师傅咽口唾液，开了口，车总，天湖卖了，我们都知道了。今天我们六个人是代表从公司转岗来的那部分职工表表态度。说完把手里端着的东西往前递。车婧接过来，挺压手的。佟师傅掀去红绸子，露出来的是一块跟天湖门口大理石柱上一模一样的铜匾。车婧愣愣地望着佟师傅。佟师傅说，车总，这块铜匾，才做出来。旁边有人接话，做这块匾的钱是公司来的那伙人平均掏的。大伙儿还给这个匾琢磨了个名儿，叫同心匾。车婧便明白了他们来送这块匾的用意，他们跟先前那些中层管理人员一样，都怀有一种忘记过去重新开始的心态，心里不由得翻翻涌涌。佟师傅说，车总……车婧转身把铜匾放到老板台上。忙说几位师傅坐，坐坐，坐下说。几位师傅推拥了一阵子，就都挤进了沙发里。车婧给每人一个一次性纸杯，说纯净水在那边，凉热都有，师傅们别客气。

佟师傅低着头说，我们现在都适应这里了车总，我们都不打算回公司给领导们添麻烦了，我们愿意在天湖靠本事吃饭。车婧频频点头，她比较了解佟师傅，这是个能吃苦，嘴头笨的老工人，可一旦生出火来，也够人敬畏的了。佟师傅是公司头批往天湖转岗的人，名单贴出来那天，佟师傅说这叫分流？这叫他娘的捏软柿子！一气之下，拎根木棒去了武培实办公室。事后人们说，那天要不是武培实办公室里有人，武培实的脑瓜子就是不开口，身上也得青一块紫一块，蔫巴人下手都狠。然而同样是这个佟师傅，在天湖却是制造出了让人津津乐道的新闻。佟师傅是个小头目，管着几个人。有一次他搬出饭店员工形象工程实施条例，罚了一位师傅二十块钱。罚款理由是那位师傅的指甲盖不卫生。

佟师傅说，车总，主后天湖不归公司管了，一准能火，我们都有奔头。车婧问，怎么见得不归公司管了就能办火？佟师傅回答道，明摆着的事，年年来咱天湖瞎折腾瞎胡造的关系户还少咋的？这种营生饭店背不起。这么说吧车总，看不见摸不着的事儿，咱不挂舌，单讲咱眼见的事，那年下海淹死的那个总局里一个什么长的太太，碍着咱天湖啥事了？凭啥从咱天湖拿走一大笔赔偿金？还不就是因为钱是企业的，不造白不造，白造谁不造！这时有位师傅许是担心佟师傅把场子说凉了，就岔开话题说，车总，我们在这里多卖力气多拿钱，现在要是叫我们回公司上班，恐怕我们都不会上那种班了。车总，我们心里有数，愿意跟着你闹市场。这个刚说完，那个就接上话茬，这几年，我们都磨出来了，不会端铁饭碗了。师傅你讲讲，我说说，他谈谈，转眼间就都不拘谨了。车婧提醒说，闯市场可是有风险的，不比在公司里挣死工资省心。佟师傅叹口气说，酸甜苦辣，伤心失意我们这些人都尝过了。哎，车总，一句话，我们就是瞅准了天湖有前途。又有人接上说，搁从前，面对这个事，我们这些人的脑子，也许还不会拐弯，不吓个半死，也得尿一裤裆大碗茶。现在我们整明白了，想吃热乎饭，想喝爽口茶，就得自己去找地方争取，往后天上还会掉馅饼啊？噼里啪啦没准净落大雹子呢。跟上这番话的人感叹，这辈子就这点本事，不会吹牛拍马，不会坑人害人，还是在天湖干，心里不长草啊。

　　刚刚应了中层管理人员的集体挑战，现在又面对六位基层员工代表人倾吐心声，此时车婧的心情一波三折。如果说那些中层管理人员的心态让她略有吃惊，可这些基层员工的想法，她就不能不震撼一下了。按她那会儿的想法，出卖天湖的事一旦刮起什么风来，公司转岗来的这部分职工里会有相当数量的人受不住这种打击，情绪失控的话，说把事闹大就把事闹大。而现在看这些曾经有过失落、恐慌、无奈和怨恨的职工，已经承受住了市场经济的揉搓，身上的国企职工味淡化了，明白了付出与得到的成本关系。

# 八

接过车婧的电话，武培实木然地站在那里。在接车婧电话前，他接了齐名注打来的电话，齐名注询问他跟车婧谈过没有，局里挺在乎这个事。武培实打了埋伏说，车婧只要一迈步，脚下就有路，她到什么时候都不会发愁。眼下就是担心员工们的情绪，万一刺激了那个，昏了头到处乱捅乱告就不好办了，车婧正在考虑预防这个潜在危机的办法呢。齐名注说职工员工都得稳住，天湖的事不能在这些人身上出半点差。武培实舌头短了，又不知说什么好了。齐名注接着说，武兄，你现在正在走运，千万别出什么意外，机遇放走了可就不好找了。武培实明白，齐名注这是在往自己嘴里塞喜糖呢，就找辙说，有些事，我得跟家里的一把手商量，我到现在还没跟她通气呢。齐名注指点说，那就跟你家里的一把手憋着吧，咱可都干过秘书，都懂得给领导写的会议讲话稿和报告什么的，越接近会期出手，咱们的麻烦就越少，这一点你老兄不会忘记吧？武培实再次岔开话题说，老弟，等车婧那头有具体话了，我再跟你联系。齐名注说，贺少仁已经整装待发了。武培实说，我不会误事。

打发了齐名注的电话，武培实的心思再次回到车婧刚才那个电话上。他想，车婧已经把员工的心态说清楚了，那些员工的情绪，怎么像是一剪子剪出来的，就真的没有一个人愿意回公司？当初往公司大门外轰赶他们，瞧他们一个个的样儿，奔刑场似的，而今却是对公司一点念想也没有了，难道天湖这碗饭，真的有那么香？

武培实心里一麻烦，就又开始怀疑自己的神经不对劲了，冲眼下事态的发展，自己不偷着乐还担心个屁呢？嗐，两个四千五百万，狗日的问题就出在两个四千五百万上！这是唯一让自己不开心的理由。然而他又暗示自己，天湖就算是卖便宜了，可你武培实有必要心疼吗？好，说严重点，此举就算是国有资产部分流失，冲着当家人的某种责任感，自己伸出巴掌去挡，可能挡回流失的那部分吗？局里卖天湖，那是一盘棋的考虑，你武培实怎么就不能乖巧地理解这一点呢？操，就你有良心，就你会心疼，那好，你跟局里顶牛吧，看局里不把你武培实的脑袋捏成砖头！现在局里的意思已经十分清楚了，局里拿你当一回枪使，这还不是局里把你当回事啊？

贺少仁来了。武培实躲了。武培实授权车婧跟贺少仁面谈。生意人做买卖，长话短话都是往穴位上点。在车婧办公室里，贺少仁跟车婧的谈话没用多长时间就收场了。其间，当车婧含蓄地表示出自己在本市还有其他地方可以选择时，贺少仁笑道，来之前，我与浪岛的郭先生有过接触。我如果接手天湖，他表示让贤。听到此话，车婧一脸见怪不怪的表情。作为一个在生意场上摸爬滚打的人，车婧明白意想不到的事情随时都可以发生。神秘和奇迹，绝望和机遇，总是在平静中凸现出来。贺少仁扶扶眼镜，又道，车小姐，如果我们有缘合作，我开给你的年薪也是美元。只是具体薪饷我不定，你可以参照郭先生开给你的薪额，你自己报个数给我。车婧笑笑说，谢谢贺先生的敞亮。我现在很关心员工的问题，想必这个问题，贺先生也是早有考虑。贺少仁直直身子说，作为天湖未来的总经理，我只考虑天湖的经营策略和效益，至于说员工的使用问题，我想该由我聘到的副总经理来考虑。假如说我要炒人的话，也只炒一个人，就是我的副总。车婧再次领教了这家伙的商业智慧，他把自己的挑战欲望激活了，叫自己享受到了一种奇异的刺激。这个人巧妙地把人情世故运用到生意场上，把员工的命运与饭店的利益捆绑在一起。如此看来，这个香港商人是花了时间来琢磨自己，算计到自己留在天湖的话，就会对员工们一个又一个明天去负责，并利用自己的这种责任感，深度挖掘自己和员工的创造潜能，使天湖最大限度地获取利润。

车婧呷口咖啡，急约中看见了那些胸卡，那块同心區，她再一次在心里对自己说，应该相信这些都是改变天湖现状的动力。贺少仁说，车小姐，我想天湖的员工得到了你，也就是抓住了生存机遇，说实话他们很幸运。车婧望着他说，贺先生，那我首先得感谢你给了我机遇。贺少仁一笑，机智地说，天湖是我们大家的了。车婧点了一下头。贺少仁端起咖啡杯说，车小姐，三天后，我希望看到详细的天湖经营战略方案和现有员工素质评估报告，不知车小姐完成这些是否有困难？车婧一笑，摇摇头。

一杯咖啡未尽，贺少仁起身说去浪岛拜会郭先生，车婧把他送出办公室。一阵花香，从那边阳光充足的地方飘来，车婧与贺少仁同时看见项菲站在电梯口，手捧一束鲜花，笑盈盈地候在那里。贺少仁侧过脸看着车婧，车婧耸耸肩头，用恰到好处的肢体语言告诉贺少仁，她对项菲手里的鲜花一无所知。贺先生您好，项菲走过来说，我受天湖员工委托，送贺先生一束迎春花。贺少仁接过鲜花，打量着项菲说，谢谢。车婧望着项菲，微微一笑。贺少仁没再停留，把鲜花交到车婧手里，迈进电梯，转过身，直到两扇电梯门缓缓合拢，切断他落在两位女士身上的目光。

车婧闻闻鲜花，看着项菲的眸子说，到我办公室聊聊好吗？项菲甩甩短发，努努嘴说，正好我也有事找您说。进了办公室，车婧刚落座，项菲就开了口，车总，我辞职！毫无提防的车婧，被搞得措手不及，惊讶使她脸上的表情有些僵硬。她机械地问，为什么？项菲笑而不语，车婧脸一热，明白自己给项菲留下了一个愚蠢的印象。车婧猜想，项菲突然提出辞职，可能与局里出让天湖这件事搭边。在交际圈里，项菲是那种得宠得娇的女孩子，她的微笑不仅有商业价值，还具有让男人突破自己去大胆想点什么的空间，整天打她手机的男人，差不多都是些款儿腕儿头儿，她的社交背景朦胧而复杂，相传她跟总局的某某某，局里的某某，还有省里和市里一些有权有势的人物都保持着热线联系。这个很会自我升华的女孩，是不是从某某某，或是某某那里，得到了不利于她在天湖发展的什么信息？难道说天湖的什么地方已经布下了地雷？或是装上了定时炸弹？车婧瞧着她楚楚动人的脸，心里咚地响了一声。从时间上分析，她决定离开天湖的想法在贺少仁到来之前就已经形成了。既然是这样，那她上演这场鲜花戏又是为何呢？意识到项菲在盯着自己，车婧清理了一下思绪，不失身份地说，菲菲，个性就是一个人存在的理由，祝你以后好运。项菲伸出手，口气含情地说，车姐，谢谢你在天湖给我的呵护和信赖，从你身上我学到了许多东西。车婧握住她的手说，菲菲你客气了，如果说你在天湖有收获的话，那是因为你在天湖有同样的付出。项菲避开车婧的目光。

## 九

项菲辞职后第二天上午九点多钟，武培实接到了邹局长打来的电话。一听见邹局长的声音，武培实心里就紧了一下，琢磨着领导这会儿打来电话，八成是要把自己往什么坑里推了。邹局长你好，武培实笑道，好像邹局长就立在他面前。邹局长笑了几声说，武经理，我刚从总局回来，我告诉你一个好消息，转让天湖的事，有人往总局烧火了，总局领导把我批评了，天湖不卖了。武培实听得身上起了一层鸡皮疙瘩，嗫嚅道，邹局长……邹局长说，怎么吞吞吐吐，不舒服吗武经理？武培实背后一阵发凉，忙说，我没事邹局长。邹局长道，多亏有人在背后捅我呀武经理，不然我这次非得栽大跟头，什么以权谋私、损公肥私、腐败受贿，这不是要我老命嘛。唉，大难不死，我必有后福啊武经理。武培实终于醒悟了，卖天湖的事让人捅大了，邹局长这是在怀疑自己就是那个制造麻烦的人。武培实的脸顿时白了。邹局长又拖着长腔说，要说呢，我也是有点小家子气了，一局三局，分来分去还不都是总局的摊子，肉烂了也是在锅里嘛，卖什么卖？唉，武经理呀，受教育，真是受教育了，这一状告得好哇，我是真感激那个在我背后打黑枪的人，你也应该说那个人的好，要不然你这个总经理就给我卖了。武总，以后我再去天湖，你不会往门外推我吧？武培实这才意识到，自己的工程公司归三局的说法，这会儿可能成事实了，不然邹局长不会这么说。武培实窝了一肚子气，他想甩开嗓子跟邹局长说道说道，可是舌头不争气，欠点硬度，弹不出有劲的话来。唉，说来道去，人家邹局长再怎么着也没指名道姓啊，武培实劝自己别冲动，即便是以后不归一局管了，不听邹局长吆喝了，也没必要跟邹局长过不去，这年头的事，哪有个准啊，今天重组分家，说不定过些日子又重组到了一口锅里。再说了，人家是局级领导，脾气比自己大点，那也是应该的，便笑道，邹局长，您这是给我上课呢。邹局长哈哈大笑，震得武培实的耳朵离开听筒。武培实再听话筒时，就听到了嘟嘟嘟的忙音。他摇摇头，扣上话筒，刚要转身离开时，身子突然抖了一下。武培实就这么犯了老病心绞痛，被送进了海港医院。

十

　　贺少仁尽管没做成天湖的生意，但他也没损失什么，邹局长管着那么多二级单位，往后贺少仁的电子产品适当提点价，照样能打进一局的地盘。这天，也就是武培实犯心绞痛的时候，贺少仁跟车婧通了话。贺少仁把收购不到天湖的遗憾，用简短的语言表达出来，他说，车小姐，想不到我贺少仁无缘与你合作，看来还是浪岛的郭先生有福气。车婧道，贺先生是能人，能人总是有机遇的。贺少仁说，惭愧。车小姐，你是个智商出众的人，只有市场能证明你人生的价值。车婧说，不好意思，谢谢贺先生夸奖。贺少仁笑了，车婧感觉这个男人的笑声很潇洒。

武培实一住院，公司里的职工就开始扎堆议论，说他挺有手腕，往总局递一封匿名信，就把邹局长的美梦捅成了马蜂窝；听说邹局长叫总局领导撸了个半死；姓武的往上捅，别以为是怎么着了，没准是因为分赃不均起内讧了呢；也不能净往坏处琢磨，没有天湖，社会上的一些大工程，公司能抓到手里？吃乙方这碗饭，哪个尿敢硬。没听人说嘛，咱们这叫投错了胎，站错了队，进了市场活遭罪。碰上监理忙下跪，追款白花差旅费；抽烟熏屋，放屁暖窝，说毬不清，操这份闲心呢，这年头有吃有喝有女人就行了。

风言风语传进武培实耳朵后，他心里有股说不出的滋味，他没想到职工对自己的怨气这么大，更没想到有些职工会如此讨厌天湖。武培实盯着床头柜上打蔫的鲜花，情绪一下败在了惆怅里。他翻翻身，心说老百姓对天湖没好感，那是因为天湖离他们太远了，他们的父母兄妹，亲朋好友来海边避暑，享受不到天湖的打折优惠，更沾不上白住白吃白玩的边儿，搁自己是老百姓的话，也得臭你天湖几句，这就是人在什么地位，产生什么情绪，职工们的怨恨可以理解。至于说过去天湖在摆平公事上的某些特殊功能，内容就不好往桌面上抖落了，这都是没办法的事情，有些交易就是怕见光见亮，老百姓是没当这个家，当了就知道心有多累了，就不会轻易说三道四了。想想年年暑期里，自己手里捏着的打折床位和赠送床位指标一散光，就活不出正常人的感觉了，办公室电话不看来电显示不敢接，手机不敢开，墨镜不敢摘，有家不能回，动不动就溜到海边，找个背静地坐在沙滩上抽烟，常常是一坐就坐到了后半夜，有两次心烦得要命时，索性就坐到了日出，那种躲避的滋味是好受的吗？武培实委屈了，心里酸溜溜的。等这股劲过去，他渐渐恢复平静，去想另一个问题，就是邹局长怀疑自己，职工们怨恨自己，上下一起往自己头上扣屎盆子，看来是有人在背后精心算计着什么，用意也许是借自己一个名用用，也许是拿自己当梯子踩别的什么人。

## 十一

武培实正在输液，佟师傅和另外两名员工进了病房。一见佟师傅，武培实有种本能的紧张，办公室里那一幕至今还在他脑子里印着。武培实抬起头说，佟师傅赵师傅卫师傅啊。佟师傅一回手，把一束鲜花递给身后的赵师傅，紧走两步到了病床前，做出一个压东西的手势说，武经理，躺着躺着。武培实看着佟师傅，干干地蠕动了几下嘴唇。赵师傅把鲜花小心翼翼地放到柜子上，扭头冲床上的病人笑笑。佟师傅的表情不大自然，吭哧了半天说，武经理，我们听说您住院了，就代表大伙儿来看看您。武培实说，老病了，问题不大，谢谢你们。佟师傅，那边有椅子，你们搬过来坐吧。卫师傅瞥了一眼佟师傅，佟师傅说，不了武经理，待不上一两分钟。见气氛挺压抑，武培实就找话说，对了，佟师傅，有件事你们听说了吧？就是天湖不卖了。佟师傅腮帮子抽搐了一下，赵师傅和卫师傅面面相觑，然后一齐看佟师傅。佟师傅一脸不欢地说，武经理，都说是因为您捣鬼，天湖才没卖出去。您害了天湖，也坑了我们，员工们都恨您呢！

眼珠子没瞪，嗓门儿不高，脸色也不凶，武培实依然感到身上阵阵发凉，他对如此冷静的怨恨有些不会招架。佟师傅咬咬嘴唇，红着眼圈，更咽道，武经理，您好好养着吧，我们回去了。武培实下意识嗯了两声，表情木讷。佟师傅他们走后，武培实欲哭无泪。

液水输到三分之二时，车婧来了，拎了一个花篮。武培实闻着花香，盯着花丛中的点缀物，苦笑了一下。那点缀物不是吉言卡，是显示车婧天湖副总经理的身份卡，卡上有一个彩色的人头。武培实想，车婧也玩时尚了，辞职的方式与众不同了。眼下自己已经被各种传言编排得人不人鬼不鬼了，没能力也没理由对她说出挽留的话了，于是说，走吧！车婧挤挤眼，笑道，武总，炒我鱿鱼？武培实自嘲道，你不仅有能力，有风度，还会幽默。车婧说，武总，你不至于这么悲观吧？我想我还是理解你的。从国企领导这个角度讲，你不乏责任感，你没有让两个四千五百万变成历史笑话，这该是你为官的政绩。武培实心里一疼，她也把自己当成了那个写匿名信的人，只不过与其他人有所不同的是，她找到了一个理解自己的视角。武培实再次苦笑，穷开心的样子说，可我怎么就没有一点荣誉感呢？车婧说，那是因为你把荣誉全都给了上帝！武培实咧嘴弹出一声——噢，无名英雄！车婧挑起右手大拇指，点点头。武培实道，说正经的，我得给你开个像回事的欢送会，你人我留不住，可我得想办法把你的敬业精神留下一点。车婧背过手，歪歪头说，我说过我要离开天湖吗？武培实眉头一皱，扭脸看看花丛中的身份卡，糊涂了。

车婧绕到病床另一侧，武培实的目光也跟着转过去。车婧道，借用一首歌的词儿说，也许我会走，也许我想留。武培实回过味来，马上说，看来天湖还有希望。车婧说，我留下的条件是天湖必须改制，找合作伙伴，引进资金，开发新项目，走股份制这条路，尽快与市场接轨。武培实憋了很久才开口，好，我给局里打报告。停停，喘口长气又说，车总，在我没得到局里答复前，天湖就拜托你了，尤其是员工的情绪得稳定。车婧说，武总，我不是那种会开政治玩笑的女人，该尽的力，我不会省着。尽管武培实对满足车婧的要求没有百分之百的把握，但他还是挺乐观。

几天后，能源总局企业重组方案正式出台，像事先小道消息传的那样，武培实的工程公司划入三局。重组大会在能源总局召开，三个直属局的处级干部都参加了会议。除重组事宜外，会议还有一项重要内容，就是能源三局局长被免职，能源一局常务副局长齐名注代理能源三局局长。下台的能源三局局长胆忒大，算计到重组后下属的一个公司和一个工厂就成了别人的孩子，便在几天之内，就把这两个单位账号上的钱倒腾光了，弄得公司和工厂一副垮相。

能源总局重组会议散场后，能源三局代理局长齐名注没急着去坐落在 M 城的能源三局亮相，而是由能源三局办公室主任、新划入能源三局的原能源一局工程公司经理兼党委书记（已经党政一肩挑了）武培实等人陪着，坐着能源总局派出的豪华面包车，匆匆赶往飞机场，他们要去工程公司所在的海滨城市。三天后，齐名注要在天湖召开能源三局落实能源总局重组精神大会，届时局属各二级单位的党政一把手、纪委书记、工会主席、组织部长和宣传部长等都要参加会议，也就是说，新任能源三局代理局长齐名注要在三星级的天湖国际饭店亮相。

那天飞机升空后，武培实对坐在他身边的齐名注突然生出了陌生的感觉。齐局长……武培实小声叫道。齐名注没看他，用胳膊肘儿捅捅他的肋骨。武培实勉强笑笑，说，不这么叫，怎么叫？齐名注转过目光，悄声说，官是别人给的，交情是自己处的，你说该怎么叫？听了这话，武培实心里还是不踏实，就想找点具体的事来交流，打算把车婧留下来的那些条件透露透露，于是说，下步天湖怎么搞，我们有点想法。齐名注说，你看我是守旧的人吗？不懂的事，我不装内行，我对天湖只有两点要求：一是领导不摇头，二是百姓不找病。满足这两点，你们爱怎么搞就怎么搞。武培实的心情有所好转，瞟了齐名注一眼，心说冲他对天湖的干脆态度，可以设想他对天湖早就动过脑子了。心思这么一动，武培实的心禁不住往下一沉，他被自己的某种敏感吓着了。从卖天湖到不卖天湖，从企业重组到齐名注干上了能源三局代理局长，还有自己莫明其妙地充当着那个给能源总局写匿名信的人，这里面的谜团不少，难道说……

# 嫁　接

## 一

　　入秋以来，能源局办公室接待科的吕子楠有点异常，就是每天在办公室里不脱风衣了，她的这一举动，不仅让她身边的几个人觉得别扭，办公室其他部门的人也看在了眼里，私下里没少嘀咕。肥肥大大的风衣，把吕子楠的腰身遮掩得臃肿了，吕子楠变得窝窝囊囊了，鬼晓得吕子楠这是犯了什么病，过去的吕子楠穿衣多讲究啊，被大家说成是机关大楼里的时装秀。直到今天上午十点多钟，吕子楠突然在办公室里晕倒，科里的人这才解开了风衣之谜，原来吕子楠是在拿宽大的风衣，掩盖她肚子里的丑，她怀孕了。尽管是未婚先孕，可也没什么好说三道四的，她那位在一家三资企业做部门经理的男朋友田明，办公室的人差不多都认识，这件事就算是丢人，也丢不到哪去。吕子楠在同事们七嘴八舌中醒了过来，被人扶到了椅子上。后来不知是谁，把吕子楠怀孕的事跟隔壁的办公室主任蒋远斌汇报了。蒋主任皱着眉头，把半截烟抽完，清了清嗓子，捧着茶杯去了接待科。

蒋主任对吕子楠在办公室里穿风衣，也像其他人一样觉得不得劲，兄弟处室还有人问过他吕子楠玩什么呢。在蒋远斌眼里，吕子楠不光是着装上反常，这阵子她的情绪也离谱，一向好说好动的她，突然间就沉默寡言了。她身上的变化甚至都引起了能源局头号人物，局长兼党委书记杨声道的关注。那天党群联谊会后，杨声道在往办公室走的路上，笑着问他，小吕最近，是不是在工作上有什么情绪呀？还是个人问题碰到了麻烦？你这个办公室主任，没事时要多关心一点下属。跟在杨声道屁股后的蒋远斌，脸上一会儿是讨好的笑，一会儿是皱皱巴巴的思索，嘴里始终不敢乱出声。局办主任的嘴，就好比局长专车上的喇叭，不该出声的时候，你就不能有动静，不然让领导心烦。再就是在这座大楼里，对局领导嘴巴上和眼睛里关注的大姑娘小媳妇，你得格外留神，多长几个心眼儿才能周旋得开，光知道睁一只眼闭一只眼不行，那样会让领导觉得你把什么都看透了，故意用大智若愚打马虎眼，无形中就给领导施加了压力，领导大都不喜欢这类自作聪明的人；也不能躲躲闪闪、装傻充愣，那样领导会认为你小题大做，想法太多，没事找事，容易叫领导心里产生负担。总之蒋远斌明白，能源局大楼里年轻漂亮的女人，都是初冬里闪闪发亮的薄冰，哪一脚踩不好，都有可能滑倒，掉下去被刺骨的河水冲走，也不是新鲜事，这些年里摔残废，或是淹死的人已经不少了。

蒋主任走进接待科一看，大家的目光好似绣花针，在吕子楠的肚子上无声无息地做活呢，于是沉下脸来，嘴里弄出很大一声动静，使眼色让大家该干啥干啥去。大家这时就显得很知趣，该干啥干啥了。吕子楠桌对面的椅子空着，蒋远斌过去坐下来，把杯子往桌子上一放，笑吟吟地开了口，小吕呀，你的喜糖，我可是没吃到呢。这句话他来之前就想好了，他认为自己的这句话，对平息眼前的事态至关重要，一来能给吕子楠的肚子定性，省得让大楼里的人借题发挥，东拉西扯把事情绯闻化了；二来是给吕子楠一个台阶下，暗示她自己并没有把她怀孕的事，看得多么大。吕子楠低着头，两只手在桌面上搓来搓去，给人一种有苦难言的感觉。蒋远斌说，小吕呀，你先回去休息吧，有什么事下来再说。吕子楠抬起头，舔了一下嘴唇说，谢谢你主任，那我就早走一会儿，下午我再请半天假，您看行吗？蒋远斌想都没想，就给出了态度，行行，这两天你就看着安排吧，反正这阵子，也没什么大型接待任务。吕子楠走后，屋子里的人顿时放松，凑到蒋主任身边，脸上的表情一个比一个耐人寻味。蒋主任喝了一口水，扫了大家一圈，迈步往外走时嘟囔，这有什么，去趟医院，就全解决了。

蒋远斌刚回到办公室，见桌子上放着一份传真。这份传真是办公厅发来的，内容是让局里赶快上报出国考察领导名单。部里正在组团去中东几个产油国考察，一个局级单位一个名额，上星期办公厅就打电话催问过这件事，当时蒋远斌含含糊糊地搪塞过去了。谁出国考察，这事得从大当家的杨声道嘴里出动静才算数。那天蒋远斌拿一件无关紧要的事，捂着真正想要办的报名这件事，去了杨声道办公室，拐弯抹角把办公厅着急的意思，搁到了杨声道耳旁，当时杨声道皱了一下眉头，说办公厅就会瞎嚷嚷，再等两天也没事的。听杨局长这么出动静，蒋远斌的目光在杨局长脸上小心翼翼走了几圈后，就没敢把心里的急火烧到脸上来。蒋远斌想，看来出国考察这个事，在杨局长的心里确实不轻，常务副局长余平山，这会儿就在他心上压着呢。蒋远斌前几天晚上在家里，接听了部里一个走得挺近的处长的电话，两人说完主旋律话题后，那位处长又向蒋远斌提供了这样一个信息，说是余平山对这次出国考察也蛮有兴趣，活动的脚印，都踩到了二线老领导孙公立的家门口。那一年孙公立是从第一副部长的位置上退下来的。

　　蒋远斌放下传真，瞥一眼墙上的石英钟，点着一根烟，慢吞吞地抽着。机关工作经验告诉蒋远斌，这个钟点不是领导安心办公的时候，一些领导习惯在这个钟点里，考虑中午的多头应酬；一些领导则好给部领导，或是地方政府官员打打联络感情的电话，年岁稍大一点的领导呢，也许要在这个时刻放松身子闭目养神。总之在这个钟点里，领导们的办公效率普遍不高，有些话你跟他们说了，也是白说，过后你还得去重复说过的内容。偶尔领导记性差，对你前面说过的话没印象了，还会拿话敲打你，说你就会炒冷饭什么的，要是背运，赶上领导心里有不痛快的事，那你还得额外看领导的酸脸子，所以说在这钟点里，你最好把要办的事，搁在心上多掂量几个来回，估计有可能叫领导头疼，或是左右为难的事，尔最好不要去婆婆妈妈，能让领导心花怒放的事，你去说说还可以。再一个让蒋远斌现在不去见杨声道的外部原因是，他知道杨局长中午要在局接待公寓，宴请市政府秘书长，说不定杨局长这会儿已经去了接待公寓。

二

下午两点半的时候，蒋远斌拿着办公厅的传真出了办公室，走到楼梯口时被计划处的一个女人拦住了，问他吕子楠到底出了什么事，他大事化小，小事化了的口气说，没什么事，无非就是年轻人，一时冲动留下的后遗症。打发走这个女人，蒋远斌刚上了几登台阶，又被工程处的一个副处长，从背后拽住了衣襟，故弄玄虚地向他打听吕子楠的肚子，语气和表情让蒋远斌有种自己在吕子楠的肚子上以权谋私的感觉，心里疙疙瘩瘩的不舒服，哼了几声，带着急着去见牙医的脸色走掉了。后来又有几个人跟他打听吕子楠肚子的事，其中党办老李，把玩笑开得既露骨又风趣。老李说，蒋主任，你申请专利了吗？你这可是盗版行为，要吃官司的！蒋远斌哭笑不得，重重给了老李一拳，心说这才过去几个钟头，吕子楠的肚子就芝麻开花节节高了。直到进了杨局长的办公室，他心里也没安静下来。

蒋远斌把传真放到桌子上，暗暗吸了几下鼻子，感觉杨局长呼出来的口气里酒味不重，脸色也仅仅是微微泛红，就知道杨局长中午的酒喝得挺保守。杨局长没急着看桌上的传真，笑着让蒋远斌坐，蒋远斌就坐了下来。其实出国这件事对杨局长来说，不该是件让他费心思的事，只是后来孙公立打来电话，说能源局是部里的功臣局，此次出国的名额，少说也应该给两个，这样他和余平山，就能双双出去开阔眼界，积累经验了。老领导还说再要个名额的事，他再跟有关部领导争取争取。老领导虽说没有叫他直接让出名额，但意思已经再明白不过了，杨声道有点闹心。孙公立这会儿虽说是个空心萝卜了，但他背着手在部里吆喝几声，现实掌权的几位部领导，也不敢大模大样地让自己的耳朵休息，所以说杨声道不想在这个事上卷老领导的面子，可他也不情愿就这么让出名额。名额是什么？名额就是权力和地位的象征，因为这种考察团，通常情况下各局级单位派出的领导，不是行政一把手，就是党群一把手。那天就在杨声道为这个名额犹豫不决的当口，余平山来到他办公室，几句远离心肺的闲话后，就把话题绕到了出国考察上，余平山用闹着玩的口吻说，大当家的，我这个副手，也不能老是眼睁睁地看着你一次次出去受洋罪，干脆，这回呀，我替你老哥出去脱层皮怎么样？杨声道放声笑起来，背着手说，余局长啊，洋罪不好受，脱下一两层皮，都是个开头的事，你说我怎么忍心叫你左一层右一层脱皮呢？余平山没在这个话题上占到便宜，就轻轻甩了一下大背头，舌头拐着弯又扯了几句别的，临走时像是突然想起来似的，说，瞧我这脑子，差点把孙老部长带给你的好贪污了，老人家让我问你好。杨声道知道他昨天下午去了趟北京。平阳离北京也就百十来里路，来去方便得很。杨声道点点头说，老部长的身体还好吧，前阵子去部里，我没见着老部长。余平山把双手插进裤兜里说，老部长是个操心人，每次见了我都问这问那，对咱能源局的感情那是翻翻儿，大小事都往心里搁，以后咱们要是有什么迈不过去的坎儿，就去找老部长说句话。杨声道频频点头。余平山这番话的言外之意，他不用细嚼，也能品出味道来，甚至连这些话里的标点符号，他都能消化干净。余平山与孙公立的关系，杨声道摸得着头尾。余平山自打步入官场，甭管是走小道还是行大路，孙公立的光他是没少借用，老领导的力也是没少得，还时常在一些场合抬出老领导来映照自己，想方设法加固自己的地位根基，扩大自己的影响力，提高自己的知名度。杨声道记得有一次在北京开会期间，一天余平山在酒桌上跟新疆局的几个领导，没深没浅地抬举老领导，说别看老领导现在退二线了，可是他一手提拔起来的那些人，现在哪个不是大红大紫？你们新疆局的副书记，就是他老人家的学生。老领导有福啊，走进了秋收的季节，就算在家里睡大觉，也照样是个实力派老人，梦里吐口痰，也会有人送痰盂来。当时新疆局的几个领导，都不住地看杨声道，杨声道光笑不插话。杨声道怎么会看不出余平山的真实用意呢？余平山这样做，无非是往新疆人的屁股上扎针，反过来问自己痛不痛……

杨声道接了一个电话，听着像是某个下属公司经理打来的。打完这个三言两语的电话，杨声道说，蒋主任，我在这件事上放你假了，下来我直接跟办公厅联系。蒋远斌点头说，行行，我明白杨局长。杨声道扔过来一根中华，蒋远斌接住了，起身来到桌前，给杨声道点着了烟。杨声道吐出一口烟，说，怎么着蒋主任，中午吃饭时，我听说你们的小吕……蒋远斌心里咯噔了一下，正想着怎么回话时，杨局长又开口了，小吕领结婚登记了吗？蒋远斌心里再次咯噔了一下，弹了一下烟灰说，房子的问题，是他们的大问题，杨局长。他没正面回答杨局长的问话，他是故意把这件事说得模糊一些，将来万一有点啥的话，自己也好有条退路。杨局长笑着摇摇头，显然看出来他的部下在跟他和稀泥，但却没有流露出揭短的意思。杨声道从桌上拿起一张照片，叫蒋远斌过来看。这是一张会议合影，杨声道指着上面的一个女人说，蒋主任，你看咱们方书记，是不是越来越年轻了啊？蒋远斌拿起照片端详。方书记是能源局的党委副书记兼纪委书记，全名叫方茹，这会儿不在局里，带着党群一路的几个人，到外地搞职工心态调研去了。蒋远斌猜不准此时杨局长心里搞什么活动，就没敢贸然开口，目光始终黏在照片上，像是看进去了。杨声道一笑，眯着眼睛说，就这点事，也值得你蒋主任为难？说几句好听的，不就完了嘛，我杨声道再怎么，也不会去嫉妒方书记的长相吧？啊，蒋主任，我们可是两个品种。蒋远斌不得不抬起头，嘿嘿地乐起来，乐得傻气，乐得知错。

从杨声道办公室出来，路过余平山办公室时，蒋远斌侧头看了一眼，正好就撞上了余平山的目光，余平山笑呵呵地冲他招手，让他进去，蒋远斌心说看那一眼干什么，不是没事找事嘛，只好硬着头支走进去，叫了一声余局长。余平山离开椅子，迎上来说，蒋主任，汇报工作去了？蒋远斌避开他的目光，用点头回答了他的问话。余平山这张脸又白又圆，像是用稀石膏捏出来的，蒋远斌从心里不喜欢这张脸，觉得这张脸上没有男人气色，再就是他也不爱听余平山说话，声调太软，每一句都像是从棉花团里挤出来的，多少有点娘娘腔，听着不舒服，大楼里好些人都有这种感觉。平日里蒋远斌在余平山面前总是留一个备用心眼儿，生怕在什么场合踩了他的脚，他可是常务副局长，就在杨声道一人下面，他要是哎哟了，自己就得呻吟。蒋远斌头上这顶主任乌纱帽，是杨声道给他戴上的，余平山自然就要把他看成一个障碍物，就算他卖力气为余平山办事，余平山也很难把他划到圈子里去。官场上的事就是这样，你沾了东家的光，就不容易再讨到西家的好，过去叛徒两头不是人，现在的两面派也是那种情形，官场上双赢的买卖不好做。你身处两个各怀心事的领导之间，脚下踩着的就不可能是独木桥，只能是一根晃晃悠悠的钢丝绳，稍不留神的话，踩下去的脚不是偏了，就是踏空了，后果自然好不了。杨余二人平时在脸上不过招，恩恩怨怨的疙瘩都结在了心上，这就使得一心想在二人间做个和事佬吃碗平安饭的蒋远斌，越发不好找到平衡的安全感了。

余平山的目光，在蒋远斌的脸上像秋风扫落叶似的吹着，嘴上倒是有一搭无一搭地问，蒋主任，杨局长没跟你说他什么时候动身吧？蒋远斌明白他这是在问出国的事，但他不能实话实说，也不可装疯卖傻，最佳的效果就是把事朦胧化。蒋远斌说，余局长，你是说出国考察那件事吧？这可是你们领导定的事，我也就是跑跑腿什么的。余平山往窗户外投了一眼，闷声闷气说，杨局长是咱能源局的当家人，事多，忙，有些事他可能顾及不到，你这个总管，该给领导提个醒的时候，就吆喝一嗓子，领导打呼噜了，你们就不能再打盹了，对吧蒋主任？蒋远斌点着头说，对，余局长，不能打盹。余平山过来，拍拍蒋远斌的肩头，冷不丁问，小吕的事，究竟是怎么回事？蒋远斌在进来前，就料到他会问这件事，所以这会儿就没像在杨局长面前那样被动，他不屑一顾地说，提前合闸，跟男朋友意外中过了蜜月。余平山乐起来，白白净净的脸上颤颤悠悠。这工夫桌上的电话响了，蒋远斌趁机用表情跟余平山说了再见。余平山一下子听出对方的声音，亲切地叫了声张市长。对方说，这个双休日，咱们下乡钓鱼怎么样？余平山说，没问题。我说你今晚有空没有？有空我请你喝两盅。对方说，免了吧，早安排满了。余平山笑着挂断电话。打电话来的这个人叫张重，是平阳这个地级市里最年轻的副市长，张重在当市经贸委主任时，余平山就跟他称兄道弟了，过去余平山在一些事上与杨声道周旋时，没少拿张重当路标当指南针，借市里的力量来抗衡杨声道手中的权力。

蒋远斌从余平山那里回来后，一屁股坐进沙发，回味着刚才杨声道和余平山说过的话，同时也在往远处想吕子楠。

吕子楠毕业于能源局技工学校。她不是能源系统子弟，属于外招生，她的父母在邢台。从技校出来后，她被分到了局直属的运输公司当计划统计员。作为女性，她的先天条件不错，高个子，鸭蛋脸，大眼睛，皮肤白皙，思维活跃，性情开朗，口才呱呱叫，文艺细胞似乎也比一般的同龄人多那么一点点，在全局的演讲比赛和文艺会演中屡屡出风头，名气一下子就蹿了起来，后来被局团委挖了过来。走进机关大楼后，吕子楠施展才华的天地宽了，也就是半年的光景吧，她就成了大楼里的闪光女性，大小领导好像都喜欢她那看似无忧无虑的性格，不论在什么地方碰上她，都有好心情跟她说笑几句，财务处伍处长曾在一次酒后指着吕子楠的鼻子说，呃，小吕呀……你知道你是什么吗？一块甜点心啊！据说吕子楠当时顽皮一笑说，是吗伍处长？那你来吃呀！说完挺胸扬头，笑眯眯走了。在场的教育处处长，贴着伍处长耳根说，你是个傻波依（大楼里的人，管傻×都叫傻波依）。事后一连几天，总有人怪声怪调跟伍处长说，那你来吃呀！搞得伍处长的脸上尽是尴尬了。传说党委副书记方茹，有一天在办公楼门口当着一些人，阴阳怪气地问伍处长甜点心味道如何？问得伍处长灰溜溜的，满脸通红。至于说后来吕子楠从团委到局办，像是偶然中的事。有一次杨声道来到办公室，当时团委书记也在场，杨声道就很随意的样子对团委书记说，我看把你们的小吕，搁在蒋主任这里比较合适，搞个接待工作更能让她发挥自己的特长。那时蒋远斌对吕子楠已经是看在了眼里，早有让她来主打接待工作的意思。然而让蒋远斌没想到的是，自己的心思，居然随随便便就从杨局长的嘴里冒出来了，蒋远斌满心欢喜，抓着这个机会趁热打铁，把杨局长的话当棒槌抡，敲得团委书记见了他就一脸苦相，临了只好点头放人。

吕子楠现在住在局单身楼里，一个人占着一间十几平方米的房子，吃饭有时去机关食堂，有时自己做，有时到处去蹭。蒋远斌曾问过吕子楠什么时候和田明结婚，吕子楠说没房子拿什么结婚，等他挣出了房钱再说吧。能源局这几年里虽说没少盖家属楼，但排队等房子的人还是见多不见少，等到吕子楠有资格拿到房子钥匙那一天，福利分房时代怕是要过去了，能源局正着手房

改呢，传说年内还有最后一次分房和调房的机会，以后房子就该
货币化了，就算明年不能一步到位，半货币化是一定的了。那会
儿蒋远斌在杨局长办公室里说房子问题是吕子楠的大问题，倒也
不是没影儿的话，局里现在要是给吕子楠一套房子，她兴许明天
就能结婚。这时蒋远斌的手机响了，他看了看显示屏上的号码，
站起来接听。你现在没事吧小吕？蒋远斌走到窗前。吕子楠说，
我现在没事了，主任。蒋远斌说，小田他……在你那里吧？停了
一阵子，吕子楠的声音才过来，他在深圳培训呢，走了两个月
了。蒋远斌脸色惊愕，半天才说，那你看……吕子楠说，主任，
我想请几天假，刚才我给科长打过电话了，她叫我跟你说。蒋远
斌沉思着说，好好，我知道了，有什么困难，随时说好了。啊？
吕子楠说，谢谢你了主任，有事的话，我会打你手机。通过话
后，蒋远斌在屋子里来回踱步，一副心事重重的样子。小田他去
深圳两个月了？自己连一点风声都没有听到，吕子楠的小嘴巴还
蛮严实的嘛。他自言自语，脸上的表情有困惑，也有茫然。

## 三

　　上午九点多钟，一个西装革履，左嘴角上有颗黑痣，三七开
分头上打了摩丝的年轻人，没有叩门，怒气冲冲地推开了蒋远斌
办公室的门，径直走了进来。蒋远斌惊讶地叫道，小田？是你
呀！我还是昨天听小吕讲的，说你两个月前，就去深圳培训了，
你这是刚回来吧小田？小田死死地盯着蒋远斌的脸，咄咄逼人地
说，蒋主任，请你给我一个说法。蒋远斌一皱眉头，望着脸色冰

冷的小田，愣住了，许久才说，小田，你刚才说什么？小田提高
了声调说，几乎是在喊叫，给我一个说法！蒋远斌的脸色更糊涂
了，喃喃道，说法，什么说法？小田说，吕子楠怀孕的说法！这
时一直站在门口的宋迪娟回过头，给朝这边张望的几个人打了一
个过来的手势。小田，别急，别急，有啥事坐下来慢慢说，我都
叫你说糊涂了。小田说，不必了，站着说一样。蒋远斌吞吞吐吐
地说，你的意思，是不是小吕她……小田打断了他的话，我实话
告诉你吧，我田明从来就没跟吕子楠上过床！蒋远斌的头嘭一声
大了，惊愕得连嘴巴都合不上了。就这么僵持了很久，蒋远斌才
开口，那小吕她，怎么说呢？小田喘着粗气说，她说她不能说，
也不敢说，这不是明摆着的事嘛。什么人能碰到她，还用我说
吗？今天我把话跟你说到家，蒋主任，找不出那个人来，她就不
能打胎，她要是敢打掉，我就敢杀了她，我豁出去这条命了。用
你们这里的话说，就是别把我当成傻波依！不知不觉间，蒋远斌
办公室门口立了一片人头。小田口气缓和了一些，说，蒋主任，
你不必多虑，吕子楠明确表态了，这里面没你什么事。不过你是
吕子楠的领导，这事你就看着办吧，不然由此引发的一切后果，
都由你们负责！说到这，小田甩手走了。

　　蒋远斌在椅子上不知坐了多长时间，才恍恍惚惚走到门口，
四下看看。屋外一片安静，连个人影都没有，可他觉得刚才屋门
口站了一堆人。蒋远斌哆嗦了一下，直到走廊那头传来脚步声，
他才离开门口。他沮丧地坐进沙发，意识到用不了多久，大楼里
就要发生一场大地震了，震中就在办公室。他回想着小田说过的

话，小田虽没有把话挑开，但影射的范围已经很小了，任何一个没有弱智遗传的人，不费劲就能顺着小田的暗示，首先想到把吕子楠肚子搞起来的人，不外乎是能源局的当家人杨声道。杨声道是双料一把手，这是他近水楼台先得月的最大便利之处，再一个关键处就是昔日吕子楠从团委到办公室，他杨局长的嘴是桥梁。从局长到一个普通员工，这里边隔着处长副处长，科长副科长，杨局长要是跟吕子楠没点啥，杨局长的话怎么能够得着吕子楠呢？楼里那么多姑娘，就算是杨局长随便吐口痰，也未必就正好落到她吕子楠身上吧？蒋远斌长叹一声，心里堵得像长了一颗肿瘤。

想过杨局长，蒋远斌再去琢磨余平山，他对吕子楠肚子的命中率，仅次于杨声道，这当然跟他的现实地位有直接关系。在人们眼里，余平山平时也是愿意接近吕子楠的，不痛不痒的接触细节不必多说，他余平山身上的最大疑点，就是几个月前，他带着吕子楠等人去北京张罗了一个展览会，在北京一住就是一个多星期，从客观上说，那时他和吕子楠要是有那种事的话，吕子楠的肚子，刚好就是现在这个状况。至于说另外几个副局长和老总，虽说也都有偷鸡摸狗的嫌疑，但成事的面都不如杨余二人大，人们议论的焦点八成要集中在杨余二人身上，能源局将出现史无前例的绯闻浪潮，最后怎么收场，谁来收场，蒋远斌心里是一点数也没有。他把右手捂在胸口上，猛然间加快的心跳，使得他脸色乌突突的。等这一阵难受过去，他抽烟镇定情绪，心说小田那会儿尽管讲自己与吕子楠的肚子无关，但机关里的一些人，也难免借此机会往自己头上泼脏水，在官场上行走，谁还没几个对手呢？只是万一泼的人多了，把自己泼成落汤鸡，真真假假的到时可就不好辨认了，弄不好自己真的就会沦落成一头替罪羊。唉，女人啊——

　　蒋远斌走神了，朦胧中看到了吕子楠的白脸蛋，白脖颈，白胳膊和充满弹性的白大腿。这些白很纯净，很有质感，也很有磁性，这些白散发着一种迷人心魂的独特气息，教一个男人无端中就能做起飘飘欲仙的美梦。是啊，在夏季里，蒋远斌常常会身不由己地往吕子楠身上多瞟几眼，他一旦从她肢体上感受到那种青春独有的芳香气息，他的心就会情不自禁地陶醉，这一天里整个人就显得轻松愉快，那样子可能跟吸食了大烟的感觉差不多。女人的姿色是男人的精神鸦片，女人的肉体是囚禁男人的魔窟，这是他过去从一本时尚杂志上看到的两句话，他觉得说得满是那么回事。后来他又想自己是贼，是个渐渐失去生命活力的贼，只是他这个贼偷的东西不是实物，而是身边一个姑娘的生命制造出来的能让他感受到年轻、能让他回想起许多动情往事的气息。他曾在很多个弥漫着这种气息的日子里，默默地品味自己，悄悄地感叹人生，似乎他还为此流过一次泪水。

　　他眨了眨有点潮湿的眼睛，在回想的路途上，扭过头来，把自己的情绪和思路，逼到了眼前这个有点残酷的现实中。面对吕子楠这个单身姑娘，像自己这样一个步步走向落日的人都能有万般感受，那杨局长他们在吕子楠身上动点真格的，似乎也就不难理解了。处级眼看局级真干，这类早已淘汰的顺口溜，从大楼里任何一张嘴上都能摘下几串，何况再老实的人也会冲动，再本分的人也有一念之差，一个男人有时走近一个女人，其实并不需要太多的理由，一种感觉，一种色彩，一种体味，一种语调，一种精神，一种气质，这些都可以促成男女走入快乐世界，去享受人生最原始，也是最有激情和动感的快乐！他抬头看了一眼墙上的石英钟，这会儿早已过了下班的钟点。此时大楼就像一个进入睡眠的庞大动物，蒋远斌认为现在的自己就是这个大动物体内的一条蛔虫，身上霎时起了一层鸡皮疙瘩。他来到窗前，黯淡的天色让他感到压抑。他对自己说，去他办公室看一眼吧，省得心里闹得慌。他关了灯，锁了门，来到三楼，看见杨局长办公室的灯还亮着，心里扑腾了一下，步子也有点乱。他正了正衣领子，稳了稳神气，迎着走廊地上的一抹灯光走去。

杨局长，还没走啊。蒋远斌毕恭毕敬地说。杨局长坐在转椅上抽烟。屋子里的烟味很呛人，他知道杨局长已经抽了不少烟。杨局长把一只手放到桌子上说，蒋主任，我想你也该来了，我等你的时间可不短了。坐吧，坐下聊。蒋远斌坐进沙发，酝酿了好一阵才说，杨局长，下午发生了一件事，我想跟您汇报一下。杨局长看着烟头笑笑，直起身子说，都一下午了，你说我能不知道吗？蒋远斌知道他早就知道了，那个跟自己平起平坐的党办主任，会在第一时间为把掌握的全部情况汇报到他这里来。一个婆婆俩媳妇，能源局的两办主任，平时也是一对顶头的牛。杨局长把烟头投进烟灰缸，咂了几下嘴说，蒋主任啊，恭喜你了，你现在可是比谁都干净，比谁都安全的呐。蒋远斌脸上一热，心说杨声道的文章都做到细节上来了。杨局长站起来，走动着说，又有什么新情况吗？蒋远斌抬起头说，杨局长，下午我打过小吕的手机，没联系上，她关机了。杨局长点着头，瞟了一眼蒋远斌说，你就没四处走走，听听大家都在说什么？我琢磨着一定很有意思，内容可能比开常委会还丰富、精彩、刺激，你说呢蒋主任？蒋远斌不吭声，脸色发白。杨局长笑了，指着蒋远斌的鼻子说，你怎么跟个受气包似的，难道有人嘀咕你什么了吗？我这个一身臊的人还没怎么呢，你这个清白的人倒挺不住了？好了，说说你怎么看这件事，打算怎么处理这件事，这件事究竟在哪里能打住，啊，蒋主任。蒋远斌被杨局长问得心慌意乱，来前准备好的一番话，此时都不在嘴边上了，紧张得额头上都渗出了细汗。杨局长皱了皱眉头说，怎么，你不会是想让我去找你们的小吕谈谈吧？这个时候你说我还敢接近小吕吗？我那不是往井里扎猛子吗？蒋主任，我也是个人，天不好时，也怕风吹雨淋，怕寒气攻心。蒋远斌颤音说，杨局长，明天我找小吕，完事再来跟您汇报。杨局长一挥手说，不要光是盯着小吕，竖起耳朵也听听别人都有什么说法。哎，瞧你们办公室这点破事吧！蒋远斌再次低下头。杨局长走到他眼前说，余局长他们，下午没找你吧？蒋远斌说，没有。杨局长来到窗前，看了一会儿说，不早了，你回去吧。记住，晚上给余局长打个电话，跟他汇报一下。

蒋远斌走后，杨声道站到挂在墙上的记事板前，面无表情看了好半天才拿起黑色水彩笔，在几条工作安排提示上打了一个大大的叉，往后退两步，噘着嘴欣赏艺术品似的，看了能有一分多钟，然后拿起板擦，把记事板擦干净。在其他几位局领导的办公室里，墙上都没有像他这样的记事板，这块记事板是他年初时跟蒋远斌要的，蒋远斌差人买来后，亲手给挂到了墙上。

## 四

党政领导碰头会十点十分收的场。一出会议室，杨声道就拉着余平山去了能源局青少年宫。在刚开过的碰头会上，杨声道有心把吕子楠的事，摆到桌面上摔打摔打，可细一思量又觉得不妥当，就把嘴边上的话又咽到了肚子里，心想先放放也好，想要蒸锅好馒头，面不发好哪行，看看等会儿他们提不提，结果谁都不说吕子楠大肚子的事，就好像他们什么都不知道似的，杨声道心里有了数。

杨声道去青少年宫的差事，是上午临时安排进来的。能源局离退休领导书法绘画作品展今天收场，这件事本来与杨声道无关，可市里有动静了，市委副书记和宣传部长，十点半钟要来捧晚场，两家的新闻媒体都出动，这样一来杨声道就不得不出镜了。在青少年宫右侧的展厅里，杨余等能源的领导，热热闹闹地与先他们到一步到来的市里领导，老友相逢一般握手寒暄，杨声道对市领导重视和关心能源局精神文明工作再三表示感谢，市委副书记就说杨局长你这么说，我可就有负担了，鱼儿离不开水，花儿离不开阳光，咱两家的雨露滋润关系，还用得着客气嘛。应酬完市里的领导，杨声道就扎到了一堆白发、驼背、挂拐的人群里，这些人可都是能源局的元老，都是有辈分的主儿，轻易是惹不起的。握手、微笑、问候，杨声道忙得脸色阵阵发红，像是正在干一件体力活。后来一个有点驼背的小老头，将杨声道拉到一边说悄悄话。

这个小老头可是个人物，在位时当过能源局的局长和党委书记，风光场合官话官腔来得无人能比。现在他远离了官场，摇身一变又成了平头百姓的代言人，动不动就去杨声道办公室大声为民请愿，说到脖子粗脸红时就拍打杨声道的办公桌，杨声道拿他没辙，是能躲就躲。小老头嘿嘿笑道，声道啊，我听说大楼里出事了？问题好像是出在你们几个人的大腿根上。哎，以后再有类似的事，你们蛮可以让我们这些闲着没事干的老家伙，帮你们一把嘛，你也好腾出时间和精力，多干点工作，多想点正事，你说是吧声道？望着老领导怪模怪样的脸，耳边响着风凉话，杨声道心里尽管不痛快，但也不得不忍气吞声，拿出一脸孙子相来让老领导把玩。杨声道谦虚地说，老局长啊，每次见面你都这么表扬我，那我往后还能进步嘛，以后再见了面，你就多批评批评我吧。往下杨声道就不再开口了。杨声道比谁都有数，跟这些老家伙争嘴，你有理没理都沾不到便宜，白浪费感情。

秋日的阳光照在他们的身上。两人往专车那儿走的时候，杨声道毫无铺垫地说，余局长啊，这回你还真得替我出去受点洋罪，我要报你的名了。出国考察这个事，杨声道昨晚考虑了大半夜，觉得在吕子楠的肚子问题没弄清楚以前，自己最好哪也不要去，省得给大家留下胡思乱想的空间，名声在这种事上最容易被人败坏。另外吕子楠的事不能失控，出了乱子倒霉的人只能是自己，局长兼书记嘛，好坏都是你左右手上的事，到时部领导不收拾你杨声道收拾谁？再就是拿出国这件回头事，可以试试余平山此时是什么心态，看看他在吕子楠肚子问题上怎样扮演角色。在吕子楠怀孕这件事上，杨声道首先怀疑的人自然是他余平山了，所以说这个时候余平山愿不愿意离开平阳，这对杨声道判断他是否与吕子楠有染至关重要。

余平山脸上没有异常反应，反应都在他的心里呢。他想，前几天我那么兜圈子磨你，你都不松口让我去，现在你一百八十度大转弯了，还不是因为吕子楠的肚子让你改变了主意？哼，跟我玩调虎离山的小把戏，晚了，老子哪也不去了，就眯着两眼在家里等着看热闹。你杨局长杨书记，甭想拿我当傻波依玩耍，我倒要看看这场好戏如何落幕！余平山不露心迹地说，杨局长，我是真想出去开开眼界，可就是这么不凑巧，研究院的产品订货会过几天就要搞了，我怕到时哪方面照应不到，出点啥差错，那样的话你我在部领导面前就都站不直了。唉，身在官场就是这样，一个身子有时欹成两片用，也不够使的。杨声道摸着鼻子，望着那边一排叶子正在发黄的杨树说，这好说，咱们还能被这点小事拿住？不行就让孔局长盯着，他也是这方面的专家嘛，这点小事他踢来踢去的没问题，你尽管放心。余平山若有所思地说，我怕这不合适，杨局长，你想想孔局长刚出院没几天，身子情况还不明朗呢。杨局长想想说，余局长，我这么跟你说吧，这次你要是不去的话，老领导那头，任我浑身长满嘴，都说不清楚了，你这不是让你老哥得罪老领导嘛。别说杨声道拿出老领导来开道，还管

点用，余平山脸上不那么放松了。余平山明白此时再推辞无疑等
于当着他杨声道的面，自己打自己嘴巴子，谁让当初自己去老领
导家活动了。余平山一时找不到防守反击的话对付杨声道，干干
地闷在了那里。杨声道趁机又说，家里的麻烦事你也看见了，是
一桩接一桩，一件接一件，你这时候出去走走也落个心静。我要
不是操心部里厂矿局长会议的筹备工作，我还真不想把这个机会
让给你老弟呢。部里的厂矿局长会议，一年开一次，各局级单位
轮流做东，今年轮到能源局当东道主了。不过余平山知道会期还
远着呢，他杨声道找的这个借口，根还没埋进土里呢！余平山看
了一眼腕子上的手表说，这样吧杨局长，你给我点时间，我看看
近期手里的事能安排开不，回头咱俩再找时间沟通，我现在得去
研究院了。杨声道说，你只要别上轿扎耳朵眼，就来得及。余平
山上了车。杨声道等余平山的车出了大门，才钻进自己的车，对
司机说，回局里。

　　杨声道回到办公室没多长时间，蒋远斌就来了。蒋远斌说，
杨局长，我跟小吕联系上了，不过她没说出什么来。杨局长喘了
一口长气，边思忖边问，昨晚，余局长没问你什么吧？蒋远斌摆
着手说，没有。杨声道沉默起来，蒋远斌如坐针毡。屋子里静下
来，听得见在玻璃窗上徘徊的远处建筑工地传来的嗓音。蒋远斌
瞅着杨局长的后脑勺，喉咙骨滚动了一下，口气谦和地说，杨局
长，要是没啥别的事，那我先回去了。其实这时的杨声道，还没
有从青少年宫的阴影里走出来，蒋远斌这时的声音犹如擦燃的火
柴，一下子就把他的心火点着了，他猛地转过身来，嘴角抽搐了

一下，挥着手说，这回热闹了，连那帮老家伙，都把笑话捡到嘴上了！你说吧，你到底有没有能力解决这件事？你什么时候能平息这件事？蒋主任呀，你不会等到人家把孩子生出来再……能源局，不是幼儿园，你不要搞错了！唉，你怎么就不能想办法让我省点心呢？你难道让我……这时一阵敲门声，打断了杨声道的话，杨声道一回头，没好声地说，进！门外的人一进来，脸色难看的杨声道马上就露出了笑容，往前赶了一步说，哟，回来了方书记。方茹笑盈盈握住杨声道伸来的手，喘口气说，刚到，连家都没顾得上回呢，你瞧我这灰头灰脸的样子。杨声道哈哈笑起来，一指方茹的脸说，看你这精神头，还是蛮不错的嘛。在两位领导说说笑笑的时候，蒋远斌没闲着，给风尘仆仆的女领导，接来一杯矿泉水。蒋远斌说，方书记，您喝水。哎呀蒋主任，我自己来就行了，谢谢。方茹握过蒋主任的手，顺势把水接过来。蒋主任说，杨局长、方书记，你们谈，我先回了，要是有什么事，你们再招呼我。杨声道说，蒋主任，中午在机关小餐厅安排一桌，把在家的局领导都通知到，我给方书记接风洗尘。蒋远斌点点头。方茹脸色一变，故作惊讶状，扬起手说，哎呀，杨书记，看来你是真不想让我回家呀？杨声道说，你既然到单位来了，我就不能放你走了，省得叫你觉得我这人不够热情，下来埋怨我什么。蒋远斌觉得该去落实领导交待的事了，就冲两位还在逗闷子的领导笑笑，转身往门口走。嘴上正有话的杨声道见蒋远斌动身了，就先用一种方茹并不陌生的表情，跟方茹请了一会儿假，赶过来送蒋远斌，一直把蒋远斌送出办公室，还在蒋远斌的后背上轻轻拍了两下。低头走去的蒋远斌，这时心里很不是滋味，一阵一阵发酸。今天杨声道跟他发的这点脾气，按说算不了什么，过去杨声道指他鼻尖骂难听话的时候多了，他都没有像今天这样难过，今天的这种难过好像是从心底浸透出来的，他搞不明白这种难过为什么偏偏在今天出现。等到下楼时，情绪消沉的蒋远斌才有了一点点感觉，意识到今天的这种难过，是源于自尊心的超常反应。

杨声道和方茹坐进沙发。杨声道问，方书记，怎么提前回来了？方茹没绕弯子，开门见山地说，我是为小吕的事，才匆匆忙忙赶回来的。其实杨声道已经算计到了她是为吕子楠的事赶回来的，只是没想到这个女人会把话说得如此直率，让他多少有点吃惊。昨天晚上在家里，杨声道没少揣测这个女人在知道了吕子楠怀孕后，会产生怎样一种心态。可以说，在局领导班子里，现在也只有这个女人一身轻了，因为一个女人再有本事，也没办法让另外一个女人怀孕，女人的身份这次有可能给她带来意想不到的收获，因为这次不论是自己背运，还是余平山栽跟头，这个女人都将是局外的赢家。在官场上，实力和投机是获得更大权利的有力保障，吕子楠这个事现在一眼还看不到结果，一旦闹沸腾了，能源局现在的这个领导班子，部领导还能信任几成呢？自己还能局长兼书记吗？官场风向不定，往往就在你感觉良好的时候，就头破血流了，口眼歪斜了，半身不遂了，一落千丈了。至于说方茹今后如何利用这件事，为自己争取更大的权力空间，创造一个崭新的未来，杨声道还说不好，大体上也只能是边走边看，随机应变了。

　　方茹说，杨书记，我想有些话，我们女人之间更能说到一块去。杨声道咬着嘴唇，点了几下头。方茹把右手放到左手背上说，杨书记你放心，在这件事上你是什么态度，我就是什么观点，我这个当副手的，还能不了解自己的领导？方茹的这个态度一出，杨声道的心就本能地往下一沉，感觉不是一般的不好，意识到自己与这个副手之间的距离，比没这事前又远了一些。杨声道笑笑，不以为然地说，方书记，听你这么一说，我这里就踏实多了。其实呢，我想这件事也复杂不到哪去，就怕有人在暗中炒作，故意制造紧张空气，好趁机浑水摸鱼。方茹说，杨书记，我也有你这种感觉。不过退一步说，就算有人暗中搞鬼，一个姑娘大肚子的事，还能把咱们能源局的楼顶掀开？杨声道没吱声。方茹站起来说，杨书记，我回去洗把脸，有话中午咱们再聊。杨声道起身说，好好，给你一点化妆的时间。方茹说，老婆娘了，化妆有什么用？你杨书记还能把我当大姑娘看？杨声道乐着说，你怎么就知道我不会那么看呢？方茹一挑眉毛说，感觉不到位！杨声道感叹道，你这张嘴呀，什么都能找到，就是找不到双休日的感觉。方茹一笑，在原地转动着说，杨书记，我现在是一颗定心丸，不知道你敢不敢吃下去。杨声道捏着下巴，半真半假地说，你万一是一粒摇头丸，我吃下去麻烦可就大了。方茹耸着肩，很是妩媚的目光泼了杨声道一脸，几分羞涩的口气说，如果是那样的话，你说我身上的麻烦又能小了吗，杨书记？然后一转身走了，坚硬的鞋后跟在光滑的大理石地面上，踏出一串哒哒哒的响声。杨声道感觉到身上一热，忙收回目光。

作为一个副局级领导，方茹仗着她的女人身份，这几年在官场上倒也没淋着太大的雨水；而作为女人，方茹却是被她的副局级权力，塑造得日趋男性化了，让不少人都看出来，她盯着杨声道兼任的党委书记一职，盯得又苦又累又急，有时在某种场合表现出来的党群老大气派，甭说别人替她捏把汗，事后就连她也觉得自己这是往火坑边上走呢。去年植树节那天，局领导们去一个生活区栽树，方茹有意无意中，就把杨局长杨书记的镜头都抢到了自己身上，等当晚局闭路电视把这条新闻播出来时，方茹越看心里越憋闷，觉得自己的表演太张扬了，把杨书记杨局长的形象淹没了，一气之下也不反省自己哪儿做的不合适，就把电话打到了电视台台长家。能源局的电视台和报社，都由她分管。她把台长数落了一顿，最后叮咛台长，这几天精神点，在杨局长身上找点出彩的新闻，加大宣传力度。

## 五

下午四点多钟，脸色红扑扑的方茹，独自去了单身楼，找到了休假中的吕子楠。方茹以前从没来过吕子楠的宿舍，她一进屋就获得了一种温馨的感觉，意识到这是一个很有女人情调的小世界，就忍不住把脑子里几个男人的面孔，排出了先后顺序往这间屋子里领，心里竟然还酸溜溜的。穿着宽松休闲装的吕子楠，给方茹冲了一杯果汁。方茹接杯子时，溜了一眼吕子楠的肚子，吕子楠的肚子已经鼓得挺明显了。方茹把目光移到吕子楠的脸上，感觉她的气色不亏血色，细润的肌体里透出油亮的光泽。一阵闲散的话题说过后，方茹说，小吕啊，我在外边听说了你的事后，急得跟什么似的，风风火火就赶回来了，到现在我连家都还没回呢。吕子楠抿了一下嘴唇，难为情的样子说，方书记……方茹笑了，说，走近走远的，咱们也还是女人嘛。小吕啊，我想你应该知道我为什么而来，是吧？吕子楠垂下头。方茹脸上带着同情说，你有什么苦处，有什么委屈，有什么心里话，今天尽管对我说，相信我会给你做主的，你不要有什么顾虑。小吕，你信任我吗？吕子楠点点头，喃喃说，信任你，方书记。方茹松了一口气，目光再次到吕子楠的肚子上转了一圈。吕子楠讷讷地说，方书记，我不能说，也不敢讲。方茹的心被吕子楠这句话撞击得一下子颤动起来，身上不该活跃的细胞也都活跃起来了。方茹一面控制情绪，一面感叹道，其实这会儿我理解你的心情，我心里也是很难过的，瞧瞧你，性格都变了，变得我都不敢接受这个现实了。唉，这种事不论怎么说，不论有什么样的结局，对你这样一个女孩子的名声来说，都是一种伤害。不过呢，你越是沉默，越是忍让，大家对你的议论就会越多，造成恶性膨胀，对你的名声也就越不好。交流到这时，吕子楠的脸上都没有出现方茹想要看到的那种恐慌。方茹接着说，咱们都是女人，你就当我是你大姐好了。听大姐跟你说句心里话，这件事你被动下去的后果，我不知道你想没想过，司法介入，开除公职，这些都是有可能发生的，真要是那样的话，你就没有组织可以依靠了，你可就真成了无辜的牺牲品，想找回属于你的清白就难上加难了。方茹说到这里时，感觉吕子楠呼吸的节奏加快了，就不失时机地接着说，从另一个角度讲，你不把事实真相讲出来，大楼里怨恨你的男人，就会越来越多，因为是你把他们统统变成了嫌疑人，随时可以被人们取笑，这是很可怕的呀，小吕！

吕子楠突然笑了一下，方茹一怔，样子像是从睡梦中醒来。吕子楠盯着方茹的脸，展开眉毛说，方书记，那我现在打胎，还会发生像你说的那些事吗？方茹避开她的目光，拿起果汁喝了一口，脸色很不自然。吕子楠是个有脑子的姑娘，她周旋事有两下子，这一点方茹不怀疑，其实从吕子楠昔日成功躲避方茹同学那件事，方茹对她吕子楠就另眼相看了。那是吕子楠到局团委的第四个月头上，方茹的一个大学同窗纪先生来到能源局，谈跨国合作意向。纪先生那时的身份是美国一家能源公司下属一家子公司的亚洲市场开发计划首席代表。按说那天局里宴请纪先生，吕子楠一个团委小干事是贴不上的，她之所以能去，是方茹操纵的结果。应酬实力不俗的吕子楠，那天在宴席桌上的表现，让局领导（杨声道当时想，这个吕子楠去局办搞接待工作比较合适）和纪先生都很满意。第二天，方茹委婉地对吕子楠说纪先生后天要去北京，商务上的应酬活动很多，想找个临时助手，问吕子楠是否愿意充当这个角色，纪先生到时会付高额报酬的，再就是这件事她答应与否，对能源局今后能否跟美国人愉快合作至关重要，可以说你小吕的肩头上这就算是有了使命，能源局的未来跟你小吕的选择可是密切相关了。方茹后面的这番话，显然是在施加压力，吕子楠一听就明白了，心里骂方茹不仅是个拉皮条的老巫婆，还是个男盗女娼的领导，拿我当傻波依呀！不过吕子楠嘴上却没有拒绝方茹，她已经有了对付这个女人的办法。吕子楠打着自己表姐的名义，把如今在一家夜总会做小姐的技校同学推给了纪先生。后来有一天，方茹在闲聊中问吕子楠，她那个给纪先生当过临时助手的表姐在哪上班，吕子楠说她是个体户。方茹对吕子楠这一次的调包细节尽管不甚明了，但她却是从这件事上看到了吕子楠的心计，吕子楠给她留下的印象并不好，这也是后来局办要吕子楠时，方茹没找任何麻烦的主要原因，方茹已经意识到像吕子楠这样的女人，不是自己想要培养的那种女人，这个姑娘的外表和内里是不一样的，团委书记当初要她来八成是看花眼了。就在这次闲聊后的第三天，吕子楠也在无意中听人说，那个纪先生就是方茹儿子在美国读书的担保人……

　　方茹毕竟是出入官场的女人，身上青一块紫一块的经历赋予了她一定的应变能力，等她放下杯子时，稍稍跑偏的心态已经调整了过来。顺着吕子楠的话茬说，你要是去打胎，我就省了心了，可你的名声还要不要了呢？你总得想想你的男朋友吧？我听说你们之间处得不错，你给他这样一个无头无尾的交代，他能接受吗？再坚强的男子汉，在这种时刻也是脆弱的，除非他从此跟你一刀两断，不然你就必须给他一个明明白白的说法，给他一个同情你，理解你，再次走进你的空间，你说是不是小吕？吕子楠点点头，方茹直起腰。方茹刚想放松一下，手机在口袋里震动了，她掏出来一看来电号码，起身说，小吕，今天咱们就先说到这里吧，有什么新想法，你可以随时跟我联系，我现在有事要去办。方茹走到门口时，接听了这个电话。吕子楠站在门外，目送方茹到楼梯口。回屋后，吕子楠把方茹喝剩下的果汁倒掉，然后上了床，靠在被子上，拿起放在枕头旁边的电视遥控器，把电视打开了。刚才方茹来之前，她就像现在这样，一身轻松地坐在床上看电视，稍有不同的是她这会儿嘴里没有嚼口香糖。她放下遥控器，撩起休闲衫，低头看了一眼隆起的肚子。

## 六

杨声道最后一句话的余音，把大会议室里的杂音都过滤掉了。杨声道瞥了一眼浸过百叶窗的阳光，然后看了看余平山和方茹，看样子他们也不想补充什么了，机关局处级领导干部例会进入了尾声。有人合上记录本，有人扣上杯子盖，有人整理西服，余平山把笔帽戴到笔身上，方茹欠了欠身子，都是准备走人的样子。突然，杨声道又开了口，把大家刚刚松散下来的神经一下子又拉紧了，有些人甚至都愣神儿了，纷纷把目光投到他身上，屁股已经离开椅子的方茹又坐下来。杨声道扬起脸说，诸位再多坐几分钟，我再说上几句闲话。这几天，大楼里挺热闹，为什么热闹，我想我就不必在这里细说了，我要强调的是，这里是办公机关，不是集贸市场，也不是证券交易所，大家若是有看法或是想法什么的，可以通过正当渠道向组织反映，不要在背后嘀嘀咕咕，尤其是诸位。我说蒋主任，给你点时间，你把你现在掌握的情况，跟大家通报一下吧。

坐在杨声道对面的蒋远斌毫无提防，愣了一下后脸色就白了，失神地望着正冲他微笑的杨声道，脑袋里嗡嗡直响。蒋远斌尽管没有四下张望，但也能感觉到刚才集中在杨声道身上的目光，现在被杨声道一句话就调动到自己身上来了，自己现在成了会议室里的聚集点，被从不同角度飞来的目光刺射着，禁不住后背上冒出了虚汗。他快速地瞟了一眼杨声道，心说这个事，你杨局长事先好歹也得跟我打个招呼吧？我是谁？用你杨局长的话说，我是你信得过的免检产品；用我自己的话讲，我是你身后一条不变形的影子啊，就算有什么话你当我面不好明着说，那你完全可以回头往这个影子上丢个眼色嘛，那样我也就找得到在这种场合说话的思路了，就不会像此时这样六神无主，这种空袭我哪能承受得住呀？他往回缩缩脖子，他怀疑杨声道这是在给自己出难题呢，心里难受得直翻腾，心说杨局长哎，就算在吕子楠这件事上你对我不满意，那你可以把我叫到你的办公室，怎么骂怎么授意还不都是随便的事，干吗非要在这种场合来这么一下呢？莫非你想转移视线？声东击西？敲山震虎？丢卒保车？借鸡下蛋？放烟雾弹？玩障眼法？这些词句像字幕一样，在蒋远斌脑子里闪跳着。

　　蒋主任，杨书记叫你说说，你就跟大家讲讲嘛，小吕毕竟是你的手下，你怎么着也比我这些人了解她吧？方茹开了口，有人就把目光从蒋远斌身上移到方茹脸上。被方茹的话一催，蒋远斌心里更没底了，心好像是躲到了后背上，只得再次红着脸，一声不吭。此时沉默对他来说，是别无选择的防守策略了。他这副缩头缩脑的样子，还真就像是人们议论中的那个神秘人物，没准现在有些人已经把他当成了跟吕子楠有那个关系的那个人，相反也有一些人的脸色是同情和可怜他蒋远斌。杨声道没让场子再冷下去，这就等于把蒋远斌从悬崖边上拉了回来，他笑着说，蒋主任这几天上的火，比谁都大，这我能理解，今天不想说，就不说了吧，等把事情都搞清楚了再开口也不迟，是吧蒋主任？好，看看谁还有什么没有？没有就到这里吧，散会！

心里再不是滋味，蒋远斌也没在工作上赌气，回到办公室后，他把案头上积攒的事该怎么处理就怎么处理了。十点二十分的时候，例会纪要小样出来了。蒋远斌把小样看了两遍。例会上没什么事，所以纪要内容也就简单。他静静地抽了一根烟，反复想过后，拿起笔在纪要上加了一条：办公室主任蒋远斌，会上未就接待科吕子楠怀孕一事做出明确解释。他望着自己加上去的这一行字，心说桃色新闻上了能源局领导会议纪要，这在能源局历史上怕是首创了。他加上这一条，不是存心利用职权捣蛋，他是想用这种文字游戏试探一下杨声道。

蒋远斌来到杨局长办公室，见工程设备公司常务副经理马海洋在，打过招呼后就没急着把手里卷着的纪要小样展开。马海洋也是个能看出事的人，撂下几句客套话就走了。马海洋在杨局长这里并没待多长时间，不过十几分钟的事。至于说马海洋来的用意，杨声道心里自然逗号是逗号，句号是句号。马海洋是余平山手掌拨弄的人，这段时间里余平山为提拔马海洋的事，跟杨局长交换过好几次意见了，杨局长每次的态度都不明朗，今天马海洋自己找上门来了，要官的话虽没说到桌面上，但那种渴望劲已经使出来了。眼下工程设备公司经理的位置空着，经理早些时候调到部里去了，现在是书记兼着经理一职。

蒋远斌叫了声杨局长，就把纪要小样递了过去。一般情况下，不太重要的会议纪要小样，杨局长是不审的，所以杨局长接过纪要小样后犹豫了一下。杨局长把两页小样看下来，没说什么，用红笔把蒋远斌加上去的那一条勾掉，然后把两张纸递给蒋远斌，脸上的表情一直没变。蒋远斌没看后面那一页小样，但他知道杨局长把他加上去的那一条划掉了，他是从杨局长刚才走笔的姿势上认定这一点的。蒋远斌的试探有结果了，哼哈着想走的时候，杨局长拿起桌上的一个精致木盒说，这是马海洋刚才用的敲门砖，说是从国外带回来的正宗古巴雪茄，我享受不了这东西，劲太大，你拿去吧蒋主任。蒋远斌的目光游到木盒上，舔了一下嘴唇说，这不合适，杨局长。杨局长脸上就有了笑容，说，就算我这是借花献佛，补一份人情给你吧，蒋主任。蒋远斌当然明白杨局长这句是冲着例会上的事说的，心里禁不住一阵翻滚，对杨局长的看法又转到了从前的轨道上，甚至还怪自己没有政治头脑，杨局长在例会上来这么一手，说不定是在避实就虚，抛砖引玉，为后面的某个捕捉计划抛撒诱饵呢，纯粹是策略考虑，而不是想把自己怎么样。想到这里，蒋远斌的心气就彻底通顺了，脸上也有了愉快的色彩，又找到了过去在杨局长面前得宠的感觉。杨声道捏着手指说，方书记昨天下午，找小吕谈话了，这事你知道吗？气色刚刚好起来的蒋远斌，脸色一下子又有点发灰了。杨声道说，我还以为你早就知道了呢，看来你这个办公室主任的信息网，还得再织织啊。蒋远斌红了脸，眼神闪跳着……

# 七

星期一早晨将近七点钟，杨声道在家里接到了主管副部长尹水涛的电话，尹水涛让他马上进京。

去北京的路上，奥迪使出了能耐，见车就超，八点五十分的时候，杨声道就赶到了北京。那时尹水涛在电话里没说找他干什么，所以见了尹水涛，杨声道心里不免紧张。尹水涛说上午他的活动都安排满了，这点时间也是挤出来的，说着把一个信封递给杨声道，脸上略带愁容说，你看看吧，你那里，有人举报你了，匿名信，说你把一个姑娘……杨声道显然吃了一惊。在来的路上，杨声道想了很多很多，可就是没想到局里有人把吕子楠肚子上的文章，做到部里来了。他镇定住脸上的表情，弯腰接过匿名信。尹水涛说，这种事也能搞得满城风雨？足球场上有黑哨，现在官场上也有黑哨了。听尹水涛这么一说，杨声道心里就有数了，明白了尹水涛在这件事上没把自己当外人看，这说明他了解自己、信任自己，不然的话他也不会把自己叫到身边来说这些话，心里顿时感激得不行，身上轻松了许多，心说领导啥时候成了球迷了呢，把足球场上的术语用到了官场上，还真有点新鲜感。尹水涛接着说，黑哨一响，谁来收场。声道呀，这件事我不往心里去，我当笑话听可以，不过这要是在部里传开了，可就不怎么好了，你说是你脸上有光呢？还是我身上有彩？杨声道脸红了，目光从尹水涛身上移开。别忘了名声对我们意味着什么！尹水涛加重了说话的语气，声道啊，平时在局长堆里，你可是最叫我省心的，把握事态也有经验，怎么就在这样一个小事上被人吹了黑哨呢？给你几天时间，把这件事的根给我拔了，影子也给我打扫干净，我等尔电话，到时你亲自来也行。杨声道不住地点头，然后怔怔地看着手里的匿名信。尹水涛说，拿回去看吧。回到平阳做事要谨真，不能感情冲动，你是一家之主，有时你的一句话，就能把一个单位搞得乌烟瘴气、人心涣散，我可不想看到你们平阳出什么乱子。领导话里的意思，杨声道明白，就是回去后不能滥砍滥伐。杨声道连连点头。杨声道没在部里停留，他要赶回平阳。

回平阳的路上，杨声道的大脑一刻也没有偷懒，他开始备战了，他要把吕子楠这件事，当成手心手背上的事来对待，再不能躲在一边玩深沉，让人家钻自己的空子了，不然的话，河水一旦泛滥，淹了平阳不说，北京的部领导就得穿着救生衣上班了。杨声道深知自己在官场上还是个有奔头的人，站在平阳还望得见北京城，记得今年夏天的时候，他陪副部长和副部长的爱人去北戴河能源局疗养院避暑，那天在海滩上晒太阳，心情被晒得暖融融的副部长，曾跟他透过一点口信，暗示他只要平稳走下去，不缺胳膊不残腿，日后他走到部里来，管一摊事的可能性很大，理由是他在部里的名声还没什么杂音，工作中也拿得出省优部优的硕果，有几位部领导一提到他杨声道，脸上的表情都还过得去。杨声道清楚，自己身上要是有了污点，那副部长的脸上就会有阴影，自己今后的路就走不顺当。没有一个远离绯闻的好名声，你就很难找到一个硬后台，因为官越做大，隐私也就越显眼，销路也就越好，传播也就越快，这个道理部领导早就向自己灌输过。

奥迪快到平阳高速公路收费站的时候，杨声道才把手机打开。他每次到北京见领导，都要把手机关掉，手机在那样一种级别的领导面前，就不是什么通讯工具了，而是障碍物，是制造麻烦的祸源，杨声道就曾听到这样一个传说（杨声道认为仅仅是传说），讲的是山东局的局长，来北京跟一位副部长汇报工作时，接了一个手机，说着说着这位老兄就跟通话的人急了眼，忘了自己是在哪里，骂骂咧咧，吹胡子瞪眼，最要命的是后来这位老兄拍了领导的办公桌，吓得领导当场就犯了心脏病，一头栽到了桌子上，直到这时山东局的局长，才意识到自己身在何处，吓出了一身冷汗，回山东没几天就患上了重度中风，丢了官是小事，差点没把命搭上。车子刚出收费站，杨声道就接到了妻子打来的电话，问他这会儿在北京还是在平阳，他说到平阳了，刚出收费站。妻子问，你中午回家吃饭吗？他想想说，现在还说不好。你老家打来电话了，你大姐昨天夜里去世了。妻子的声调有些沉重，老家人问你，有没有时间回去一趟。杨声道心里一哆嗦，脸上的肌肉顿时绷紧了，沉吟了好一会儿说，嗯，我知道了，等我到了局里再说吧。杨声道的老家在保定，离平阳不算太远。回头看看杨声道走过的这一截人生路，就知道他小时候是个苦孩子，六岁时丧母，十岁那年父亲又因公殉职，是大姐牵着他和妹妹的手，一步一个脚印从弯曲狭窄的小巷子里走出来的，自己迈进了高等学府，妹妹跨进了工厂的车间……当杨声道两眼朦胧时，他

才把自己从苦涩的回忆里劝到现实中来，而这时能源局大楼就在
他模糊的视野里拔地而起。

进了办公室，把茶沏上，坐下来没多久，就有人来请求汇报
工作，这个走了那个又来了，半个小时泛眼间就用过去了。杨声
道喝了一口茶，看一眼桌子上的表，快十一点了，该给妻子打电
话了。就在他放下茶杯这当儿，蒋远斌来了。蒋远斌谨慎地说，
杨局长，这么快就回来了？杨局长心烦，顺口说，路好走。蒋远
斌点头。杨局长问，有什么事吗？蒋远斌就说一小时前，市里来
电话，讲市长和市委书记今天中午宴请香港一个经贸洽谈团，请
他过去作陪。蒋远斌说，我跟他们说您去了北京，上午能不能回
来不一定，杨局长你看……杨局长捧着头，默不作声，想了一会
儿说，你往市里打个电话，就说我回来了，稍后过去。

蒋远斌领了旨意，刚要走，被杨局长叫住了，杨局长把从北
京带回来的匿名信递给他。让蒋远斌看这封匿名信，不是杨局长
一时心血来潮，他在回来的路上，就想好了这件事，而且还要换
一种方式，用幽默的口吻跟蒋远斌谈这件事。匿名信不长，就说
了一件事，便是杨声道以权谋色，把办公室接待科未婚女青年吕
子楠的肚子搞大了。杨局长当喜事似的笑着说，蒋主任，你是写
通讯报道的行家，又是局报社的特约记者，你看看这篇文章，有
没有新闻价值，在咱能源局的小报上，发一下可不可以？我正琢
磨着请你给这个东西配个社论什么的。蒋远斌的脸色一下子吃紧
了，心里猛地一曲，意识到此刻自己的心，离杨局长的心很远很
远，有种孤立无援的感觉。杨局长拿起茶杯说，部领导如此信任

我，我杨声道有愧啊！蒋主任，你帮我分析分析，究竟是什么人，躲在什么地方向我打黑枪，企图想从我身上得到什么？你也是枕着经验和阅历睡觉的人了，邪风苦雨见的不比我少，在有些问题上，你比我看得更清楚，想的更实际。你是知道的，在我眼前雾气弥漫的时候，我最信任的声音，可就是你蒋主任的声音了。蒋远斌把匿名信放到桌子上，心里依旧惶惶不安，有点丈二和尚摸不着头脑了，他觉得吕子楠这个事，好像是越来越复杂了，起初自己对杨局长还有疑问，可是现在看来，他杨局长总不会干贼喊捉贼的事吧？接下来匿名信的作用，蒋远斌就自然而然地把余平山和方茹的名字，写到了记忆中吕子楠的胸上和大腿上（细心的读者在此处不难看出，蒋远斌现在心里够紊乱的了，居然连方茹是男是女都分不清了）。

蒋远斌拖着碎步走了，杨声道稳定了一下情绪，给妻子打了一个电话，说这阵子局里麻烦事多，他脱不开身，问妻子能不能代表他回趟老家。妻子清楚他现在为什么事头疼，就同意代表他回老家，并问他什么时候动身合适，他说你下午走行不行？我给你们院长打个电话，叫他派一辆车。妻子是设计院组织部部长。妻子说你决定吧，他说那你就下午走吧。妻子说看样子你中午又要不回家了？他难为情地说中午是市长和市委书记的场子，往下妻子就不再啰唆了。

## 八

蒋远斌中午没回家，在职工食堂草草了了就解决了午饭。中午下班前他跟吕子楠约好了，吃过午饭去看她。他来到职工医院后面的水果市场，选中一个小摊，问摊主看孕妇买什么水果合适，中年女人喜上眉梢，过来殷勤地说，杨桃、荔枝、榴莲、金橘、葡萄、火龙果，还有台湾的这个和美国的那个，这些都合孕妇的胃口，你一样买一点，我给你拼个水果篮，送人蛮讲究的。蒋远斌就要了一个拼装的果篮，价钱是二百一十六块。蒋远斌向中年女人索要发票，中年女人抖着手说小摊生意，哪来的发票呀，看你大哥是个公家人，哪还找不来一张发票顶这个账。蒋远斌摇摇头，拎着果篮离开水果摊。

　　蒋远斌走进单身楼，上到三楼。在敲响吕子楠房门的一刹那，心像被弹簧顶了一下，腾地跃到了嗓子眼，左腿小肚子还抽了一下筋。是蒋主任吗？吕子楠轻柔的语音从门缝里钻出来。他站直了身子说，是我，小吕。屋门打开，扑出一股空气清洁净的芳香气味。蒋远斌迈进屋子，将果篮放到了电冰箱旁边。吕子楠今天穿的还是一身休闲装，样子还是那么随意。蒋主任，你买这么多水果，我一个人哪吃得了呀。吕子楠左手护着肚子说。蒋远斌笑道，慢慢吃，慢慢吃。吕子楠把蒋远斌让进一个单人沙发，悠着手说，主任，我知道你爱喝茶，我这儿有好茶，当年的云雾毛峰，你尝尝。蒋远斌客气了一句，四下看着，他也是头一次进这间闺房。蒋远斌竭力劝自己不要去看吕子楠的肚子，可还是鬼鬼祟祟看了几眼。他掩饰什么的口气问，小田这几天，忙啥呢？吕子楠把茶杯放到椭圆形绿色玻璃茶几上，坐在床边上说，瞎忙。蒋远斌再一次环视着这间屋子，说，你这屋子，收拾得挺不错。吕子楠噘着嘴，目光也在屋子里转了一圈。蒋远斌笑了笑，是那种半生不熟别别扭扭的笑。他没话找话东拉西扯了几句后，才渐渐找到了说正事的感觉，他说，小吕，其实我为什么来，你心里也有数。唉，这些天你的日子不好过，而我这个当主任的，日子也不好受。小吕啊，我不知道你现在是咋想的，你要是不想把话说到穿透，我呢，也不会逼问你什么，这一点请你放心好了。蒋远斌说着话，目光就顺着吕子楠的小腿落下去。吕子楠的双腿正在晃动着，罩在肉色薄丝袜里的脚趾头，在蒋远斌看来就像是什么小动物刚刚产下的一窝幼崽，身子挤着身子，怪叫人怜惜的。吕子楠扬起头，望着眼睛里闪着亮光的他，脸上的表情变得很古怪，晃动着的双腿一直没有停下来，就像一个顽皮的女孩子，在用身体语言催促大人讲故事，或是童话和寓言什么的。当蒋远斌意识到溜号后，抽了一下鼻子说，这么跟你说吧，小吕，你这个事，都闹出平阳了，部里头都有风声了，再不想办法解决，以后怕是就没办法解决了。小吕啊，我的意思是你能不能先去医院，把你身上……完后有啥事咱再说。如果你不愿意去医院，也不想说出那个人的话，那我只好豁出我的名声，把这件事承担了……说到这蒋远斌突然哽咽了。吕子楠一动不动盯着他看了好长时间，她没有想到他会有这种愚蠢的想法。吕子楠喝了一口矿泉水，略带调侃的口气说，主任，我想想问你，你不惜自己的名声来扑火，究竟是被人逼上梁山呢？还是出于大公无私？你想舍身炸碉堡，那样做可就是高成本零回报了。再有我还想问问你主任，你这样做，是关心我爱护我呢？还是为了保全领导的名声？你怎么就不想想你这样做，对我会造成什么伤害？还有你的家庭，玷污家庭的后果你考虑了吗？主任啊，你现在是既让我感动，又叫我那个，我想主任你是一时冲动才有了那样一个念头，主任你不是那种晚节不保的男人，你是不会真有那种行动的，对吧？吕子楠的问题，蒋远斌真的不好回答，他想做这个替罪羊，多半是源于现实的压力，面对领导时的那种无奈，以及无法预见后怕，冲动倒是谈不上。乱子是从办公室捅出去的，现在能源局都成了什么样子，自己这个办公室主任，好歹对能源局的男女老少也得有个交代吧？我不下地狱那谁下呢？他心里一涌，酸劲就起来了。吕子楠说，主任，这件事有你什么事，你不插手又能怎么你呢？他说，小吕呀，你不在这个位置上，有些感觉你是永远体会不到的。缓缓地抬起头，正看过来的吕子楠顿时一愣，目光哗啦碎在了他的脸上。蒋远斌眼里噙着的泪水，似乎只要一口气，就能把他的泪水吹出眼眶。吕子楠下了床，走到门口，又从门口走到窗前，反反复复几个来回后，停在了电视机那儿，低声说，主任，对不起。蒋远斌说，我现在真不知道，能为你分担点什么。吕子楠攥着拳头说，我也不想让自己的名声，就这样一天天在人们的嘴上霉烂，我甚至都想过，我现在要是能有一套属于自己房子，我就去乞求小田，让他认可我这个身子，他认可了我就去打胎，最后求他跟我结婚，我知道他是真心爱我的，为了我，我想他能咽下这个委屈……吕子楠说得很动容，身子都颤抖了。

　　蒋远斌咂摸着她这番话，沮丧的心里忽然亮了一下，觉得她在不经意的言语中，给了自己一个解决这件事的大好机会，看来这件事能在自己的手上画出句号。当一个崭新的行动计划酝酿出轮廓以后，蒋远斌心里一颤，意识到这个计划是一场交易呀，这对小田来说是不公平的，甚至是一种无药可解的终身伤害。然而残酷的现实又使得他的良知是那样不堪冲击，他心说没有办法呀，也只能跟小吕谈交易了。他说，小吕呀，假如你现在有一套房子，小田他……吕子楠感伤的语调说，主任，我也就是那么想想，随便说说而已，轮到我有房子，还不得等到猴年马月啊！蒋远斌又喝了一口茶，说，小吕，这样吧，看看我出面使点劲，能不能给你搞一套特批房。吕子楠摆着手说，主任你别当真，我可不敢麻烦你，现在弄一套特批房，那得什么人才行啊，算了吧主任，我不想在房子的事上为难你。蒋远斌叹口气说，小吕啊，我也许能办成，也许办不成，办成办不成，我都要去试试。看你这个样子，我心里不是滋味。吕子楠沉默了，头一点点往下垂着。蒋远斌瞟了吕子楠一眼。

下午离上班的钟点还有点时间，蒋远斌就去了杨声道办公室，把他中午跟吕子楠谈的交易意向说了出来。蒋远斌从杨声道的哈气里嗅到了五粮液的味道，心想杨局长中午没少喝，就趁杨局长拿手指梳头这工夫，给杨局长的茶杯里加了一些热水。杨局长半天没吱声，他吃不准小田到时是否愿意站出来收拾残局，抑或是这个事始终就是一个圈套，小吕腹中的胎儿原本就是小田的，但杨声道没有把这些心里话流露到脸上来，他现在已经很累了很烦了，不想再刨根问底、节外生枝，如果一套房子能把问题解决利索，那就让蒋远斌去处理吧。不过他又觉得蒋远斌与吕子楠谈的这桩交易，办起来似乎不会顺顺当当，原因是余平山那儿不好过关。余平山主管房子，就算自己点头了，余平山到时不买账，从中横着，那也是叫人费神的事。再说在他们的交易中自己不能抛头露面，省得再惹出不必要的口舌来。与此同时杨声道还想到了另一种可能，那就是吕子楠跟余平山之间真就有不干净的行为，余吕二人这是串通好了演戏给自己看，因为他余平山虽说主管房子，可也不能说他想给谁一套就给谁一套，能源局真正当家的人是自己，自己要是伸出一条腿，那也是无人能迈过去的。嗯，也好，不管余平山在房子这个事上是什么态度，他都会暴露出心里真实的一面，这样对自己最后判断他是否跟小吕有那种关系极为有利，甚至都有可能一目了然！杨声道在想这些的时候，眼角余光一直在留意蒋远斌脸上的细微变化。杨局长说，蒋主任，余局长管房子，你去跟他汇报汇报吧。蒋远斌点点头，他并不认为杨局长这么说是在甩手推事，反倒从中看出了杨局长的精明，办事讲究步骤。

蒋远斌来到余平山办公室，把他刚才在杨声道办公室里说过的那番话，掐头去尾说了一遍，余平山的两条眉毛蹙紧了。余平山问，蒋主任，杨局长对这个事，有什么具体指示吗？蒋远斌不慌不忙地说，余局长您管房子，杨局长那儿，我也就是打了个招呼。余平山翘起嘴唇，走到世界地图前，冲着微缩的全世界说，蒋主任，你可别下唬我，我胆量再大，也不敢往火坑里跳吧？蒋远斌脸上的肌肉抽搐了一下。余平山转过身子说，蒋主任，你也不替我想想，我这时候批给吕子楠一套房子，你说别人会在背后怎么说我吧？好，就算我不在乎个人的名声，可吕子楠以这种方式得到一套房子，那些辛辛苦苦排队等房子的人，心里能平衡吗？你也不是不知道，房子的事在能源局，历来都是火山口上的风景，谁敢粗心大意啊？蒋远斌不服气，心里直嘟囔，你现在怕这怕那了，过去你在房子的事上，还少搞猫腻了？余平山看了蒋远斌一眼，降下语调说，不过蒋主任你放心，我不会为难你，更不会不支持你的工作，这样吧，你让吕子楠打个报告上来，只要杨局长在上面签字，我余平山签字，再让方书记他们签个字，这个事就简单多了，就是集体决定的事了，别人即便有说法，也说不出什么乱七八糟的来。蒋主任，你真得体谅体谅我，谁不怕背黑锅呀，谁不在乎名声呀，我这可都是跟你说的心里话。蒋远斌碰了软钉子后，像个输光了本钱的赌徒，口袋空了，心里空了，脸色黯然地说，余局长，那我回去再好好想想，看看还有没有别的什么办法。余平山以自嘲的表情说，蒋主任呀，你能理解我，我很感谢你。

　　蒋远斌刚走，马海洋的电话就打进来了，话里话外的意思还是要官，要得都上火了，一再提醒余平山，他跟杨局长沟通过了，看样子杨局长那头没啥大问题了，现在就差你余局长跟杨局长最后一碰头敲定了。余平山等对方说完，耐着性子说，我说海洋老弟，我不是跟你说过嘛，等等，再等等，后面还有更好的机会。俗话说先点亮的蜡烛，到头来最先熄灭，我想这个道理你不会不懂。马海洋吭哧了一阵子说，余局长，你晚上就别安排啥活动了，咱们坐坐。余平山打着哈欠说，人在官场，心在身外，部领导什么的万一来了，晚上的我，脚下走的还能是我自己的路吗？等到时候再说吧，啊？

## 九

窗外斜射进来的一小片午后阳光，在方茹的脚尖上晃动着，方茹把落在脚上的这一小片阳光看了很久了，那专注的样子，就像她与这一小片阳光有过心灵之约。方茹的胸脯起伏了一下，身子微微往后一仰，一甩脚，脚尖上的那一小片烛光似的阳光，就飘落到了光滑的大理石地上，散射出油亮的光环。方茹站起来，心说就这会儿去吧，于是揣着一个新想法来到杨声道办公室交换意见。

方茹把自己的新想法表达得直截了当，她说，杨书记，吕子楠也有点太过分了，不能再让她这么胡闹下去了，她不要脸面，能源局还要名声呢！给过她机会，她不要，她这是自己把自己往绝路上逼！这样一个女人，我不怕得罪她，我主张开除她公职，还大楼一个安静！杨声道没料到她的心劲会这么大，心里吃了一惊，望着方茹眼珠都不转了。这么大的能源局，岂能容她一个肚子霸道，还有没有点王法了，真是的！方茹气哼哼的，口气的硬度不减。杨声道等她的目光望过来时，迎着她的目光说，嗯，你这个主意，倒也是个办法。方茹收回目光，看着自己的脚面说，再这么让她闹下去，这大楼里成什么了？杨声道说，方书记，只是不知把小吕除名了，她到时会不会有什么过激的反应？方茹说，杨书记，量她也不敢杀了我吧？杨声道说，人不可貌相，海水不可斗量，意想不到的事，随时都有可能发生，就说我吧，招谁了？又惹谁了？可是就有人给部里写匿名信中伤我。唉！杨声道语气不紧不慢，巧妙地把一个内涵丰富的信息传递给了方茹，就看方茹怎么消化这个信息了。方茹接受这个信息的表情，像是真不知有匿名信这回事，待了一阵嘟囔道，谁这么胆大包天，敢用这种手段坏你的名声？方茹不知不觉就放弃了自己原有的思路，跟着杨声道的话题转开了。杨声道拍拍后脑勺，深感重压的表情说，方书记，这年头，是正职有正职的苦恼，副职有副职的顾虑，我这个党政一把手，可真是担心吕子楠到时挺着大肚子去北京折腾，我杨声道长几个脑袋呀，还敢给部领导添乱子？那样的话你说我这个局长和书记，还当得下去吗？方书记啊，我的意思是还得给小吕留条后路，咱们还得想办法把那个制造事端的人找出来，让受害者有地方诉苦，让制造者承担他应该承担的一切，这样才能从根本上把这件事解决好，我们有义务对一个人的名声负责。不知我这么想，有没有道理，方书记？方茹一时无语，刚才来时的那一身冲劲儿，此时在她脸上没留下一点痕迹。杨声道和气地说，方书记，要不这样吧，找时间咱们开个常委会，你在会上把你的想法说说，听听大家都是什么意见。方茹脸上游动着笑容，有点欠缺底气的口吻说，杨书记，我这仅仅是个不成熟的想法，跟您沟通一下就行了，拿到常委会去说，怕不大合适。杨声道点点头，从桌上拿起一份刚刚批阅出来的文件，跟方茹说起了一件与吕子楠肚子不搭边际的事。

十

杨声道、余平山、方茹等局领导，在能源局老干部活动中心大门站了十几分钟，才把部里的车队等来。奥迪、红旗、中巴、大客等车占去了活动中心的大半院子，从这些车上下来的男男女女能有近百号。今天带队的两个人，一个是在职副部长，一个是二线老领导孙公立。部领导从车里一出来，就被赶上来的杨声道等人围住了，大小领导都忙着与熟面孔打招呼握手，院子里一片热闹。办公厅主任把蒋远斌从人群里拉出来，问，蒋主任，都安排好了吧？蒋远斌笑着说，齐厅长，都安排好了，您放心。大家在这喝口水，方便方便啥的，过半小时走来得及，火葬场有十分钟就到了。齐厅长点点头，看了一眼手表，挥着手大声吆喝道，大家注意了，咱们在这休息半个钟头，十点准时上车！

部里这些人是来参加追悼会的。死者是部里的一个资深老局长，比此时在二线晃悠的孙公立还有名气。老局长得的是胃癌，在能源局职工医院高干病房住了一年多了。老局长的老伴，早几年也是在能源局职工医院离开人间的，平阳是部里离退休领导最爱光顾的地方，有个头疼脑热什么的也往这里跑，这些不管事的老人们在北京城里不吃香，可是到平阳来还是能吃开的。杨声道请大领导进中心休息，余平山招呼这局长那厅长的到中心里坐，方茹扎在女人堆里叽叽喳喳，只有局办接待科科长领着手下的几个人，在干着一项实实在在的事，负责照顾死者的亲属。进了活动中心，一般人都集中在多功能厅休息，局以上领导被安排到了阅览室，矿泉水、水果、香烟什么的早已摆在了桌子上。在乱乱哄哄中，老领导孙公立以不被人注意的招呼方式把余平山叫出了阅览室。余平山感觉到老领导有事跟他说，就把老领导领到了空无一人的棋牌室。余平山指着一张桌面上摆着象棋的方桌说，老部长，我陪您下一盘？孙公立说，用不了一盘的时间，走几步就行。两人对面而坐，余平山手快，码完了自己的黑棋子，两只手又去帮老领导码红色棋子。余平山说，老部长，您先走吧。孙公立走了当头炮，余平山把马跳。接下来老领导对能源局近来的热点问题，跟余平山交换了意见。孙公立说，平山啊，毛主席他老人家生前有句话，不知你还记不记得？那句话的意思大概是说，凡是身边人反对的，我们就要拥护；凡是身边人拥护的，我们就要反对，根据你这里的现实情况看，你现在主动靠近杨局长是步好棋。说到这儿将跳过河的马，退了回来。余平山手里拿着一个车，一时不知往哪里放好。孙公立又说，时代变了平山，单兵作战不时髦了，老的官场游戏规则已经不能适应新形势的需要了，在小吕这作事上，你和杨局长只有联手互动，才能置身泥潭腿不陷，风沙之中不迷眼，在复杂多变的环境中，找到双赢的感觉，这样一来平阳的江山，在你们手里也就多姿多娇。余平山瞧了孙公立一眼，就把目光收回来了。孙公立笑道，在工作中，吃亏不怕，关键是要看这个亏吃得值不值，是亏在了脸上，还是亏在了心里，对你下一步工作有什么样的影响，对你周围的人能产生什么心理作用。余平山边听边点头，手里的那个车还是不知往哪儿放。孙公立指着一处说，放这，我看是步好棋。老部长，您这一招，是妙招，余平山脸上露出微笑道，谢谢老部长！孙公立扬起头说，有人给部里写匿名信，状告杨声道与一个叫吕子楠的姑娘有染，这事你听说了吗？余平山的表情一下子僵住了，睁大了眼睛望着孙公立。孙公立长叹一声说，既然杨局长没跟你说什么，那你就装作什么都不知道吧，多留点心就行了。这时进来几个人，是部里的人，孙公立和余平山这盘棋只能下到这里了。你们玩吧，余局长。孙公立起身说，我得去方便一下。

半个钟头很快就过去了，部里的人纷纷上了来时坐的车。往火葬场去的路上，余平山心情难以平静，他回味老领导的话，从中咂摸出了浓厚的味道。对呀，在这个节骨眼上与杨声道对立图什么呢？他在部里可是有根的，就凭吕子楠的一个小肚子，难道就能把他搞得臭不可闻？未免天真了一点。脑子开了窍，余平山才渐渐看清了在吕子楠这件事上，自己所扮演的角色，感觉到自己心里的兴奋值大于头脑的冷静值，看问题的角度过于感情化，思维方式还停留在固定的模式上，如果说自己的脑子能早点转过弯来，就不难明白在这个特殊时刻和非同寻常环境里，跟他杨声道同舟共济同唱一曲，会比现在这样藏在暗地看他笑话的效果要好得多，在他困难的时候让他把自己当成合作伙伴，只有这样自己才有利可图，此时紧紧地握住他的手，就等于抓到了自己想要的好处。余平山眼前一片明亮！他长出一口气，感到身上不那么沉重了，他想自己在此急转弯，这都是被老领导点化的结果！

火葬场的活动结束后，部领导没留在平阳吃午饭，主要是考虑集体活动，在这么人的眼皮底下搞特殊不合适，于是就从火葬场直接返北京了。

余平山推开办公室门，瞥了一眼墙上的石英钟，这时还不到十二点。他没有朝办公桌迈步，而是奔向了那个银灰色的铁皮柜，喘相像是刚刚打了一场乒乓球。他打开铁皮柜，拉出一个铁抽屉，拿出一个蓝皮笔记本，从中取出一张有些发黄的纸。他的眼神在这张纸上凝固了，某种藏匿在岁月深处难言的痛楚和无奈，再次被他身上最敏感的神经激活了，他的下身一阵战栗……

八年前，余平山在东北出了一次车祸，性功能完全丧失，当时住的是一家地方医院。在出院的前几天，他叫大夫对他的病情保密，大夫同意了，并把诊断书交给了他，也就是说诊断书上的秘密除了医院里的有关医护人员，再加上他爱人，别人就不知内情了，一直到今天都是这样。诊断书的一行字，对一个尚在生育条件范围内的男人来说，确实是残酷了一点：终身性功能丧失！在过去的日子里，余平山不愿想这个诊断书，更不愿拿出来看，但这次吕子楠的事出来后，他对这个曾经让他伤心让他无奈的诊断书，突然改变了既定看法，他从这个诊断书上得到了一种从未有过的安全感，认为这个无用的诊断书，现在一下子有了护身符的功能，它能在自己需要它发挥作用的时刻，强有力地证明自己的性功能现状，它简直就成了自己在未来应付某种局面时的秘密武器！

在杨声道办公室里，当余平山把这样一张带着历史霉味，从中闻不到男人阳刚气息的诊断书，递到杨声道手上时，杨声道的反应就可想而知了。再有城府的人，也难对这样一种被岁月掩盖

的事实无动于衷。杨声道默默地想，怪不得他长得白白胖胖，怪
不得有人背后说他娘娘腔，原来他的金刚钻出了问题，他身上的
荷尔蒙不够使的了，他是一个没有硬度的男人！杨声道想笑一
笑，但他又猛然意识到不能这样做，面对一个主动向你袒露生理
缺陷的男人，笑是一件很危险的事，对方会把你的笑，永远储存
在他伤痛的记忆里，随时准备向你讨债。最后杨声道用理智，接
收了来自这张诊断书上的信息。一个男人把自己的隐私亮给另一
个男人，不外乎有三层意思：一是想以此取得你的信任，二是拿
它搭建临时合作乔梁，三是要证明同路人的身份。但不管他余平
山是哪一种用意，他这个心连心工程的代价都不小。杨声道这时
心生怜悯，他想单纯从男性的角度来讲，眼前的余平山还是值得
同情一下的。作为隐私交换，杨声道把那封匿名信给余平山
看了。

　　人心就是这样，说远时你就是拿太空望远镜也够不到影子，
说近时就在你眼皮底下。现在杨声道和余平山，都感觉到了彼此
的心正在靠近，再往一块凑凑，心和心就能直接打招呼了，他们
将站在一个新的起点上合作了。可是这一刻，他们还得在一种不
大习惯的情绪里，努力调整自己的心态，也就是说现在他们暂时
不能把注意力往对方身上集中。他们的心态调整得很快，这会儿
他们嘴上的主题是猜测那个与吕子楠有瓜葛的人，究竟是哪位神
仙？这个话题显然不好往下进行，说了一会儿就被两人暂时放到
了一边，话题进而切到另一个彼此也都是十分关注的问题上，就
是那个制造匿名信的人是又是谁？这个话题，他们同样也是谈得

很朦胧很费劲，二位尽管心里都有人影，却是不情愿让各自心里的人影先亮相。

余平山捧着茶杯走到那个记事板前，看着说，杨局长，回头我办公室里，也得挂个这东西，省得老是记不住事。说完，拿起水彩笔，摘去笔帽，在板上一块空白处写下几个阿拉伯数字：305。杨声道过来说，好脑子不如烂笔头，有这个东西还是方便啊。说着拿起余平山刚刚放下的水彩笔，在 305 后面，写下2196556。余平山投来一眼，两人嘴上不好说的事，这时就在记事板上写明白了。余平山说，我明天就叫蒋主任，给我买一块来。杨声道放下手中的水彩笔，拿起板擦，把余平山和他写的数字擦掉。大楼里的人都知道，305 是方茹办公室的门牌号，而2196556则是方茹办公室的电话号码。余平山走动着说，杨局长，我看明天咱俩抽空去趟北京，有些该说的话，还是及时跟领导说说好，你看呢？杨声道过了会儿说，我看咱们晚上，分头打打电话比较合适，专门跑一趟招风不说，领导也不见得有空。余平山点点头，心想姜还是老的辣，不该走的路，人家是真不往上落脚呀！余平山刚要开口说话，手机的响声堵住了他的嘴。余平山对马海洋说，我在杨局长办公室呢。杨声道点了一支烟。余平山笑嘻嘻地说，马经理，给你一个向领导学习的机会，你晚上在国际大厦安排一下，吃过饭我和杨局长要打几局保龄球。嗯，好好，可以！收了手机后，余平山笑着问杨声道，杨局长，我把你晚上的时间买断了，你不会怪罪我自作主张吧？

杨声道从心里不想吃马海洋的饭，也知道自己随便找个借口，就能把马海洋躲过去，但想到刚刚跟余平山坐到一条船上，这点面子要是不给他的话，后面有些事就不好合作了，所以他说，吃他小马的，这小子早该请我了。说到这，杨声道也不知受了哪根神经的作用，想起了一件压在记忆里的旧事。有一回，马海洋在酒桌上说，人家杨局长行，放个屁都有人玩味，咱就不中用了，放屁不是砸后脚跟，就是把领导给熏中毒了。当晚这话就传到了杨声道的耳朵里。杨声道品味着从记忆里蹦出来的这句话，竟忍不住哈哈大笑。余平山不解地望着杨声道，脸色一会儿一变，有点傻波衣了。

十一

吕子楠如愿以偿拿到了能源局三生活区里一套两室一厅的房钥匙。虽说是九十年代建的房子，可也说不上旧，等装修出来也就是新房子的模样了。吕子楠明天回家打胎，这是她得到这套房子所必须要做的一件事。

正如余平山当初预料的那样，吕子楠以这种方式，得到了一套此时她本不该得到的房子，使得大楼里一些排队等房子的年轻人，心态一时间都有些失控，同情的同时又都牢骚满腹。而不在房子上动心思的一些人，则是就着自己的情绪走向，想开心就找笑话，想降温就找风凉，想诅咒就骂骂那个至今也没显现出来的王八蛋。至于说借题发挥的人，到什么时候都是有的，怀疑余平山就是那个人的入，这时好像比他没批给吕子楠房子以前，多了几个百分点。再就是大楼里，还有一个不好证实的传闻，说是方茹为房子的事，在余平山办公室里，跟余平山吵了一架。不过不管怎么说，吕子楠怀孕这件事，在大楼里呈现出的迹象是过劲儿了，而不是升温。吕子楠在走的前一天晚上，把蒋远斌约到了她的单身宿舍。

吕子楠说，蒋主任，我明天一大早走。蒋远斌说，回去后，有啥事打电话来。哎对了，小田跟你一块回去吗？吕子楠摇摇头说，不，我一个人回去。蒋远斌望着吕子楠，欲言又止。吕子楠在地上来回走动，像是这会儿心里很烦躁。蒋远斌缩在沙发里，一口接一口抽闷烟。突然，吕子楠在他面前站定，直勾勾地盯着他，他的脸色一下子慌乱起来。吕子楠说，蒋主任，你都进屋这么长时间了，难道你就没发现我身上有什么变化吗？他紧着眉头，把她从上到下看了一遍，并没觉得她有什么不对劲的地方。吕子楠往他跟前移了一步，带出来一股淡淡的青春气息，他的鼻子本能地动了动。她说，蒋主任，你看看我的肚子。他的目光落在了她的肚子上，几秒钟后他的脸色刷地变了，腾地从沙发上站起来，两只眼睛里装满了惊骇！吕子楠上身穿了一件短款，紧身，小圆领的白色羊毛衫，下身一条黑色弹力裤，体态的曲线和谐流畅，天然的气息格外浓郁，能让人感觉到她肌体上或明或暗的部位，都在悄然散发着女性的柔韧魅力，吕子楠又变成了怀孕前的那个吕子楠。蒋远斌半天才恢复过来，红着脸问，你已经去过医院了？吕子楠原地转了一圈说，实话告诉你吧主任，我压根儿就没怀孕，只不过是演了一出戏。蒋远斌听糊涂了，愣怔地审视着一脸笑容的吕子楠。

于是吕子楠就把事情的真相说给蒋远斌听了。这是一个由小田移情别恋而引发的故事。小田在跟吕子楠保持恋爱关系的同时，又看上了另外一个白领女人，在那个白领女人的压力下，小田没法再两头忙了，就跟吕子楠摊了牌。小田提出分手后的第二天，吕子楠就给了小田答复，交易分手，也就是让小田跟她联手演一场戏，不然她就不答应分手。小田晓得她的脾气，明白这时若是不顺着她的话，万一她在什么地方想不开了，翻脸跟你折腾，自己跟白领就不好走到一起了。于是小田叫她说说演什么戏，她便把戏的内容说了出来，再看小田，目瞪口呆了。后来小田好声好气劝她不要这样，为了一套房子，居然要这样糟蹋自己的名声，傻不傻呀！她说一点都不傻，房子比爱情可靠，房子是不会背叛人。小田劝不动她，就点头同意了，照她的安排进入了戏中的角色，也就是去能源局办公室，跟蒋远斌闹那么一下子，用吕子楠的话说，就是引爆人体炸弹。

蒋远斌续上一支烟，屋子里烟雾腾腾，他已经连着抽了三根烟了。蒋远斌低着头问，一套房子，真的比名声重要吗？吕子楠摆弄着手指说，名声，名声是什么，我这么跟你说吧主任，名声对我们这些普通人来说，无非是脚上的袜子，臭了破了，扔了也就完了。而房子就不一样了，有套属于自己的房子，那就意味着一个人有了一个家，一个避风港。再说了，这年头，有职务有地位的人，可以拖手中的权势转换成电能、热能、太阳能，我们老百姓行吗？也只能拿名声，为自己谋点福利了。蒋远斌抬起头说，没想到啊，几个月都给你装过来了，你真是有本事呀小吕。

吕子楠望着屋顶说，主任你说错了，不是我有什么本事，而是大楼里的男人都太自私了，都太脆弱了，大楼里容人钻的空子也太多了。蒋远斌心里一震，他觉得她的这番话讲得有道理，在吕子楠的肚子面前，大楼里的男人们，尤其是几个主要领导前怕狼后怕虎，事在他们身边转悠时，他们首先顾及的是自己的名声和利益，都在绕着吕子楠的肚子走，然后在某个暗处借吕子楠的肚子琢磨他人的文章，显得是那么脆弱，那么猥琐，那么无能为力，就没有一个人敢站出来堂堂正正地面对这件事，生怕沾上一身臊气。这些天里，不是大楼装着吕子楠，而是吕子楠的肚子把大楼吞下了；也不是大楼里的一些人们看到了吕子楠什么笑话，而是吕子楠把大家愚弄了！蒋远斌苦涩地笑了笑，脸色被灯光照得枯黄。他问，你把事都做成了，为什么还要把内幕告诉我呢？吕子楠说，这个我也一时也说不清，大概是觉得老这么瞒着你，会内疚吧。蒋远斌心里一阵酸楚，说，你不告诉我倒好了，现在我倒受罪了。小吕你说心里话，在你眼里，我就那么可靠？你就不怕我把事实真相说出去？吕子楠嬉笑着说，主任你真逗，你也不想想，你去哪里说呢？又怎么能说清楚呢？主任，我敢跟你打赌，这事你只要一开口，百分之百是自杀！蒋远斌直视着她说，就咱们今晚的谈话内容，如果传扬出去，你说到时倒霉的人，是我？还是……吕子楠笑出了声，摇头晃脑地说，主任啊，你就别傻了，你既然走进了一个单身女人的宿舍，还能有你说话的地方？真真假假可都是吊在我这张嘴上。好了主任，说来说去，我的意思，还不就是想让你今后在我这个事上，别再有什么负担和顾虑，从前啥样你就还啥样，把心里头的阴影抹掉。蒋远斌感到心在颤抖，身上的血在倒流，他听到了心在说，她到底还是个孩子啊，顶多是个淘气的孩子，蒋远斌你总不能跟个孩子过不去吧？人都有宽容心，而人的宽容心，最容易在儿女面前找到。是啊，孩子在父亲的眼里，犯再大的错，也可以得到原谅，这倒不是包庇，这是人性的原始弱点。他不打算跟她较真了，他只是埋怨她一点，那就是她可以把他当成一个懦弱的男人，或是一个三流水平的上司，但不能把他当成一个傻波依。明亮与灰暗，从眼前这张面孔上都找得到，他心里矛盾着，他在拼命劝说自己的心，自己的脑子，自己的情感，还有自己的眼睛，还是把目光落在明亮的地方吧，如今哪个人身上没几块污点呢？蒋远斌缓慢地从西服口袋里掏出一个微型录音机，咔一声按下停止键，打开盖子，取出一盘小巧的磁带，看了一阵子，无声地递给脸色开始苍白的吕子楠。吕子楠身子一哆嗦，脚底下晃动了，呼吸的节奏也乱了，她这时感到了恐惧，一种像是能置她死地的恐惧。她瞪着他手中的小磁带，就是不敢伸手去接，唯恐眼前这个男人有诡诈，在这盘小磁带后面藏着什么更大的阴谋，万一他趁火打劫，自己能躲过去吗？她的目光在小磁带上挣扎着，她非常明白这盘小磁带上的内容，一旦公布于众，自己就完了，鸡飞蛋打不说，在能源局的生存空间也就没有多大了。蒋远斌眨了一下眼，收回目光，轻轻把小磁带放到了电视机上，然后什么也没说，扭身朝门口走去。吕子楠看见门开了，门又合上了。

　　楼道里一串没有节奏感的脚步声，渐渐与吕子楠的耳朵拉开了距离，后来这脚步声就消失了。吕子楠捂着胸口，吁出一口长气，战战兢兢拿起那盘小磁带，看着看着，酸涩的滋味就从心底涌出来，涌到眼睛里时，那盘小磁带就潮湿了，模模糊糊被她看成了一块正在融化的巧克力。她咬了一下嘴唇，垂下头，紧攥着小磁带，哽咽道，我才是傻波依呢！是啊，在这样一个夜晚里，回想着刚刚发生的事情，她能平静才怪呢！自觉把官场上的男人看得八九不离十的她，这会儿觉得那种支撑她演戏的自信心丢了，蒋远斌不动声色的表现，叫她体味到了挨嘴巴子的感觉。她想，有理智的男人能超越自己，而年轻女人却不能随时随地绊倒她身边的男人，几分钟前走出这间屋子的蒋远斌，要想得到自己的话似乎很容易，他只需要问一句，你想要这盘磁带吗？就能轻松地降服自己，把自己打开，但他却什么行动也没做出来，甚至连句交易性质的话也没有，无声中就把一次拥有女人的机遇放弃了。他今晚不是空手来，但是空手而归。

## 十二

就在吕子楠回家的第四天，方茹的命运突然跳闸，部领导把她叫到了北京谈话，内容是正常工作调动，让她去东北局当党委副书记兼纪委书记，职务没提升也没降格，属于平移。当时方茹尽管对组织上的这个安排不满意，但她却是说不出什么来，官场上的人都是党的一块砖，怎么能不任党东西南北搬呢？除非她向领导提出来不当官了，我就在平阳做个普通老百姓。那时她想哭出来，但最终还是把泪水留在了心灵的窗户里。她知道哭是没有用的，眼泪救不了自己，像自己这样一个半老徐娘的泪水，如何打得动领导的心呢？再就是万一传回能源局，岂不就成了一桩丢人现眼的事！她说服自己放弃了抱怨，只是郑重其事地跟领导说杨声道的匿名信跟她没有一点关系！方茹在走出部大楼那一刻，忽然有种解脱的感觉，她抬头望着晴朗的天空，自言自语道，噢，天啊——这几年里自己好像忘了头顶上还有天，整日在官场上忙忙碌碌，跌跌撞撞，把一个女人的生活感觉搞得粗糙了，把日子过得远离人情味了。她的身子战栗着，她真想在这个晴朗的天空下找回迷失的自己，为一个女人失去太多的真实忏悔！那会儿在领导面前没有流出来的泪水，此时推开她心灵的窗户，哗啦一下扑出来。

方茹离开平阳的第三天下午，余平山为了工作上的事，主动来到杨声道办公室通气。余平山说这些日子议论蒋主任的人不少，担心蒋主任在办公室主任这个位置上有工作压力，是不是可以考虑把蒋主任换个地方。杨声道叹口气，余平山的这个建议叫他感受到了压力。他明白，方茹已经把匿名信的悬念背走了，这个时候再动蒋远斌，对蒋远斌的名声是很不利的，人们很容易把蒋远斌当成那个让吕子楠大肚子的男人。而在这个时刻站出来保护蒋远斌，他这口也难张，他明白余平山这个时候来说这件事，余平山都是有算计的。上午他接到了老领导孙公立的电话，孙公立说海外工程局局长马上就要调走，他已经向部长和主管海外工程的副部长推荐了杨声道，让他近一个时期里把能源局的各项工作都照顾到了，千万别再出什么乱子，有什么棘手的事，或是得罪人的事，可以让余局长出面去解决，他已经跟余局长谈过了，余局长会全力配合等等。孙公立传来的这个信息，昨晚部组织部的一个副部长，就已经在电话里给他透露了风声，说他这次进京的希望很大，等几个部领导在一起碰了头，这件事就能有眉目了，另外还说到了孙公立，这次在部领导面前确实帮他说了话，嘱咐他这阵子跟余平山多握手少摩擦，遇事主动让一步是上策，孙公立帮你说话，其实就是在帮余平山争取能源局未来当家人的位置。杨声道望着余平山说，余局长，过几天我就要出国考察了，家里的事，你就多操心吧，老领导也给我打过电话了。余平山点着头说，蒋主任这人沉稳，有耐性，有责任心，工作踏实，局档案馆馆长的位置空闲多时了，我觉得蒋主任非常适合去当馆长。杨声道避开余平山的目光，他已经想到了余平山会建议蒋远斌去局档案馆。余平山笑着说，杨局长，这样吧，这件事我去找蒋主任谈谈。杨声道点点头，突然抬起头说，余局长，办公室主任这个位置，是一天不能空的，我建议把马海洋调进大楼接替蒋主任的工作，你看合适不？余平山一愣，瞧着杨声道一时无语，他显然没想到杨声道这么快就把手中的一部分权力交给了自己。杨声道接着说，余局长，下来我给组织部长说一声，具体事就得你来费心了。余平山没开口，机械地点了几下头。

　　吕子楠回来的第二天，蒋远斌就默默走上了另一条人生路。蒋远斌没难为余平山，也没给杨声道出难题，那天他知道杨声道明天出国，就礼节性地来到杨声道办公室说几句道别的话。杨声道脸色一直凝重，只是在蒋远斌要离开那一刻，他的脸色才突然软下来，正对着蒋远斌的脸说，老蒋，我这也是没办法，对不起，要是觉得委屈什么的，你就在心里骂我吧，我杨声道，欠你一笔人情账，这个我会记住的。蒋远斌呆住了，直直地望着杨声道。窗外照进来的阳光，将杨声道眼角上细碎的皱纹都照出来了，蒋远斌从杨声道略微潮湿的眼睛里，读到了一种既叫他感动又让他心酸的东西，蒋远斌知道他这一刻的情感很真，他在过去的岁月里，也曾从他的这双眼睛里见过这样的真。蒋远斌的眼睛模糊了，心软得像糖稀了。心是一块活生生的肉啊，跟了这个人这么多年，怎么能没有感情呢？他杨声道再怎么着，也是没有把自己当傻波依对待呀！蒋远斌想，就算心里有再多的怨恨和牢骚，此时此刻也能被他身上的这么一种真，融化得无影无踪。蒋远斌在这一刻终于醒悟了，人与人之间，哪怕是只产生几秒钟的真，记忆里就能留下深深的印痕。杨声道紧紧握着蒋远斌的手，颤音说，实在想不通，等我出国考察回来，你再找我……要不是这时有人敲门，杨声道还会把蒋远斌这双手，再握一会儿，再说上几句带着体温的心里话。

新的能源局办公室主任也随之产生，这个人就是杨声道推荐的马海洋。那天余平山找马海洋谈话，推心置腹地跟他说，机关不比底下的公司，在机关里名声比职位更重要，名声是权力的底座，是镶嵌在王冠上的宝石，你得处处小心。老弟啊，忘记过去，重新开始，重新做人吧，官场上没有免税的利益，大楼里没有廉价的人情。马海洋不住地点头，虔诚得像个品学兼优的高中生。蒋马二人的交接工作，到了这份上就是一件阳光下的过场工程了，还能有什么实质性的内容呢？蒋远斌该拿走的东西，不用新主任提醒；蒋远斌该留下的东西，马海洋也不能送给他。转天上午，马海洋找吕子楠谈话。新主任很细心，很注意影响，跟吕子楠谈话时，屋门没有大开，也没有紧关，若隐若现恰到好处的状态。马海洋跟吕子楠的谈话内容只有一项，说是组织从爱护一个人才的名声考虑，当然了，前提还是工作需要，决定调她到能源局驻京联络处任公关接待科科长。驻京联络处隶属局办，机构是个副处单位的架子，有十几个人，现任负责人是杨声道的大舅哥，因为这有人曾在背后说过怪话，讲联络处是杨声道设在北京的一个搜集各种信息的雷达站，观测风向雨迹的气象站。驻京联络处在能源局来说，是个叫许多人眼红的地方，没点特殊关系垫底，做梦怕是也去不了那里。整天吃吃喝喝，游山玩玩水，伺候的人都是有头有脸的人物，干明白了，用不了一年半载就能把户口弄到北京，一口吃个胖子的机会，在那种地方随时都能抓到，尤其是单身姑娘，更是把联络处看成了改变命运的跳板，渴望去那儿燃烧青春，释放激情，过去从这个跳板上弹出去的几个女人，不是贴上了大领导，就是沾上了高干子弟，当然也有跟外国友人同居的，嫁给本土大款享清福的，过去吕子楠曾经动过去联络处的念头，但蒋远斌不放她走。吕子楠没想到命运会在这个时候出现转机，她一时间有点拿不准主意了。面对到手的房子和北京的发展机遇，吕子楠心里发生了冲突，房子和机遇对现实的她来说都有诱惑力，可她清楚自己没能力同时拥有这两样，只能从中选一。当天下午，吕子楠把刚刚拿到手里的那套房钥匙放到了马海洋的办公室桌上。能源局有规定，联络处人员在平阳有住房，进京后就不享有在京分房待遇，到时户口也不能往北京落。马海洋拿起钥匙，掂了几下又放到桌子上，站起来说，小吕啊，不过单身楼里那间房子，我跟领导争取过了，你可以长期使用。吕子楠一笑，嘟着嘴说，谢谢你马主任。马海洋的目光像梳子一样，从吕子楠的上身往下滑动，等触摸到地面时，马海洋抬起头说，这点小事，甭客气，今后我们就是合作伙伴了。吕子楠表情异样地说，不对吧马主任？应该是上下级关系。马海洋笑起来，指着吕子楠的脑门说，吕科长，现在咱俩之间能差到哪儿去？我可不好意思在你面前充什么领导，工作上咱们是同事，业余时间咱们可以成为朋友。吕子楠望着这位新主任，渐渐就有了一种感觉，完完全全属于女人隐私的感觉，他想这个看似精明的马主任，跟蒋主任比完全是另一种类型的男人，他是那种好在女人面前挥霍七情六欲的男人，这种上司太好调理了，随时可以拿下，分分钟就能搞定。经历了这出自编自演的人体戏后，吕子楠意识到自己身上有变化，有些地方比过去坚硬了，而有些部位，却是比过去柔软了不少。

倒是在余平山眼里，马海洋成了一个值钱的帮手，他上任办的第一件事，就把吕子楠的那套房钥匙缴了，把自己搁在大家嘴边的话柄收了回来，了却了自己的一块心病，不然那套在非常时刻因为不得已才批出去的房子，有可能成为埋在岁月里的一枚炸弹，说不定在今后的某一天里，被什么人突然引爆，把自己炸伤或是炸死。可是几天以后，余平山意外得到了一个他一直想得到的信息，他对马海洋的信任程度就大不如从前了。那天晚上副市长张重打来电话，问他此时是否知道是谁给杨声道写了匿名信，他说现在还没有线索。张重知道匿名信这件事，是前几天余平山请他吃饭时告诉他的。张重口气神秘地说，老兄，我告诉你吧，写匿名信的人，就在你身边——马海洋！张重和马海洋也算是熟人，过去余平山曾带着马海洋两次去张重家，也领马海洋赶过几回张重的酒场，再就是张重的女儿和马海洋的儿子，这会儿都在市重点学校三中读高二，还是同班同学。由于市三中的升学率高，如今能源局一些领导都把自己的孩子从子弟中学转到了市三中，能源局老百姓对这事的意见还不小呢。听了张重这话，余平山还以为张重在跟他打哈哈，就笑着说，张市长，我还怀疑这事是你干的。张重骂了他一句，他才把张重后面的话当回事。张重说，马海洋他儿子，昨天给了我女儿一盒进口软盘，其中一张软盘上，竟然有状告杨声道的那封匿名信，我女儿不明白是怎么回事，就把那个软盘给了我，不信你明天就过来取走。放下电话后，余平山皱着眉头，一下子想起来自己知道匿名信这件事的第二天，就把消息传到了马海洋的耳朵里，余平山感到后背上一阵发凉。

# 仕途结

和一平呼叫武分阳时，武分阳正在窑洞里洗衣服，蹲在窑院门口拿烟头烫蚂蚁玩的司机刘海涛，见武分阳没出来，就过去从沙漠王车上取下对讲机。和一平说他们正在路上呢，再过二十分钟能到镇上。刘海涛立时打起精神，挂好对讲机，来到窑洞里跟武分阳汇报。和一平和武分阳是集团公司放在东川输油管道工程上锻炼的正处级后备局级干部，一同在洪上县做土地协调员的工作。洪上县管辖十六个乡镇，和一平和武分阳在照应上各有分工，每人跑八个乡镇。和一平落足县城，包了宾馆的房子；武分阳安营四仙镇，租了这样两眼旧窑洞。这条输油管线全长一千多公里，途经两省六市十八个县，管线征地工作，早在管线开工前半年就画上了句号，现在的土地协调员们主要是干些回头护花的事儿。回头护花是一句业内行话，指的是由甲方出人出钱，在管线建设期间协调各乙方单位在施工过程中与地方政府，以及沿线农民因土地纠纷而引发的各种矛盾和冲突。东川输油管道项目经理部设在南风市，土地协调领导小组的总部也安在了南风市，几十名土地协调员都有承包地段，如棋子一样，码在了一千多公里长的管线上。

武分阳走出来，和刘海涛站在窑院门口张望。等了一阵子，刘海涛侧耳一听说，他们来了。武分阳朝街上丢了一眼，并没看见三菱吉普的影子，也没听到跑车的动静。刘海涛夹了武分阳一眼，抻起了赖腰。武分阳也站了起来，这时他才隐隐约约听见了车轮胎在路面上快速滚动的声音。三菱吉普来得很猛，到了院门口还带着一阵风，扬起来的尘土扑进院子。

武分阳在呛人的尘土中与和一平握了手。和一平的司机贾晓一下车，就被刘海涛拉到了一边打逗。武分阳问，和处长，你这是要去南风呀，还是回县上？专门来看你呀武处长！和一平把包夹到腋下，用肩膀靠了一下武分阳，收了脸上的怪笑说，回县上。进了窑洞，和一平四下巡看。其实他对这眼窑洞并不陌生，他来过两次了。和一平指指点点说，武处，还是你这窝好啊，冬暖夏凉。享受了不说，还给我这住宾馆的灌了一口黄连。武分阳瞭了他一眼，话里有话地说，吃一口黄连怎么也比吃一口炸药强吧。和一平动了动腮帮子，抿嘴笑起来。前几天，在武分阳管辖的刘合子村，一个人称陈跛子的汉子拿水窖找工程的麻烦，武分阳赶去处理。陈跛子很难缠，脸色始终赖叽叽，油腔滑调地说挖沟机伤了他家水窖根基，让武分阳多少赔几个钱。就在武分阳没招儿拿下陈跛子的时候，来了一辆警车，下来几个警察，说是县里的，把闹事的陈跛子强行拉走了。当时武分阳就有些纳闷，心说这警车是从哪儿开来的呢？悄悄一问施工方的负责人，负责人说没报警。接下来陈跛子的女人不干了，带着七大姑八大姨找武分阳要人，还一把鼻涕一把泪地往南风的项目经理部打电话，把事儿闹得天上飞地上滚，搞得武分阳吃尽了村人的苦头不说，还被项目经理部副总经理兼土地领导小组组长韩学仁在电话里拐弯抹角地敲打了一顿。事后武分阳才从四仙镇镇长哪里听说，那天警察去刘合子村抓人这件事，是和一平在背后帮了一把倒忙，那天和一平给县公安局长打电话时，镇长碰巧就在公安局长那里。那天镇长还告诉武分阳，说当晚他请县委任书记吃饭时，任书记把和一平也喊来了，他没想到任书记跟和协调员会那么熟。

吃过午饭，和一平没在武分阳的窑洞里闲待，匆忙去了车家村。和一平跟项目经理部政宣办的老周和小孟有约，三点钟在车家村见面。差一刻钟三点，和一平赶到了车家村。在这个地段施工的是河北队伍，队长姓余。余队长见来人是甲方的包片协调员，手握得无比亲切，话也说得格外热乎，喊人搬来一箱矿泉水。和一平跟余队长说了一会儿话，老周和小孟就到了。寒暄过后，大家就忙着进入角色。老周扛着摄像机，小孟手持话筒，以正在建设中的加热站为背景制作该片片头。小孟走过来采访余队长，刚开口，那边就有人喊余队长，让他赶快过去，说是挖沟机挖站内管沟时，刨出了一座古墓，和一平和余队长等人就过去了。东川线从开工到现在已经挖掘出大大小小几十座古墓，听说其中一座汉代古墓，还蛮有考古价值。在他和一平的地盘上，也曾挖到两座古墓，和一平还去看了其中的一座。关于古墓的问题，石油运输局在征地谈判初期，就与地方政府有关部门达成了书面协议，施工中不论遇到何朝何代古墓，施工都要暂停，相关事宜，由地方文物部门全权处理，任何施工单位和个人都无权占有。现在又见古墓了，和一平明白，必须马上停工了，就说，余队长，先停工吧。余队长一脸沮丧地说，倒霉，但愿古墓里葬的是个穷鬼，狗屁也没有。

　　这时从村子里涌来一群人。打头的三个汉子，手里拿着铁锹、镐头和绳子，看长相，这三人像是亲兄弟。来到沟边，三个汉子中戴帽子的吐掉嘴里的旱烟头，先把铁锹扔进沟里，跟着人就跳了下去。余队长问，老乡，你要干什么？沟下答，挖宝！和一平看一眼老周和小孟，冲沟下说，老乡，这地下的文物，都是国家财产，不能乱动啊。老周和小孟这时已经有了感觉，估摸着今天有可能抓拍到精彩镜头。大哥，莫听他瞎扯。穿红色跨栏背心的说，瞪了和一平一眼。是哩大哥，老二话把理，咱家的地，咱不挖，还等毬别人来挖？挖！说话的这个人，显然是哥儿仨中的老三，留着胡须，穿着黑色塑料凉鞋。这时老三也跳进了沟里。和一平大声劝阻，余队长暗中扯扯他衣襟。你们不能胡来！和一平没理睬余队长的暗示，他正在面对镜头。余队长不再吱声了。和一平越劝越兴奋，索性也跳进了沟里，用身子护住古墓，劝说眼前的哥俩上去。老周和小孟，变换角度，一通紧拍。大哥不服气，争辩了几句就炸了，一把抓住和一平的右胳膊，朝后一拽，和一平就倒地了，老二趁机一跨步，抢到了和一平刚才占据的位置。和一平真的是入戏了，一头扑上去，抢夺老二手里的铁锹，两人扭成了一团。沟上的老三，正在挡老周的镜头，一听沟底下动静不对，转过身，瞄着和一平的脑袋就往下跳，歪扭的身子正好砸在和一平后背上，和一平嗷嗷了两声。余队长急了，站在沟边大喊大叫，老乡们，快住手！沟里的人，这会儿都红眼了，没人听他的话。余队长又喊了一通，还是屁事不顶，一股火不由得蹿上来，举起右手，朝下猛地一劈，喊道，弟兄们，上！几个忍气吞声多时的青工，闻令后脚踩弹簧一般沉进沟底。见状，几个村民也来劲儿了，下饺子一样往沟里跳。局面顿时大乱，工人和农民，比赛一样往沟里落。眨眼间，沟里的人全成了土人，厮杀得面目全非。老周激动得身子直颤，小孟都看呆了。沟上的村妇和娃们，此刻也都纷纷助阵，哇哇乱叫，朝沟里扔土块踢尘土。余队长的嗓子都喊哑了，看还是镇不住场面，于是就操起了老本行，开来一台土黄色的进口推土机，冲沟里吼叫，全他妈的住手，再不住手，老子往下推土了，活埋了你们！说完狠劲轰了几下油门，地都震颤了。几个吓得停下手的村妇，调头就往村子里跑。沟里的厮杀声，渐渐平息，收住拳脚的人们，这时谁看谁都像是出土文物。

村支书慌慌张张赶来，余队长一脸怒气道，知道沟里有谁吗？甲方的和处长，管你们这片土地的和协调，他今天可都是为了你们好。支书一怔，瞄一眼管沟，低三下四地问余队长，那个啥，余队长，你是讲，管咱这片的和协调在沟里？余队长气呼呼地说，对！支书听到这，脸色就有点抗不住了，揪着嗓子说，咋会这样，和协调来了，咋也不进村哩？支书抖着手，硬着脸冲沟里找辙，车家村的毬货，都给咱爬上来！沟里的人陆续上来了，

一个个像醉汉，东倒西歪。余队长的目光兜了几圈，也没寻到和
一平，就挑着嗓子喊叫，和处长！在这儿……余队长望去，眼神
不禁一跳，他看见应声的人，衣裤都被撕烂了，脸上沾着不知是
汗水还是血水调和出来的泥污，还光着一只脚，整个人给糟践的
连个叫花子都不如，活像是从古墓里钻出来的幽灵。敏感的老
周，这时忙不迭把镜头对准和一平，小孟把话筒也伸了过来。和
一平的身子找了一下平衡，摆摆手，看样子他这会儿什么也不想
说了。一只皮鞋从沟里飞上来，和一平一看，自己脚上少了一只
鞋。贾晓过去把皮鞋捡了起来，倒出鞋里面的土，又在膝盖骨上
磕打了几下，再次从鞋里倒出一些土渣。粘在鞋面上的几处湿
土，贾晓也有办法处理，他卷起右手大拇指和中指，几下就把那
些湿土弹飞了。余队长把手下人喊成一堆，问，都谁受伤了？土
人似的工人，谁都不吭声，仿佛一群刚出炉的兵马俑，浑身上
下，只有眼睛里冒着活气。支书眯着小眼，缩着脖子，鼻头上挂
着汗珠，在另一堆人里走动，像是在找哪个。贾晓把收拾出来的
皮鞋，放到和一平脚下。和一平穿上皮鞋，掏出面巾纸擦擦脸，
把情绪稳定下来，捅捅贾晓，低声问，伤着没？贾晓甩甩头上的
尘土，搓把脸，呸了一口，靠，能让孙子们占便宜，新鲜！哎，
和处，你佐着了吧？和一平苦笑道，刚才头有点晕，现在没事
了。贾晓骂了一句。和一平在身上摸了摸，觉得手机没了，就对
贾晓说，我的手机可能掉到沟里了。贾晓朝沟里看了一眼，二话
没说，再次下到沟里。村支书训了自己的人后，点头哈腰走过
来，请和一平和其他人到村子里歇歇气，吃顿晚饭。

初秋时节，这一天上午十点多钟，东川输油管道工程项目部总经理，还有韩学仁等一些带长的人，陪着集团公司来的几位要员，下线视察工作兼慰问一线施工人员，武分阳被紧急召到洪上县委招待所汇报工作。在这几个集团公司领导中，带队的人是即将退位的副部级副总经理卢德森，局一级领导有国内工程局局长、物资装备局局长、办公厅副厅长、信息中心副主任等。

武分阳是从老古河穿越施工现场赶来的，脚底下还沾着老古河畔的黄泥。毫无准备的武分阳，见了韩学仁就问汇报是怎么回事？自己汇报什么？韩学仁心里挺为难，但脸上却是不露破绽，说这次汇报主要以施工单位为主，咱们看情况，可讲可不讲。按说武分阳一开始并没有被列入召见名单，后来入了召见名单，与和一平和韩学仁有关。那会儿和一平被与他关系不错的物资装备局局长引见给卢德森隆重认识时，韩学仁插了一句话，说东川线上有两名集团公司派下来锻炼的后备干部，卢德森就问另一个是谁，今天来了吗？韩学仁就说那个人叫武分阳，今天去施工现场了没来，于是卢德森也不知怎么的就来兴趣，让韩学仁把武分阳叫来见见。韩学仁这才跟武分阳联系。当然了，韩学仁不能跟武分阳说卢副总经理要见见你，那样不合适，副部级与正处级之间，隔着好几个锅台呢，于是他给武分阳到场的名分是工作汇报人。向集团公司领导汇报的人，正像韩学仁那会儿跟武分阳说的那样，大多来自各乙方施工单位，有六七家吧，而甲方这边上会的人只有韩学仁。汇报会开始后，主持汇报会的总经理，再三提醒下面将要汇报的乙方单位，发言一定要精练，捞干的说，节约时间，然而乙方的几个汇报人，嘴巴一张开，还是把汇报时间吃光了，搞得韩学仁都没能站出来露脸。不过韩学仁心里对这个结局还是挺满意，但脸上却流露出几许让人观赏的一次性失望。散会后，老周和小孟张罗各位领导和同志们到外面的花坛前照合影，老周使的是数码相机，小孟手里掂着一台尼康机子，两人都忙得屁颠屁颠的样子。

吃午饭的时候，武分阳和和一平都没坐到卢德森那张桌上。酒席中途，武分阳瞅准一个时机，凑过去给集团公司各位领导敬酒，正忙着跟别人说话的卢德森，好像都没正眼看他一下，全然没有了那会儿叫他来见见面的兴趣。当然了，武分阳不知道自己是怎么来的，所以他对卢副总经理并没有什么不好的看法，人家是副部级领导，能跟自己举一下杯，就算放下架子了，够意思了。后来和一平过去给卢副总经理敬酒时，武分阳留意了一下，卢副总经理也只是举了一下酒杯，倒是那几个局长副局长什么的，喝和一平的敬酒时，比刚才喝自己的敬酒热闹几分。就这，武分阳也不怨什么，自己跟那几个局长副局长虽说都不面生，但交情有限。

下午，集团公司领导们要去施工现场慰问，韩学仁就在武分阳管辖的地段内选了石崖畔村，在和一平负责的区域里挑选了岔弯村，这两个村子相邻。洪上县境内，地貌多变，到了石崖畔村和岔弯村这一带，黄土塬的特征淡化了，高高耸起的不再是梁和峁，而是绿色稀薄的石灰山，因而这一带穷得出名。浩浩荡荡的车队，像一条正在舞动的铁龙，扭着来到了岔弯村。这里的施工队，正在赶工程进度。前几天拉来的管子防腐质量有问题，被场站监理挡了回去，所以误了工期。场面够热闹，领导们听了施工单位负责人介绍了一下工程情况后，就分头找一线职工握手慰问，卢德森大声吆喝人，把带来的慰问品分发到工人手上。老周和小孟在人堆里齐来挤去，脸上汗水涔涔。有人把卢德森引到了管沟旁，卢德森蹲下来，刚要往沟里伸手，就禁不住笑了，因为管沟很深，他就是借一条胳膊来也握不到女焊工的手，于是慰问就省去了握手这个环节。女焊工一身工作服，头戴护罩，手持焊枪，沟壁的阴暗罩在她脸上，脸又往上仰，这样一来五官看上去挤得不行。卢德森抓了一把黄土，捏着，开始问女焊工姓名、岁数和婚姻情况，妾着又问想不想家？身体吃得消吃不消？收入都跟哪些数字挂钛。女焊工一一回答，笑容始终挂在挤得变形的五官上。卢德森把攥出来的黄土球，放到地上，拍拍手，站起来说，辛苦你们了。东川管线能不能如期完工，就全看你们的了，我代表集团公司领导再次感激你们！卢德森周围的人啪啪鼓掌，而管沟里的女焊工，像是给掌声吓着了，不住地缩脖子。卢德森挥手说，再见了，小佟，是叫小佟吧？谢谢首长爱戴，我是小佟！沟里的女焊工挥着焊枪说，那我就干活了首长，少焊一道口，少挣不少钱。有人笑出了声，像是局长堆里的哪一个。

慰问工作过半时，一个意外的场面出现了，从村子里呼呼啦啦滚来一片黑压压的脑袋，人数能有上百号，大小领导们都愣住了。武分阳闻到了呛人的尘土味，心说这伙村民不是来阻挡施工

的吧？真要是那样的话，就该着和一平命苦了，这是什么时候
啊，给老乡们点上这样一滴眼药水，他和一平就是再有本事……
歪打正着！武分阳想，自己这是在意外中，看到了一场意想不到
的笑话。转眼间，上百号村民就涌进了工地，乱哄哄地像是来看
大戏的，武分阳的眼睛都不够用了。等场面再一乱乎，工地上又
有了农贸市场的气氛，武分阳看见一群壮汉捧着西瓜甜瓜，东一
头西一头，吆喝领导们来吃；那边十几个村妇，笑嘻嘻地在管沟
旁码开一溜豁牙烂口的大瓷碗，随后就有人从暖壶里倒出绿豆
汤，场面不亚于乡亲们当年慰问咱八路军。武分阳看傻眼了！一
个瘦瘦的村姑，把一碗绿豆汤端到武分阳面前，咧嘴一笑，这位
领导辛苦了，喝碗绿豆汤，解解渴哩。武分阳下意识往后退了小
半步，像是忘记了身上还有手，呆呆地看着眼前的大瓷碗。村姑
看武分阳怪异，本能地收了一下双肩，结果绿豆汤就从大瓷碗里
晃了出来。武分阳眼神一颤，这才把碗接过来。这时的武分阳已
经丈二和尚摸不着头脑了，哪还有心思喝绿豆汤，就把大瓷碗放
到了地上。他越想越不对头，眼前这个融洽的场面，不大像是村
民们自发形成的，显然是一场经过周密策划的反向慰问。想到这
里，武分阳的两眼就去寻找和一平，恰巧和一平这时也在往他这
边看。和一平捧着半个西瓜走过来，掰下一角递给武分阳。够热
闹啊和处长。武分阳干笑道。和一平啃口西瓜，不以为然地说，
老区人民嘛，就是实在。武分阳依然在干笑。这时总经理在那边
招呼和一平，和一平应声而去。两个嬉耍的男娃，拿武分阳当障
碍物，一个藏，一个抓，有几次都把武分阳碰踉跄了。

武处——传来刘海涛急慌慌的喊声。武分阳顺声望去，就见刘海涛右手捂在右耳朵上，左手平端在下巴前。这个形体语言，刘海涛经常跟武分阳做，意思是让他过去接听车载对讲机。武分阳心里突地一紧，小跑着就过去了。在沙漠王左右，站着项目部的几个人，他们都用异样的目光打量武分阳。刘海涛一脸灰色，回避着武分阳的目光。武分阳的心悬空了，一把抓起对讲机，我是武分阳，请讲话。对方说，我是石崖畔林队长，刚才村子里来了十几个残疾人，不让我们施工，你赶快过来看看吧，武协调。武分阳的脸色刷一下就白了，心说这不是往坟坑里推我嘛，怎么偏偏在这个时候出岔？他扶住车门问，为什么事？林队长说，那些人说，现在管线经过的地点，是村上的石灰石矿区，他们要追加赔偿。武分阳说，好吧，我现在岔弯村，我这就过去。早在复勘管线那会儿，武分阳就知道那个石灰石矿区已经废弃多年了，他曾听韩学仁说过，当初征地时，村子里在这个废弃的石灰石矿区上并没什么拐来绕去的说法，就按一般荒地的价给征了下来。如今一群残疾人调过头来拿这个废弃矿说事，看来这里边问题复杂，可能不仅仅是钱的事。武分阳稳住魂儿，走过去把韩学仁叫到一边，将石崖畔村发生的事情，悄悄汇报给了韩学仁。韩学仁的脸色当下就绷紧了，想了许久才说，你先在这儿等等我，武处长。武分阳说，嗯。韩学仁紧走几步，来跟总经理耳语。怎么搞的，那还能去吗？总经理不高兴了。韩学仁说，那就别去转了，取消石崖畔村的慰问，叫小武他先去处理一下。总经理烦躁地一挥手，望着天空说，下来叫他汇报。韩学仁点着头说，好好。然后转身往武分阳这边走。刚才总经理与韩学仁的对话，武分阳虽说没听见，但他通过总经理的一个甩手姿势，猜到了这时的总经理，肚子里的怨气不小，心里就禁不住一通乱跳。赶集似的老乡们，这时还在自己的角色里尽情表演。韩学仁把武分阳拉到一边，小声说起来。韩学仁倒是没有给武分阳施加太大的压力，着重嘱咐他到了那儿要冷静，把局面控制住，施工队与老乡之间，千万不能发生任何冲突。武分阳本能地意识到，站在不远处的和一平正在注视自己的一举一动，就在心里狠狠骂了一句——狗日的和一平！

沙漠王上路后，武分阳一脸冷霜，眼睛眯缝着。他想石崖畔村的老支书是个站得直坐得正的耿直人，没啥特别理由的话，他是不会让那些残疾人站出来阻挡施工的，看来这里边确实有什么问题。

当沙漠王开进石崖畔村废弃的石灰石矿区时，武分阳的心一下子提到了嗓子眼儿，他看见在两节等待连接的管子两侧，齐齐地坐着无精打采的工人，圆头大脸的林队长，掐腰叉腿地站在一台发电机旁。男男女女十几名成年村民，还有一群娃，或蹲或站，散在工地上，四周听不到任何机器运转的声音。微风徐徐，空气里混含着石灰和焦煤的气味。沙漠王还没熄火，林队长就三步并两步赶过来，怨恨地开了口。大约四十分钟前吧，这里的情形可不像现在这样平静，空气紧张，十几名成年村民，除了瘸子哑巴，就是瞎子聋子，他们各尽所能，拉电闸，夺焊枪，扯电线，喊赔偿，劝阻的工人们稍与这些残疾人有身体接触，残疾人就倒下去打挺。这些年里，从不同地区不同施工环境中，吃亏吃出了经验的林队长，这时就掏出一把崭新的面值十元的票子发给残疾人，谁知残疾人不稀罕，一人再加一张，人家依旧不伸手，林队长这才意识到偏方不灵了，要坏事，今天这个场面，拿几个小钱怕是按不住了，于是只得呼叫武分阳。

林队长回过头说，武协调，我看这些人来头不善！武分阳说，林队长，你先把队伍拉回去，什么时候开工，你等我话吧。林队长低头瞅瞅脚尖，无可奈何地说，又要误工了。武分阳噘着嘴，苦笑着点点头。硬邦邦的土地上，拖拖拉拉蹭来一串脚步声，武分阳一看村长慢悠悠走来，就赶上前，握住村长的手说，村长。村长小个子，小脸膛，扫帚眉，右眼角上有一块疤瘌，样子看上去很是饱经风霜和一无所有。村长拂拂额头，拧紧扫帚眉说，武协调，那个啥，咱进村说事，老支书候着你哩。武分阳掏出烟，抽出一根给村长，村长挡了回来，武分阳就没再让，看一眼林队长，把那支村长没要的烟插进烟盒，跟着村长走了。进村见了老支书，老支书跟武分阳握手时脸一红，哽噎地叫了一声武协调，武分阳回了一句老支书。让过武分阳茶，老支书开门见山地说，武协调，咱挡你道，眼前是理亏哩，不过你莫怪咱刁蛮。村长靠在桌边上，愁着脸，补来话，那个啥，武协调，要不是有岔弯村的事比照，咱石崖畔村，也规矩哩。再听下去，武分阳才知道，原来岔弯村拿一座废弃的砖窑场，挡道挡来八万块钱。村长别着两条腿，塌着腰，乞求道，武协调，那边和协调能转动的事，咱想你武协调一把抓，也抓不空哩。又是和一平，武分阳心里像是给人放了一把火，烧得心肝肺一劲儿抽搐，脸上也映出了火影子。老支书唉声叹气，往下垂着眼皮子。村长撂在桌面上的右手，这时翘起了五指，掌心紧压桌面，来回拧动，摩擦出细碎的吱扭声。心火还在燃烧的武分阳，此刻就想放开嗓子嚎叫，或是面对面跟和一平往死里打一仗。然而转念一想，嚎叫后又能怎样？打一仗能占到什么便宜？到头来大家会看谁的笑话？事拿到明面上说，也怪不着和一平什么，人家在自己的一亩三分地上栽花种草养树，自己为自己营造绿色家园，名正言顺，天经地义，你武分阳上火，那是你武分阳自找的，活该啊！武分阳已经感觉到了，和一平这家伙有一只无形的魔手，而且这只魔手就活动在自己身边，随时可以给自己致残一击。

　　村长一脸解放前的表情看着武分阳。老支书咳嗽了一声，为难地把一封写给东川输油管道工程项目经理部的公开信，双手递给武分阳。村长说，武协调，你帮帮咱石崖畔村，下来咱村，给你武协调竖块功德碑哩。武分阳没吭声，目光落到公开信上。公开信就一页纸，字也不多，武分阳很快就看完了，眼前一片模糊，公开信上的字直往起跳。老支书说，咱村上，正集资往村里扯电线，还合计着打几眼深水井哩，只是这银两，八下里凑，也凑不拢口，这泡愁钱尿，憋到了鸡嘴口，才想起来学一回岔弯村。武协调，咱听人讲，和协调的钱，都是从上头扒来的，你也替咱石崖畔村，伸伸手吧。咱还听讲，你们上头，还留着摆事使的灵活钱哩。老支书的这些话，算是捅到了武分阳腰眼上。老支

书又说，武协调，咱石崖畔村，盼口甜水、盼片光亮、盼了几辈
人。说罢，老支书怆然泪下，粗糙的脸上一塌糊涂。武分阳低下
头，把公开信又看了几遍，心想和一平去韩学仁那里弄钱有借
口，自己这不是也有现成的借口吗？可是自己怎么这张不斜不歪
的嘴，怎么就张不开呢？武分阳越想越委屈，越委屈越想，渐渐
就忘了自己的身份。武分阳拉来木凳子，往桌子前一坐，掏出一
次性碳水笔，搞了帽，说，这封信写得过于简单，骨头多，肉
少，还得往里输点血才能较劲。村长可能是没想到会出现这种戏
剧性场面，愣了半天说，谢谢武协调，谢谢武协调，缺啥，你
问，咱给讲。老支书那两只浑浊的泪眼，慢慢地也放出光来。武
分阳就边问边改，一口气花去了半个多钟头，添添改改，硬是把
公开信填补丰满了，念给他俩听。

　　东川输油管道工程项目经理部：

　　现将东川管道途经我村，造成石灰石矿区永久性封闭一事，
向你们提出申请，望你们在经济上给予适当补偿。东川输油管
道工程是国家重点工程，我们都认识到它是一件利国利民的好
事。贵单位施工期间，无论是在土地征用，还是其他方面，我
们石崖畔村都给予了大力支持和协助。然而，修建这条管道，
对石崖畔村来说是喜中掺忧。我们村地处边远山区，全村六百
多人口，人均半亩多贫瘠土地。在这十年九旱的山区，靠种地
很难维持生活。可喜的是，进入新时期以来，在党和政府的指
导帮助下，石崖畔村先后办起了石料场、白灰厂，现在村民生
活（主要指几十名残疾人和那些孤寡老人）主要依赖采矿卖石、

烧白灰支撑，现探明青石矿区储量六百万吨左右，每年开采量约十万吨，全村用于烧白灰和采青石的劳动力两百余人。

基于上述真实情况，我们恳请东川输油管道工程项目经理部赔偿人民币四十万元，请务必给予考虑。

听到这里，老支书和村长的喘息声，一个比一个急促，加工后的这封公开信，字句有板有眼不说，关键是赔偿数额，由原先的二十万，一下子改成了四十万，武协调的笔，鬼神哩。老支书和村长面面相觑，半天说不出话。武分阳喝了一口茶水，转过身子。村长搓着手，扫帚眉里冒着喜气说，武协调，你就是咱石崖畔村的大恩人哩。看村长这副激动样，就好像公开信里说的那四十万赔偿金，此时已经拿到了手里。老支书的屁股离开凳子，蹲在地上，卷了一支叶子烟。这一刻武分阳的心情，也不像刚才那么压抑和委屈了，他从这一对乡村干部眼里，读到了许多让人心酸的东西，他的感觉无法回避他们的生存烦恼。老支书点了烟，道，武协调，讨钱这事，能不能办顺畅，另说哩。明儿，叫工人们该咋干，就咋干吧。武分阳沉思片刻，心说将错就错吧，但愿走的不是一条死胡同。他比谁都明白，在这个较劲的节骨眼儿上，万万不能松劲，也就是说一旦开了工，还要个狗屁钱？帮忙的手，既然已伸进了石崖畔村，那就得想法子往钱上抓了，于是他不得不再次支招。武分阳说，一旦开工的话，我怕对方……村长反应挺快，接上说，那些落残人，咱就搁工地上了，咱等你武协调下话。武分阳说，我回去就往上递交这封公开信。老支书和村长满口赞同。武分阳没有耽误时间，匆促上路。

　　从石崖畔村回到四仙镇，武分阳就近找了一家打字复印社，他要把公开信搞得正规一点。在等待的时间，武分阳的大脑比在村子里和回来的路上冷静了一些，琢磨着这种胳膊肘儿往外拐的行为，一旦给项目部看破，事就不好收拾了，无退路可走了，此次下来锻炼的意义也会因此一举将不再有任何意义。再一个险处在于，即便圆了石崖畔村人的美梦，石崖畔村的人，过后能将这个成功的秘密深埋在心底吗？万一哪天给哪张嘴挑出来，就算捅马蜂窝了，惹得村村都这么闹腾一把，自己将如何招架？

　　返回窑洞的路上，刘海涛问，他们给谁写信？武分阳当然不能把内情告诉他，就应酬了一句，有关领导。沙漠王快要到窑院门口时，韩学仁打来电话，武处长，你现在哪里？石崖畔村的问题解决了吗？都在县城里等你的消息呢。武分阳看看表，韩局长，我刚到镇上，我这就过去汇报。韩学仁说，那就过来一起吃晚饭吧。武分阳一想，奔过去肯定赶不上晚饭，就说，不用麻烦了，我们在镇上随便吃一口就行了。韩学仁没再坚持要武分阳过去吃晚饭，通话就结束了。进了窑洞，匆匆洗了脸，武分阳和刘海涛来到隔壁的小饭馆，要了一盘牛筋，两碗面和四个烧饼。这家简陋的小饭馆，是他俩的定点用餐地，饭钱一个月结算一次。撂下筷子，擦了嘴，两人没歇气，直扑县城。近七点的时候，散发着热气的沙漠王，嗡嗡地开进了县委招待所。要见的人都不在，找服务员一打听，说是吃饭还没回来呢。武分阳摸到小餐厅，离老远就听到了总经理的笑声，不由得收住步子，退到一边等着散场。武分阳点着一根烟，赌气似狠抽了几口。烟抽到半截时，武分阳一抬头，看见韩学仁朝自己走来了，整张脸红嘟嘟的。武分阳迎上去，叫道，韩局长。韩学仁问，刚到吧？我估计你快来了。武分阳说，刚到。韩学仁回头望望，说，咱们出去走走。韩学仁这是有意出来接他。石崖畔村出了事，他这个直接领导不上火也是不可能的，所以他要在第一时间内，亲耳听听石崖畔村的情况，然后再考虑怎么跟总经理汇报。

走出餐厅，融入夜色，武分阳汇报了石崖畔村的情况，最后拿出那封打印的公开信。去前厅坐坐吧。韩学仁说，想必是要去那里借点光亮来看手里的公开信。来到前厅，坐到一处灯光显亮的地方，韩学仁看完了公开信，往茶几上一拍，笑道，无理取闹！武分阳心里打了一个滚，脸上掠过一丝尴尬。韩学仁指着茶几上的公开信说，信里说的那些事，可信不可信是一回事，单说这封信上，连个鸟公章也没盖，瞎起哄嘛，不用怕了武处长。武分阳心里一震，怪自己笨啊，居然会把这个重要的细节给省略了。不过武分阳倒是没有在此放弃努力，他想这封公开信尽管没难住韩学仁，但要钱的空间也还是有的，于是就从另一个角度找辙。武分阳说，韩局长，是岔弯村的废弃砖窑场得了赔偿，这才刺激了石崖畔村。韩学仁眉头紧了一下，眼光一转，抹到了那封公开信上，嘴里轻轻吐出两个字，是吗？武分阳察觉出他在回避这个话题，就恰到好处地说，村支书和村长都说这是事实，至于说他们讲的事实到底属不属实，韩局长您可以问问和处长。韩学仁明白，和一平如此出手，意图显然是在隔山打炮，浑水摸鱼，借嘴伤人，这心里就有点不大痛快，因为他是东川线上土地协调领导小组组长，哪一处出了篓子，到头来算总账的时候，他多少都要兜起一份。韩学仁看着武分阳，关心地说，武处长，跑了一天，你也够累的了，要不今晚就歇在县上，石崖畔村的事，下来我亲自处理。武分阳犹豫了一下，吃不准他的挽留用意，只好说，韩局长，要是没什么别的事，我还是回镇上吧，有事你随时招呼我。

武分阳从对讲机里听到韩学仁给林队长下达了复工指令，还叮咛林队长，遇到麻烦就呼叫他。武分阳想，韩学仁这是亲自出马了，把自己晾到一边了，难道说一夜过后，他就有了大事化小、小事化了的高招？武分阳抬起头，眼里空空地笑了一下。到了十点多钟，林队长呼叫韩学仁，说是村子里的残疾人又起事了，村支书也在工地上烧火。韩学仁沉默后说他马上赶过去。

武分阳站在院子里捻着响指，心里不住地祈祷，韩老爷子，这回你多少给石崖畔村掏几块大洋吧！就像是这个祈祷已经管用了似的，武分阳脸上的愁云散去，心里也不再空空荡荡了，扯嗓子喊出刘海涛。两人蹲在窑窗下，晒着融融阳光，下着五子棋。

吃过晌午饭，武分阳正在窑洞里翻杂志解闷，石崖畔村村长领着一伙人闯进了窑院。武分阳出来一看，七八个人都是壮汉，而且个个都绷着脸。武分阳不知哪儿又出了岔，韩学仁不是已经去了石崖畔村了吗？他稳稳动荡的心，笑呵呵跟村长搭话。一个小眼睛的汉子，一指武分阳说，王八蛋，你黑哩！说罢冲过来就要动手，被村长拦下了。武分阳认识这个汉子，他是老支书的小儿子，叫大贵。武分阳盯着村长说，村长，这是怎么回事？村长的头，往下一耷拉，哀声说，武协调，你不帮咱，就不帮咱，咋好糊弄人哩，还做套套，叫乡公安抓走了老支书，你叫咱咋看你人性哩。武分阳的脸一下子僵硬了，他想不到韩学仁会如此化解石崖畔村的矛盾。姓武的，你不把人给咱弄回来，看咱不砸碎你脑壳壳！大贵咬牙切齿地说。几个帮腔的汉子，吼得也凶。村长猛地一挥手，冲嚷嚷的汉子们说，狗打哈欠，都莫开张臭嘴！咱来做啥？做啥哩？咱是来求人家武协调，到乡上说话哩，咋都不会讲人情话哩？武分阳嗓子眼一噎，道，村长，叫我怎么跟你解释……说不下去了，心里的委屈上下翻滚。在一旁观风向的刘海涛，不得不站出来助阵了，说，村长，老支书被抓走，不关武处的事，他在昨晚就被领导解职了，这事准是他妈的另有人在背后搞人工授精。村长一时没明白人工授精的意思，看了大贵一眼，大贵怒视着刘海涛说，你莫嘴里吹灯泡，替他照亮亮。刘海涛一瞪眼，往前蹭了一步，武分阳白了他一眼，对村长说，村长，我知道我现在说什么，你们都听不进去，我要是你们，也照样会骂武分阳王八蛋。这样吧村长，你们先回去，我这就去乡上，要不出人来，我再去县里市里，我他妈也豁出去了！村长蹲下来，粗气喘得呼呼响。武分阳的身子哆嗦起来。刘海涛发狠的目光，还在汉子们身上找茬。武分阳抹去眼角上几滴露珠似的东西，冲刘海涛一挥手说，走！汉子们都看村长，村长埋着脸，用手指在地上写着什么。

沙漠王到了乡上，准备撂下脸来豁出去的武分阳跟派出所所长没说上几句话，所长就给了面子，让他把老支书领走。武分阳一阵惊讶，感觉像是在做一场梦，想发火都找不到借口了。回村的路上，武分阳和老支书坐在后排座上。车子上了土路，一直沉默着的武分阳刚要开口，老支书就抢先张开嘴，神色温和地说，武协调，啥都莫说了。武分阳咂咂嘴，老支书睃一眼刘海涛后脑勺，稍稍往武分阳这边贴贴，低声道，武协调，透你一句亮堂话吧，咱所里有贴心人偷偷跟咱讲，抓咱来，不是要咱伏法，是冲你武协调耍横，你单位上有人跟你顶牛犄角哩。武分阳望着车窗外，过了半天才问，老支书，午饭吃了吗？老支书抹抹嘴说，咱再跟你讲晌午饭吃了啥，你就打百分相信咱刚才说过的话，全都不假哩，句句都是打土里挖刨出来的。咱晌午饭，吃了六个肉夹馍，喝了两大碗蛋蛋汤。听下老支书这段话，武分阳一阵心寒，因为他由老支书这一出捉放戏，自然联想到了刘合子村的陈跛子，一头软一头硬，这叫他在一硬一软上，领略了那些执法人员在这片贫瘠土地上的特殊作用。法律是武器，看来这句话正反面都说得过去。老支书几分自责的口气说，武协调，都怪咱，做事不连根，讲话不连筋，累了你身骨，咱对不起你哩，武协调。武分阳说，老支书。哎，人朽了，弄屎不成事了哩，想当年打打杀杀，尿尿谁哩。等下进了村，咱敬娃几盅，赔个罪。老支书说。一声娃，叫翻了武分阳的心，他把目光从老人身上移开。沙漠王颠簸了一下，老支书身子一晃，往座位下滑去，武分阳手疾眼快，一把将老支书抱住。

　　石崖畔村的黑色幽默风波过去没几天，韩学仁来到四仙镇找武分阳谈话，内容是工作变动，让他交出洪上县八乡镇的差事，去南风挑东川输油管道工程物资供应协调员的担子。

　　那天上午离开四仙镇时，武分阳脚下走得悄无声息，心里却是杂音四起，嗵嗵作响。站在苍凉的黄土塬上，目及层层叠叠的梁峁，武分阳感到身上的某样东西，好像还在被这寂静的苍凉迷惑着。他在心里问自己，命运的节奏，真的就不能被自己掌握吗？遗忘熟悉的环境和熟悉的人，究竟需要多长时间？自己的某些东西在四仙镇、在东川管线上，丢失得是不是过于措手不及？而另外一些东西是不是又得到的太快了呢？人在被动中生存，他所面对的真实还能真实吗？

　　武分阳看了刘海涛一眼，转过身子说，走吧。这时小饭店的黑毛狗跑来，嗅过刘海涛的脚，又来闻武分阳的裤脚，围着他唔唔叽叽，这让武分阳的心里更加难受了。武分阳蹲了下来，摸着狗头，狗脸，狗背，还摸了狗蹄子和狗屁股。黑毛狗往上一窜，两只泥乎乎的前爪子，就搭到了武分阳的肩头上，唰啦吐出红嘟嘟的舌头，也不管武分阳愿意不愿意，就在他脸上和脑门上舔了起来，吧唧声听着就像是在往武分阳脸上贴饼子。回去吧大黑。武分阳说。黑毛狗不舔了，歪着头看着武分阳。武分阳的眼睛被电了一下，他没想到一条柴狗居然会有这样的仁义眼神，他真的很震惊。刘海涛默默地看着这个人与狗交流的场面，鼻子尖发酸，心里一拱一拱地难受。虽说他现在还是不欣赏武分阳的活法，但他现在至少能从大面上，理解一下这个为前程来东川管线锻炼的处级干部了。武分阳抱住黑毛狗的脖子，跟它贴脸时，闻到了从它嘴里扑出来的一股腥臭味。来自一条柴狗身上的真实感觉，让他把现实品味得酸甜。他认为这酸甜，恰好就是他眼下人生状态的真实写照。武分阳起身，黑毛狗反倒蹲了下去。武分阳轻轻咳嗽了一声，弯着腰朝着沙漠王走过去。当沙漠王起动的时候，黑毛狗蹭地蹿起来，四蹄飞奔，追着沙漠王汪汪狂叫。离别对一条狗来说，也是一件伤心的事情。刘海涛咬着嘴唇，眼圈一下子红了。武分阳忍着没有回头。

武分阳来到南风项目部报到后，他干土地协调员时坐的那辆沙漠王，项目部原本没打算往回收，是武分阳主动交回来的。武分阳退掉沙漠王，换来一辆切诺基的真实理由，说来可能有些复杂，但他想借这次工作变动，彻底解放刘海涛却是没什么说的，他不想再让刘海涛跟着自己受罪了。

武分阳前脚离开四仙镇，和一平后脚就干成了一件露脸的事。东川输油管道项目经理部决定在一千多公里长的东川管道沿线投资，开展村村送一场电影的活动。下乡送一场电影的主意，其实是和一平的脑子孵化出来的。和一平接管了武分阳的协调地盘后，他在工作上比从前上劲了，他觉得韩学仁已经为他营造出了大显身手的空间，而武分阳也在他协调过的地面上，留下了一笔无形的信誉资产，时机可谓成熟，理应充分表现，绝不能在这个大好时光里三天打鱼两天晒网，必须拔地而起，腾空表演，光彩照人，一泻千里，石破天惊。不过这事在一开始时，心劲紧绷的和一平，脑子只是动在自己扩展后的辖区内，想通过管道沿线村村送一场电影活动，在感情上与地方政府互动，在互助中与地方百姓沟通，说白了就是拿一场电影大面积软化人心，等到日后有事时好张口说话。他的这个设想，县委任书记听了以后，感觉思路对头，有新意，花钱不多，影响不小，值得干。于是和一平就给韩学仁打了一个说明报告，并附上了预算开支明细。韩学仁看过报告和预算后，觉得这是一件光彩事，创意朴实，容易操作，值得支持，只是和一平在东川线上这么种自留地，其他地段上的协调员必定说三道四，串通后还有可能集体起哄，排着队伸手要钱，也去村村放电影，这样一来，主题分散了不说，平时积压在一些角落里的矛盾，没准也会傍着这件事显现出来，闹得乌烟瘴气，最终被这件事难为的人只能是自己，所以说与其让和一平再次吃小灶，倒不如让他名正言顺地做一个发起人，在千里管线上，以每一个县城为一个单元，齐步进行放映，村村都给他送上一场电影，把场面搞大，把热闹搞欢，整出一种组合效果来，到那时大家都高兴不说，也花不了几个钱。韩学仁这是在动真格的助和一平一臂之力，要不然他是不会给和一平支这一招的。和一平呢，听了韩学仁的建议，脸上激动，内心感激，当下就把说明报告改成了倡议书。韩学仁跟总经理商量后，总经理让韩学仁把这件投入少见效快的事抓到底，于是韩学仁就把倡议书批到了政宣办，政宣办负责人没敢怠慢，责成老周和小孟具体操办。老周和小孟就忙开了，老周守在家里发传真，打电话，小孟杀出南风，从省里跑到市里、县里，由上至下，一路层层落实，倡议书上的事很快就进入到了操作程序。

面对和一平的这一举动，武分阳心里尽管有动静，但是他却没有想不开，在电影这一件事的运作上，他对和一平还是服气的。和一平的这个鬼点子，抖得够机灵，也是火候，他现在是在高速公路上开快车，而自己眼下的状态，则是在乡间土路上开倒车。和一平的这一举动从大处说为公，从小处讲为私，都不能不说是公私双赢。

千里管线送电影活动启动仪式被安排在了刚刚通上电的地高村，这样就不用放映队带发电机了，稳定的电压，可以确保启动仪式和电影放映顺利进行。省文化厅厅长带着省电影家协会主席等相关人士到场。光阳市这边市委书记亲自出马，随行若干。洪上县更是众人捧柴，任书记把县委县政府各部门带长的人，齐刷刷拉到地高村喝彩。东川工程项目经理部前来露脸的有总经理、韩学仁、政宣部负责人、和一平和武分阳十几口子。新闻媒体这一路，省市电视台和报社都派出了得力干将。人堆里，市委书记对总经理说，我们地方上，就缺像和协调这样会动脑子会干事的人才啊。总经理道，那就把和协调，支援到你们地方上。文化厅厅长加进来说，别看就是放一场电影的事，这可是架起了一座沟通的桥梁啊。

夜晚剪彩，这不仅对光临的领导们来说新鲜，就是对一般人来讲，平时也是极少能看到的光景，所以置身现场的人，不论身份贵贱、职位高低、长相是否标致、穿戴是否得体，个个都显得兴奋过度。和一平作为这次活动的发起人，自然倍受媒体瞩目，一亮相，就被灯光和话筒包围，采访场面热热闹闹，就像是他要主持什么百年庆典活动。而当晚的地高村，更是一片沸腾，男男女女，老老少少，村民们扛着板凳、椅子、木板，拎着铁桶、提着方凳、抱着砖头等伺候屁股的家什，早早就涌到了村委会门前的大院子上拴占有利地形。那些占到了地盘的娃们，腾出手来，嬉笑追逐，而不操心地盘问题的男人女人，三三两两扎堆抽烟说话，怀抱娃的妇女，笑起来没有节制。后来几个顽皮的娃，把打听到的两部电影片名，吼一样喊进夜空——喊到人群——喊向遥远，过大年的快活，在娃们的脸上引爆。

省里领导和东川工程项目经理部领导讲过话以后，主持剪彩仪式的市委书记隆重宣布：千里管线送电影启动仪式正式开始！灯光照来，人头攒动，喊声阵阵，一条挽出若干朵大红花的彩绸，由六名身着大红旗袍的礼仪小姐托举。各路领导拿起托盘中的剪刀，左右一看，进入剪彩角色。铰断彩绸，放回剪刀，剪过彩的领导双手举过头顶舞动。刹那间，掌声喊叫声再次四起，接着鞭炮声冲天炸响，烟花闪烁，夜空斑斓，村民欢呼，场面壮观，气氛感人，武分阳的两只眼睛都模糊了，现场赋予他的感受再次让他变得脆弱，不堪一击。当意识到自己正在别人的荣誉里激动时，武分阳就想干扰一下这急过猛的激动，但他找不到抑制的办法，因而激动在五脏六腑上继续激动。

这之后的一天，武分阳去一个河流穿越工地查看报损设备，返回途中路过小窑村时，天已经黑透了。村子里正在放电影，武分阳发现这一情况后，就来到了村口。武分阳多了个心眼，没让车子进村，他自己走着进了村，深一脚浅一脚，侦察员一样摸到放电影的地方。银幕上放的是早年国产片《李三贵娶亲》，一部很搞笑的农村生活片。阵阵笑声，不时从黑压压的人头堆里飞出来。秋夜的凉意，已经有些刺骨了，武分阳缩头藏脑，靠在一棵榆树上，眼光在银幕上停留了没一会儿，脸上就溢出了笑容。一个黑影急匆匆奔来，武分阳光顾看电影了，等意识到有人把尿浇到了他腿上时，他才叫了一声，吓得撒尿的人也一声怪叫。谁哩？问话声惊虚虚。武分阳镇定了一下，说，老乡，我是石油上的武协调。影子逼上来，武分阳模模糊糊地辨认出，眼前的人是个年轻汉子。协周！汉子自言自语，然后转身就跑，嘴里大声叫着，石油上的协周来哩……支书，石油上的协调来哩——武分阳猝不及防，待在了夜色里。等武分阳回过神来，意识到再这么愣下去，就会有麻须了，得赶紧走。然而就在他想溜走时，一团滚动的黑影，喊着和协调，和协调就涌来了。武分阳一看走不掉了，只好硬着头皮往前迎。和协调哩。黑暗中一双手伸过来，武分阳凭借感觉意料到，这差不多就是村支书的手了，于是就握住了，叫了一声，支书。被叫了支书的人，没说自己是不是支书，只是把武分阳的手握得更紧了。和协调，咱是村支书李根旺，咱小窑村的乡亲们，感激和协调给咱放电影哩。

武分阳想，村支书把自己当成了和协调，说明村支书压根儿就没见过和协调。换句话说，就是和一平以前没来过小窑村，哪像自己，早就把辖区内的犄角旮旯都跑遍了，酸甜苦辣都尝到了。然而，一个没在小窑村露过面的土地协调员，居然也能让村民们如此感动，自己还能说什么呢？和一平有手腕啊！武分阳沉下一口气说，李支书，我不是和协调，我是武协调。一样哩，一样哩，都是石油上的协调。支书声音颤抖。武分阳左右为难，嘴里干涩。乡亲们都往这边聚集，那边的电影就放不下去了，停机了。放映员不知发生了什么事情，就可劲在扩音器里喊叫，李支书，根旺支书。李支书拉着武分阳的手说，协调，过去哩，给咱小窑村人，讲上几句话哩。那天武分阳在扩音器里说，乡亲们，我是石油上的武协调，和协调的战友！和协调工作忙，今天没有过来，我代表他向小窑村的父老乡亲问好，感谢你们对石油上的支持！你们能看上这场电影，都是和协调努力的结果，和协调今后还会为乡亲们办更多的好事、实事！好了，我就说这么多吧，接下来请乡亲们继续看电影……

武分阳借送料的机会，绕上一段路去了石崖畔村见了老支书一面。那天他吃惊不小，他想这才过去几天呀，老支书就苍老得不成样子了，满头粗短的硬发，至少白去六七成，腰都佝偻出了弧度，倒是精神头看上去还不算打蔫。老支书告诉武分阳，这阵子他村里村外手脚不落闲，到处联系卖青石和白灰，还得想办法四下里筹集资金，说最迟明年春上，他好歹也要把电线扯进村子，把深水井打出来，让乡亲们过过新日子。武分阳越听心越往一起揪，愧疚在脸上忽闪忽现。那天在返回的路上，武分阳突发奇想，就是打算借工作之便，在东川线上为石崖畔村乡亲们的水电梦发起一次募捐活动，如果大家都能帮把手的话，参建管线的石油大军，就能上石崖畔村亮起来，人畜也能告别水窖的滋养。自己虽说没有和一平搞电影的本事，但自己不至于没有一点爱心吧？不至于没有务实的精神吧？激动中的武分阳，一回到南风就找地方做了一个挂锁的募捐箱，然后依照谱在心里的步骤，求刘海涛买来一把锁，再把刘海涛叫到韩学仁办公室，当着韩学仁的面，从纸盒里倒出锁头和三把钥匙。到这时，武分阳也不解释什么，操起锁头，咔嚓锁到箱子上，拿起三把钥匙，交到韩学仁手里，长出了一口气后，才把为石崖畔村募捐的打算，汇报给了韩学仁。韩学仁脸色飘忽不定，刘海涛的目光，更像是在怀疑武分阳是不是受了什么刺激？武分阳说，韩局长，钥匙给您，就是想麻烦你为这次募捐活动做个公证人，到时钱多钱少，我也好说个明白。韩学仁掂掂钥匙，突然乐了，说，好，好举动，老区人民支援东川工程，你此举也算是对老区人民的回报了，不错，不错啊，你这个点子真是不错啊。刘海涛听领导这么一说，就冲武分阳吐了吐舌头，然后一本正经地对韩学仁说，韩局，那你老人家还不为这次募捐活动剪把彩，往箱子里塞千儿八百的？韩学仁一脸正色道，嗯，我是要头一个捐。撂下话，立马取来五百块钱，塞进大红色的募捐箱。武分阳脸色兴奋，那劲头像是他已经知道往后谁都会像韩学仁这样，痛痛快快往箱子里塞百元大票。谢谢韩局长。武分阳说。韩学仁不失风度地摆了一下手，然后一转身，冲着刘海涛说，我说小刘，你不会比我这个老头子还落后吧？啊，你打算捐多少？刘海涛缩脖一笑，转着弯说，韩局，我要是也塞进去五百，不就跟您老人家平起平坐了嘛，小的不敢造次哩。韩学仁指着他说，滑头，那你就少捐一百好了。刘海涛出手也算大方，捐了四百块钱。韩学仁拍拍箱子说，好家伙，一眨眼工夫，这里边就装了小一千块，再过几天这个箱子，还不成了百宝箱啊！

一出韩学仁办公室，刘海涛就把箱子抢过去，口朝下晃悠，接着又一通拍打，可就是不见塞进去的票子露头。武分阳撇撇嘴说，就是为了防止倒流，才做了这个防盗箱，箱子里加了暗挡板，钱进去，就倒不出来了。刘海涛拖着长声说，完了，武处啊，你算是把我坑苦了，四百块辛苦钱泡汤了。武分阳说，少打两炮，什么都有了。刘海涛说，车夫不打炮，老婆都嘲笑。武分阳抢过箱子，望着故作痛苦状的刘海涛说，你人缘好，帮我在项目部张罗张罗怎么样？刘海涛噘着嘴，甩着手说，扯，我一个臭车夫算老几？到头来别给你张罗了一箱子钢板儿听响。武分阳拍打着箱子说，唉，人走茶凉，友离情散。刘海涛诡秘一笑，嘴凑到武分阳耳朵边上说，那老弟我，就给你支一招，听不听？武分阳道，我可是提醒你海涛，象牙这东西，不会长在狗嘴里。刘海涛推了一下武分阳，去，我都来正经的了，你还跟我扯淡？我告诉你，武处，等到吃晚饭时，你抱着这个箱子，在食堂里诚心诚意跟大家讲讲，到时我再帮你敲敲边鼓，狗日的钱，自然就来了。武分阳哼道，就这主意？万一大家……走下楼梯，刘海涛回头说，听我的，错不了，我的预感，啥时候白瞎过，到时你就使劲招呼吧，我说武处。武分阳心里还是没底，喃喃道，不过……刘海涛停下说，嗨，我都说到这份上了，你老兄怎么还不明白？

非让我把话说裸了还是怎么着？武分阳眨着眼睛，在刘海涛这句话上就是转不过弯来，下了一级台阶凑过来，用肩膀碰碰刘海涛后背，套近乎的口吻说，说裸了是什么意思？那你小子就跟我说裸了。刘海涛下了一级台阶，回头瞅了他一眼，摸着后脑勺，嘴里哼哈的就是不土痛快话。武分阳居高临下又碰了他一下，跟我卖关子是不？刘海涛咧着嘴说，不会吧，武处？你那脑子难道比我这猪脑子还那个？这一减一等于几，也要问我不成？武分阳用胳膊肘使劲顶他后腰，说，还真跟我扯淡是不？刘海涛没法了，只好把话说开，人都有同情心是吧？有同情心的人大都同情弱者对吧？这回……这回你明白了吧，武处？武分阳直愣愣盯着刘海涛。刘海涛又说，放心吧，同志们多少都会给你点面子的，人心都是肉长的，武处。武分阳脸上一热，两片嘴唇收拢了。大家的心态，还真给刘海涛说个八九不离十，这个晚上，红色募捐箱里，又添了三千四百块钱。最让武分阳感到惊奇的是，刚从外地回来的总经理，听说了募捐的事后也来捐款，笑呵呵捐了一千块钱不说，还把武分阳好一顿夸赞，搞得武分阳都有点发毛了。武分阳把捐款人姓名和钱数，都记在了一个专用的小本子上，到时准备连钱一块交给石崖畔村。项目部完事了，武分阳就下到施工队，工人们的捐款热情，让他着实感动。几天下来他就感觉到募捐箱发沉了，拿计算器把小本子上的钱数一加，就加出了七千六百四十五块钱。他想收获不小，照这个速度下去，等到募捐结束，肯定会出现一个惊人的数字。接着又跑了几天，又转了几个施工现场，他这才拖着疲惫的身子，灰头土脸地回到了南风。

秋日的太阳，炼到这个时辰，就炼成了红彤彤的夕阳。洪上县境内，陈旧破败的建筑物和街道，哪儿沾上夕阳的余晖，哪儿就亮堂堂了。在县委招待所的迎宾厅里，县里几套班子的头头脑脑，正在为一个来自中直企业的挂职副县长举行庆贺酒宴。省委组织部一位副部长到场，市里领导来了白书记、分管农业的副市长、组织部部长和几个局长。韩学仁也以东川输油管道工程项目经理部特使身份前来祝贺。刚才，新任挂职副县长和一平在演讲时说，我感激市委市政府，以及洪上县几十万民众对我的厚爱与信任。我此次跨行挂职，充分体现出国有大型企业与地方政府的真诚合作，我将尽心尽职地为国家重点工程和沿线群众服务，做好各方协调工作，确保工程进度与质量，造福一方百姓……

贾晓和几个司机正在一个小包间里闹腾。贾晓摸起烟盒，一捏里面没烟，便想起车上还有一条云烟，就出来了。刚走了几步，贾晓的脚就不往前迈了，他看见了正在那边吃饭的武分阳，于是赶紧绕到一根圆柱后，用手势唤来一个女服务员，耳语了一番，然后快步溜回小包间。女服务员去了迎宾厅，在厅门口把贾晓跟她的耳语，又耳语给了另一个姑娘，姑娘点点，转身轻轻推开门，走了进去，径直来到和一平身后，躬身背手，低声说，和县长，您的司机，让转告您，说是一个叫武分阳的人，正在大厅里用餐呢。和一平身子一板，放下筷子，坐在他右手的白书记斜了他一眼，笑着问，有事？和一平笑答，没什么白书记，找韩局长。坐在他对面的韩学仁，顺声投来目光，和一平就示意他离开

桌面说话。两人来到一扇窗下，和一平说，韩局长，武处长到
了，在大厅里吃饭呢。韩局长，您看我这会儿是不是……韩学仁
脸上没有太多的意外，武分阳现在干的就是东跑西颠的差事，他
在哪儿露面，都是正常的。韩学仁说，他可能是路过。不过你我
的车，他眼熟。这样吧和县长，我陪你过去见见他。噢对了，和
县长……韩局长。和一平打断韩学仁的话，什么和县长和县长，
你骂我呢吧老领导。韩学仁笑笑，把话说下去，我是想问你身上
揣没揣钱，既然碰上了，你就顺便给他的扶贫募捐工程，献上一
份爱心，表示个态度嘛。和一平点点头。武分阳替石崖畔村四处
张罗钱的事，和一平早就知道。和一平问，这就过去？韩学仁朝
那边看了一眼说，趁现在乱哄哄，走吧。两人一前一后，朝大厅
走去。正在擦嘴的武分阳，看见衣冠楚楚的韩学仁和和一平，肩
并肩朝这边走来，就放下手里的面巾纸，站了起来。贾晓的一只
眼睛，夹在门缝旦观察动静。韩局长，和副县长。武分阳笑着开
了口。

　　有关和一平赴洪上县再挂职当副县长之说，武分阳前些日子
在南风听到了一些小道消息，大家嘴上的说法五花八门，深浅不
一，老周曾悄悄跟他说，无风不起浪，那天他们几个陪韩局长去
玩保龄球，有人提起了和一平可能去洪上县挂职一事，当时韩局
长十分谨慎，说他什么也没听说，什么也不知道。老周说韩局长
给出这样的态度，就说明传说迟早会成为事实，到那时和处长可
就不是一般人了，中直地方双向挂职，双重领导身份，事业算是
让他干大发了。那几天里，咀嚼人们嘴上滑来滚去的小道消息，

武分阳相信，和一平在东川线上要的就是此类名利双收的回报，只是他没有料到这个回报来的会这么神速，而且还如此显赫。和一平的两只脚，这是同时踩到了两块材质不同的跳板上，这无疑等于和一平提前把锻炼结果，牢牢地攥到了手里，不像自己，至今还在东川线上磕磕碰碰，东倒西歪地走着，搞得心中的念想，总是忽明忽暗，前不着村后不着店，而且看现在的情形能不能平平安安走到此次锻炼的终点，影儿都是越看越小了。老周前几天说的那个事实，已经摆在了眼前。刚刚在餐厅里，武分阳听服务员说，这里正给一位姓和的挂职副县长搞庆贺酒宴，心里就有了数，南风的种种传闻，到底在这里开花结果了。

韩学仁在迎宾厅里时，还在琢磨等下见了武分阳，怎么跟他说明一下眼前的情况呢，现在看来他什么都清楚了，而且情绪稳定，就不担心什么了。韩学仁热情地说，武处长，既然赶上了，就一块进去坐坐。和一平握住武分阳的手，一张笑脸，还像以往那样，谦和得不露声色，武处长你什么也别说，这都是缘分帮的忙。武分阳笑道，祝贺你，老弟。咳，也就是多吃点苦，多受点罪的差事。和一平说，走吧，进去喝几杯，里面有一帮老朋友。武分阳不便硬往回挡，就在嘴上打太极拳，说，是想进去凑凑热闹，可是身不由己，吃完饭，我们还要往果子乡赶，都是急茬事。和一平说，武处长就这么不给面子？武分阳道，咱们之间，还计较这个？和副县长？和一平说，都说人怕出名猪怕壮，你不进去，你说我往后能不心虚吗？武分阳道，我是担心进去了一高兴，就把人样喝没了，那样就给你和副县长添乱了。和一平说，现在哪还有披着羊皮的狼。武分阳说，有也成了宝贝。和一平审视着武分阳，突然笑了。武分阳变换了一下站姿，话里套话地说，你的这份开心，可是我送给你的老弟，多实在的礼物啊，不比喝几顿酒有意义？和一平哪肯吃嘴巴上的亏，绵里藏针地说，哎呀老兄，我说我平时老惦着你呢，原来如此啊！武分阳打量着和一平，突然也笑了。

韩学仁唯恐两张寸土必争的嘴，再绊下去走火，赶忙插进来，操着和事佬的口气说，这样也好，武处长，那就叫和处长，以后再找机会，专门请武处长一次。和一平一看韩学仁横进来了，只能借他嘴上的梯子落地，接过话说，一定，一定，韩局长。韩学仁给和一平递个眼色，和一平就掏出钱包，抽出一叠钱，张张都是百元大票，递给武分阳说，我也为石崖畔村的水电尽点微力，武处长。武分阳接过钱，说，谢谢，谢谢和副县长。接下来就埋头一张一张地数钱。表情尴尬的和一平，瞅了韩学仁一眼，韩学仁脸色也不大自然。和一平说，小意思，武处长。武分阳说，我要记账。武处长什么时候都是一个认真的人。韩学仁说。和一平干咳了两声。话不投机，再这么挺下去，三个人就有可能僵硬成棍了，于是只能握手，互道再见。目送韩学仁和和一平走远了，武分阳嘴里噗了一声，重新坐到椅子上，掏出小本子和笔。武分阳写下，和一平，心里同时叫了一声，狗日的和一平；再写下两千三百元，再叫一声，狗日的两千三百元。

和一平正式挂职洪上县副县长的第三天，他地盘上的果子乡老白营阀室就出事了，一台刚到货的进口阀门还没来得及拆包装，一夜之间就不知去向了。这个阀门是阀室的核心设备，量体裁衣从国外厂家定做的，价值十几万美元。钱多少，以及这件事是否能定性为重大责任事故，都先放一边不谈，迫在眉睫的问题在于设备安装由此受阻，整个工程将受到影响，这个责任日后谁也担待不起，就算马上再掏十几万美元，到国外厂家补购一台，来来回回没几个月的时间，怕是见不到阀门的影子。正在海武泉河流穿越现场的武分阳，一大早接到乙方施工现场负责人的电话后，撂下穿越现场的事，匆忙往老白营阀室赶。那个丢失的阀门是武分阳在昨天中午送来的，之后他就去了海武泉穿越现场。那个阀门的体积虽说不算大，但死沉死沉，卸车时用了四个壮劳力，所以武分阳判断，盗阀门的人至少在两个以上。

工地负责人说，武协调，乡里派来的几个民警，刚走一会儿，另外我们也通知了和协调。武分阳蹲在曾经摆放阀门的地方，一声不吭地抽着烟，表情像个无家可归的流浪汉。他想自己走背运，快他妈的走到家门口了，土地协调的活干得吭吭哧哧，麻烦不断，物资供应协调这个饭碗刚端起来没几天，就眼见又要往地上落了。和副县长怎么说？武分阳问。负责人看着他的头顶，脑筋没转过弯来。哦，我是说和协调。武分阳站了起来。负责人道，嗯……和协调也没说什么。武分阳意识到，眼下和一平的日子也不会好过，丢阀门的事，尽管与土地协调员瓜葛不大，但他的挂职副县长身份却是能罩住这桩盗窃案，找不到丢失的阀门，他将要承担的责任，一个通报批评怕是打不住，而且他又是刚刚到地方上，造势的头三脚还没踢开呢，就叫人从背后踢了一脚腔沟子，也是腹背受敌。想到和一平这时找到了这样的苦处，武分阳心里竟然爽快了一下，觉得在这件事上，就算自己与和一平同等倒霉，自己也窝囊不到哪去，因为自己除了一点点看不见的名声，也就没什么可以损失的了，而他和一平就不行了，他头上的光环太亮，一片阴影落到他脸上，擦不下去就是污点，与他头顶上的光环不和谐，对他的形象足以构成损害，他哪能受得了？

　　然而这种鱼死网破的心态持续了没多久，武分阳的心情就又沉重起来，意识到自己刚才思考问题存在偏颇，说穿了就是乐观大于了谨慎，和一平在这件事上再倒霉，一张脸也不会给阴影全吃进去的，何况也还有自己比不了的背后活动能力？倒是自己，这节骨眼上再出岔子，就没什么回旋的资本了。和一平受此一击，大不了晃一晃，人家的根基在那摆着呢，再看上不着天下不挨地的自己，弄不好就趴到地上了，最后的结局可能是结束锻炼，被集团公司冷回北京听候发落。武分阳后背上冒出一股寒气，感悟到自己这时真的是没有资格躲在一旁看和一平的笑话，也不能坐等老天爷来帮自己，趁南风项目部还不知道阀门丢失的消息，为了共同的利益，得尽快想办法与和一平捆绑合作，不惜代价找到阀门。没有永远的敌人，也没有永远的朋友，合作是唯一的明智选择，此时只有四只脚踩到一个点上，才有可能同呼吸共命运，渡过难关，实现双赢。但是和一平这会儿愿不愿意跟自己联手，武分阳心里有点拿不准。不过他想，自己的脑子这时都能转过弯来，他和一平的大脑还会转不到位？武分阳就给和一平打了电话，和一平说他在县政府的办公室，武分阳这会儿要是方便的话，请武分阳去他那里，武分阳同意了。撂下武分阳的电话，和一平脸色灰暗，坐在椅子里动心思。

这间经过简单装修的副县长办公室，看着还是有些简陋，散发着油漆味，和一平早上一进来，就把门窗全都打开通风。和一平今天是头一次进这间办公室，居然就迎来了这样一个开门红。从接到出事电话到现在，他脑袋里一直在嗡嗡，心里说抽一下就抽一下。找不到那个进口阀门的后果，他一清二楚，到时帮忙的嘴再多，也很难平安过关。闹了半天心，他的第一个动作，就是给任书记打电话通报情况，任书记劝他不要上火，说他这就安排人去老白营排查。挂断了任书记的电话，他又想打电话联络一下武分阳，但由于心里没谱，就放弃了这个念头，他觉得武分阳在这件事上是不会与自己合作的，他找机会看自己的笑话还找不着呢，现在机会来了，他不满大街鼓掌叫好就算是克制了。常在河边走，哪能不湿鞋？这么想着，他就身不由己垂下目光，看了一眼自己的脚。就在和一平心乱如麻的时候，武分阳的电话打进来了，这多少让他心里安稳了一些。

武分阳被一个小伙子领进了和一平办公室。握手时，武分阳说，和副县长。和一平笑道，你现在要是还拿我找乐，我可就小心眼了武老兄，我会认为你这是上门来折磨我。武分阳的目光在办公室里转了几圈，说，你怎么就没想我这是上门来求县里领导呢？身在曹营心在汉，可是现在又有几人能理解我和一平？和一平抖着两只手说，一听说阀门丢了，我这牙花子都疼了啊武处长，你说这倒霉事，怎么专往咱俩脑门上撞？武分阳摸了一下脑门，自嘲道，可是我这纸糊的脑门，哪有你的铝合金脑门硬啊！和一平也摸了一下脑门，说，我怎么觉得像混凝土呢。和一平让武分阳坐，武分阳就坐到了双人沙发上，和一平给他拿来一瓶矿泉水。和一平在沙发中央坐下来，合着手，扭过脸看着武分阳问，武处长，项目部那边有什么指示？武分阳明白他这句问话要试探什么，就说，就这点事，还用跟项目部汇报？那样的话，我也太小瞧和副县长了。您是什么人啊，卫士呀，还会保护不了一个阀门？和一平的卫士称号是车家村人封给的。那次古墓事件后没几天，也就是和一平出院那天上午，车家村的村干部带个几个村民，坐着农用三轮车来到南风东川项目部，敲锣打鼓送上一面上写文物卫士的锦旗。那天武分阳没在南风，事后他听说，村民们把致谢场面搞得很是感人，村支书握着唐总经理的手半天不撒开，一劲儿说和一平是个勇敢的卫士，恳求领导好好奖赏和协调。接下来，和一平保护古墓的事，又在《光阳日报》和《东川工程简报》上红火了一把。那面文物卫士的锦旗至今还挂在项目部的门厅里。

这千斤重担，看来你是想让我这个徒有虚名的卫士单挑呀，武处长。和一平说，看出来武分阳既然没有把这件事捅到南风去，说明他在这件事上与自己还是有合作诚意的，下来就看任书记有多大能耐了，假如今天能顺利找到阀门，意味着这件事就可以在自己的地盘上大事化小，小事化了了。辖区内的治安问题，可是个事啊和副县长。穷山恶水出刁民，这话一点也不假。咱们就这么坐着吗？已经安排人去找了。和一平说。武分阳掂着手里的矿泉水。和一平一斜目光，突然觉得身边的武分阳又黑又瘦，跟刚从北京出来时都没法比了，心里就颤了一下，觉得这个信奉推崇自我完善的人，走到这一步也不能不让人同情，几句带点感情色彩的话，不由得就溜到了嘴边。然而和一平一冷静，就没让那几句同情话从嘴里冒出来，他怕同情招致人家尊严的抵抗，从而断送了这一次就事论事的和武合作。武分阳望着对面墙上的中国地图，心里也是七上八下，他相信和一平已经采取行动了，只是不知道行动是否会收到成效，如果在这里白坐一上午或是一天，下来项目部那头就不好交代了。错上加错，两罪并罚，自己不完蛋才怪事呢？赌吧，到这里来，其实就是在赌，赌输赌赢，就看运气了，和一平能沉住气，自己也应该坐得住，一条绳上的蚂蚱，荣辱与共吧。

你这里的电话号码是多少，我存上。武分阳说，拿出了手机。305……和一平想了想，还是没有把后几位数想起来，说，不好意思。就起身来到办公桌旁，看着压在玻璃板底下的县政府机关电话号码一览表，找到和一平办公室电话号码，这才把305后面的几位数补上了。武分阳这个索要电话号码的举动，让两个人的压抑情绪都得到了相应的缓解，开始聊一些与阀门无关的话题了。讲到募捐这事，和一平说武分阳心地善良，而对村村送一场电影活动，武分阳说和一平心系百姓。在这个特殊时刻和特殊环境里，善于察言观色的和一平，从武分阳的说话口气，以及神色上，隐约感受到了他性格的另一面，那就是优柔寡断和顾此失彼。办公桌上的红色电话机响了，和一平赶紧过去接听。武分阳就来到书柜前，从一堆书里抽出一本《洪上县民俗风情录》翻起来。接完电话，和一平说，老兄，有点事，我去去就来。武分阳点点头。

没一会儿和一平就回来了，手里拿着几本文件夹。他刚把文件夹放到办公桌上，红色电话机的铃声再次响起。好。和一平说，嗯，好好，太好了任书记。不不任书记，这个功劳我不能抢，武处长在我这呢，中午还是让武处长代表项目部，好好请你一顿吧。说到这，和一平望着转过头来的武分阳，哈哈哈乐起来。武分阳心里的一块石头落地了，他知道被盗的阀门找回来了。和一平放下电话说，武处长，虚惊一场，阀门找到了，安好无损，已经派人隆重送到工地上去了。看着和一平脸上松心的笑容，武分阳心里高兴是高兴，但也有困惑，那就是他突然间犯糊涂了，不明白在这件由愁到喜的事上，到底是自己的运气好呢？还是和一平更有福气？化险为夷，完璧归赵，究竟谁沾了谁的光呢？还有，中午他让自己请任书记，他的用意是让自己跟任书记亲近一下呢，抑或是……那股疼痛感，又从腹部那儿顶出来，武分阳咬牙忍着。和一平看着武分阳，嘴角蠕动了一下。

在光阳市闻名的老宅院吃过农家饭，任书记领着和一平去了刚开张没几天的旱浴池。别看光阳市经济不提气，也没什么叫得响的支柱产业，但餐饮娱乐这一块的效益指数却是一直上蹿。旱浴池是个洗浴场所，只是这里用来洗浴的东西，不是地下水和温泉水，也不是什么牛奶和啤酒，而是细沙子。据说这种沙浴，在国外也是刚刚兴起，眼下国内也没几处。操持旱浴池的老板是个香港人。早有人提前把事安排妥当了，任书记和和一平一到旱浴池，就给一个机灵的男领班热情接待了。走过一段木廊，穿过一片人造椰林，绕过观赏鱼池，男领班把他二人领进了百药阁。

这是个一套三间的木屋，用来洗浴的这一间，很宽敞，两个盛着沙子的木浴盆，相隔半人左右；供休息的这一间，看着更宽敞，屋顶上装了一盏木制升降灯，两把躺椅，还有夹在躺椅间的茶几，也是木制的。茶几一头，备着打火机、烟缸、两盒烟、一盒中华，一盒三五；另一端，摆放着茶壶、咖啡壶、电磁炉，还有一个各种颜色都分外饱满，看着水灵的水果拼盘；剩下的那一间，就是淋浴间了，平米数略微比洗浴间和休息间少一些，门口那儿立着两个木衣柜，固定在壁上的两盏喷头，无光无泽，造型不奇，咋看一般般，待细一观察，精绝处就显现出来了，让人不能不感叹，它们居然也是用纯木制成的，工艺了得！

任书记脱光了，和一平身上还剩下一条内裤。和一平跟着任书记来到洗浴间，任书记一指左边那个浴盆说，你洗这个盆吧，我来这个。和一平点头，看着任书记站在浴盆边，撅着屁股，用手扒盆子里金灿灿的沙子。等扒出一个身穴来，任书记扭头说，咦，弄啊，看我干啥？说着就进了浴盆，躺下来，把刚才扒到两边的沙子，再扒到身上来。和一平虽说这是头一次洗沙浴，不过这会儿他已经看得差不多了，于是把两只手伸进浴盆。和一平说，嚯，原来这沙子是温乎的。任书记打了一个酒嗝说，听他们讲这盆底下，有加温设备，始终保持恒温。和一平进了浴盆，嘴里哇了一声，似乎是给一股舒服气穿透了身子。任书记把自己埋得很仔细，只露出一颗脑袋，还有两腿之间那根硬挺的阳具。任书记拨弄着朝天使劲的阳具说，前天那个香港人跟我说，他们这里的沙子，都是进口的。和一平说，是吗？他这时已经把自己的身子埋掉了一多半。任书记说，美国夏威夷海岸的沙子，来头不小啊。和一平侧过头来，你就听他们瞎扯吧。不说美国沙子，怎么能赚大钱？任书记额头上，已经渗出了密密麻麻的细汗。和一平说，光阳市商机无限啊。任书记长出了一口气，接着说，还有这个百药阁，晓得为什么叫个百药阁吗？说是这些沙子，已经给几十种中草药浸过了，变成了药沙，治心、治肝、治胃、治肺、治失眠、治阳痿、治早泄、治皮肤病、治风湿病、治关节炎、治……我一下子都说不全了，等一会儿叫他们给你介绍介绍。和一平使劲抽了几下鼻子，这才感觉到沙子里有股中药味。任书记说，今天要是少喝点酒，你一进来，就能闻到中药味。这时和一平往任书记身上一抛目光，就把自己的阳具也看硬挺了，他收了一下小腹，想把阳具的高度往下降一降。任书记歪着头，嘿嘿一笑，就露在外边吧，别埋了，进去沙子，磨得不舒服，前天我就咯着了。和一平鼓了一下肚子，把憋的那口气放出来，不再往回使劲了，任由那个怀有某种欣喜欲望的东西，直指屋顶。

静了一会儿，任书记问，知道武处长已经划拉多少钱了吗？够不够替石崖畔村还我债？和一平说，听说……快有十万了吧。

才这个数呀？那他还差六七万块钱的劲呢，我等他使出来。任书记说。和一平咬了一下嘴唇，思忖道，募捐这件事，项目部要是能出点血，就好了。任书记觉得他话里有话，问，你这话怎么讲？和一平说，我的意思是，让这次募捐活动的性质转变一下，由个人行为，转变成一个企业对一个贫困乡村献爱心活动，这样一来，意义就显得突出了，社会效果会比较好。任书记往细里一想，就品出了滋味，嘴角一掀，笑了，说，你这脑子，动得好，动得及时啊，和县长。嗯……这样吧，这件事，下来由我出面，找一下韩局长，让他从中周旋一下。和一平闭上眼睛，绷直两条还埋在沙子里的腿，扇了一下正在全面收缩的阳具，嘟哝道，舒服。这个话题说透了，撂下，任书记又挑出一个话题，说，那天《光阳日报》的老总，在饭桌上跟我说，准备就东川管线与地方经济互动这一类话题，做你一个专访，你看看这两天，是不是抽时间准备一下。和一平把一条腿抽出来，抖着上面的沙子说，等上几天也行，我得好好理一下思路。我如今是脚踩两只船，说话办事，不能再像从前那么往一头使劲了，两条腿得均匀用力，平衡迈步，不然就可能摔跟头，整个鼻青脸肿。任书记说，你可别有个三长两短，洪上县的父老乡亲，还指着你脱贫致富呢。和一平轻轻一笑道，你要这么说，等哪天我也得学武分阳了，到处去化缘。任书记闭上眼睛说，唉，其实武处长也不容易啊！也许是他没赶上好机遇没你这么走运吧。

　　韩学仁撂下任书记打来的电话，眉头缩短了，操着手在办公室里踱碎步，像是心里正有几件事揽在一起撕扯。韩学仁来到窗前，一只手背到身后，另一只手捏着尖下颏，望着楼下的马路，小眼睛里灰蒙蒙的，神气凝重。他正在消化任书记在电话推来的事。

晚上在食堂里，刚选好了饭菜的韩学仁，看见武分阳走了进来。从哪儿回来的武处长？韩学仁迎上来问，其实他知道武分阳昨天就去了石崖畔村施工现场送料。武分阳睃着韩学仁说，刚从石崖畔那边回来，韩局长。先打饭去吧。韩学仁说。武分阳笑着就去了。吃饭时，武分阳说，韩局长，下次去石崖畔加热站，我想把募捐到的钱给他们带过去。韩学仁问，到没到十万？武分阳不大乐观地说，数出来的那几笔是七万多，现在箱子里的钱，我估计也就是几千块，弄不好连八万都凑不到。韩学仁嘴里哧啦了一声，道，七八万，按理说呢也是个让人高兴的数字了，只是我听说石崖畔村这次打井装灯，借了县上十八万，要是这么一看，你募捐来的这笔钱，还真不好把石崖畔村人的愁事一把抹平了。武分阳沉默不语。他这次下线去了石崖畔村，跟老支书和村长都见了面，也亲眼看到了正在打着的水井和立起来的电线杆子。那一刻，他心里的滋味很难言。不过他没有打听他们的借款细节，倒是村长主动交代了实底，说是跟县上借了十八万，等武分阳募捐的钱到了以后，就还给县上。

武分阳吃好了，泛着油光的嘴唇刚一蠕动，韩学仁嘴里就抢先出声了，这样吧，武处长，你今晚要是不出门的话，等下咱们去华都打打保龄球，如果募捐款上还有什么话要说，等到了那里，咱们边玩边说，你看你有兴趣吗？武分阳说，我今晚没事，韩局长。韩学仁站起来，那好，过几分钟，咱们在大门口见面。武分阳憋了一泡尿，出了食堂，他紧着往回走。

韩学仁和武分阳坐着牛头越野车来到华都，进了佛手缘贵宾厅。这个贵宾厅里，只有一个球道，安静，舒适，玩能专注，说话聊天也方便。伺候专场的女服务员，送来一壶碧螺春和一包软中华。两人同时换好了鞋，韩学仁提提裤子。武处长，先试试道吧。韩学仁说。武分阳一笑，走到了球道口，打量了一下前方的瓶子，悠着步子抡起胳膊，咣当一声，就把手中的球抛了，黄色球走直线朝瓶子们滚去。这一击，打中了六个球，二补的时候，居然就打出了一个小满贯，韩学仁鼓掌叫好。轮到韩学仁试道了，他抛出去的黑色球，划着弧线滚动。一阵哐啷声过后，再看刚才立着的十个瓶子，倒下去九个，剩下的那一只是九号瓶，韩学仁二次补中，也是一个小满贯，武分阳还了他几掌响声。有几天没摸球了，手生了。韩学仁说，示意武分阳去那边坐坐。

刚坐下，服务员就把茶倒上了。韩学仁打开软中华，抽出一支递给武分阳，再抽出一只叼在嘴上。武分阳打着火机，先给韩学仁把烟点了。直到这时，武分阳的戒备心，丝毫也没有松劲。从韩学仁说来华都打保龄球那一刻，武分阳就意识到韩学仁今天请自己玩球，不像是闲着没事消化食，很有可能是借这么一个玩的场子，跟自己说些不宜他人听的话，或是谈点不宜公开的事，总之是有来头。根据那会儿他在食堂里说话的内容，再进一步分析，他今晚的这个来头，可能与募捐款这件事有瓜葛。韩学仁呷了一口茶，侧着头问，武处长，有关募捐款的事，你有没有听到什么议论？武分阳一听，果然是募捐款的事，心里就不怎么吊着了，以守为攻地说，难道有什么说法吗韩局长？你真的什么也没听到？韩学仁的舌头也在转圈。武分阳拿起茶杯，看着杯里轻轻晃动的绿叶说，我整天在外面跑，信息量有限。韩学仁放下茶杯，其实呢，也没什么，不过就是有些人嫉妒，用心不良，在背后嘀咕我和你串通一气，拿募捐做幌子搞钱。武分阳缄默不语。在过去的这些天里，他好像没听到有人针对募捐这件事胡说八道。不过他又想，有人说三道四，也是可能的，而自己的耳朵，没捕到那些杂音，也是正常的，不好听的话，总是绕着人的耳朵走嘛。

　　韩学仁再次开口，虽说都是些捕风捉影的瞎话，可传开来，尤其是传到北京，怕也是件有嘴难辩的事，至少会给大家留下那么一个灰色印象。不过我倒没什么，都这个岁数的人了，脚底下也没多少路可以走了，更没有一官半职的想头了，而你就不一样了，武处长，你要是为这件事背上了黑锅，将来受到的损失，恐怕就不好估量了。武处长，你的前程，在我看来还是蛮有光亮的。武分阳明白他下面还有话，就没在他的这个停顿处开口，而是抽了两口烟。韩学仁弹掉烟灰，继续说，算了算了，没影的事，说也是没影，不费那个脑子了，还是说一说看得见摸得着的事情吧。武处长，你募捐到的钱，现在看来充其量能够石崖畔村还掉一半的借款，余下的借款，你说石崖畔村有能力偿还吗？要说那点钱，搁在咱们项目部不算个事，可是放在石崖畔村里，就是个大难题了，你说呢，武处长？武分阳的脑子紧转，他在琢磨韩学仁这番话的主题究竟夹在哪里？他试探性地说，韩局长，咱们项目部，要是再能帮石崖畔村一把，那问题就容易解决了，你说呢韩局长？韩学仁点点头，这话没错，而且事也不会难办，只是名目不好找啊，别到头来再叫一些人乱七八糟的话，把你二次装进这件事里，那样的话，我可就对不起你武处长了。

名目？什么名目呢？武分阳像是猜到韩学仁说的那个名目是什么了，就再次试探道，韩局长，如果咱们项目部，愿意支持一下石崖畔村，那募捐这件事我看由我的个人行为，转变成项目部的集体动作就名正言顺了，不知我这么想合不合适，韩局长？韩学仁看着武分阳，脸色有些遗憾地说，募捐这件事你费了半天劲，到头来从中见不到你的身影，你心里能平衡吗？不过从另一个角度来看，你适时退出来也确实是一件好事，省得再找麻烦了，到时项目部一张支票直接打到洪上县，也省得你去跑腿了。武分阳这就彻底明白韩学仁今天请自己来这里的用意了，于是就不失时机地把态度亮给了韩学仁，说道，韩局长，那我可是要替石崖畔村的父老乡亲，谢谢您了。韩学仁站起来，抻抻腰说，我也是觉得那些乡亲们值得同情，不然我也不会把这募捐的事接过来。好了，这件事，就说到这吧，下来我跟总经理碰一下。不过你尽管放心，武处长，不管遇到什么麻烦，我都会尽力促成此事，也好让你武处长及早从漩涡里解脱出来，轻轻松松干工作。武分阳望着球道，莫明其妙地笑了笑。

# 特别纪要

时　　间：新世纪第一个国庆黄金周前 10 天，晚 7 点至 11 点之间

地　　点：某公司科级以上（含副科级）领导干部住宅楼 2 单元 301 房间、302 房间；4 单元 201 房间；5 单元 202 房间、401 房间

主要人物：经理、书记、副经理、工会主席、宣传部长

内　　容：有关窗口存在若干腐败问题的非正式对话

背景材料：该公司在新疆境内一座发展迅速的中等城市，设立了一个对外联络窗口（挂牌称驻疆办事处），昔日红头文件上确立的业务宗旨是：树立企业形象、宣传企业理念、展现企业实力、多渠道开拓市场、全方位承揽工程；该窗口于 1995 年 4 月 9 日正式打开，初期租用地方某单位几间平房办公，后来条件改善，在市区繁华地带租用写字楼开展业务，1998 年初夏时节，窗口业务量剧增，接待空间和服务人员空前紧张，窗口规模亟待扩大，完善配套设施刻不容缓，便于当年 9 月 13 日在市区边缘地

带，一景色优美处，购置了一栋 4 层高的小楼，楼内的软硬件设施一应俱全，接待能力大大提高不说，服务内容和质量也完全达标，受到各路领导好评，据说主管局有关领导也在一些公开场合，夸奖这个窗口功能齐全，办事效率高，不错。近日，有百余名职工联名投书主管局纪委，反映窗口存在腐败问题，要求清查并关闭窗口。今天下午 2 点，在家的公司党政领导召开了一个联席通气会，就窗口是否存在腐败现象交换意见。会议于下午 5 点47 分结束，会上未就职工反映强烈的一系列腐败问题达成一致共识。于是在会上搁浅的某些话题，就延伸到了下面这几位的家中

## 经理家

先是经理闹心，没耐住性子，特想在这个时候，亲自主持一个什么会议，哪怕是个不起眼的小型座谈会，哪怕会上随便讲讲计划生育和全民健身活动呢，只要会议桌上七嘴八舌的声音，能把自己的闹心劲从身上顶出去就行。可此时是在家里，经理想，总不能给妻子一个人，开个什么会议吧？

经理想着下午在会议桌上滚得零七八碎的窗口事，心里就像有一眼涌动的泉，泉水一会儿咕噜得冒泡，一会儿断断续续地涌动，间或还往起喷射几次。

你就说吧，他们懂什么？就会瞎起哄。经理瞅了一眼坐在沙发上的妻子，显然是在没话找话，试图把妻子的注意力，引逗上到自己身上来。

妻子正在全神贯注地用小锉刀，打磨剪出来的指甲盖。

经理不死心，又说，你说现在有些人，是不是都变态了啊？

妻子很闲情地看来一眼，随后低下头，淡淡地说，说几句，就说几句呗，如今这年头，吃不着，捞不着，盼不着的人，哪个肚子里还没点怨气。

不是时候嘛。见妻子有回应，经理的精神头来了，挺了挺身子，放下压在左腿上的右腿，继续往下说，正值西部大开发，千载难逢的发展机遇呀，你说那些人，还有点时代眼光吗？还有点现代意识吗？懂什么叫企业理念吗？明白什么是市场竞争吗？知道如今的商业运作，都包含哪些内容吗？唉！

新疆，确实是个好地方。妻子说着，停下手里的活，细眉下的两只眼睛有点陶醉，像是她这会儿不是坐在家里的沙发上，而是在窗口那间宽敞舒适的大套间里，坐在意大利进口的真皮沙发上享受呢，再次让她这个天生就具有浪漫气质的经理夫人，以她细腻的皮肤，以及同样细腻的感觉，回味到了新疆对她此时的眼睛，肚子，还有手脚的诱惑。

其实受到诱惑的部位，还不光是这些，她那颗心也有份，这会儿也正在往外散发着库尔勒香梨、叶城石榴、吐鲁番葡萄、哈密瓜、塔里木河畔胡杨木烤肉、维吾尔族村里烤全羊和抓饭拌面的气味呢。

经理偷偷看了妻子一眼。

此刻妻子心里的惬意，在两条每日必精心修整的眉毛上，有光有色地舒展开来。她有些恍惚地说，天池、伊犁、葡萄沟、高昌故城、交河故城、魔鬼城、五彩城、柏孜克里克千佛洞、吐鲁番火焰山、艾丁湖、博斯腾湖、哈纳斯湖，吐鲁番达坂城，克拉玛依、阿勒泰，啊，对啦，还有那个我一直叫不好名字的草原……噢，整个新疆，现在就剩下民族风情的代表地喀什，还没有讨到我一双足印做个纪念呢。

经理微微晃动着脑袋，脸上的表情很古怪。

妻子脸上红扑扑的，口气无比向往地说，哎我说老刘呀，等到明年瓜果飘香的季节，我要去趟喀什，再不去我的腿脚怕要生锈了，迈不了那么远了。哎我说老刘，我说的话，你听到耳朵里了吗？去年要不是你说喀什这，喀什那，有点乱什么的，我就去了，人家小孟，早早就把豪华沙漠王，给我大保出来了，就怪你当时多嘴，捅破了人家的好梦。

经理叹口气，换了一个坐姿。

我跟你说老刘，你明年就得把欠我的账，给我补上，不然我跟你没完，我说老刘你听见了吗？妻子偏着头，噘着嘴，表情乖得有点做作。

妻子刚才提到的小孟，是窗口的主任，窗口是孟主任的天下。孟主任在窗口究竟有多大能耐，这么说吧，孟主任的身影，只要在窗口随便往起一立，就能当一扇防盗门使用。

唉，当这个破经理，管这个缺盐少米的破烂家，往小数上说，也得折损我十年阳寿啊。经理感叹道，拿起茶几上的玉溪烟，抽出一根点着了。

妻子扭头说，我没跟你说工作，我又不是经理助理，我是在跟你说，我明年说什么，也要去喀什。

经理笑笑，顺着自己的思路接着说，新疆呀，天生就是个好玩的地方，客观的地理优势明摆着的嘛，上苍造的呀！哎，现在的群众呀，有时候做出来的事真是让你哭笑不得，有些人专门盯着领导红光满面的脸说三道四，就不低头看看我们脚下坎坷陡峭的路。

鼓着嘴，吹锉刀上白沫子的妻子，听到这扑哧乐了。

经理的神情却有几分伤感，像是被储存在记忆里的某件沉重的往事砸了心。

妻子埋下头，锉刀又在另一个指甲盖滑动。

经理弹弹烟灰，再次把右腿压到左腿上，开口道，我们每次下去检查工作，到处走走看看，搞搞市场调研，拜访一些客户，见见地方政府的领导，还有相关单位的七大姑八大姨，这又有什么值得非议的呢。还眼红，还手拉手去告状，他们哪里知道那些地方都是看不见的战场，到处都埋伏着狙击手，到处都有防不胜防的陷阱，险差事呀，稍有闪失，就钻进了人家的圈套。

妻子的目光和经理的目光碰上了，妻子眨了一下眼，不痛不痒地说，这是你们当官人嘴里的话，人家老百姓，可就不是这么看了。

经理说，要不说沟通太累，理解万岁；骗子逍遥，好人纳税！我们每回去新疆，但凡屁大点应酬事，都得当六十大寿过，五粮液当白开水喝，逛景点比进厕所多，小姐当佣人摸，就不知道我们吃的是什么样的苦，遭的是什么样的罪。再说了，新疆窗口到底有什么功能，什么作用，什么特殊使命，上头的人不比他们心里有数？我说那些蠢货呀，也真是傻得可爱，不是一般的可爱，你说他们身上那点劲，往哪儿使不好呢？就算耗在床上，摊在麻将桌上，也还是个痛快事嘛，跟远在千里外的窗口较什么劲呢？

妻子微微一笑说，胳膊拧不过大腿，你不就是这意思吗？

还只许州官放火，不许百姓点灯呢，看你说的！经理拍拍脑门，拉着长音说，要讲这企业的效益，是不能光从看得见，摸得着的钞票上说长道短的，感情回报，也是企业创收的一个隐形增长点嘛，这一点那些胡说八道的人懂吗？不懂，根本不懂，他们见过多大世面？他们出过几趟远门？他们中有谁是中国民航的常客？就那点小葱沾面酱的阅历，还操企业前途命运的心呢，那我们这些领导，统统下岗好了，逗谁呢！

经理下岗干书记，书记下岗当经理，就你们那点事，哼！妻子不抬头地说。

经理瞟了妻子一眼，说，五马倒六羊，那得换地方才行，哪有在原单位里就这么调包的，你别不懂装懂。对了，我刚才说到哪了？净打岔！

妻子翻着白眼说，说到群众对你们有看法，你们这些领导要下岗了。

我们下什么岗，我们是企业的主人！经理一抬手说，还是一句老话，说得精彩呀，再宽敞的猪圈，也养不出骏马呀！

你什么意思，啊？妻子问，哪里是猪圈？猪又在哪里？所谓的骏马是谁？老刘同志，我可是跟你说，我也是普通老百姓，你别打击面太大了，当心倒下后被一万只脚踩成肉酱！

经理没再续上话，动了半天的嘴终于休息了。

而就在这时，妻子冷不丁抬起眼皮，盯着经理有点冲动的脸，慢条斯理地问，老刘啊，刚才你那几句顺口溜，是怎么说的？

经理像是意识到了什么，嘴角颤动了一下，脸皮上的冲动色彩，忽地隐退到了肉里，毫无主题地笑了笑，尽量用满不在乎的口吻说，我刚才呀，是说我们这些人每次去新疆，都是应酬事当六十大寿过，五粮液当白开水喝，逛景点比进厕所多，小姐谁都不敢摸。唉，当这个放屁不响，工资不涨，应酬酒场的七品芝麻官，你说累不累吧！

妻子哼一声，屁股底下咯吱响了一下，带着情绪说，拉着老婆的手，一点感觉都没有；牵着小姐的手，好像今生往回走。老刘你说，刚才那最后一句，是小姐谁都……不敢摸吗？

经理镇定住脸色，望着妻子的目光也算自然。

妻子一笑道，我说老刘同志，你以后说话可得加点小心，你刚才这是在我正前说走了嘴，这要是在……我提醒你老刘，今后在场合上，嘴边上最好安排个机灵鬼站岗，哪怕是请个下岗女工在你嘴门口再就业呢，也算是设了一道保险呀！

经理笑道，幽默，幽默呀，你的想象力，一天比一天丰富了。

妻子又哼了一声说，说来人这一生，没几天好时光，我还是能理解你的。在外头，只要你感觉受得了，身子骨能撑住，你想怎样，就怎样好了，我现在想开了。唉，真是的，算了，没意思，怎么说着说着就跑题了呢，还是说新疆吧，新疆是个天堂啊，尤其是天池。说到这，妻子又换了一副抒情的面孔：

天池海拔一千九百五十米，总面积四点九平方公里，是一个风景优美的高山湖泊。天池南北两端各有一个湖泊，名为小天池，北端小天池的湖水从悬崖峭壁的裂缝中喷出，飞流直下，形成一个美丽的瀑布！

妻子如痴如醉赞美天池时，话说得急了些，使得肺叶的排气量急剧加大，弄得脸色绯红，胸前一对随着年龄的增长而日益往回使劲的乳房，塌陷得像两只快要漏光了气的小气球。

听了妻子这段浪漫的台词，经理身上不大得劲，处处发紧，某些部位还起了小米粒，但经理却没有把这些不舒服的东西表露出来，反倒笑呵呵为妻子鼓掌，夸奖道，精彩，精彩呀！我发觉不管什么时候，只要是一提到新疆，一说出去旅游，你的眉毛和眼睛，就老要分家似的，感觉特别好哇。

行了行了，我说你到底会不会夸人？什么眉毛和眼睛老要分家，这是句好听的话吗？连句夸女人的像样话都说不好，真不知道你在外头都是怎么……得，又要跑题。妻子翻了一下白眼，身子朝后一仰。

经理动了一下嘴，但没发出声音来。

见经理的脸色有点吃苦，妻子的弯眉皱了一下，紧接着就换了表情，换了话题说，哎，老刘，一说到天池，我就心疼那个你从日本给我买回来的傻瓜相机。

那次游天池，妻子在游船的围栏边跟孟主任说话时，也不知是因为不小心，还是别的什么原因，竟把手里的傻瓜相机弄到了天池里，当场就心疼得恨不能跳进天池里去捞，孟主任好说歹说，才把她劝安静了，孟主任说没关系没关系，不就是一个日本原装的傻瓜相机嘛，好说。回来后，孟主任的那句好说，就落实到了具体的实物上，把她的这个损失给找了回来。

话一开岔，经理的某种紧张心理得到了缓冲，眼角上处于收缩状态细碎的皱纹也打开了，扭着因下午长时间开会而酸痛的腰，打着哈欠说 一个傻瓜相机，钓回来一台掌中宝摄像机，还说呢！

那也没人领你情，我领小孟的心意。妻子的样子又有点撒娇。

经理望着屋顶说，别以为孟主任，是一盏什么时候都能被人点亮的灯，跟他打交道，得多长个心眼儿，后腰上最好别把手电筒，等到眼前没亮时好应急，

只要你还在台上，我就把他孟主任，当儿子使唤，他能怎么着吧？妻子说这话时，舌头不软，语音不飘，很有意味，很有底气，很有官太太的自豪感觉，就像是背后靠着长城说话。

经理心事重重地说，我的意思是，凡事多掂量掂量，没亏吃。

都像你这么胆小，改革开放还怎么搞？妻子不以为然地说。

经理突然挥挥手，看上去有点心烦的意思。

沉默了一阵子，妻子也不知受了身上哪根神经的指使，蓦然问经理，哎我说老刘，这次上告的人，万一把局领导的心，挠痒

了抓破了，把事闹大了，你内弟从窗口拿走的那个工程，会不会……

经理的脸色又不好看了，咂了一下嘴，不耐烦地说，那个工程怎么了，谁敢说那里面有猫腻？工程是在桌面上竞标得来的，凭实力吃到嘴里的，走到哪儿说，跟谁说，都是这句较真的话，真是！

妻子也知趣，见这个话题把经理问得不高兴了，就没有再在这个话题上绕舌头，而是另找了一个离现实比较远点的话题说，哎对了老刘，你们舟山的那个窗口，到底什么时候开张呀？还有没有影儿呀？

等开张了，我第一个给你发邀请函，行不？经理的话音刚落地，就莫明其妙地笑了起来。

妻子迷惑地望着经理，像是对眼前这个男人很陌生。

经理说，你再这样看我，我可要报警了。

妻子道，我说老刘，你没病吧？

经理一笑，把在指缝里夹了半天的死烟头，轻轻放进质地纯正、工艺精湛的新疆和田玉制成的烟灰缸里。


## 书记家

要说书记的爱人，从脸上到心里，似乎都不如经理妻子浪漫，人前人后也不如经理妻子会来事，是个活动能力有限的女人，个性在家里家外，都是那么不显山不露水，议大事小事上，主意也好左右晃悠，听书记的时候多。

职工们往上捅新疆窗口这件事，她就看不到压在人们舌头下面的关键问题是什么，她只是觉得大家嘴上的牢骚和怨气，冲得没边没沿，事大得像是非捅到联合国去才能解决，这叫她心里压抑得不行，过日子的踏实感也找不到了，总怀疑自己是哪件坏事的罪魁祸首，有种把窗口的某些传说，硬往自己身上装套的怪异心理。

在这个家里，书记的脸，就是冷暖的晴雨表，书记的意思，就是指导家庭生活的中心思想，只要书记一张嘴，就能把家里的大事小事，全都管下来，调子定高定低，爱人都得照谱念经，因为爱人不是这个家里的法人代表。

书记现在头脑清醒得很，因为书记正躺在大浴盆里，全身放松，静静地享受着温水浴的乐趣。

一天里积攒在身上各处的倦乏，这时被温水降解得差不多了，书记跟手扶卫生间门框，看着他泡澡的爱人，有一搭无一搭地扯着窗口的事。

你说窗口，有大伙儿传的那么乱套吗？爱人忧心忡忡地问。

这我也说不好，我一年到头，顶多也就是去一次，可不像经理他们，搁在窗口的身影，要是摞起来，能比一辆六缸的奥迪高。说完，书记把汗毛很重的左腿，搭到浴盆沿上。

你不用给我打预防针，我这可不是在拿外人的话，敲打你什么，我就是随便问问，也好心里有个底。爱人说，手在门框上摸着。

唉，经理也是，那会儿要是听我的，把小孟拿下来，叫小余顶上去，就不会有今天这个局面了。不是我说，经理这个人啊，有时候做事太那个了。书记的口气里，夹着很浓的怨气。

爱人苦笑道，你说啦，人家小孟，是踩着经理身影走的人，而小余是你的跟屁虫，是闻你的屁味，闻到正科级的，搁我也不会拿下小孟，换上小余呀，人家经理干吗要待见你提拔的人呢？

书记抬起脸，翻着眼皮看了看爱人，嘴角咧了一下。

爱人叹口气说，哎，也好，省得今后，我再惦着去窗口了。

书记有点内疚地说，我知道你在怪我，我也是该怪。不过呢，人在官场身不由己，我要想在大家面前立一张廉洁的面孔，少叫人指指点点，你身上就不能有一点阴影照过来，你说我说的，对不对？

爱人先天体质差，一年四季大病小病套着生，轻易不往远处去，这就给了书记不少打马虎眼的机会，省去了一些不必要的麻烦，因为爱人再老实，心里的事再少，也有麻烦也有苦闷，也有心里堵得阵阵生疼的时候，甚至有时情绪失控，也会不顾及自己身上的病根，破罐子破摔的心态缠着书记，让书记陪她去窗口走一遭。

就你这身子骨，要是能远征，你就是不张罗去窗口，我也得硬把你安排去。每次书记要是这样一说，爱人的想头就是再长，也没法儿够得着新疆了。

寂寞地守着家园，是这个女人的职责，更是这个女人的本能！

书记不愿让爱人去窗口，其实不是爱人的身体，真的吃不住去趟新疆的劲，也不是书记这张脸在窗口卖不出高价，要知道窗口的孟主任，一向是从心里盼书记常去窗口指导工作。除此之外，小孟对书记，还有另类的心理准备，那就是书记忙，不得空闲，脱不开身来窗口，书记的家人和亲戚打书记的招牌来窗口，孟主任脸上的笑，也不会有薄厚之分。提防领导打自己在接待他们亲属上优质服务的假，孟主任提防得很到位。

书记平日里淡化窗口，说到家是在跟经理叫板，因为窗口是经理一手垒起来的据点，经理在书记面前只要一说到窗口，那感觉，那脸色，那控调，都叫书记受不了，好像书记，还有书记的七大姑八大娱要去窗口，就得领他经理老大的人情，有种前人栽树后人乘凉的味道，书记就是不想咽下这口气，而不想咽下这口气，书记就不能随随便便去窗口，也得管住三亲六故的腿，不能像经理和经理亲属那样，时时都把窗口当成自己的家进进出出。

我听人说，经理的一个什么亲戚，在窗口倒手了一个工程，里头有好几百万的赚头呢。爱人说到这，脸上本能地浮出了羡慕的表情。

书记干咳了一声，话里有话地说，人肚子就是人肚子，人肚子里装了牛饲料，早晚得给撑个好歹。

别吃不到吐鲁番的葡萄，就说是酸的。爱人扭了一下身子，脸上的蔫笑很有嘲讽味。

时下呢，兼济点好。书记意味深长地说，常言道人为财死，鸟为食亡；祸事不摧君子心，灾难不毁正人身。咱们呐，还是少想些用不着的，萝卜白菜炖粉条，过几天清静的日子吧。

哼，就会油腔滑调哄我，一天到晚光知道跟老婆假正经，地地道道的两面派。爱人弯下腰，把书记不小心掉到地上的毛巾捡起来，搭到他膀子上。

书记说，老夫老妻的过了几十年了，你还把我当外人不成？

人心隔肚皮，现在的老夫老妻，假货也不少，你瞒我东，我瞒你西，动不动就玩点小花招算计对方，哪还有多少白头到老，一辈子保险的事呀？爱人酸溜溜地说。

书记大笑起来，像是听到了一个新版的娱乐段子。

爱人也笑了，说，我看你这人，就不大保险，心事总是离我老远。

书记说，你身体弱，我那是怕你经不起污染。再说我心里的事，都是路线方针政策什么的，离你近了，你烦不烦呀？

烦啥？不烦。在家里当当模拟领导，也是解闷儿的事。爱人说。

哟，看我，光跟你瞎唠叨了，差点把正事忘了。书记往起一坐，弄得满浴盆都是哗啦声。

急啥，你再多泡会儿，我听别人说，生痔疮泡澡好。你的痔疮，是不是没什么事了？爱人闪着身子说。

没有好屁眼，上班没准点，我这几天，不是已经按点上下班了嘛。书记说罢，扭头看了一眼后背，像是在寻找生痔疮的地儿。

前阵子书记的痔疮闹得凶时，几乎每天都不能正点上下班，有时一天旦跑两趟医院。

书记一脚池里，一脚池外，擦着头上的水，口气神秘地说，我得给陈升和打个电话，有件顶在痔疮上的事，我得跟他汇报一下，别回头明天没留神，一个屁嘣没影就麻烦了。去，把我手机拿来。

陈升和是主管局的常务副局长。

什么重要事呀，顶得你这么难受，可别把你的痔疮，再给顶犯了呀！爱人笑嘻嘻地把手机递过来。

书记说，别呵了，几句关门说的话。

关门说话，鬼都害怕。爱人嘟囔了一句。

书记把橘黄色的浴巾缠到腰上，刚把手机盖掀开，家里的座机响了，爱人急忙调头去接听。

啊，对，是我，挺好的。爱人笑道，小孟看你说哪去了，哪是什么不赏脸呀，我这张老脸上能有啥光？谢谢你了小孟，等我身体状况好一点，我一定去你们窗口看看，听说你把那里治理得像个小花园似的。啊，行，行行。小孟呀，这次明明她们去你那，叫你费心了……啊书记在家，你等一下小孟。

爱人忙不迭把无绳话筒递给书记，书记只好先收了手机，接窗口孟主任的电话。

啊，好，好好，都好。啊，今天晚上闲，没应酬。我说小孟呀，这几天可是让你这个大主任，从头累到了脚啊。

爱人屏住大气，盯着书记的脸，从表情上看，像是心里正在担心着什么。

书记岔开两条腿，乐呵呵地说，嗯，嗯……嗯。没什么没什么，跟告状没有一点关系，确实是明明公司来电话催了。小孟啊，我不说你也知道，外资公司里的事，跟咱们国企不一样，不然的话，你说明明大老远跑去了，你小孟就是没心留下她过国庆黄金周，我也得逼你留住她呀，你说是吧小孟？好了小孟，你不用多解释了，你的心意，我全明白。别管他们怎么嚷嚷，你就踏踏实实走你脚底下的路吧，你在新疆的能量和贡献，我这个当书记的，心里还能没数？眼里还能没根秤杆子？你不要多想了小孟，尽快想办法跟明明联系上，把我下班前在办公室里跟你说的话，转述给她，叫她马上赶回来上班。嗯，好，好好，就先这样吧小孟，有什么新情况，你随时通知我。嗯，好好，我放心，我放心，再见小孟！

明明是书记的老闺女。

书记一开始对明明要去新疆这件事并不积极，后来都是因为明明拿了经理这行，那管事之类的话刺激他，他才意识到在女儿面前，怎么着也得要回他这个做父亲的脸。这就想通了，想通了，就不把窗口当成经理的私人财产了。

眼下书记急着让女儿回来，是因为这阵子窗口太招风显眼，书记怕这件事被人揪住了当靶子打。

小孟他，不会是在跟你绕圈子，故意搞鬼，不跟明明联系，在这个风口浪尖上，把明明当人质扣在他的窗口，当他的挡箭牌用吧？

爱人的这番话，说得书记的脸色有点不自然。

书记说，小孟这个东西，是不大好对付，不过我想他现在还没有在明明身上打鬼主意的胆。不过他把明明此行当作借口，搭个桥，想好好巴结我一下的可能性，还是有的。

以后呀，像这种人，还是离得远点好，省得到时受牵连，叫这种人算计了不值得，你说呢？爱人的语气不轻松。

没事，你不甩疑神疑鬼，我心里装着开关，有谱。书记给爱人吃了一颗定心丸。

明明这次是跟她男朋友去的窗口，本打算在新疆过新世纪的第一个国庆节和八月十五。两个节日叠到了一起，据说离上一次已经有十九年了。

明明曾给家里打过电话，说新疆太美了，新疆亚克西呀老爸！

再说孟主任的接待也周到，早在明明和她男朋友还在天上飞的时候，孟主任就把明明为期二十天的新疆活动内容安排，用传真汇报给了书记。

书记那会儿回电话说，好家伙，没必要这么高规格吧？我说小孟啊，差不多就行了，就要到双节了，你那里接待任务繁重，有些出游项目，我看能砍，就砍掉吧，啊？最后没忘往孟主任的耳朵里，送几句叫人听着心里热乎的亲近话。

刚才孟主任在无绳电话里告诉书记，明明她们这会儿还在手机盲区里，联系不上。孟主任还说，机票不成问题，就算没有机票，事儿也可以搞定，叫书记放心。

对区区几张机票，书记当然放心了，他知道越是在机票紧张的时候，小孟越能显出他的神通广大，两手空空送几个人上飞机，这对小孟来说，也就是在麻将桌上，掷一把骰子的事。

小孟的根，在新疆扎得究竟有多深，书记虽说不如经理心里有数，可也是深有感触。上次去窗口，小孟巧妙地把书记安排到了一个很好玩的地方，左一个节目右一个节目，差点叫书记忘了自己是干啥来的了……

书记猛然意识到自己刚才走神了，就下意识地摸了把脸，感到脸上的温度很高，热劲都扎到了肉深处。

而更要命的是，书记发觉沉默不语的爱人，一直在目不转睛地盯着自己的脸。于是书记紧张了一下，身上最敏感的神经，真切地感受到爱人的目光，把他藏在心底的一些东西，刷地剜出来了——

### 副经理家

副经理是领导班子里最年轻的一个，仕途上的光景，还像是早晨七八点钟的太阳呢，就照直往上升吧！

别看副经理脸嫩，心里却是给公事私事，早早地磨出了一层厚茧，用他夫人的话说，就是三十几岁的人，五十多岁人的阅历，六十多岁人的见识。

副经理在工作上，一向着重做人的文章，情感上的事愿意多动脑子，好在干群之间寻找那种看不见，但又能让人感觉到冷暖的沟通点上下功夫，因此副经理的工作就显得与一般领导不大一样，有创新，有细腻的人情味，容易出意想不到的成果。

副经理的成果，大都是些硕果，可以加工成先进经验在全系统推广，也可以变成报纸上一个时期里的宣传主调，总之副经理是个身上动不动就能冒出亮点的人物，嘴上的功夫也了得，大小会上讲话，能脱稿就脱稿，声音还豁亮，得到热烈掌声时，坐得住坐得稳，压根儿不沾沾自喜，这叫一般老百姓对他这个年轻干部，无形中又多了几分好感和希望。尤其是前阵子，副经理在一个中层干部会议上，谈学习"三个代表"的体会，谈得很生动，内容也精彩。

那天副经理说，"学三"回头看，还得埋头干；面对老问题，必须再积极；发现新情况，用心细掂量；听到新建议，赶紧用脑记；群众发脾气，不能不在意；工作有问题，不能推下级；成绩不如意，矛盾别回避；情绪要稳定，思想得干净；民主生活会，检讨比金贵。对照《讲话》精神，对照广大职工的要求，对照企业的生存现状，对照加入 WTO 后的市场竞争格局，以及国外先进管理机制的挑战，我们的步子迈得还小，落地的脚也不够有力，我们都还有这样或那样的毛病，一些藏在心灵深处的污垢，不是桑拿几次，就能解决问题的。

在一个单位里，好感就是人缘，而人缘又是提前握在手里等待改变命运的选票。当领导的，平时手里握不住几张有情有义的备用选票，仕途中碰上过沟过坎的事，这心里还能有个底数？别小看平时在你身边晃来晃去的小白丁们，没事时个个都不起眼，可一旦赶上了民主评议领导之类的事，容他们在你背后无记名填表画勾，随便讲话了，他们个个也就腰硬了气粗了，把平日里某些敢想不敢做的事，还有藏在心底下对你不满的话，就都说出来了，等说到了过瘾上，就都跟个红眼小蜜蜂似的，蜇你一口，再蜇你一口，就有你好受的了，要是让你单单起几个大包，还就算是不错了呢，所以说副经理深知水能载舟，亦能覆舟这个道理，平时对周围的老百姓，总是没客气找客气，没温暖找温暖，没理解找理解，副经理认为跟群众摆官架子，其实是很没出息的事，纯粹是纸老虎的行为。有一年，一个姓顾的老职工去世了，因某些历史遗留问题，后事办起来格外棘手，经理、书记和工会主席都躲着不敢上手，临了把皮球踢到了副经理脚下。副经理扛上事没有东躲西藏，找到当事人家管事的女儿，交流过程中的一句话，就把对方的眼圈说红了，副经理那天说，顾师傅不光是你爸，他也是我父亲，儿子对父亲总应该尽到孝心吧！

副经理的一双脚，在路上走得总是稳稳当当，该往哪个地方迈，不该往哪个地方去，做身子司令的大脑和做身子政委心脏，管得一向有条不紊。窗口自挂牌以来，副经理有无数次去窗口的机会和理由，但副经理只去过一次，而且还是陪同局里一位管市场开发的处长去的。据说副经理那次去，让把各种活动都准备在嘴边脚下的孟主任，大脑缺氧似的没能把自己的本事施展开，手里端着枪就是拉不开枪栓。可以说那些天里，孟主任备下的一身劲，到头来只挤出了四成，孟主任一下子就在乎了这个年轻的副经理，事后他无限感慨地跟几个在照顾各路领导方面，都藏有某种高招和绝活的手下说，此人厉害，刀枪不入！

倒是副经理的夫人，在窗口给副经理找过麻烦。

去年的这个时候，副经理夫人到乌鲁木齐出差，办完事后，这个女人心里发痒，琢磨着脚都踩到了新疆的心脏，何不再多迈出几步，去窗口逛逛呢？兴奋劲把女人的心一锁定，女人便再也控制不住自己的情绪了，冲动之下坐上长途汽车就去了窗口，直到把风尘仆仆的一张灰土脸，送到了窗口孟主任眼前，这个女人也没跟副经理吭声，铁了心要先斩后奏。

女人举到窗口的这个幌子，是年轻有为的副经理，按说够显眼的了，孟主任不说超水平伺候吧，起码也得忙前跑后，紧贴着才是。

然而孟主任有顾虑，他倒是想把当初副经理没享受到的服务，完整地移植到他夫人身上，可是有些项目受性别等因素制约，实在是没法儿往这个女人身上移植，另外就是一想到副经理上次来的庄重表现，孟主任心里就发怵，想放开了招呼，手脚也抖落不开了，临了孟主任谨慎从事，就没把副经理夫人，当个官太太伺候，购物和游览方面，采取了相应的策略，就是嘴上哼哼呀呀找热闹，脸上嘻嘻哈哈献殷勤，办事躲躲闪闪不使劲。

没被窗口孟主任当官太太装在眼里含着，放在心窝里暖着，夫人回来后就挂了一脸奔丧的表情，捉住副经理的一对耳朵，好一顿诉苦，好一通发脾气。

夫人说，当你老婆算是白当了，你看看人家局里郝部长的老婆（赶巧在窗口碰上了），那是享受的什么待遇？往低处说，也是伯爵夫人的档次，哪像你老婆，摆开了伸直了，也不过是十块钱一宿的大车店水平，整个一个难民待遇。

郝部长是个老资格的实权人物，局组织部部长嘛，班上家里摆弄的事，都跟人的命运和仕途关联，还能没点架子？甭说他的同级们都得看他脸色行事，就是某些局领导，在一些可紧可松的事上，也得给郝部长脸盆底子大的面子。至于说资历浅、辈分低的一两个刚到位不久的副局长，郝部长那是想尿你了，才会摆谱儿尿你一下，不想尿你了，你就是整天待在厕所候着，也不顶用。郝部长在人堆里活得如此抢眼，他老婆自然也就跟着风光起来了，是许多小头头小领导眼里的香饽饽，巴结郝部长的一块跳板。这样一来，郝部长的老婆也就成了大忙人，有时一些心里揣着私事的人想巴结一下这个老女人，还担心排了半天队，到头来却是挂不上号。

夫人说，你别不吭声，其实我倒没啥大不了的，就这点脸面，再丢，也丢不到哪去。我只是觉得，你这个副经理丢的面子，可是不小，姓孟的小瘪三，这是在你们几个领导里选美呢，挑肥拣瘦呢，细嚼慢咽呢，他顶多把你这张嫩白脸，看成少先队里的一个小队长，扛一道杠的小萝卜头！

那天夫人说这些时，副经理仰躺在折叠椅上，黑眼珠被黄眼皮盖住，不过夫人感觉副经理在听自己的话。

夫人又添油加醋地说，嘿呀，你可是没看见，去维吾尔族村跳舞那天，姓孟的这小子搂着满脸老褶、满脸横肉、满脸小疙瘩的郝夫人，转呀，蹦啊，跳呀，当成了啥似的，看成了明星模特儿，不让这个摸，不让那个碰，就跟他们之间签下了几十年的承包合同似的，一气霸占到底，我真佩服那小子的体力和耐力，这要是没点全心全意为领导服务的奉献精神，哪能伺候下来呀，又不是摆弄鸭，伺候鸡的事。

副经理依旧不声不响，夫人猜测副经理可能听进去了。

夫人把舞场上的孟主任，数落得不值钱了以后，开始算她在窗口的物质账。

夫人说，小孟这个狗东西，送我的玉镯，还有那座小玉佛，肯定都不是正宗的和田玉，就算是，也是些质地极差的边角料，这个看人下菜碟的鬼东西，一肚子坏水，等以后你硬了翅膀，作了公司总管，把大权握在手心里时，像小孟这种指不上的势利小人，你给我拿下，查办他几件腐败事，摘去他头上的顶戴花翎，就地免职，发配到下岗职工再就业中心找饭碗去。

副经理打出的轻微鼾声，让说得正在兴头上的夫人一愣神，不情愿地住了嘴。夫人望着脸相疲惫的副经理，沮丧地皱起眉头，把牙咬得咯吱直响……

今天在窗口的专题会上，你们班子里的人，都亮什么态度了？夫人用膀子碰了一下站在鱼缸旁，边吃苹果边欣赏鱼的副经理。

副经理和夫人，至今还没有把下一代的问题落实到具体的地方，以往多次科研攻关性质的合作，都是干打雷不下雨，撒下种子不见苗，所以副经理有时看鱼的目光，很像一般人家的父亲，专心地看着褶褓中的儿女。

东拉西扯，婆婆妈妈，不痛不痒。副经理不动声色地说，嘴里响着苹果被牙齿撕裂的清脆声。

哼，我就知道人嘴里，吐不出象牙来。夫人不满地说。

副经理教导小孩子的口吻说，少操点心吧，窗口就是烂了臭了，也熏不到你身上。

夫人说，你回避啥？你越回避，我越认为你在窗口，也有说不清楚的事？

副经理说，我在窗口有好几个小蜜，这回你满意了吧？

夫人嘲笑道，你要是有那个本事，下辈子我还给你当老婆！

副经理转过身来，扑哧一笑，几粒稀烂的苹果碎碴，从嘴里飞出来。

夫人扇着手，做出一副要呕吐的表情。

副经理并不在意夫人的举动，继续嚼着苹果。

夫人眨了几下眼，脸色鬼里鬼气地说，小子，我可是听到议论了，说你是班子里的地下党，说这次百余人串起来到局里去闹事，背后有你这个副经理的影子推着呢，说等把窗口搞垮了，给你一个为民除害的荣誉称号——啄木鸟！

副经理的脸色，并没有像夫人想的那样大吃一惊，要么就是满脸紧张，副经理上下打量着夫人，不慌不忙地说，老鼠干大象——传说！

啧啧，还一个副处级的领导呢，真不是个东西，黄得都流汤了。尽管嘴上这么争文明，不过夫人的心，还是被副经理这句异味十足的话给挠痒了，还是抑制不住地乐起来，乐得脸都变形了。

副经理倒是没有笑，背着手走了几步，停下来后一本正经地说，职工们怎么议论窗口，不关你的事，你少给我往乌七八糟的地方扎，少跟不着调的人胡扯，免得到时叫班子里的人，抓住什么话柄找事。

正乐着的夫人听了这话，一下子就不高兴了，瞪着眼说，我胡扯什么了？你别拿我找辙好不好？我可不是你的出气筒。

副经理目光有力地看了妻子一眼，绷着脸就着刚才的腔调说，就你那张一年四季都没有双休日的嘴，有什么准？哼！我可是郑重提醒你，别为一泡尿水够得着的眼前利益，坏了我的好事。

好事？正在憋气的夫人一愣，眼光唰地亮了，追问道，什么好事？

似乎对刚才出口的这句话，副经理感到了后悔，这从副经理的脸色上能看出来。于是副经理颇为恼怒地瞪了夫人一眼，没好气地说，单位上的事用不着你操心！有闲工夫，你还是琢磨琢磨怎么生孩子吧！

夫人被副经理这句多少带点人身攻击色彩的话，刺激得满脸通红，夫人猛地抡起手臂说，生生生，生你个头呀！我身上可全是合格产品，鬼晓得谁的身上，长着假冒伪劣的东西！

## 工会主席家

主席的家，算上前后两个阳台，量下来的平方米数，虽说不照前面那几位领导家的少，但在装修方面，就比那几家寒碜多了，白色的墙皮搬进来时什么样，到这会儿还是啥样。

要说白墙皮，清一色的光光溜溜，倒也显得出素雅的情调，求个返璞归真嘛，可偏偏是这儿贴一张年画，那儿挂一条京剧脸谱挂历，还有一些带点纪念意义的老照片、无名之辈的书法，总之，主席的这个家，要是借给一个剧组，拍一场六七十年代的室内戏，可就省事了，不必费心布置，摘下墙上的挂历、撕单篇的皇历，门一关，灯一亮，演员一出相，这气氛就算造出来了。

这是比家里的硬件，要是再跟那几位领导比家里的女主人，主席也沾不到便宜。主席的老伴，识字不多不说，双手至今还没摸到过工资，地地道道的一个家庭妇女。文化先天不足吧，模样也不要强，年轻时的脸蛋儿，就不招惹男人的目光围追堵截，这会儿的陈旧相就可想而知了，也就是她孙子外孙子之类的小家伙，还可以从她这张横竖皱纹交错的脸上，看出几许女人的亲切来。

阅历离不开菜篮子，档次高不过家门槛，主席老伴的社会地位，自然没法儿与前面那几个女人论高低了，一天到晚嘴上的事，不外乎油盐水电。不过这个女人在家门外，倒也没少干前面那几个女人干不来的露脸事，好拿一份无遮无挡的热心，好拿家里的旧衣服，好拿自己的私房钱去参与社区和社会上的一些公益活动，有时一忙乎就是一个整天，不吃不喝的还浑身是劲。

直肠子的脾气，定位了这个女人刀子嘴豆腐心的秉性，就算伤你损你，都会让你疼在阳光下，疼在她或是大家眼前，她从来不搞那些当面人语，背后鬼话的小把戏，活得透明，活得硬气，活得仗义，活得干净。

现在这个女人，正在加油抨击窗口主任小孟呢。

挣一个花俩，爱一个睡仨，早晚进监狱的货。老伴气哼哼地说。

小孟他再怎么着，不是也没招惹过你嘛，我说你这是使的哪门子劲呢？主席瞟了老伴一眼。

社会上的事，就是俺们这些人的事，我当然有发言权了。老伴振振有词。

老伴也怪有意思的，跟家里人或是外人沟通时，由于不能使用我们单位、我们机关、我们班上、我们公司、我们厂里、我们饭店宾馆、我们歌厅舞厅、我们夜总会和娱乐洗浴中心之类的身份确定语，索性就把自己定位到社会上，而每每在表述这一身份时，脸上的表情都格外自信和庄重，吃不得半点亏的样子，就好像她是社会的家长一样。

也是，不论是从内容上说，还是从功能上讲，一个单位或是一个企业，一座娱乐城或是一家宾馆酒店，都是无法跟社会这个大组织相提并论比的，因为社会把它们都包括进去了。由于背后靠着一个无形的社会，老伴在家里家外，什么话都敢说，什么人都敢讽刺，什么事都敢说三道四，电视里再满面红光的脸孔，她也敢往上喷唾沫，活得倒是比主席放松。

当然了，像这样的女人，是永远没有机会去新疆享受一下迷人的风光，还有窗口高质量高标准的服务。她的人生舞台，永远是她脚下的黄二地；她的人生梦想，永远都不会插上飞翔的翅膀！

主席把发黄的套头衫塞进裤子里，呲着牙花子说，小孟怎么了，我看人家也没少给公司揽工程。唉，要是依我说，评论一个人是不是能人，是不是草包窝囊废，不能光冲着人家脸上的麻子说话。

得了吧你！老伴扬着下巴说，我在社会上，听你们单位的人讲，那小子啥事在行？要是让他进大学里讲溜须拍马，讲扯王八犊子，讲吃喝嫖赌这类事，教授的水平都不止呢，领几个研究生小菜一碟。

胡扯淡！主席打断老伴的话。

老伴一瞪眼说，别拦我话，我还没讲完呢。

主席耸着肩说，好好，你说，你接着说。

老伴说，再有呀，就是你们的人，讲他在新疆是揽了不少工程，可是一项毛利一百万的活，他光打点费好处费，业务招待费什么的，就干出去好几十万。我没文化，没水平，可是你们容我这个没文化没水平的人，也这么往死里去祸害钱，我也能把工程揽到炕头上，傻帽都能！再说了，鬼知道那家伙是不是把那些钱都花到了打点上，说个虚数谁还不会，嘴皮子一碰不就行了。

就你？不是我老汉小瞧你，你生崽子倒是把好手。主席不屑一顾地说，嘴角往上提了一下。

老伴比主席大三岁，按民间女大三抱金砖的说法，老伴就是主席的一块金砖。这个女人截止到目前，共生了四个女儿两个儿子，她一生中的大部分美好时光，都给隆起的肚子占去了。

说不过我了吧？瞎扯淡了吧？老伴摇头晃脑地说。

好男不跟女斗，响屁不在家里放。主席懒洋洋地说。

那你就去单位里放吧，再不抓紧时辰放，你只能回到家里放了。老伴比比画画地说着，嘴角上挂着唾液。

在领导班子里，主席是老大哥，主席明年就该交出办公室的门钥匙了，所以在这一两年里，主席抓个什么节日，就去窗口慰问，去的趟数，差不多都快赶上经理了。

记得那一年，主席头次去窗口送温暖，到了窗口脚跟还没站稳，温暖还没送出怀，就叫孟主任安排的一双温柔小手，把他的老筋老骨给掐捏酥了。这一酥可不要紧，生生是把主席的青春活力给找回来了，叫主席热热乎乎地体会到，这人呀，还真不能掉两颗牙，长几根白头发，就对什么都悲观了，只要生活给你机遇，你自然就有办法不服老不怕老。如今蔬菜都能反季节生长呢，老身子怎么就不能散发出青春的气息？

窗口叫主席改变了一些传统的人生看法，这是主席去以前所没有想到的。

主席这会儿是身在家里，心在窗口，主席已经拿到了大后天飞新疆的机票（工会牵头搞的双节慰问，一行将有八人）。主席想，这天数，要是能压缩，能合并该有多好，那样的话就可以早点走，暂时离开这个在自己身边晃了几十年的老女人，去窗口重温那种妙不可言的服务。

主席在感慨中，哼了一句京剧唱词。

老伴嘟着嘴，剜了主席一眼，猜到了他这会儿在为啥事闹心，就说，老鬼魂，又坐火箭窜到窗口去了吧？

你眼气？主席眯着眼睛说，眼气有什么用。

哼，你当是个人，就稀罕你们那个破窗口呀？知道我们社会人，都怎么说你们的窗口吗？还美得不行呢。

又编排出啥馊词了，说出来听听。

社会上人说呀，现在你们这些小官僚扎堆的地方，是街头小广告招揽的那种生意的主要市场，你们在那种地方染上的病，小广告上的药专治！

就这呀，老掉牙，我当有多精彩呢。主席一笑。

窗口精彩，你这就去呀，去得了吗？告诉你，还有两天多呢，合一块儿五十多个钟点，想死你，熬死你！老伴咬牙切齿，满脸解恨。

瞧你，没文化就是不行，理解能力太差，我都老老实实跟你说过几百回了，我愿意去窗口，可跟那些敢把身上任何东西都放得开的人不一样，我去那儿，还不就是图他们的保健按摩，别的我还沾啥了？

算了吧你，说的比唱的还好听。老伴说。

主席说，我都这个岁数的人了，还能在主席的位置上待几天？再不抓紧时间舒筋活血，通通脉络，以后就算是有机会，怕也走不动道了。

老伴说，我瞧你现在的劲儿，等到了那时，你爬，也愿意往那儿爬。

另外呢，主席接着往下说，就是我这回上去，是惦着跟小孟好好交流一下，我可不像某些人，光知道利用小孟为自己牟私利，虚头巴脑的谁都不管这个年轻人的政治前途，我得提醒提醒他，该收住手的事，就别再往上按指印了，该跟谁说清楚的地方，就去找谁讲明白，自己的命运，还是自己管着有数，捏在别人手里，那还叫个稳当事？窗口砸了，天塌不下来，可他小孟要是跌倒了，这辈子，就算交待在新疆了，想来那样的话，也是怪叫人可惜的。不管咋说，小孟到底还是个年轻人，精神头和聪明劲儿，要是都用到正地方，是盘出肉的菜。

老伴说，瞎话，半个屁，你能嘣出两个整影，自己屁股沟上的屎，还没擦利索呢，倒想去管别人的闲事，你一边歇着去吧，还是多操你自己的老花心吧。

你不用嗷嗷教我，你心里刮啥风，下啥样雨，我心里还能没个数？主席说，有一次人家造我在窗口的谣，你听见了，跟人家干了起来，还差点动手，这事我都知道，只是没在你眼前表露过，都埋在心里了。

那次才不是为了你的破事呢，那次是因为别的事，我才跟老齐他媳妇吵起来的。老伴涨着红脸争辩。

得了，就别嘴硬了，你个缺心少肺的老东西哟！这辈子，你知我冷，知我热，你人前人后，就从来没拿心里话宰过我，净在嘴上，搬石头砸我了。主席望着老伴，眼里有点混浊。

老伴愣住了，像是不知不觉间就败了嘴，一时哑口无言。

主席站起来，走动着说，哎，等明年我歇班在家陪你这个社会人以前，我领你到承德避暑山庄转一圈，要么就去北戴河游泳。

老伴噘起嘴，脸上又恢复出了刚才的气色，甩着手说，告诉你，少拉拢我下水，我们社会上的人，才不吃你们这一套贿赂呢。旅游，旅游算个啥？我见天儿在大街上逛，见天儿都在旅游。不像你们，整天猫在只能坐着放屁的小轿车里，泡在烟熏火燎的文山会海里，搞得一个个小脸黄不叽叽的，跟大烟鬼似的。

就会胡说八道，没文化。主席无可奈何地说。

别一捅你心窝子，你就灰溜溜地来这套，你也把真实的思想亮给我，叫我瞧瞧，看看发霉了没有。老伴抖着手说。

主席自嘲道，跟你讲，现在就这样，不刮东风了，也不刮西风了，战鼓也早就擂不响了，没黑没白的，刮的就是这股愣冲的迷魂风，你躲到哪儿都没用，躲到哪儿都照样挨熏，戴上防毒面具也不管事。要说我现在这个样子，还算不赖了呢，大不了就是个轻微中毒，给熏傻的，熏瘫痪的人多了，还有给熏死的呢！我呀，跟你还是那句老话，一来二去我那点事，不外乎就是一层皮上的捏捏掐掐事，就这还能出啥大毛病？

我说那些人捏你、掐你、揪你、薅你、捶你，你当真就舒服得没边了？连家都找不着了？等会儿我让享受享受。老伴一脸挑衅地问。

那是。主席的口气明显在抬杠，你要是会捏、能掐，我还用大老远跑到新疆去费事？你别老觉得自己啥都行，动不动就把别人看成豆腐渣，把自己看成一朵花，捏也好，掐也好，那可都是技术活，纰事，我说你长那双手了吗？

老伴笑眯眯走过来，猛地就把主席按倒在沙发上，薅住主席的一只耳朵说，你讲，老不死的东西，你哪疙瘩想找舒服？看我今天怎么让你舒服，舒服得让你连东南西北都分不清。我往刀子捅人的疼上掐你，捏你，揪你，叫你青一块，紫一块，跟豹子皮上的斑点似的，看你还臭美不臭美？

从主席嘴里飞出来的一串哎哟声，一声比一声不是动静。

再后来，主席的嘴里，就不再发出那种哎哟声了，而是蜷缩着身子嘎嘎地笑个不停，因为老伴挠他胳肢窝时用的劲，不比掐他捏他时使的力气小。

主席带着化满嘴止不住的嘎嘎笑声，扑通一声从沙发上掉到地下。

闹了一阵子，屋子里就不像有很多人似乱哄哄的了，有时静得都听得见对面楼什么人的咳嗽声。

现在是老伴趴在双人沙发上，主席弯着腰站在沙发前。但主席不是傻呵呵地站着，主席的两只手也没有闲着，在老伴的上身下身紧忙划，嘴里时不时还出点动静，主席在给老伴按摩呢。

主席问，手劲中不？

老伴说，再虚微，重点儿。

主席问，舒服吧？

老伴说，你管不着！

主席说，那不来了。

老伴说，咋，还想找掐是不？

主席吓得连忙说，免，咱免，还是我给你来吧，你那手法，没见过，忒各路了，掐猪，猪一准拱你；捏狗，狗一准咬你。

老伴使着劲，把脸翻过来，得意地说，那咋没见你拱？没见你咬？

须臾，主席借题发挥，一脸感伤地说，想想，这人呀，有时的德性样儿，还真不如猪省心，真不如狗忠心！

静了一会儿，老伴梗着的脖子，突然一软，脸面就贴到了沙发上，嘴里发出呜呜的声音。

主席一惊，停下手，颤着音问道，我说，你这是咋了？

老伴哽咽道，没……啥。

没啥？没啥你哭个啥？主席说着弯下身子，把脸凑到老伴耳朵旁。

老伴说，就是心里……有点儿……那个……

哪个？主席紧张起来，眉毛往一起拧着。

老伴过了半天才告诉主席。

老伴说，高兴呗——


## 宣传部长家

部长今天有饭局，晚上九点多钟才被两个酒友送回家（酒友没敢进门，怕招来一顿损），进家后就烂泥了，左脚上的皮鞋没脱下来就往客厅走，气得爱人从他脖子上拽下领带，当用过的卫生巾一样扔到门口。

部长嘿嘿笑两声，左手还在空中比画着，爱人不知他在表达什么。

爱人气咻咻地说，喝，喝喝，不长记性的死猪！

部长贪杯，但凡有人请，百分之百赏脸，像街头小食摊那样

又脏又乱的地方，部长也坐得下来，这样部长就有了各阶层的酒
友，加之饭桌上不挑酒菜，就更有酒人缘了，冲这爱人没少跟他
咯咯叽叽，可到头来却是啥用不顶，部长把该喝或是不该喝的
酒，照样变着法儿，灌到了肚子里，醉酒后闹出的洋相，比他现
在的工作业绩还要多，且是醉在哪儿，洋相就出在哪儿，都没个
地理概念了。

传说有一次部长喝高了，摸了外单位一个姑娘的手，也有人
说是摸了大腿，更有人说部长把人家姑娘的手和大腿都摸了，总
之是把人家姑娘摸哭鼻子了，转天这个事就传得沸沸扬扬。有个
跟部长爱人走得很亲近的女友，平时特能联络人，听到了部长摸
人的好几个流行版本，于是就义务整理了一下，找到部长爱人，
把有关容易让人产生歧义的几处细节，根据自己的理解，又往详
细处说了说。这天晚上部长又出去赶饭局了，等部长回到家时，
晚间新闻都结束了。部长一摇三晃，刚把外衣脱下来，就被爱人
拽进了卫生间。

部长大着舌头，翻着眼问爱人干什么，爱人不搭理部长，抓
过他的两只手就往水池里按。

洗，你给我洗！爱人说话的声调都变了。

洗……就洗……呗，呃，你喊啥……部长打着酒嗝说，身子
往后仰了一下。

爱人一巴掌落到部长后背上，拍得部长的软身子往起一挺。

部长打开水龙头，想什么也不用，干洗。

打香皂！爱人厉声说。

部长半天才把香皂打到手上，搓了几把算是一遍活。

谁知一遍过不了关，爱人让部长洗十遍二十遍，直到把手上的骚气洗干净为止。

部长跟爱人争了起来，但部长喝多了酒，话总是说不利落，还都是车轱辘话，气得爱人踢了一下部长的脚后跟，抓过部长的双手，不管三七二十一就按进水池里洗起来，后来还用刷鞋刷子刷。

那天爱人把部长的手洗了多少遍，刷了多少次，她自己心里都没个底数了，后来要不是部长靠着水池子打起了呼噜，爱人还会发疯地把部长这两只传说中不老实的手洗下去，刷下去，去掉一层皮都说不准。转天一早，爱人一睁开眼，就跟刚刚醒来的部长算昨晚没算清的账。

部长坐起来，盯着爱人的脸，但目光又马上落到了自己的双手上，部长感觉此时这双手不大对劲，发红，发木，发酸，还有点肿胀，像是一夜之间就长胖了似的。

部长甩甩手，展开紧皱的眉头，叹口气说，我不想跟你解释什么，我只想告诉你，我是抓了那个姑娘的手，因为她手里攥着我的小酒盅。你先别开口，我还有点补充，那就是我要告诉你，她为什么要把我的酒盅藏起来，因为她不想让我们再喝下去了，她不想再让我们喝下去的目的，不是关心我，而是心疼坐在我身旁的一个副处长，他们之间究竟是什么关系，我不想猜，也懒得问，总之我就是想要回我的小酒盅，喝我的酒，你明白吗？

爱人将信将疑，口气不稳地说，可外边，没一个人像你这么讲。

我现在是公认的酒鬼，我讲人话，也被人当鬼话听。部长沉着因饮酒过量而显得有点发糟的脸，一掀被子，扭身下了床。

再有就是去年在窗口，部长刨除外出旅游参观的时间，在窗口里净待的时间，多说也只有四天，爱人后来从跟部长同去的一个人嘴里打听到，部长在窗口的四天内，让身子站直的时间，怕是连半天也到不了。有一天喝完酒，部长给窗口的人照合影，结果相机拿颠倒了，别人提醒部长，部长还笑嘻嘻地说人家冒傻气，给窗口人留下了笑柄。与认为从部长身上捡到了笑料那些人相比，孟主任倒是看出了一点门道，部长走那天，孟主任送给部长十二个字：怀才不遇，借酒自慰，回避现实。孟主任还说，部长，你跟我这和人，有着本质上的不同，我这个人身上的东西，哪怕是一根屄毛，都是时代的产物，一个混世者，您就不同了，您是那种有能力青史留名的人。要叫我说啊，暂时气不顺，可以忍忍，但不必作践自己。当时部长笑笑，笑得很不雅观，一口干了杯子里的酒。

部长以前不这样，部长以前是条挺硬朗的汉子，在单位里也得人缘，部长像现在这样没死没活地喝酒，大概是从一年前开始的，那时部长在官场上跌了一跤，就是半个屁股都坐到了党委副书记的位置上，结果出了岔子，被人从背后绊倒了，摔得虽说没有骨折脑震荡什么的，可也是鼻青脸肿的样子。这阵子，爱人许是看部长没救了，赌气之下索性不管部长了，反正都是公家的酒，朋友的酒，他豁得出自己的胃，自己的肝，自己的肾，还有他发糟的脸，就让他喝去吧。

爱人今晚火气冲，是给压在心底的一些，打算说给部长听的话顶的。爱人本想在今天晚上，跟部长议议论论家家户户都在嘀咕的窗口问题。她也知道，其实自己跟部长议论窗口问题，谈深了讲浅了，论大了说小了，都是扯淡的闲话，充其量也就是在这件人人舌头都拨弄的热点话题上，体现一下普通人的重在参与意识。平头百姓家里的夜晚，还能有什么灯红酒绿的话题？说说张三的德行，讲讲李四的艳事，道道王二麻子的钻营技巧，也就把无聊的时光打发掉了。爱人也不知是怎么了，今晚觉得格外孤独，害怕一个人在家里，难熬酸心的寂寞。

今天他们那个不到六岁的儿子没在家，叫姥姥接走了，儿子要是在家的话，一准会往死猪模样的父亲鼻孔里抹清凉油，儿子就爱在老子这个熊样的时候逞能，儿子动不动就无比开心地说，往死猪鼻子里塞辣油，太好玩了，一塞进去死猪就活了。

本来儿子是没能力把老子醉酒后的样子，联想到死猪身上去的，都是爱人在部长烂泥样子时，死猪死猪地叫着，儿子就本能地记住了。

有一次部长被儿子称之为辣油的东西害苦了，醒酒后一连打了两天喷嚏。

部长找不到卧室的门了，在客厅里晃着转圈，还不住地打酒嗝，几次都差一点摔倒，后来只好扶着墙，让身子缓慢地往下软。

爱人看够了部长的洋相，过来把部长拖进卧室，掀上床。

爱人心里堵得慌，于是就没轻重地把部长身上的布东西，一件一件都扒了下来，连个裤头都没给剩下。

就在爱人挺起腰，歇气的时候，传来了部长手机的鸣叫声。

爱人俯身捡起部长的裤子，把挂在裤带上的爱立信手机摘下来，看着来电号码，皱着眉头，犹豫了好长时间才触动 OK 键。

薛哥，是我，怎么才接听呀？

爱人的脸色渐渐发白，拿手机的手也开始了哆嗦。

喂，喂喂，薛哥，你听见我说话了吗？

爱人听对方催得急，就急中生智，吹出一口断断续续的长气，暗示对方她在听着呢。

对方不大高兴的口气说，薛哥，你是不是又喝潮了？唉，你不能老让我失望吧？

爱人的鼻子都快给气歪了，她已经听出手机里的这个女人，就是部长半年在窗口勾搭上的那个艺名叫花瓣的小姐。

那次爱人也是因为部长喝醉了酒，接听了部长的一个手机，就意外发现了部长的花事。那回部长清醒后百般赖账，咬铁嚼钢的劲头说自己跟花瓣没戏，就是那种在嘴上说来说去的朋友。爱人哪能信部长的话呀，又气又恨又委屈，抱儿子跑回娘家哭了好几场，差点儿没把一个三口之家闹散架子了。

薛哥，你说句话好不好？你要是再这么喝酒，今后我就不理你了，你也别想再找到我了，我打算这几天就离开新疆。

小妖魔，你倒会省事，我刚给你薛哥扒干净，你就送上门来了，不要脸的玩意！爱人忍不住了，亮开了嗓子。

那边一听声音不对，就沉默了，后来关了机，可爱人还在喊叫，直到部长哼呀了几声，爱人才回过味来，意识到刚才这是说了一通没有听众的话，就一甩手，将手机扔到了床上。

爱人盯着一丝不挂的部长，眯着眼睛，半天都不动一下。后来，一个搞恶作剧的念头油然而生，使得爱人的心怦怦直跳。

爱人坐到床边，抚摸着部长往外透着酒气的胸脯，运了好几次气，才变着腔调说，哎呀薛哥，这几天你去哪儿疯了，叫花瓣好找你，叫花瓣好想你。说完爱人感觉浑身发麻，起了一层鸡皮疙瘩。

部长又哼唧起来，伸过软绵绵的大手，搭在爱人的一条腿上。

花瓣……

爱人红着脸说，你妈妈的，恶心死人！

部长又开始咂嘴，咂得很仔细，很精心，就像是在回味一顿丰盛大餐上的压轴菜——顶级天然燕窝羹的美味。

爱人压住了心里一拱一拱的火，拎垃圾袋的表情挑开了部长的手，继续假冒花瓣，花腔油调地说，薛哥呀，你想叫花瓣怎样？

部长含糊不清地说，我喝……

爱人往部长的那个地方看了一眼，然后用一根手指头拨弄了一下，忍着心跳说，哎呀薛哥，这是啥玩意呀？

部长居然长出了一口气，吓了爱人一跳。

部长转了一下脖子，倒出一口呛人的酒气，吧嗒嘴说，没醉……

　　爱人想乐，却又乐不出来。

　　爱人扇了一下部长的那个东西，那个东西居然像电动玩具一样，摇摇晃晃站了起来，站成了一根棒槌。

　　爱人那两束被棒槌顶起来的目光，多少有些难为情。

　　部长迷迷糊糊说了句什么，爱人没听清。

　　爱人朝部长脸上，干呕了一口，抽动着嘴角说，酒鬼加色鬼，来世变穷鬼！

　　后来爱人突发奇想。

　　这个不知因何而生的奇想，让爱人心里和脸上的怒气有所缓解。爱人从儿子的小房间里，找来一只避孕套，这是她从妹妹家拿来给儿子当气球吹的。

　　爱人就像平时洗筷子刷碗那样，把避孕套戴到棒槌上，爱人想等明天部长醒来，发现了这个东西，看他的大萝卜脸是红还是白。

　　戴上保险套，给你发警告！爱人一指棒槌说。

　　到这时，爱人都没意识到自己的两个眼睛里，正在往外流泪……

　　爱人本不想给部长盖上被子，让部长就这么一丝不挂地待着，但犹豫了一阵子后，爱人还是像以往处理这种场面一样，给部长盖上了被子。

　　突然，床上的手机又响了，爱人吃了一惊，把目光投过去，愣呵呵地盯着手机上闪烁的亮灯，心里跳得像闯进了一只逃生的兔子。

部长的身子翻了一下，嘴里又滑出几声粘粘叽叽的动静，爱人一下子捂住胸口，像在险境中受了潜意识指使，用这样一个本能的动作本来护卫自己。

爱人觉得手机要是再这么叫唤下去，自己的心就有可能跳出喉咙，于是爱人心一横，不顾一切扑过去，抓起手机。

爱人一看来电号码，眼珠子又瞪圆了，又是新疆那个不要脸的花瓣。

爱人连上线，刚把一句难听的话说到半截，就被对方的声音堵住了嘴。

对方说，你是嫂子吧？对不起嫂子，我本来不想再打这个电话了，可我又担心刚才的那个电话，在你和薛哥，还有我之间造成不必要的误会，这才又打了这个电话。嫂子，想跟你说的话，一两句说不完，总之今天我就是想告诉你，薛哥是个从不胡来的人，而我也不是那种坏女人。嫂子，我还是先跟你讲讲，我认识薛哥的一个小细节吧。记得是薛哥第三回来我们这里时，也没少喝酒，但我觉得薛哥每次醉酒，跟一般的酒鬼不一样，薛哥脑子没醉，心没醉，感情也没醉，给我的感觉就是形醉魂不醉，说到家薛哥是在用酒麻醉自己，解脱自己，只是我不知道薛哥在家时，喝多了以后的样子，是不是也像在新疆这样形醉心明。我这么说是因为，薛哥在跟我聊天时，聊得很有个性，很有品位，也不失幽默感，能把一个成熟男人，在事业上的万般无奈，在生活上的独到见解，表现得颇有艺术情趣，让人笑着心酸。那天临他走时，给我留下了八百块钱，说是捐希望工程了，因为薛哥第二次来时，说我不缺胳膊不少腿，问我为什么出来做小姐，当时我就一本正经地跟他说，我来自一个遥远的贫困山区，我是那个山区里一所小学校的教师，学校太穷了，学生太苦了，土坯房子眼看就要倒塌了，我这是为了下一代少吃点苦，有个好环境读书，没办法才出来做小姐，用青春集资……

爱立信嘀嗒响了几声，低电报警，但爱人没在意。

嫂子，在那种男人拿钱来快乐，女人卖贱来挣钱的地方，有谁信小姐的话呢？有谁能从人格平等的意义上与小姐沟通呢？尽管我心里有数，明白薛哥对我说的那番话，也是不相信的，可是到头来他却是把我的假话，当成真事办了，薛哥就是这样被我认识的，他是一个善良的酒鬼，他的仗义，他的大智若愚，他那隐藏在消沉后面的东西，对我来说都是可遇而不可求的。薛哥在离开新疆前，给我留了单位地址和手机号，叫我以后有事找他。大概是薛哥走后的一个星期，我把他给我的那八百块钱，寄给了他，他收到钱后问我怎么回事，于是我就跟他说了实话。再后来……

爱立信又报警了，这回爱人的反应像是根本没听见似的。

对方接着说，我们偶尔通通电话……嫂子，其实在新疆，薛哥曾多次跟我谈到你们的婚姻，你们的家庭，你们的孩子，我从薛哥那里，能感觉到您是个通情达理的好妻子，好母亲。嫂子，如果说我打扰了你们的生活，那我今天向你说声对不起，说声道歉，我的真名叫高……

爱人听到这儿，爱立信手机里就什么声音也没有了，显示屏上黑了。

爱人望着手机，像望着一张婴儿的脸。爱人明知道手机没电了，但还是本能地试着开了一次机，结果显示屏亮了几秒钟就又黑了。这时爱人的表情很不甘心，她找到部长的包，把包里翻了个遍，也没找到备用电池。爱人喘了一口长气，立在那儿回忆花瓣的手机号码。当只有最后的两个数字回忆不起来时，爱人来到床边，抓住部长两个光溜溜的肩膀，使劲摇晃着问，你醒醒，醒醒呀！

部长的脑袋离开了枕头，像拨浪鼓似的摇着，左眼开了一条细缝。

你说，花瓣手机的最后两个号码，是几？爱人都有点歇斯底里了，额前的一缕头发飘落下来，把大半张脸都遮住了。

7和6……部长喃喃了一声。

爱人抹了一下脸上的泪水，咬着嘴唇来到客厅里，看着那台黑色的电话机，老半天才伸手拿起话筒，拨出了花瓣的手机号。

线一连上，爱人就抢先开了口，刚才，是电池用光了，你接着说吧。

那边沉默了好一阵子，才传来声音，嫂子……

你说你叫……高什么？

高桔宜，嫂子。

你家……在哪儿？

古都南京。

爱人停停，再问，那我能否问问，你究竟是为了什么，出来做，做……做你现在做的这个事呢？

高桔宜说，这也是我今天最渴望跟你说清楚的一点。我不是那种因为生活贫困，或是磨难而到新疆来做淘金小姐的，我也不是那种好逸恶劳、贪图享受的堕落女人，我的人生阅历和生活经历，说来并不复杂，我南大中文系毕业，有过一次不成功婚姻的记录，从事过新闻工作，在外企干过营销经理，也曾在民营企业搞过对外宣传策划，我现在的身份是自由撰稿人。我到新疆来，是为了体验生活，想从另一个侧面，介入到西部大开发中去，我准备写一部反映泡歌舞厅女人的长篇纪实文学，意图想通过形形色色女人的生活观、情感观、恋爱观、家庭观、事业观，以及她们的命运，在失衡状态下，对西部开发和市场经济产生的一些特殊作用，展现特定环境里和特定历史条件下的特定人性。为了写好这部作品，大量掌握第一手素材，作为女人，我在新疆这段时间里，从各方面说，都没少付出，但收获更可喜，我结交了近三十个不同身世，不同经历，不同学历，对过度甚至是疯狂消费自我青春都各有说法的小姐，她们都将成为我笔下活生生的人物。

嫂子，过一两天我就要回南京了，我今天给薛哥打这个电话，主要是想劝劝他，不要再借酒浇愁了，薛哥要是再这么喝下去，早晚得把身子喝出毛病，我父亲就是因为长年酗酒，五十岁不到，双手抖得连筷子都拿不稳了，记忆力也……好了嫂子，我的手机也快没电了，我不多说了，祝你和薛哥……幸福！等我的书出来了，我会送你一本的，嫂子。

哎小高，高桔宜——

远在新疆的高桔宜收了线，爱人呆头呆脑地瞧着手里的话筒，再次不由自主地把满是忙音的话筒，送到耳朵边听了听。

爱人把话筒放回原处，看着对面的墙，表情很怪异，像是哪儿难受得要命，正在死顶的样子；又像是在清理记忆库中的旧物时，一不小心，被长满芒刺的往事划伤，使得平静的心一阵战栗。

听着部长的呼噜声，爱人在沙发上坐了好长时间。爱人到今天才明白，原来部长打呼噜，不是一个节奏，有时一节低，一节高；有时一声响，一声闷；有时没完没了地吹气……像一个破轮胎在泄气。

夜已经深了，屋外的万家灯火，也在一盏一片地熄灭。

爱人打开音响，找到平时喜欢听的那首《懂你》把音量调得很适度。

爱人从卫生间取来拖布，以这首《懂你》，作为此时心境的背景音乐，从客厅的一头擦起，动作很轻，很舒展，仿佛是在进行某种艺术实践。

搜集整理：于卓

二○○一年九月二十二日

**主题词：**窗口　问题　不少

**抄　送：**《广州文艺》杂志社及广大读者

**抄　报：**中国作家协会 河北省文学院《新华文摘》《小说选刊》
《小说月报》《中篇小说选刊》《中华文学选刊》《作品
与争鸣》《作家文摘》并各有能力转载此文的报刊

# 挑　染

　　走出副大队长李吉东办公室，曾华脸色飘忽不定，像是他这会儿给什么踢不开甩不掉的愁事，堵在了心口上。

　　几分钟前，李吉东打电话把他叫来。

　　李吉东说，难得这几天，刑警大队没有大动作，明天又是双休日，碰巧他也不值班，提议他们一家三口，还有曾华一家三口，在一起聚聚，他做东，让老同学无论如何得给他这个面子。

　　拿老同学的关系垫底，两家人凑在一起吃顿饭，说来就跟朋友见面握手，是件很平常的事，可曾华心里对李吉东明天要请的这顿饭，却是有种没头没脑的惶惑。更麻烦的是，这种来路不明的惶惑，在他身上一溜开，就把他的中枢神经搞乱了，使得他站在李吉东办公桌前的样子，多少有些见外，生人对生人似的，不知道怎么应酬了。

　　李吉东倒是轻松，挤眉弄眼地笑了一气，两只手摁在桌子边上，小幅度往前探着头，眼里动着热烘烘的小感情说，老同学，就算我这是在找碴儿，感谢你一次行不？

感谢？这话从哪儿说起呢？曾华琢磨着，满脸不得劲，毫无必要地捏了一下鼻子。曾华审视着对方，试探道，瞧我这态度，老同学高升，我怎么忘了张罗一回呢？得，定个日子，李队，咱们热闹一下。

李吉东的脸色，刷一下就叫苦了，自嘲道，怎么着老同学，还真把我这个副大队长，当官认了？你不会这么臭老同学吧？

李吉东是在半月前，当上的副大队长。

曾华说，让领导破费，我怕别人有说法，我来，就顺当了。

李吉东盯着曾华，指着他的脸说，巴结，还有拍马屁什么的，难道这类话到时候就好听？

曾华似笑非笑。

李吉东一拍桌子，硬气地说，要不这样也行，等我先把这个狗屁不是的副大队长辞了，再来请你一家三口，你说行不？

听老同学把玩笑话，甩没影了，啥也没试探出来的曾华，尽管还有心再周旋几圈，可他意识到此时不能不识数，这时不识数，就是不知好歹，难听点说，等于给脸不要脸，于是就一脸高兴地把明天中午的饭局应承了下来。

中午十二点吧，在东方海鲜大世界。李吉东说。

曾华心里，再一次敲小鼓。

东方海鲜大世界在哪儿，曾华知道，可就是没机会进去，因为那是个讲排场讲势利，烧钞票玩名堂的地方，一般人的脚迈不到那儿，充其量也只能是在门前踩踩，因为进去一次，消费上三五千块钱，也就是刚能拿出手的水平。曾华过去听人说，一桌吃掉万元的节目，在东方海鲜大世界里，也不是多大的节目。

曾华出口一气，越发觉得李吉东这顿饭，请得不轻了。

李吉东走过来说，我知道你小子，这会儿心里搬弄什么问号呐，不就是冲着明天那顿饭，惦着朝我要个说法吗？怎么，就这点见识啊？那我今天，还就不跟你说明白了，等明天到了饭桌上，我再告诉你，让你当个盼头，搂上一夜。

曾华很是无奈地摊开两手，努嘴儿一笑。

听人说，你媳妇小兰，这阵子手气兴，在麻将桌上横吃，逮谁提了谁，没少给你小子进钞票。李吉东找闲话磨牙。

这类嚼舌根的闲话，曾华不好躲避，也不便解释，于是就借题发挥，真有那么回事地说，再攒点，够买几个飞机轮子了。

李吉东一笑，没有跟着曾华的话音再往下闹，而是口气关心地说，你也操点心，找个什么机会，给小兰挪挪窝。有时，换个环境，等于换一种活法。

我说老同学，你看我有那个本事吗？曾华指着自己的脸说。

李吉东想想说，看看以后，我能不能找到机会帮你这个忙。

曾华无所谓地说，她现在的地方不错，再说她也待适应了，挪窝，她没准还受不了呢。

李吉东说，前几天我看见小兰，她说的话，可没你说得这么轻松。

曾华不吭声了，他觉得给小兰换工作这个事，难度有多大搁一边先不说，就换工作这个事本身而言，意义离现实生活还有段距离，这会儿操心，无疑是无病呻吟，因为这个事根本就不是等米下锅的眼前事，李吉东提起来，不过是把玩一个谈资罢了。

下班穿过一楼门厅时，曾华停下了步子，左右看了看，四周没有人影，也没听到什么声音，于是就鬼使神差地来到那面宣传橱窗前。

橱窗里的几个大头彩照，都是满身风采的先进人物，其中就有李吉东。

过了一会儿，从楼上下来几个人，见曾华站在橱窗前走神，其中一个女人就拿俏皮话跟曾华逗闷子，说曾华你再看，就把有皮有毛的脑袋瓜子，看到橱窗里去，展览活先进了。

曾华冲着那个女人傻笑了一下，并没有马上离开的意思。

等这几个人拖拖拉拉走出去，门厅里又安静下来，曾华提起一口气，蹭了半步，蹭到了李吉东的正对面。

橱窗里的李吉东，目不转睛地望着他的老同学，小模样也算是有点气质。

曾华咬了咬下嘴唇，一只手挠着脖梗子，一只手抬起来够到李吉东，中指慢慢弯曲，指头搭到大拇指上，对准李吉东被灯光照得闪闪发亮的脑门，当当当，连着弹了三下。

受到击打的玻璃，弹出来的声音，清脆，只是散开的余音，听着有些空洞。

直到楼梯上隐隐约约传来下落的脚步声，曾华才打了个愣神，意识到自己刚才做了怎样的小动作，心里不由得一阵紧张。自己这是怎么了？他觉得此刻的自己，变成了一个糊涂虫，因为他真的搞不清楚，自己刚才怎么会做出那等下三烂的勾当？

曾华脸上发烧，胸口憋闷。他长长地喘了一口大气，回头看了一眼，不等越来越真切的脚步声带出熟悉的面孔来，就匆忙溜了出去。

回家的路上，曾华还在心里翻找李吉东明天请客的动机。他东琢磨西寻思，但凡能想得到的理由，他认为都不大像李吉东这次请客的真实动机。

真他妈的操蛋！心烦意乱的曾华，骂了自己一句，心说人家掏腰包请你一家人吃喝，去吃去喝就好了，犯得着想这想哪吗？也许老同学就是因为当了官，一时高兴刹不住车，冲到了自己面前，等站定了抬头一看是老同学，得，那就隆重一把吧，去东方海鲜大世界！退一步说，如果这顿饭的内容，不会这么简单的话，了不起再加上他李吉东有借机整景之嫌，成心花大钱买这么一个讲究的场子，向他老同学一家，敞开了显摆他这个还没有出满月的领导形象，可这又有什么大不了的呢？人活着，有时就该找个机会得意忘彩一下，在精神上，给自己的身心过把年。以前，自己在办案过程中，不是也有过刻意的张扬吗？都这个年代了，还有多少人乐意往死里压抑自己？当然了，要想在人前刻意表现，那你得具备相应程度的表现实力，也就是资本，二百五式的折腾，那就另说了。

思路到位，头脑清晰，曾华不再跟自己找别扭了，拎清了，觉得再没完没了地在这顿饭里乱动心思，这人做的，就多少有点小肚鸡肠了，也贫气。

曾华和李吉东是警校同窗，度过校园生活后，两人喜洋洋齐步迈进了市局刑警大队，白手起家，顶风冒雨，摸爬滚打，拼死拼活，都从青青的生瓜蛋子，干成了现如今的一线主力。在过去的日子里，他们之间的交往，深浅虽说不是总在一条吃水线上刻着，但老同学这层关系，倒是始终没有脱过节。

其实李言东和曾华的做人方式，说来反差还是蛮大的，他们身上最不好往一块儿捆绑的东西，就是他们的性格和志向。不过这也没什么，因为他们在彼此的性格和志向上，都没有把对方看走眼，都清楚就算是整天抱在一起，两个人也不会真正成为一个人，拧不成一根麻花，这也就是说，他们的交往是清醒的。

李吉东在场面上，好瞻前顾后，显得灵巧，会来事，会说话，会看风头，会在鸡毛蒜皮的小事上，施展他亲和人的技巧、承受婆婆妈妈垃圾话语的耐性，这么说吧，只要是扎在人堆里，不论你脸盘大还是脸盘窄，还有那些他一时拿不准今后是有用还是没用的人，他都一律张开笑脸拢着你，尽管那种笑在脸上挂久了，容易流露出硬挺的痕迹。

曾有单靠把弄老本打发日子的人，在一些场合当着李吉东的面，阴阳怪气地跟他打哈哈，说李吉东，你身上最多产的东西，就是你脸上的马拉松笑容。

这显然是在嘲讽他李吉东，可李吉东就是能撑得住，就当你是说了一句不贴心不经脑的玩笑话，过后该怎么笑还怎么笑，一点儿也不缺斤短两。

说到设计人生前途，李吉东那是从不含糊，百倍用心，抬腿细思量，落脚踩点儿，转弯看标识，机关楼里，哪一扇门能推，什么时候推到火候，他的手感，不是一般的细腻。

在过去的日子里，这个李吉东，很是擅长把一些纯属于自己，半属于自己，五分之二属于自己，甚至是刚刚挨到一点边儿的不起眼的小成绩，小荣誉，小亮点什么的，利用各种形式，千方百计，拐弯抹角地攒到这位领导的办公桌上，那位领导的嘴边，或是内部简报通报上，攒到市日报和晚报上，也不足为奇。而且过去的某些新闻，现在回头重读，主题的味道，依然不淡。就说那一回吧，曾华一行人办文物走私案，本来没有李吉东什么事，可后来就不是这么回事了。

那天，车进大院，落网的两个走私贩子刚下车，就碰上了李吉东，他正一脸光彩地陪着局里一个主管宣教的女处长，送市日报社一男一女两个记者。

李吉东平时好跟记者编辑黏糊，时常写点豆腐块大小的新闻稿，还有小言论之类的东西，这大家心里都有数。

李吉东跟几个办案同事打过招呼，目光就拐了弯，小风似的，吹到了两个走私贩子身上。

两个走到了这一步的走私贩子，此时脸色一个比一个沮丧，没什么看头。

李吉东来到那个高个子眼前，一言不发地蹲下来，把他右脚上当啷的鞋带，抓到手里，不紧不慢地系好。

一旁看出了名堂的女记者，这时忙用相机，把这个无声的场面，咔咔捕捉下来。

办这桩案子的那几个人，一时间都给李吉东这个不可思议的举动，搞得丈二和尚摸不着头脑，你瞅我，我瞧你，大眼瞪小眼，比着卖呆。

女处长也像是看花了眼，目光在李吉东身上层层叠加。

说老实话，那天曾华的反应，也显得迟钝，没能及时看出李吉东这个动作里包含的现实意思。

转天，李吉东给文物走私贩子系鞋带这个小举动，就以图片新闻形式，上了市日报头版，百余字的说明文字，角度新颖，主题鲜明，干净利落，蛮有人情味。

两天后，主事的局领导，在一次近期工作总结会上，提到了李吉东给犯罪嫌疑人系鞋带这件事，说他的这个动作虽小，也没搞出什么出声来，穿来绕去的就那么几下子事，殊不知他的这个常人不在意的小动作，对感化犯罪嫌疑人，鼓励他们重新做人，以及在社会上，在广大群众中，用行动树立我们新时期警察的人性化形象，作用都是积极的，不可小视的。我一再跟大家讲，工作中以小见大的意义，往往就深藏在那些不起眼的小事情里。

真的是让很多人始料不及呀，李吉东这次出手，居然不费吹灰之力，就在这个案子里抢尽了风头，由一名旁观者，客串了一回主要当事人，让那几个辛辛苦苦亲手办案的人，这时心里还怎么能痛快起来呢？于是一张张变了形的嘴，开始往外喷吐怪话。

咱们打猎，到头来他李吉东扛上了猎物；

哥几个一把鼻涕一把泪，敢情都是白受罪；

嘴上有，手上会，得到好处不受累……

面对这样的尴尬局面，一直溜边走的曾华，见联手办案的伙伴们，长一句短一声都弄出了动静，就觉得自己要是再闷头不语，怕是要遭白眼了，到时不说叫人家看出有朋党之嫌，起码也得嘀咕你曾华是个挺不直腰杆的和事佬。可是曾华实在不愿步前面那几个人的后尘，把风凉话，牢骚话，说得那么露骨刻骨，连条肉丝儿都不挂着。然而离嘴的声音，一旦跑了题，自己这张脸，必定不值钱，惹人说三道四，那样还不如不开口。

钢丝绳踩不得，独木桥也不能走，曾华也只能从夹缝里出声了，那天他接着一个人的话茬说，来得早，不如来得巧，李吉东运气好，那天他是赶上点了。

这节骨眼上的李吉东，一看势头不妙，小身板一挺，适时站出来，嘻嘻嘻，哈哈哈，满脸诚意，把那几个嘴边上挂着失落感的人，亲兄弟一般，拍打到了一家挺上档次的饭店，花了八百多块钱，总算让大家喝出了醉醺醺的原生态，喝出了称兄道弟的气氛，场面上一派热闹。

积少成多，星火燎原，李吉东就这样在人们的眼皮子底下，不动声色地把自己攒厚实了，攒闪光了，攒脱胎换骨了，攒成了今日的副大队长。

相形之下，他的老同学曾华，在为人处事这方面，就显得跟不上趟了，接触人没有创造性的举动不说，有时手边现成的俗套子，他也抖落不开。

曾华平时对自己的未来，望得是有一眼无一搭，他这个样子，倒不是因为他缺心眼儿，他的心劲，差不多都用在了刑警这份活上，确切一些说，他的人生兴趣点，是投在了办案过程中，享受的是其他工作所不能带来的那种只有他可以消化吸收的强刺激、强压力、强忍耐、强冲击、强懊恼，还有那些在别人看来绝对是不入流的歪门邪道，馊点子，鬼主意回报他的快感。

从入行做刑警到现在，最叫曾华提气的一件事，就是那次他用三个字，便化解了一场劫持人质案。

那次是一个中年男人，在三道口的一个居民小区门口，拿着一把手枪，劫持了一个女大学生。

曾华和李吉东等人赶到现场后，辖区内的一个民警，苦着脸，对他们说劫持人质那小子姓高，是个赌徒，也是个孝子，他母亲气他不争气，气绝望了，自杀了，结果这小子就精神失常了。过去，姓高的也曾在大街上，用刀子木棍什么的，闹过这种险事，劫了谁，就说谁是凶手，害死了他老母亲，死活让人家赔他老母亲一条命。

险情就在大家的鼻子底下，然而现场有资格执法的这些人，竟没有谁能拿出化险为夷的高招来。人质的死活，还有大街上平民百姓的安危，不容人不提心吊胆，焦急万分。

在这说流血，就有可能血流不止的紧要关头，无数双急切的眼睛，刹那间就把目光集中到了一个人身上，李吉东等人看见手无寸铁的曾华，不慌不忙，一步是一步地走向人质。

劫持人质的中年男人，立时红眼，急得嗷嗷乱叫，枪口一会儿指人质，一会儿又朝曾华比画，现场的气氛，再次让人心往嗓子眼儿揪。

大约在距离枪口还有十几步的地方，曾华突然收住脚步，直视着对方。这样无声地僵持了好半天，曾华抽冷子一抬手，指着中年男人，大喊一声——操你妈！

听到这句国骂，姓高的一愣，随即迸发出找到真正仇家的劲头，丢下人质，举着枪，舞动着另一只手，嘴里嘟嘟嗒嗒地开着火，踩一路火炭似的连蹦带跳，冲着曾华狂奔而来。

曾华这时并没有拉开迎击的架势，只是两条胳膊比先前弯曲了一些。他的这个造型，甭说是让现场的一些老百姓看着没根，就连李吉东这些业内人士，看着也没什么谱。

等到姓高的唾沫星子溅到了脸上，枪口差一点就顶到了脑门上，曾华这才一闪身子，出手极快，眨眼工夫，就把对手放倒，手枪随之落地，哐啷啷滑到马路对面。

看到这一幕的围观群众，开眼呀，兴奋呀，刺激呀，过瘾呀，个别情绪激动的人，炸开嗓子叫好。啪啪的掌声，也从四面八方响起。

场面喧哗，空气在颤抖。

露了脸的曾华，好似一个同时得了两三条金腰带的新拳王，微笑抱拳，东拱拱，西顶顶，左晃晃，右摇摇，转圈谢场，刑警的谱儿，让他摆弄得花哨，让看客们看得眼花缭乱，很是隔路！

李吉东把曾华拽到一棵树下，点着头，怪里怪气地说，操得好，操得好，载入史册的一操！

曾华抹一把脸颊上的汗水，应和道，不好意思，嘴上井喷，歪打正着。

李吉东原地转了两圈，把两只手背到身后，吸溜了一下鼻子说，我看往后再办案，省事多了，操一下，就解决问题了。

你还甭拿舌头戳我。曾华舔了一下干燥的嘴唇，歪着头，一脸游戏自己游戏老同学的表情说，不成经典，个案专用，就不必推广了。

李吉东踢飞地上一个烟盒，迎着曾华的目光，笑眯眯说，怎么着？你还真惦着上《新闻联播》啊？操，我们要是都学你这一嗓子，到处乱操，那咱们警察都成什么东西了？

曾华挑着大拇指说，咱操，不脱裤子，这叫文操。

李吉东摇头晃脑，从上至下打量了曾华一遍，弯着右手中指，敲打着左手心，尽管嘴上风平浪静，可是两只眼睛里，分明有话，像是在说，你小子先别得意，咱们等着瞧。

曾华瞥一眼李吉东耐人寻味的脸色，表情也很耐人寻味地一笑。

还真是让李吉东瞧着了，就在同事们在嘴上你操我操，操得都格外开心的时候，队长坐不住了，把曾华叫到了办公室，让他把当时的解案思路，从头倒出来，搁到他办公桌上。

戳在队长面前的曾华，不怵头，也不假装疯魔地整景，嘴唇吧嗒一分，话就出来了，解释说，那家伙神经有问题，却是懂得愧对他母亲，这说明他母亲在他心目中，不是一般的可敬，我当时的灵感，正是冲着这一点产生的。拿他作古的母亲，深深刺激他一下，从而转移他的注意力，让他在瞬间里，对我产生强烈仇恨。再就是，我敢这么出手的关键，还是在于我开口骂那小子之前，就已经断定，他手中的枪，是假货，这一切不过是一场仿真的闹剧而已。

队长听得满脸狐疑，手里那根一直没有点着的烟，都快被他揉搓空了，黄灿灿的碎烟丝，散落在光亮的桌子上。曾华抽了几下鼻子，觉得烟丝燃烧时的味道，远没有不燃烧时的味道好闻。曾华这样感知烟丝，可能与他不会抽烟有关。

曾华见队长的脸色不太爽朗，甚至是有点犯迷糊，就进一步说，阳光打到他那把枪上折射出来的光，当时在案发现场，不管从哪个角度探看，那光都是乌突突灰吞吞的，根本就不是真枪那样铁铮铮、蓝森森的青光，不瞒队长说，我儿子曾经玩过他那样的仿真手枪。

队长咂了几下嘴，身子往后一仰，似笑非笑道，曾华啊曾华，你叫我这个当领导的说你什么好呢？你说你小子玩的是什么路数嘛，你叫我在局领导那里，说都没法说啊，你算是让我这个老公安，开了眼啦，往回活了！

唉，本该在系统内受到嘉奖，在新闻媒体上光荣露脸的曾华，到头来却是因为——操你妈——这句伤风败俗的经典国骂，还有他那不伦不类、自作主张、不计失手后果的现场即兴处置手法，是啥响动静也没有整出来，就连一块香饽饽的渣儿影，也没捞到眼前，充其量是他的这种野路子办案技巧，在民间被一些人当成轶事趣闻说说。

好在曾华干刑警，压根儿就不图脸面上的溜光水滑，遇事解围，难中救人，险中作乐，只要是活儿做漂亮了，心里也就有滋味了，享受到的另类快感，足够他的记忆珍藏三年五载，甚至是一辈子。至于说成事的手法，别人看不惯，那是别人的事，并不影响他曾华一心一意去当一名尽心尽职的刑警。

吃晚饭时，曾华把李吉东明天中午请吃饭的事，送进了小兰的耳朵里。

小兰没有从曾华给的这个信息里，找到意外幸福的感觉，她抬起头，放下手里的饭碗，不疼不痒的目光散落在曾华脸上，两片湿润的嘴唇，缓缓往一边咧着，表情里满是不屑。

曾华怪兮兮一笑，说，真事。

小兰把饭碗端起来，扒了一口饭，眯着眼睛，边嚼边问，是吗，当时你没摸摸李吉东的脑门？

曾华手里的筷子，停在了饭碗里，眨巴着两眼，没转过弯来，问道，摸他脑门？我摸他脑门干什么？

噢——小兰一笑，再次放下饭碗，伸手过来，那我摸摸你的脑门。

曾华这时还是不开窍，身子本能地往后一躲，嘟囔道，摸我干什么？

小兰抬起屁股，还是摸到了曾华的脑门。

小兰有板有眼地说，怪事了，我说曾华，你这不是不发烧嘛，不发烧怎么说起了胡话？

不等曾华有反应，小兰扑哧一声笑了。

　　曾华这才转过向，意识到刚才入到了老婆的戏里，脸上涨起了红色，挥挥手说，你别老是把人看扁了，人家现在是领导了。

　　对呀，他现在要不是领导，我还不想那么多了呢。我问问你，一个高你一头，处处管着你的人，凭什么要请你吃饭？莫非是你曾华，后天能当上刑警大队队长？还是公安局副局长？小兰嘴里蹦问号，脸上则是弄出上不着天，下不接地的舞台表情。

　　曾华哼了哼，嗓子眼就给什么东西卡住了，脸色窘得慌。

　　小兰捧着下巴说，要说你这位老同学，难道你不比我更了解？他平白无故请咱家人吃饭，别是什么鸿门宴吧曾华？

　　曾华说，你这话，听着怎么像是得便宜卖乖呀？

　　小兰长叹一声道，你呀，曾华，你也就是办案时，心眼够使，转得开磨磨，旁的时候，你整个就是一个弱智！停顿了一下，避开曾华的目光，又道，人家脸上千种笑万种笑，你都认为是好人好笑，你个色盲，能看出什么？

　　小兰嘴上涨潮，曾华心里起浪。

　　你也不想想，像他这种眼观六路，耳听八方，能进会退的主儿，哪来的请咱们下馆子的心情呢？小兰越说，脸上的疑云越厚实。

　　曾华转着眼珠，梗着脖子，稍稍往回收劲的口气说，老同学有了好事，请请老同学，这个理由，难道过时吗？干吗非得怀疑这里面有附加税呢？

　　小兰鼻孔里滚出一声，从椅子上站起来，笑道，老同学？算了吧，冲着这个文字符号，他过去请过你几回？就更别说咱一家三口，让他连窝端了！跟你说，像他这种后脑勺都长着眼睛的人，咱们交往不起。

干刑警，后脑勺上不长眼睛行吗？曾华和稀泥。

你少跟我打岔！小兰挑了他一眼，不是我不待见这你这位老同学，你自己说说，你过去，吃没吃过他的亏？有没有过打掉牙，梗着脖子往肚子里咽的时候？我现在琢磨啊，别赶明儿的饭局里，藏着什么炸弹，把咱一家三口，神不知鬼不觉地给定点清除了。

明显处在下风头的曾华，给小兰的这句定点清除，逗乐了，于是紧着往脸上找娱乐无极限的感觉，呵，呵呵，还定点清除呢，你以为我是谁？阿克萨烈士旅的头儿？伊斯兰圣战者的首领？哈马斯头号人物？这不扯到巴勒斯坦去了嘛，你也忒能添油加醋了！

小兰掐着腰，扭动着，刚要搭茬儿，客厅里就传来了捣乱的电话铃声。

小兰一激灵，两眼被太阳照耀一般，亮得有些失真，也有点发贼。她看着屋里，兴冲冲说，找我的，我接。

曾华不用动脑子，也知道这个电话，是小兰的那些麻友打来的，小兰差不多天天出去打麻将。小兰的麻将瘾，纯属闲出来的。小兰在一家国企所有的中学图书馆做管理员，整天在班上有劲没地方使不说，一年中还要休两个漫长的假期，这让小兰舒服得犯腻歪。小兰不是好偷懒的人，可是有什么办法？企业办学校，就么四不像，就这么要死不活，小兰也曾动过离开这个鬼地方的念头，可小兰凭借自己这点能耐，是折腾一次，没戏一次，从曾华身上也借不到力，一来二去的，就死了这条心，低头往下混日子了，等到学校散架子，丢了饭碗拉倒。可是，轻松过了头的日子，说来也是不好混，小兰毕竟还没有到七老八十的份上。那就找点刺激打发无聊吧，于是小兰就找到了麻将桌上。不曾想，本来对麻将没多少兴趣的小兰，摸了一阵子，魂儿就收不回来了，陷了进去，每天上班无精打采，再也没有多余的精力闹心了。回到家里，小兰把她的闲工夫，那是珍惜得不行，一分一秒都要送到麻将桌上去消耗。

　　起初，曾华还说说小兰，偶尔也发点小脾气，可都不管用。有一次，小兰让也说得翻白眼了，就拿疙疙瘩瘩的话噎他，说你以为我乐意整天坐在麻将桌上磨手指头？我也不想这么浪费时间，可我有办法吗？你要是有本事，也像你老同学李吉东似的，给我换个工作。一个老话题，又跑到了小兰嘴上，曾华眼睁睁气短。一年多以前，李吉东也不知在哪条路上求到了佛，把他爱人从旱涝保收的市图书馆，调到了油水汪汪的地税局，人家的这次跳槽，叫小兰嘴里磨叨，脸上羡慕，啥时想起啥时在曾华耳边刮风，过去个把星期了她还放不下这件事。

　　拉关系搞交易，不是曾华的强项，曾华这时面对眼红的小兰，还有什么话好说呢？打这以后，曾华对小兰打麻将这个事就麻木了，给自己这张嘴放了长假；而小兰，这时也皮实了，小麻将摸的，日见老练，在圈内已经小有名气了。

　　撂下电话，小兰回来，脸上的笑容格外撩人，拍着曾华的肩膀说，好好，明天去，不吃白不吃，顺便我也当面问问你那老同学，那回我戴手铐的事，究竟是怎么一回事？

曾华一听这话，脸上就不得劲了。

小兰意识到说走嘴了，急忙改口打岔，嘿嘿，老公，不好意思，今天又让你收拾饭桌了。

曾华斜了她一眼，闷声闷气说，我提醒你，明天去了，你少胡说八道，少给我上眼药。扯淡的话，还不如不去了。

小兰吐了吐舌头，没再迎风接话茬，唯恐把他气急了，误了麻将场。

曾华盛了一碗汤，筷子在汤里找什么东西似的，又扒拉又挑。

小兰穿戴整齐，临出门时，柔情万千地嘱咐曾华，等会儿，你往我妈那里打个电话，告诉小宝，明天上午接他回来。

小宝是他们的儿子，眼下正在读小学一年级。

小兰走后，曾华呼呼啦啦把碗里的汤喝净，收了饭桌，立在水池旁一边洗碗碟，一边回味一桩只要一提起来，百分之百让小兰舌头躁动的往事，就是小兰刚才说的戴手铐的事。

其实，曾华对深埋在记忆里的这件落地无声的往事，心里从一开始就有了看得见摸得着的答案，过去在小兰面前之所以回避，之所以装傻充愣打马虎眼，归根到底，都是因为碍着老同学的面子，他不得不硬着头皮，张开整个身子，护李吉东的这个短儿。

那是在前年夏天里的一个星期日，上午九点刚过，小兰就接了一个电话，喊了一声冯姐，往下就不再说成句的话了，嗯、嗯、嗯，嗓子眼发了炎似的，往外蹦单字。其实曾华明白，她这是不想让他多听到电话内容。

打完电话没多久，小兰带阵风过来，像个没骨头人，靠着曾华，软绵绵地说她中午想吃刀鱼了，让曾华这就出去买。

小兰这番话落地时，曾华还没有往别的地方想，真就以为她想吃刀鱼了呢，可是等脑子里打过一个扑闪，立时就觉得不是那么回事，意识到等会儿自己前脚走，这个女人后脚就得溜出去打麻将，她这是在跟自己玩调虎离山计。带着儿子去打麻将这种事，过去她干过不止一次了。

但曾华今天不想点破，就笑眯眯穿好衣服，蹬上鞋，临出门前，将老婆孩子拢到一起，跟这个挤挤眼，再跟那个拧拧鼻子，冷不防中，嗖地掏出手铐来，麻利地把一只大手和一只小手，锁在了一起。

等小兰意识到麻烦来了，并大声抗议的时候，曾华已经没影了，她只是隔着门，听到他噔噔下楼的脚步声。

这时儿子小宝，把窗户纸给捅破了，小宝用另一只手摸着戴手铐的手说，妈妈，爸爸是怕你去打麻将，才把咱们锁在了一起。

小兰泄气地说，你那个死老子，就是玩枪玩铐子，能玩出名堂，玩出花样，天生就是个脑袋别在裤腰带上的主儿！

响起了电话铃声，小兰一脸猴急，拖着儿子说，走走，接电话去……

曾华从街上回来了。

而这时的小兰，抱着儿子，正走在去冯寡妇家的路上。

人去屋空。曾华没有不高兴，反倒乐了，嘟哝道，嘿，他娘的，就这也拿不住她，比我还有邪的。

曾华锁上门，来到冯寡妇家。

冯寡妇把门一打开，就笑弯了腰，热烘烘的哈气，扑了曾华满脸，搞得曾华这不好意思。

一抓一个准，小兰果然在麻将桌上。儿子小宝，正和一个同龄女孩玩着他的手铐。

曾华皱起了眉头，心说好家伙，邪大发了，这娘们是怎么把手铐弄下来的呢？

曾华找上门来，自然就不会放过她，小兰知道自己这就要在姐妹面前，丢人现眼了，可她还是挺起头，舔着嘴唇，乖巧地用手语跟曾华招呼。

冯寡妇见曾华脸上还没起风，就拿俏皮话掏曾华的耳朵，帮着小兰壮胆。

其他女人，也唯恐小兰等会儿吃大亏，纷纷加入护卫阵营，七嘴八舌，围攻曾华。

见再不吱声，就有可能错过少挨两句说的火候了，小兰就不无讨好地说，嘿嘿，老公，我就知道你，想咱儿子了。

曾华绷着脸，喘着粗气，没吭声。

女人们交换着没谱的眼色，脸色都不轻松，屋子里的气氛，有点紧张。

而小兰脸色，变着变着，就没有了着落，搁在桌子上的两只手，悄悄移到了麻将桌下面。

曾华脸一变，突然冲女人们笑了，然后掏出钱包，嚓、嚓、嚓，很潇洒地从里面抽出三百块钱，往小兰面前一放，然后抱起儿子，对着儿子说，中午，爸爸带你去吃麦当劳。

小宝乐不了，哇一声搂住曾华的脖子。

再看女人们，眼神全都愣住了。

曾华走出两步，轻轻拍打着儿子的小屁股，说，小宝，你怎么忘了跟阿姨们再见？

趴在父亲肩头上的小宝，晃动着手里的手铐说，冯阿姨，江阿姨，陈阿姨，妈咪拜拜——

听着儿子快活的声音，望着老公并不算宽大的后背，小兰咬着嘴唇，湿润的眼睛里，闪出了湿润的光。

我操，你瞧人家小兰的爷们儿，绝了！冯寡妇的声音。

瞧着好，让给你。小兰说。

没的说，让户。

曾华嘬着牙花子，心说就这个冯寡妇，白给也不能要啊，小兰你他妈的穷大方什么呀？

这时小兰的一阵笑声，扑到了曾华后背上。

儿子贴在他耳边上说，爸，我妈她整天就会瞎疯。

曾华深情地望着儿子的脸，拍了拍儿子的头。

到了外面，曾华放下儿子，要回手铐，问道，小宝，这手铐，你妈是怎么取下来的？

小宝说，爸爸，手铐不是妈妈拿下来的，那会儿我们在路上，见到李叔叔一家人了，是李叔叔把手铐拿下来的。

曾华一听就明白了，儿子说的李叔叔，就是李吉东，李吉东住在冯寡妇家前面那栋楼里。

几天以后，曾华在家里铐老婆孩子的事，居然在局里被人当笑话说开了，搞得曾华躲到哪儿都躲不开笑声，心里就像是插进了几只沾满泥汤子的脚，可是脸上还不得不干干净净，挺着脖子容人拿他开心。

这样憋了几天，曾华也没在家里拿小兰出气。

倒是有一天，小兰不知从哪儿知道了这件事，于是沉不住气了，不干了。

小兰说，在我知道这事之前，我还在感激他给我开手铐呢，没想到你这个老同学，这么不是东西，拿咱家里玩着的事，在单位里败坏你形象！不行，我得去他们家，我得当李吉东的面，把这个事，问个清清楚楚明明白白！老同学之间，有这么来的吗？

曾华不想让小兰这张冒火的嘴，跑到李吉东家里去放火，就草草了了地说，咳，都是找乐子的事，还能伤了筋骨？再说了，这件事，也未必就是从李吉东嘴里冒出来的，万一冤枉了他，就不好收拾了。

小兰的气，顶顶的，眼睛里的小火苗蹿得像蛇信子，她甩开嗓门说，不是他是哪个？是你是我是小宝？我跟你说曾华，这事要不是李吉东在背后捣鬼，我就去你们局里学狗叫，叫上一天！

　　曾华见她还在上劲，就紧了紧脸皮，生硬地说，你这么闹，我在刑警队，还怎么干？

　　曾华的话和脸色，到了这个份儿上，小兰就不好再折腾了，她明白自己要是再不打住，两口子就该闹别扭了，别扭过劲了，吵架自然免不了，于是骂了李吉东一句带臊味的话，算是收了场。

　　按说，这件事热闹几天，也就过去了，可是，这一次蛮不是这么回事，这股风刮起来了，局领导过问了。事后，曾华听说，当时局领导给队领导放电，放得挺干净。

　　被放了电的队领导，自然要找曾华充电。那天，在队领导的办公室里，曾华的态度还算说得过去，他的舌头，既没有丢失水分，也没有往别的地方卷事，承认了自己在家中，确实胡闹了，给老婆孩子戴过手铐，违反了警务人员自律条例。

　　队领导不高兴是不高兴，但还算给他面子，起码没有在嘴边上架油锅炸他，轻几下，重几下，也就把主动认错的曾华敲打过去了。

　　走出领导办公室，曾华心里这个不是味儿，堵得慌，烧得慌，埋怨李吉东也真他妈够呛，有心去找他甩几句带刺的话，可是忍了忍后，就觉得那样做不得体，当面锣，对面鼓，嘴对嘴容易伤感情，毕竟是老同学，又共事多年，交往到这个份儿上，怎么讲也是来之不易，犯不着为这点屁事，整掰了。


　　往丈母娘家里打了电话，定好了明天接儿子的时间，曾华就无事可做了。为了打发闲时，他从书架里找出一本红色缎面影集，翻了一阵，就见到了那张有点发黄的警校毕业留念照。

这张长幅、顶端压一排反白宋体字的黑白照片，尽管显得老旧，但上面几十张小脸上的鼻子眼睛什么的，倒是看不出模糊来。

曾华的神情，看着看着就起着变化，慢慢往早已不在眼前的青春岁月回溯，同时用手指在李吉东年轻而瘦小的脸蛋上，轻轻抚摸着，迷迷糊糊的笑容从他眉宇间溢出来，迅速就占领了他的脸盘。

后来曾华的脑子一溜号，哧溜儿就溜到了机关楼橱窗里李吉东的大头彩照上，心里再次紧紧巴巴。他咂咂嘴，叹口气，手指从李吉东的小脸蛋上移开。这时再看李吉东的小脸蛋儿，就不是个小脸蛋儿了，小脸蛋儿变成了一小团迷蒙的雾气，雾气刚一退，一小块潮湿的痕迹就显露出来了。曾华这根滑动的手指，拖着一条转瞬即逝的曲线，颤巍巍地来到了照片的左边，停在了一颗小脑袋上。他抬起了这根中指，然后弯曲，像那会儿在橱窗上弹李吉东脑门那样，对着多年前自己那张同样年轻而瘦小的脸，当当当，弹了三下。

行了老同学，扯平了！曾华自言自语。

往回放影集时，曾华在书架底层，无意中发现了一把玩具手枪，眼睛不禁一亮。这把手枪是儿子早期制造快乐的伙伴。他闻了闻这把手枪，就像某些时候，闻自己的那把真枪，脸上很陶醉。他低着头，来到客厅，玩着手里的枪，不留神就把李吉东的身影，大一块小一片，拼图一样玩到了眼前，禁不住心潮起伏。

过去，曾华不止一次地想，自己跟李吉东的老同学关系，是有点说不清道不明，感觉七上八下挺那个劲的，有时发生在彼此之间的一些事儿，过后掂量掂量，自己都不好解开那里面的疙瘩，你就像那次协助山东警方抓捕公安部通缉的杀人犯孙某，自己就那么情愿由主角转变成了光彩黯然的配角。

在那一次抓捕行动中，曾华也是该着出风头，他独自擒住了具有相当反侦察意识的孙某，而且付出的代价也不算大，仅仅是左手受了点皮外伤。

当时曾华铐住了孙某，正准备用对讲机联络时，气喘吁吁的李吉东，就出现在了他面前，一只手握枪，一只手拎着寒光闪闪的铐子，脸上的汗水直往下滴淌。

李吉东那一刻的眼神，曾华至今回忆起来，依然印象深刻，形容起来，用四个字足以打包——遗憾万分！

曾华的心，莫明其妙酸了一下，收回目光的同时，顺便要过了李吉东手里的铐子，然后用受伤的左手，出其不意，在李吉东胸前作大写意画那样，转着圈涂抹了几下。李吉东的白衬衫上，转眼间血迹斑斑，变得醒目刺眼，就跟他真的是挂了彩。

李吉东一阵惊讶过后，脸上火烧火燎的感激色彩，犹如雾气弥漫。

是啊，马无夜草不肥，人无外快难富，李吉东这个聪明人，明白老同学在这一刻调换手铐，还有置换位置后所放弃的东西是什么！

当曾华听到身后，又有匆匆的脚步声赶来时，急忙一闪身，有意识地往一边退了退，巧妙地闪出了一个恰到好处、可容李吉东日后说话轻松的空当。

而这时的李吉东，早已心领神会，架上了不再挣扎的孙某，老道逼真的擒拿姿势，让赶来的同行们看了个满眼。

抓捕现场层次分明，主题突出——定格。

倒是曾华这个大活人，作为这个抓捕现场的人体衬景，在后来人的眼睛里已然是模糊一团了。

好运气就这么来了，李吉东立了二等功，电视为他喝彩，报纸给他腾版面，新拍照的彩色大照片，也进了局里的宣传橱窗。而曾华和其余参加行动的人，享受到的仅仅是有关领导的口头表扬。

局里开庆功会那天，市政法委书记，以及市委市政府相关部门的领导也赶来捧场，阵势还没有完全摆开，场面就已经不一般了。曾华试着调整心态，鼓励自己为老同学好好高兴一把。可惜的是，那天曾华的整张脸，没能做到高兴这个份儿上，他在李吉东上台领取荣誉、展示风采那一刻，两个鼻孔突然发难，堵得不通气了。

倒是过后没几天，曾华听说，李吉东把二等功的奖金，全都捐给了一个残疾人福利基金会，于是老同学之间特有的那种亲热感，又把他身上还在发凉的地方给暖热乎了，他觉得李吉东还行，没怎么走样。

天气挺难得，成朵的白云在无边的蓝色里，悠悠抒情。

曾华和小兰步行去接儿子。小兰的父母家，在盛华电影院南头，像他俩这样晃晃悠悠走，也要不了十几分钟。

穿过永平大街，他们上了海林道。

在一家摄影公司门前，一个从侧面看，体态很是一般，板栗色头发里，顺着一小缕黄发的姑娘，立在人行道中央，岔开两条皮裙子只管住了半截的大腿，旁若无人地看着手里的一沓照片，时不时还笑几声。

绕过这个挡路的姑娘，小兰抑制不住某种心情问曾华，哎，她头上的那一小缕黄发，你过来时注意了吧？

曾华说，就那几根黄毛？什么呀，一看就假了吧唧的。

小兰耸着肩说，你快别说了，免得叫人家听到了，笑话你是个不识字的大老粗，怪丢人的。我告诉你吧，那一小缕黄发，叫挑染，时尚，流行，我们学校里也有高中生凑热闹跟这股社会时髦风，把头发给挑了，班主任什么的也不管，你说这是什么风气，还叫个学校吗？

挑染——曾华嘀咕，摸着后脑勺。

小兰说，我说话你听没听呀？真是的，拿你这号人，没治，你就懂得钻猫窝蹲狗洞，变着法子去抓人。哼，我告诉你，等哪天高兴了，我也去挑一缕。

抓坏人。曾华从小兰的话里，拣出一句来更正。

小兰的心思正在挑一缕上转悠，就没在意曾华的这句更正。

曾华觉得他们又说不到一块去了，就很无聊地往身后扭了一下头，不料小兰这时一伸手，把他的头，又给搬了过来，警告说，看什么看？当心看进去拔不出来，晚上做梦娶媳妇空欢喜。

别动手动脚。曾华说完，照着小兰的屁股，拍了一巴掌。

干什么干什么？大街上注意影响好不好？知道的认咱是两口子，不知道的还以为你这是在拍小姐马屁呢，到时你说你冤不冤吧？小兰嘴里跟蹦爆米花似的，一副得理不让人，逮住蛤蟆攥出尿的劲头。

曾华有点招架不住了，只好紧走几路，把小兰甩在身后。

当两个人再次走到一起时，天南海北的闲话没聊上几句，小兰的话，就又跳到了那个累人的话题上。

小兰说，我就是想不明白，李吉东的葫芦里，究竟卖的是什么药？

对于李吉东请这顿饭动机何在这个话题，这会儿曾华的兴趣已经不大了，起码是比昨天想得开了，就索然无味地说，活着怎么这么累呀？咱不猜了不行吗？要不，你就当他李吉东吃错了药，行不？

小兰放过他的这个建议，捅了他一指头，冷不防问，曾华，你近来没什么事瞒我吧？比如说交了好运什么的？

曾华放慢了步子，看了一眼小兰，找事闹的口气说，交桃花运了。

小兰挤了他一眼，就你？熊样儿吧！不等曾华有反应，紧接着又问，再比如说，你跟哪位市领导套上词了……或是认识了某某董事长，总经理大老板之类的显赫人物？

曾华听乐了，拍拍胸脯，谁都不尿的口气说，像我这样有理想有事业有本事的人，犯得着与那些人来往嘛，没影的事。

小兰沉吟道，这么说，这就不是他请这顿饭的引子了。哼，我想你也不是一块被他踩一脚，你就能把他弹到天上去的跳板，你关系网里的人，哪个有钱有势？

是呀是呀，我的那些人，也就是长了一套鼻子眼睛，没多大出息。曾华说。

你烦人，你好好跟我说话行不？小兰说，半真半假往下沉脸。

曾华觉得沾到了一点小便宜，就连连点头，打了个敬礼，模仿香港同行的腔调，调侃道，噎死，长官！

这么屁了嘎叽的一句话，外带一脸夸张，却也没能从小兰的嘴里引逗出嘎嘎的笑声，看来李吉东为什么请客这个事，此时被她琢磨得越发不是个事了，不然她早就憋不住了。

玩笑没收到效果，曾华就扫兴地想，这个女人也真是要命，挡得开这事那事的时候，她比谁都快活，话也好玩，可是一旦像今天这样，给事缠住了脚，原地转圈儿，头昏脑涨了也掂量不出个头绪，这就坏了，接下来她肯定要往牛角尖里钻。魔怔什么样？差不多也就是她钻牛角尖时的样子。

小兰的眼角上，已经绽出了清晰的鱼尾纹，脸色也像是害了什么妇科病，灰突突的不好看。小兰眼神躲躲闪闪问曾华，你们局里，最近没组织体检吧？

曾华一怔，觉得她这句话问得没法儿落地，再往她脸上一搭眼，就看到了一张反常的面孔，心里一团揪住了，暗想，她这句八竿子打不着的话，莫非是跟李吉东请客的事沾边？

曾华咳嗽了一声，用常规口吻道，没有啊。

小兰啊一声，长出一口气，眼神这就不怎么飘了，看着像是有了归宿。

曾华倍加小心地问，你怎么想起问这个来了？

小兰捏着手，用肩膀靠了他一下，难为情地说，刚才……我瞎想来着。

瞎想？曾华说，看着她的脸。

嗯……小兰扭着身子挎住他，几分感伤地说，我以为你是得了什么要命的病，而且李吉东也知道你快不行了，没几天活头了，这才招呼两家人，聚一块儿吃顿告别饭什么的。

曾华一撇嘴，表情夸张地说，我的老天，这得有多大的怨恨，你才能这么诅咒你老公呀？

小兰夹住他的胳膊，使劲掐了一下，冲着他耳朵解恨地说，我让你……刚说出三个字，舌头就像是遭遇了暴风雪，嘎巴冻住了，没有下文了。

小兰的这个急刹车，曾华毫无防备，心里咯噔一下，断了根发条似的，脚底下划过踩空东西的感觉。

小兰的两只胳膊猛一较劲，扳过曾华的身子，一脸绯红，大彻大悟，接着就是喜出望外，举起一个拳头，挥动着说，啊哈，曾华，我终于猜到了你老同学今天请客的动机了！

对这话，曾华虽说难断真假，可还是受了小兰这股突发情绪的感染，来了精神头，急忙开口，你说。

见曾华的兴头，这就给挑起来了，小兰一翻脸，又卖起了关子，看着曾华，光笑不说了。

曾华脸上热乎乎的，他看出来小兰又在捉弄他了，也明白这时候要是沉不住气，那就彻底让她涮熟了，于是按捺住正常的思路，迂回往里递话，你不会是想告诉我，我这个老同学今天请客的目的，是在打你什么主意吧？

俗，太俗。小兰一摆手，不攻自破，说，你想呀，李吉东他新官上任，这心里头，还能不盘算着干几件露脸的事？而这年头露脸的事，未必都是阳光工程吧？我的意思就是见不得人，听明白了吧？你用不着这么看我，我背后这么说他，绝不是我的小心眼在作怪。

曾华瘪嘴，摇摇头。

哎，瞧你这傻样，叫我怎么说你好呢？小兰满脸感叹，看来不把话给你说到眼皮子底下，还真就不行了呢。一句话，就是李吉东准备在什么阴谋事上，退一步说，就是不干不净的什么事上，拿你小子当枪使，当狗腿子用，当二百五耍，这回你看明白了吧？白内障眼。

曾华坦然一笑，说，我还以为是现实小说呢，原来是科幻故事。

怎么，你不信？小兰瞪大了眼睛，说，曾华，你要相信女人的直觉，尤其是你老婆现在的直觉，不然你可就要吃大亏了，懂吗你。

行了行了，你快别闹了，不就是吃顿饭的事，怎么越说越离谱了呢？曾华挥着手说。

哎我说曾华，怎么我说什么，你都给我挡回来？你怎么老是向着他呢？你是不是特别怕你这个老同学呀？

曾华不软不硬地说，都是腰里别着家伙，手里拎着铐子的主儿，谁在乎谁呀？

要不就是有什么短，给人家捏到手里了？小兰盯着曾华说。

扯淡！曾华笑道。

瞧瞧瞧，又来了不是？小兰翻着眼皮说，就算我是胡思乱想胡说八道，可我这都是为谁呀？还不是怕你被身边的人抓了冤大头，被要好的人笑呵呵暗算掉？真是的，好像我吃饱了撑的，愿意没事找事。

曾华一见小兰的脸，全让委屈包围了，忙不迭赔着笑脸说，我知道你是为我着想，我又不是弱智。

你就是弱智！

曾华皱一下眉头，一本正经地说，不是我不愿意承认自己弱智，我是怕你受不了这个刺激。你想想，一个弱智的老婆，起码也得是个半残废吧？

找打呀你！小兰挥手说，像个孩子，转眼间脸上又欢喜了。

看路！曾华一把抓住小兰。

差半步，小兰就撞到了一根电杆的斜拉索上。小兰拍打着脑门，意识到后背上正在冒冷汗。

受到意外惊吓的小兰，扬着头向前走去。

曾华原地不动，等小兰离他有六七步远了，才大声问道，你去哪？

小兰猛地转过身，左右看看，缩着脖子，捂着鼻子走回来，笑嘻嘻说，操蛋，走过油了，让你气糊涂了。

一个与小兰擦肩而过的半大女孩，向小兰投来蔑视的一眼。

小兰的脸上，腾一下着色了。她转过身，瞪着曾华，像是曾华刚才蔑视了她。

天有不测风云，李吉东这场用意不明的宴请，到头来却是因为一场谁都无法预料的意外而没有成形。当时，两家大小六口人，已经迈进了东方海鲜大世界，跟着引路的礼宾小姐，刚迈步上楼梯，就听见楼上传来两声沉闷的枪响，礼宾小姐一哆嗦，两条腿僵硬得不会打弯了。

有情况！曾华说，本能地一侧身，右手下意识地往腰上摸去。

紧跟在礼宾小姐身后的李吉东，此时左脚已经踩上了楼梯，就见他身子一晃，两脚一岔，后背就贴到了墙上，与此同时，也不知他从哪儿拔出了手枪，做出了可防御，也可进攻的架势。

像在三楼。曾华盯着楼上说。

让我来，你身上没有枪。李吉东扭头对曾华说，你马上报警，再把她们转移到安全地带。说完，不容曾华再言语，就落肩，收腰，仰头，斜身子摸上楼去。

曾华攥着拳头，蠕动了一下嘴唇，像是正在从心里释放着什么。

楼上又传来女人刺耳的尖叫声，瓷器落地的破碎声，什么物体沉闷的撞击声，紧跟而来的是一片杂乱的脚声和交织在一起的叫喊声。

杀人啦——杀杀人……啦——

那边跑，往那边跑！

快，快呀！

啪啪啪的枪声，又从楼上飞下。凭借经验，曾华听出来，这回是两支枪对射的声音。李吉东开火了，曾华脸色担忧。

接着，曾华听就到了多人在楼梯上拥挤和打滚的声音。

曾华最后放弃了冲上楼去的念头，像一只护犊子的老母鸡，张开双臂，四下环顾，警惕地护着大惊失色的妇女孩子，离开楼梯口。这过程中，曾华掏出了手机，走动中拨号，与110接线。

从楼上跑下来的人，有的脚上只穿了一只鞋，有的泪流不止，有的歇斯底里挥舞双手，一个摔倒的小女孩，被一个头也不回的中年女人，拖着玩命跑，反光的大理石地面上，滑动着小女孩时断时续的呼救声。

乱哄哄的大厅里，这时也不知从哪儿钻出来这么多惊慌失措的人，缺少斯文互助的人，所有人都疯了一般，往门口涌去。

曾华把女人和孩子，一把把推进旋转着的玻璃门里。最后往门内推小兰时，曾华在小兰耳边叮咛了几句，就转过身跑向楼梯口。

就在曾华的背影，蹿上楼梯的时候，街上警车的笛声，似乎离东方海鲜大世界不远了。

曾华一口气蹿到三楼，在洗手间那儿看到了李吉东。

李吉东已经得手了，被他铐牢的犯罪嫌疑人，脸朝下，趴在地上，右腿膝关节那儿，好像还在流血，从身段上看，这家伙像个中年男人。

曾华再次把目光移到李吉东脸上时，眼神突地跳动了一下。

李吉东挂彩了。

曾华盯着老同学的右耳朵问，伤重吗，李队？

李吉东就挺了一下脖子，伸手摸着血乎拉，只剩下了半片的右耳说，我操，够险呀，差点没让这小子，打了个十环！

算你命大。趴在地上的犯罪嫌疑人，这时突然开口。

闻声，李吉东和曾华，同时拉开搏斗的架势。虚惊，趴在地上的犯罪嫌疑人，并没有动作。

当再次抬起头时，李吉东松口气，压着声音说，他打中了我右耳朵，我把他右腿敲断了。

犯罪嫌疑人，呻吟了一声，牙咬得咯咯直响，有点亡命徒的劲头。

曾华微微一笑，拍拍李吉东的肩膀，又问，案发现场在哪？

李吉东说，珊瑚厅，遇害人男性，五十几岁，头部胸部，各中一弹，当场死亡，现场情况，大致这样。

他是天宇泰集团董事长……犯罪嫌疑人侧过脸说，露出来一只眼睛里，装满了被疼痛扭曲着的成就感。

李吉东瞪了一眼地上那只分明是在挑衅的单眼。

曾华搓搓手说，楼底下，有惊无险。李队，那我去现场了。

曾华离开没多久，接警的 110 就赶到了。

负伤的李吉东，还有中弹的犯罪嫌疑人被送往医院。

案发现场的勘察和取证等事宜，操作起来也没花费太多的时间。

阳光刺眼，曾华的右脚，刚迈出东方海鲜大世界的旋转门，身子就摇晃了一下，脑袋里嗡嗡得就跟正在通过一股高压电流，眼前的街道，也变成了一条哗哗流淌的河……

爸爸，爸爸——

曾华正在金星闪烁的世界里寻找儿子时，儿子已经站到了他面前，扬着头，目光怯生生地望着他。

曾华弯下身子，冲儿子笑笑，然后摸着儿子头顶，问道，妈妈她们呢？

吓死了吓死了。声到人到，小兰面色苍白，捂着胸口说，我刚才看见李吉东了，他脸上在流血。你、你……你没事吧曾华？

曾华说，我没事，李吉东的伤，也不重，掉了半个耳朵。对了，那娘俩呢？

小兰往街上一指说，她们打的，尾随李吉东的车走了。

那边，一个 110 的人，冲着曾华一个劲地招手，曾华就对小兰说，你带儿子先回家吧。

天擦黑时，曾华才一脸倦色地回到家，此时神色还见紧张的小兰，马上给他沏了一杯茶，显得比往日会体贴人了。

小兰打听了一下案情，唏嘘了半天。

曾华头发沉，这种累的感觉，刚一离开大脑，就水一样注入到了他的四肢末梢上。

小兰吹出一口气，动着感情说，其实，李吉东，也还行，挺像条汉子。你就说今天的这个事吧，当时他要是有什么乌七八糟的想法，他能找到一百理由，把他的枪，交到你手里，让你冲上去。唉，要说你们刑警，不管平时怎么样，到了危难当头，到了夺命的关键时刻，只要不掉链子，豁得出命，也就够意思了。吃玩命这碗饭，哪有个准？曾华，要不你别干刑警了。

话，都叫你说了。曾华端起茶杯说。

说你胖，你甭喘。小兰一指曾华，你这辈子，也只能当刑警了，你天生就是个出生入死的料。

曾华喝了一口茶，一脸赞叹道，这话，你说了能有一万次，每次都是这个味。

小兰咧一下嘴，背着手说，那好，我就换个新鲜一点的话题。我问你，像这一回，李吉东是不是又能捞个什么大功？

他能捞个 24K 的大金盆。曾华比画着说。

那你呢？

我嘛，往寒碜上说，最不济也能得一座金山。曾华说到这，脸上顿时六神无主了，抖着手往下说，麻烦了，麻烦了，愁死人了，你说这金山到时候往哪儿放？

哎哟嘿，真那样，还不得把你老婆，乐成一个植物人？小兰说，冲着拿她找乐的曾华，做了个鬼脸。

曾华用手比画着金山。

小兰乐过去了，再次开口时，脸上就有了疑问，哎我再问你一个正经事，就是他怎么可以随身带枪？你不是跟我说过，你们局里有制度吗？

曾华的舌头，一下子被问短了。对李吉东在双休日里带枪这个事，他在现场的时候，心里就犯嘀咕了。

小兰觉得曾华已经被她问到了死胡同里，于是故意装傻，接着往下卖弄，哎曾华，是不是那些当头的，都有这个特权啊？唉，今天你身上要是有枪，我敢保证，你会第一个冲上去，立个头等功对你来说，还不就跟玩似的，是吧曾华？

一圈红晕，这就围上了曾华的脸。好在没多长时间，找齐的话，就涌到了他嘴边，他意味深长地说，是啊，李吉东今天要是让人打碎脑袋，那也是特权。而我这个不享受特权的人，今天就是想让犯罪嫌疑人把我脑袋打开花，也是没办法去抓住这个机会，你说是这么回事吧？

小兰脸色有些吃紧，因为曾华这番话，让她意识到今天自己不能沾他太多的便宜，那样的话，就有点过头了，他今天毕竟是在生死场上走了一遭。

小兰立刻调头，转换话题，找辙降温，感叹道，李吉东这回，就是立下再大的功，也是亏，丢了半个耳朵，怎么说他今后也是个身上有残疾的人了。

曾华瞟了一眼小兰，竟然笑了，说，我说你可真能整景，掉了那么一点肉，就是有残疾了？

小兰嘟囔道，也是该着，你说他好模样的，请咱们吃的哪门子饭？今天要是不去东方海鲜大世界，他能叫人打掉半个耳朵吗？

多亏今天去了，不去，社会上就又多了一个逍遥法外的杀人犯。曾华说。

行了吧你，打住！小兰甩手说，并没有意识到自己说这句话时的口气，还有神色，已经在不自觉中，把她的原形恢复得差不多了，曾华刚进家时她脸上作秀用的那层温柔，眼见着就要连根拔起，好不容易找到的克制意识，现在也是说到后脑勺，就到她后脑勺上挂着去了。

曾华脸色不耐烦了，带着怨气说，你就不能少说两句？你以为你是什么特约评论员啊？

小兰鼻子一抽，扫来一眼，硬碰硬地说，咱还就事论事说，今天这个事，你曾华从中想必也没起到杠杆作用，大不了也就是给李吉东打一回下手，跑了一次龙套，猎物是撞在了人家李吉东的枪口上。

曾华望着漆黑的窗外，脸上灰蒙蒙，跟小兰磨嘴皮子的精神头，显然所剩无几了。

这时儿子的卧室门，悄然打开一条缝，一把黑色塑料手枪的枪口，小心翼翼地捅了出来。

曾华正对着儿子的房间，于是他就双手捂住胸口，两眼一闭，脖子一挺，扑通倒在了沙发上。

你闹什么妖你？小兰瞪着眼睛说，她并不知道曾华在跟儿子游戏。

小宝推开门，拎着手枪，悻悻地走出屋，来到曾华面前，绷着脸，极不满意地说，爸，我还没开火呢，你怎么就倒下了？

曾华不张嘴，还在装死相。

你不好玩！小宝气得噘起了小嘴。

爸爸是中弹了，小宝手里的枪，是无声手枪。曾华蹭地坐起来，一把将儿子抱起来，亲着儿子的小脸。

小宝躲着问，爸爸，你见过真的无声手枪吗？

曾华刚要回答儿子的问题，不料小兰抢先开了口，她说，儿子，妈告诉你，你爸他有一把无声手枪。

曾华朝小兰脸上一看，马上就回过味了，意识到她说的那把无声手枪是自己身上的什么物件了，脸上腾地一热，瞅着表情还在那个劲的小兰，控制着情绪说，我说你这人，还像话吗？还有深浅吗？当儿子的面，你胡说什么？

小兰嘿嘿一笑，冲儿子挤着眼说，妈刚才是说，你爸他有一把无声手枪——那是不可能的。一把无声手枪，要好多钱呢，你爸他们单位穷，没钱。

小兰这个大弯子拐的，叫曾华哭笑不得。

小宝皱着小眉头，看看一脸无奈的父亲，又瞧瞧脸色一本正经的母亲，将信将疑，哼哧了一声，想说什么，却没有说出来，两片小嘴唇上绷着劲。

这时有电话打进来，小兰转身去接。

噢——是李队长呀，你还在医院吗？你的伤不碍事吧李队长？啊没事呀，那就太好了李队长。小兰说，空着的左手卡在了腰上，哎呀我跟你说吧李队长，当时可是把我们吓丢魂了，腿都不听使唤了，你说我们这些女人，平时哪经过这种真刀真枪的场面？可不是嘛，悬到家了，真的是差一根手指头的事……我算是眼见你们这些刑警，怎么玩命了李队长……嗨，你看你这是说哪去了，还什么从头再请，你可真是的，我和曾华，这就领你李队长的情了，你就别再想着吃饭的事了，好好养伤，回头我和曾华去医院看你李队长。好好，他在，在，我叫他。曾华——你们李队长的电话！

曾华放下儿子，望着一时还收不净满脸媚笑的小兰，心里不知为什么酸了一下。其实，在小兰与李吉东通话过程中，他心里也像刚才那样酸了几次，想必是小兰跟李吉东说话时，那脸讨好的温顺，那种找到知音感觉的附和口气，都让他觉得陌生，或许还有一点点不舒服吧。他倒了口长气，接住了小兰送来的话筒。

啊，李队。曾华说，勉强笑笑，我有什么事，没事。得住几天吧？嗯，那就听医生的吧。

那边的李吉东说，我刚才已经跟你老婆说了，这次不算，日后补请，今天这事另外再算一次，我还得请，还得再感谢你，因为你又给我创造了一次机遇，我说老同学。

上一次的感谢，曾华到这会儿还没摸到根须，现在李吉东又来感谢，感谢玉着感谢，这对曾华来说，等于是朦胧挡着朦胧。他抿着嘴唇，噏了一口粗气，真想就着心里的压抑劲，问问老同学，这一次次的感谢，到底是什么意思？然而像过去许多时候一样，每每话到嘴边，就走不动了，仿佛这些要问的话，是一些很见不得人的话。他的脑子开小差了，李吉东刚说的几句话，他没能听清楚，而李吉东在电话那端，八成也是感觉到了什么，就降低嗓音送来一声——喂？

啊，李队，说说说，我听着呢。

今天也把你折腾稀了，你也早点休息吧。

曾华觉得这就撂下电话，多少显得仓促，对老同学来说不大合适，于是就找放松的话说，你现在是拿左耳朵听我讲话吧？是不是有点不得劲啊，李队？

要不说呢，这冷不丁的改变习惯，还真是别扭的不行，稍不留心，就想换手拿手机，刚才给家里打电话，就换了一次，碰得耳朵这个疼呀。

等会儿你睡觉时，还是个事呢我跟你说。曾华挺了一下身子，挠挠额头。就在这时，曾华被一种奇怪的心情支使着，把话筒移到了左耳朵上，找着某种从未体验过的感觉，说，今天你就早点休息吧，李队。

我倒想早睡，可是早睡得了嘛，你知道一个耳朵上，有多少根神经？其中半根与你过不去，就够你喝一壶的了。李吉东说。

曾华嘿嘿笑了，把在左耳朵上犯别扭的话筒，又移到了右耳朵上。

你可不能把快乐建立在老同学的半个耳朵上。李吉东拖出一个长音，跟着转换话题，说，对了曾华，我听说领导，这次也让你写个东西？

曾华差不多把这件事忘干净了。他调整了一下心态说，我正在为这份差事发愁呢，你说舞文弄墨这种事，我哪有你那两把刷子啊，刘队。

李吉东说，这总比写情书检讨书什么的容易吧？我跟你说老同学，话赶到这了，我顺便就说两句，这次行动是怎么回事，你就怎么下笔，千万别在里面种花栽树，把我弄成一个高大全形象，那样我可就吃不消了，我说你明白吗老同学？

这件事被老同学如此一强调，曾华心里就晃荡开了。此前，他倒是真没在这件事上有什么添枝加叶的想法，不然他也就不会把这件事忘到一边去了。而现在看来，面对这件自己不擅长摆弄的事，不方方面面的多费点心思，不把脑筋动灵活了，还就不怎么好办了呢！

尽管心里乱七八糟，曾华还是强打精神说，老同学，这你就不用操心了。

等着对方开口的曾华，这时就从电话里听到了敲门声。

那好吧老同学。李吉东说，有事，咱们随时联系。

曾华道，嗯，晚安，李队。

结束通话，曾华举起胳膊，扭着屁股，拉抻酸溜溜的腰。

小兰搂着儿子的脖子，不动声色地打量着不与她交流的曾华。

曾华拿着劲，一下接一下，把多余的懒腰，抻得直走形。

小兰轻轻摇着儿子，虚眼儿瞄着曾华，像是对儿子，也像是冲曾华，说，我是越来越纳闷了，你说这李吉东，不会是中了什么邪吧？都这个样了，刚才他在电话里，还跟我说请客的事呢。

心事重重的曾华，这当儿脑子一转，就找到了一个打发小兰疑虑的借口，他语气中肯地说，算了，告诉你吧，今天是我和李吉东正式穿上警服的纪念日，他是冲这个纪念日，才张罗着请请咱一家三口。其实我这个老同学，有时候，在有些事上，比一般人，还是要讲交情的。

曾华这么打发事，这么安抚小兰无法平静的心，倒也不是没边没影的瞎诌，想当年他和李吉东，确实是在这个月份里穿上的警服，但到底是在哪一天，他就说不准称了，假如蒙对了的话，未必就不是今天。

小兰眉梢收缩，神色不定，表情是那种信不是，不信也不是的表情。她松开儿子，身子挺起来，犹豫着问，他刚才说的？

曾华点头肯定，外搭一张笑得不算自然的脸。

# 隐手开牌

## 一

秦棋和梅迪迪坐在沙发上，喝着自家熬的哥伦比亚果克拉咖啡，有滋有味地看着碟盘。碟盘是梅迪迪下班带回来的，一部国外的情爱片，一个男人与一对姐妹情感纠葛的故事，片名叫《隐手开牌》。此时的画面是一个游泳池，一个胸毛茸茸的男人，躺在太阳伞下的躺椅上，脸上盖着一本杂志。

秦棋忽然想起了什么，侧过头说，迪迪，咱们有日子没去游泳了，要不今晚咱们去紫云宫游泳吧？

梅迪迪看入迷了，盯着屏幕说，别说话，看完再说。

秦棋努努嘴，没再吱声。

画面切换到了一座庄园，一个女人从庄园一侧的树丛里走出来……

这时有短信息打进了梅迪迪的手机。

短信息是梅迪迪的妹妹梅飞飞发来的，问梅迪迪在哪呢，梅迪迪匆匆回复说都在家。梅飞飞又顶来一条，说我现在玉兰大剧院这儿呢，过一会儿去你家。

没法看下去了，你小姨子一会儿到。梅迪迪扬着头说，大脑一放松，看碟的心劲就减了下来，站起来甩着手，抻着懒腰，边往卫生间走边说，麻烦呀，麻烦死了，看个碟都看不安静。

秦棋也觉得扫兴，小声嘟囔道，小怨妇来，还能不麻烦。

梅迪迪突然停下来，回头大声问道，你说什么？你敢说她是小怨妇？

秦棋说，你刚才不是说麻烦死了嘛。

梅迪迪说，我说是我说，她是我亲妹妹，我怎么说都行，你不能胡说，看待会儿我不告诉小怨妇。

秦棋苦笑道，要说也是，我哪有资格说你妹妹是小怨妇，人家现在广州一套房出租，东莞一套房自住，开着几十万的私家车，活人就活一个玩字，小资也比她逊色呀！

梅迪迪蔫蔫一笑，扭扭胯部，悠着手说，你少跟我酸，等会儿她来了，你当面说给她听。

秦棋摇着头说，饶了我吧，惹不起躲得起。

秦棋这句服软的话，吐出来就能落地。秦棋确实惹不起他的小姨子，他小姨子是三个月前从广州搬到东莞来居住的。小姨子在银蓝花园买了一套一百四十平方米的房子，广州那套房子出租了。

梅飞飞与姐姐梅迪迪，想当年都是从北京考学考到广州来的，毕业后也都留在了广州，后来秦棋调到东莞来了，梅迪迪也只好妇随夫唱，跟到了东莞。

　　梅飞飞从大学毕业工作到过着现在这种懒散族的自由生活，这期间共结过两次婚，生了一个男孩。男孩是她跟首任丈夫、一所中学的副校长生的，离婚后男孩给副校长领走了。有关小姨子第一次离婚的细节，秦棋不大清楚，梅迪迪也说不到点子上，不过小姨子跟第二个丈夫为什么离婚，秦棋倒是一清二楚。

　　梅飞飞的第二个丈夫是做 IT 的，做得小有成就。婚后，丈夫不拿梅飞飞的英语教师工作当差事看，劝她不要再去学校受累了，辞职做个自由女性，而梅飞飞这时对教英语也没多大兴趣了，现在丈夫又劝她过吃闲饭的日子，于是就顺着丈夫的疼人话，辞职回家做了全职夫人，之后不久就开上了丈夫作为生日礼物送给她的酒红色尼莱斯小轿车，算是真正过上了衣食无忧的小富婆生活，显摆劲上来时，好拉着丈夫风风火火从广州赶过来，请姐姐和姐夫吃饭。谁知好景不长，一天梅飞飞的丈夫从广州跑来见秦棋，说是出事了，他昨晚在电视里，看见了梅飞飞。当时秦棋一头雾水，不知道他到底要说什么，等到他把事情说开，秦棋才意识到小姨子当真是出事了。昨晚梅飞飞的丈夫看电视，在一档央视直播的国庆黄金周特别节目里，女主持人在泰山脚下采访游客对黄金周外出旅游有什么特别感受时，结果就看见了梅飞飞，挽着一个又高又胖的中年男人，喜不自禁地接受记者采访，说她跟老公这次出来感觉很好，饮食、住宿、交通和购物什么的都还没遇上麻烦，走哪儿都顺心，黄金周已经成了品牌节日……

　　梅飞飞的丈夫苦着脸告诉秦棋，等飞飞一回来，他们就去离婚。见他做出绝情决定了还飞飞地叫着，秦棋心里禁不住一酸。等梅飞飞的丈夫离开后，秦棋越想越压抑，就打通了小姨子的手机，问她在哪呢，小姨子说在海南岛的沙滩上晒阳光浴呢，秦棋没工夫跟她兜圈子打哑谜，捅破窗户纸说你老公昨晚在电视里看见你在泰山脚下接受采访了。小姨子没词了，沉默了一会儿就把手机挂断了，秦棋再打时，小姨子的手机关闭了。

回到家，秦棋把梅飞飞在泰山脚下发生的事告诉了梅迪迪，她一听就急了，冷着脸骂道，不要脸，丢人都丢到央视直播现场去了，父母在九泉下也脸红啊！

梅迪迪父母是在一年里先后离开人世的，梅迪迪只有梅飞飞这么一个妹妹，而且很疼她，尤其是昔日面对父母的遗产，她没有跟妹妹对半开，把父母留下来的那套房子完整地给了妹妹。

骂过后，梅迪迪赌着气打梅飞飞手机，梅飞飞手机依旧没有开机，梅迪迪丢下手机说，烂货，烂到心了！

接下来的几天里，秦棋和梅迪迪又多次打梅飞飞手机，梅飞飞手机始终没动静，梅迪迪都快气疯了，让秦棋从今往后，再也不要管飞飞的闲事了，她就当没这个不争气的妹妹。

后来突然有一天，梅飞飞打通了秦棋手机，秦棋激动得心里怦怦乱跳，问她是不是回来了？

小姨子口气不疼不痒地说，我刚办完离婚手续，你小姨子没吃亏，那家伙把房子和汽车都留给我了，两百多万的家产让我离到手里了。

秦棋愣了半天问，那个人，是干什么的？

小姨子说，一家汽车修理厂的老板。

秦棋又问，他能对你负责吗？

小姨子说，你说什么呐？负责？负什么责？谁对谁负责呀？

秦棋有点恼火，没好气地说，不负责你瞎闹什么？人家 IT
先生哪不好了？人家有知识，能挣钱，会疼你，你是不是好日子
过腻歪了呀飞飞？

小姨子沉默了一会儿说，他好的地方都摆在你眼皮子底下
了，他不好的地方你能看见吗？

秦棋反问，他哪不好，你说我听听？

小姨子喘息声一粗，就沉不住气了，一针见血地送来话，他
床上床下都不好，是个两面三刀的家伙。

秦棋脸上一热，压着心里的火气说，你胡说，我看你越来越
像个问题少妇了飞飞。

小姨子道，哟哟哟，我说姐夫，你又没上我床，你有什么资
格说我胡说？还有我怎么问题少妇了？你这科研工作者就这素
质啊？

秦棋心里的火，再也压不下去了，咬了咬牙说，我跟你说梅
飞飞，你也就是我小姨子，不然我他妈……

小姨子冷呵呵地说，怎么着啊姐夫，你把话说完了，别留一
半在肚子里，小心会发霉的。

秦棋气得浑身筛糠，脸色煞白，蠕动着嘴唇，一句话也说不
出来了。

过了一会儿，梅飞飞的声音才传过来，姐夫，你看着这好那

好的 IT 先生有老婆孩子有家庭，就在梅山花园里，那女人找我打过几次架了，把我怀的孩子都打流产了，住了好些天医院，这些我都没跟你和姐说，打掉牙往自己肚子里咽了。他是个伪君子加王八蛋乘花心再开平方！

听到这，秦棋还在窝火的心里，顿时揪了一下，眼底也酸了，哽咽地叫了一声，飞飞……

梅飞飞就再也忍不住了，抽泣了几声，搅沸积压在心里的苦水，紧接着就哇哇大哭起来。

秦棋浑身一抽，傻掉了……

## 二

梅飞飞来了，身上散发着淡淡的香水味，短发刚刚挑染过，右边那一咎挑了棕黄色，像插上了一根鸡羽翅。

梅飞飞换了拖鞋，拎着一个塑料袋进了客厅。

秦棋断了电视电源。

梅飞飞把手里的塑料袋往茶几旁一丢说，累死了。

你这是去哪了飞飞？梅迪迪从卧室里走出来。

梅飞飞上下打量着梅迪迪说，哇，姐，瞧你这样，像是刚从床上下来，我说你不会是刚收了我姐夫的公粮吧？见姐没给好眼色，脸上就不浪了，松松垮垮地说，除了转街，我还能去哪儿？

梅迪迪过来，拍拍她肩头问，不打麻将了？

梅飞飞一脸泄气地说，这阵子手臭死了，打半天输半天，打一整天输两个半天，不玩了姐，没意思。

秦棋插话说，我看你能坚持几个半天？

梅飞飞瞪了秦棋一眼，吸了吸鼻子说，嗯，咖啡，好闻。哎我说姐夫，我都进来半天了，你怎么还不张罗给我弄杯咖啡啊？你是不是把你小姨子我当成了家里人？跟你说，你可别，我什么时候都是你们家的贵客。

梅迪迪看了秦棋一眼，秦棋耸耸肩，一脸没脾气的表情。

梅迪迪问，你去玉兰大剧院那儿干什么？昨天你不是说今天带你广州过来的朋友去虎门吗？

梅飞飞说，广州那边有事了，她们都回去了。姐，过几天玉兰大剧院里上演芭蕾舞剧《大红灯笼高高挂》，你想不想看？

梅飞飞来东莞后，广州那边的牌友和玩友，三天两头来东莞找她玩，再就是梅飞飞在东莞也有同学，聚一块儿玩起来也是没黑没白，梅迪迪担心妹妹玩疯了玩废了，曾劝过她，说她在东莞要是不打算做点正经事儿，干脆就回广州去混日子，省得让她整天瞎操心。

梅迪迪叹口气说，你就打算这么晃悠下去？

梅飞飞噘着嘴道，我这不是正在找做事的地方嘛姐。

梅飞飞也不想在东莞干待着，这些天她一直在街上转悠，打算在一个好地段上兑个门脸，搞品牌化妆品专卖代理，或是经营一个礼品屋什么的，梅飞飞认为东莞这地方做这种生意比较好，连玩带挣钱都有了。

梅飞飞不急不忙地说，一时半会的找不到合适的房子，再找找看吧姐。

梅迪迪皱着眉头道，我可告诉你飞飞，东莞这地方，天南海北的外来户都待得住，就是闲人待不住。

梅飞飞嘟着嘴说，我闲？每天烧的油，比在广州时多多了姐。

梅迪迪移动目光，指着梅飞飞带来的那个塑料袋子问，你又瞎买什么了？

梅飞飞说，看上了一套运动装，顺手就给姐夫捎回来了。

梅迪迪眉梢一紧，起身来到茶几旁，提起塑料袋子，掏出运动装，抖开了在自己身上比量。

好看吧姐。梅飞飞一脸讨赏的表情。

梅迪迪沉吟起来，使劲抖动着上衣，操着别扭的腔调说，小姨子疼姐夫，还能疼不到地方？

听了这话，一脸和气的梅飞飞，眼神突然有些愣，嘴里没动静了。

哎我说秦棋，你过来——梅迪迪大声说，你小姨子给你买运动装了，还是名牌呢，你还不快来试试。

梅飞飞脸上越发不得劲了，她不明白姐姐为什么一下子就变得阴阳怪气了。过去自己给姐夫买皮鞋、领带、风衣什么的，姐姐从来都是乐乐呵呵，兴头上还会鼓励自己一直这样买下去，买到秦棋老态龙钟。

秦棋从电炉上拿来咖啡壶，给小姨子倒了一杯端过来。

秦棋并没试运动装，看了看，说声不错，就把运动装搭在了沙发扶手上。秦棋已经觉察到了姐俩的眼神都有点不对劲。

好在这之后，姐俩都没开口再提运动装。

秦棋趁机拿咖啡找话，三言两语就把屋子里的沉闷气氛冲淡了。

随意闲聊时，神色多少还有些敏感的梅飞飞，尽量把话题往社会上挑，感慨当官的人在当下是如何如何的吃香，下一个老公，死活锁定当官的，还把牵绳拉线的活儿派给了秦棋。

梅飞飞大大咧咧地说，姐夫你给我注意点，从今往后，你们所里科以上至处级领导，但凡有死老婆的，你马上通知我，我去试试运气。

秦棋现在石油自动化研究所做科研工作，手头上常年有科研项目，研究所隶属广州石油自动化研究院，是个处级单位。

秦棋不愚笨，看出来小姨子这是在拿自己的身子卖笑，但他还是绷着脸，当多大正经事地说，这事有难度，死一个两个怕是轮不上咱们，中年死老婆的领导现在都是抢手货，大姑娘都盯着呢。

大姑娘有什么？梅飞飞一脸轻蔑地说，大姑娘除了嫩点紧点还有什么？你小姨子可是综合实力的代言人，这年头不是讲究复合型人才嘛。

梅迪迪甩了妹妹一眼说，什么乱七八糟的，你就会装神弄鬼穷欢乐，什么正事沾了你舌头，就都没个正形了。当官的，哪天等你想当官的想疯了，我把你姐夫让给你，他正科级，够你标准底线。

秦棋脸上一热，避开了梅迪迪的目光。

让姐姐的话一刺激，梅飞飞嘴上再次没了把门的，她斜眼瞧着秦棋说，姊妹花，双飞燕，你一枪两眼，组合音响，姐夫你能耐大了，还不快点美出鼻涕泡来让我和姐看看。

秦棋觉得梅飞飞这番话很要命，但又不好接茬，只得往脸上弄些无辜的表情给梅迪迪看。

梅迪迪没开口，像是捡到了什么便宜，笑眯眯地挑了秦棋一眼。

梅飞飞把两只胳膊挺过头顶，扳直腰，张开嘴，哈欠了几下，酸不酸甜不甜地说，除了像我姐姐这样没心眼的一不留神当了官太太，别人谁还稀罕当官的呀？你们当官的有几个是透明的？

秦棋担心梅迪迪不爱听梅飞飞说的这番话，脸子一旦吊下来，可就够他和梅飞飞看的了，于是站出来打圆场说，哎，我说飞飞，你刚才可是劲劲地，死活要找个死老婆的当官的呢？

我那是逗你们玩！梅飞飞说，我讲个事给你们听，前几天我在一本杂志上看到山西某地一个不要脸的老局级干部，敛财敛得没招了，就动了邪念，哄他们家的小保姆跟他们家一个亲戚的儿子假结婚，谋划得差不多时，就四处打电话发请柬，操办热情比宣传零八年北京奥运会还上劲，结果是办了一百四十多桌，敛来的份子钱，你们猜猜有多少吧？可怜那个小保姆，后来不但没得到一分礼钱，还给老局级找种种借口轰出了家门，据说连当月的工钱都没给结清，你说说老局级多没人性吧。后来小保姆怀孕了，家人领着小保姆来算账，一开始老局级死活不担着，那家大人要说也是不白给，说是黑是白，不难判断，大不了让闺女再受受累，把孩子给他生出来，然后去做 DNA，检测结果到时看看是送国务院好，还是送全国人大更合适，老局级这才软菜帮子了，给了人家一点青春磨损费，把缺德事给搪塞过去了。

好赖是个局级领导，还是老局级，秦棋你说他真会那么没良心吗？梅迪迪一脸拿不准的神色问，看来她是听进去了。

秦棋心里松了一下，瞧着梅迪迪说，飞飞说的这个不算什么，还有比这更让人来气的呢。前些天我听一个同事说，江苏石油局一个副局长的小老婆养的一条拉布拉多狗死了，你们猜怎么着？小老婆请操办红白喜事的专业公司，给拉布拉多狗隆重操办了一场丧事，收各色人给拉布拉多狗进贡的上路费五十六万七千多。怎么样，荒唐吧？

梅飞飞说，疯了！

梅迪迪揪了揪秦棋问，后来呢？

秦棋喝了一口咖啡道，那还能有好果子吃？副局长一撸到底，赃款归公，系统内通报。

梅迪迪摇摇头说，不就是一条狗嘛，是不是太过分了啊？

梅飞飞接过话头说，姐，这你还听不出来，那条拉布拉多狗是那个副局长小老婆的情狗，国外叫狗情人，不新鲜。

你是说人跟狗……梅迪迪一下子把自己问愣神了。

梅飞飞笑道，要不说现在的女人没底线呢，什么花样都玩得出来。

梅迪迪瞟了秦棋一眼，这时秦棋的目光正在对面墙一幅国画上停留。

这个话题说到这儿，差不多也就没什么味儿了，梅飞飞身子软下来，像是筋骨一下子老化了。以往对什么事或是什么人失去兴趣时，她就是这个慵懒样子。

梅迪迪见秦棋和妹妹都不吱声了，就还想再说说狗情人这个话题，于是嘟哝了一句，中国也有狗情人了。

梅飞飞啊啊了几声，歪着脑袋，有气无力地说，没劲没劲，不说这些个烂话题了，还是告诉我你俩为什么一直不弄个孩子？

孩子这个问题，梅飞飞曾经问过几次，秦棋和梅迪迪每次都是一个说法，那就是没时间要孩子，等以后有工夫了再考虑。他俩的这个说法，梅飞飞觉得站不住脚，她怀疑秦棋生理上有问题，有一次她偷偷问梅迪迪，姐夫每次打出来的那东西，是不是都是臭子儿？梅迪迪就在她大腿内侧拧了一下。

梅迪迪见妹妹没接她的话茬，倒捅出了一个老掉牙的话题，心里一百个不乐意，于是没好气地说，要孩子要孩子，都跟你说一百遍了，飞飞你烦不烦啊？

秦棋不好插话，就假装没听见。

梅飞飞一看姐姐脸上少亲情了，就把孩子的话题卷到舌头下，瞅着屋顶问晚上哪个请她出去吃饭？

梅迪迪一指秦棋说，你姐夫呗。飞飞，想吃什么？

梅飞飞懒洋洋地说，吃块烤白薯，也就够了。

梅迪迪捏着妹妹的鼻子说，烤白薯，疼你都疼不出油水来，往后就给你吃窝头咸菜。

　　梅飞飞往后一倒，伤了元气的口吻说，反正也没爱情，吃什么还不都是一个味！话音刚落地，她的手机就响了，接听后立即兴奋，直说等我等我，我马上过去。手机合上时，人已经往外走了，回头说，本小姨子不陪你们玩了，吃大餐打保龄球去了，你俩爱玩啥就玩啥吧，拜拜！

　　梅飞飞走了没一会儿，梅迪迪就一反常态地问秦棋，像飞飞这样的女人，白让你上，你会上她吗？

　　夫妻间嘴上找闲事，脸上闹别扭，分床冷战三两日，这都是家常便饭，秦棋与梅迪迪时常也是背靠背地闪对方，但闹腾下来大都是些不挨筐骨边儿的皮外伤，不像有些夫妻，因屁大点事儿，就哗哗地往对方头上泼冷水，总是生活在打喷嚏感冒、头痛发烧的氛围中，这种扭曲的日子过久了，容易把人过委屈、过麻木、过没电，直至过到不知对方身上还有什么是可爱的东西，要不说夫妻是这人世间最大的冤家呢。

　　不过秦棋今天感到梅迪迪这句话问得缺少人情味不说，还冷呵呵凉飕飕，让他心里咯噔了一下又坠了一下。他想她什么意思呢？她妹妹在她心里真就是一烂货？而自己也是个靠不住、随时有上她妹妹嫌疑的偷嘴狗？于是就往她脸上看去，她脸上这时倒是没有什么异样表情。

　　秦棋不知如何回答她，怎么琢磨都认为上小姨子这个话题，不是个可以随便开玩笑的话题，同时还觉得梅迪迪现在的心，渐渐远离了自己，远成了一块不大不小的疑点，远成了不薄不厚的一层隔膜。

秦棋的目光再次落到梅迪迪脸上时，梅迪迪柔情一笑说，怎么了老公？刚才我不过是随口问问，你可别往心里去呀。

恩爱的夫妻经不住打击，福气越多的女人越脆弱。秦棋想起了某作家说过的这句话，心里不由得疙疙瘩瘩，像是正有一群蚂蚁爬过。

## 三

捏在手里的工资条，已经被秦棋摆弄半天了，那劲头像是在找某种与工资条相关的什么感觉，但也更像是他这会儿急等钱用，恨不能这就把工资从工资条上弄出来。秦棋的月薪加上奖金之类的零碎钱，月收入接近一万块钱。这种万八千的收入在内地还值得一提，可是在东莞就不怎么显眼了，东莞这地方遍地都是财主和富豪。以往拿到工资条，他都不怎么当回事，粗粗扫一眼尾数，也就是本月工资总数，顶多再看一下几个主要数据就过去了。

秦棋的目光在工资条尾数上揉搓着，其间几次都把眼睛搞花了，那个尾数也就几次变幻、扭曲、抖动、飘浮……

秦棋从笔筒里提出一支笔，左手压住工资条的中间部位，在工资总数后面画圈儿。

一个圈两个圈……三个圈四个圈……五个圈六个圈……七个圈八个圈……九个……秦棋还想接着往下画圈，可惜画不成了，工资条上没地方了，最后一个圈，工资条上画了一半，办公桌上画了一半。

秦棋丢下笔，转了转酸溜溜的脖子，拿起被他修改了总数的工资条，举到眼前，嘴里蹦出个、十、百、千、万、十万、百万、千万……亿万富翁的感觉，把一种虚幻的甜蜜，从他心里顶到脸上，他傻乎乎地乐了。

秦棋现在尽管没有天文数字的存款，但他不缺钱花，他妻子梅迪迪能挣钱。梅迪迪除了在体制内的各项收入，还在一家私人油品公司入股分红，半年见一次利，一年下来不少往家拿钱。

梅迪迪虽说能挣钱，但她不擅长理财，钱拿回来都交到秦棋手上，秦棋是管家。不过梅迪迪倒是会拿钱敲打人，她曾对秦棋忧心忡忡地说过，新时期以来，全国各行各业的男人栽跟头，多半是栽在钱与色上，你秦棋今后在女人身上出毛病我没话说，可你要是在钱上出现闪失，我就不好理解了。钱够适度花销时，钱是人的奴隶；愁钱没地方用时，人是钱的奴隶。秦棋就说，不是人人都能在钱上犯错误的，把我们所卖了又能卖几个钱？梅迪迪说，我再给你讲讲女人。你记住秦棋，你可以不知道你要女人什么，但你必须清楚女人要你什么？秦棋一咧嘴笑道，醉翁之意不在酒啊。梅迪进推了他一把说老实点，还没下课呢，我还没把话说完呢。秦棋笑过说，对一个人放心，首先要有对这个人放心的信心……

秦棋把工资条掖进裤兜，起身抻个懒腰，正欲离开时，猛然意识到似乎还有事要办，就本能地往办公桌上瞥了一眼。他又坐了下来，前胸贴到桌沿上，盯着刚才画在桌子上的半个圈，用右手使劲擦去。

秦棋看了一眼手机上的时间，打电话联系梅迪迪。

从骨子里说，秦棋不是那种古板的男人，在家庭生活中，他时常能制造出一些浪漫情调来，而且有些浪漫情调还能给他长久保持下去，比如说从他挣到第一份薪水到现在，只要不离开居住地，或是不碰到缠腿的事儿，领了薪水的当天晚上，他都要请梅迪迪出去吃饭。

我正在琢磨呢，梅迪迪说，这个好日子一分一秒地过去了，我老公怎么还不给我打这个电话，看来你是真不经我琢磨啊老公。

秦棋说，这叫夫妻感应。你说，今晚什么口味你高兴？

梅迪迪想了一会儿说，要不还去前天去的那家湘菜馆吧。

秦棋不假思索地说，好好，六点半那里见。

梅迪迪说，啊，对了老公，你要是有时间，就给我捎点蚂蚁过来，下班前我没空出去。

梅迪迪现在一家国有油品销售公司做市场营销部经理，平时交际广，应酬多，忙时吃不上饭，甚至解手都得掐钟点。

秦棋给蚂蚁刺激了，身上起了鸡皮疙瘩，心里略微有些发麻，但他还是不动声色地说，好的，我有时间。

挂断电话，秦棋感觉身上的鸡皮疙瘩，正在一点一点地退下去，麻的感觉已经消失了。

人是很怪的，有时怪到自己都不能理解自己，就说秦棋吧，从小到大，他对蚂蚁的感觉，一直处于糟糕状态，他一看见蚂蚁，尤其是成堆的蚂蚁，他首先会起一身鸡皮疙瘩，紧跟着是心里发麻，然后就想到用尿浇蚂蚁，用脚踩蚂蚁，用火烧蚂蚁。

然而命运就是这样不可捉摸，让秦棋意想不到的是，他最讨厌，甚至是也最惧怕的蚂蚁，竟然是他与梅迪迪恋情的导火索。

## 四

昔日在大学校园里，秦棋与梅迪迪的恋情，是从蚂蚁身上拉开序曲的。读大三那年，一个初夏的午后，秦棋和梅迪迪等同学去公园划船。那时的秦棋与梅迪迪还是一般同学关系，甚至比一般同学关系还差那么一点。

梅迪迪的长相，在班里虽说不是数一数二，但也是男生们眼神消费的热点人物，一米六五到六六的身高，一张椭圆脸，细嫩润滑，眉毛黝黑，还有亮泽，一配她那双离出色两字还有段距离的眼睛，那眼睛顿时就受益了，悠一下从平淡中荡出来，流露出韵味、动感、迷窝，甚至多少还有点诡秘；鼻子的造型呢，按理说挺得也是有模有样，搁任何一个姑娘脸上，都能耸出一些魅气来，但是在她脸上就埋没了，因为她的两个颧骨要比一般女性的颧骨显凸，也就是说，她的鼻子长年陷在了两个颧骨之间，不由得给人一种时时受委屈，天天吃力往上拔的紧迫感觉；嘴是她这张脸上的起色部位，值得一夸，唇薄，柔松，而且唇线清晰细长，拿下了轻盈与性感这两个词里的大部分含义，无形中就提升了她五官的品质。平日里，多少有些小个性和小骄傲的梅迪迪，好像从来没把相貌平常、学习也不怎么挑尖的秦棋放在眼里。

那天在湖边等船的时候，坐在梅迪迪身后的秦棋，无意中发现梅迪迪的后背上，正有几只赭色的蚂蚁在爬来爬去，顿时就起了一身鸡皮疙瘩，心里麻得一抽一抽的，急忙把眼睛闭上。过了一阵子，他睁眼一看，梅迪迪后背上的蚂蚁不但没有走开，似乎还多了，麻得他头皮都快要炸了，心里一恐慌，伸手就在梅迪迪后背上拍打了几下。

毫无防备的梅迪迪，吓得啊地大叫一声，跳了起来，惊恐地瞪着脸色恐慌的秦棋，一时间不知说什么好了。这时的秦棋也不会解释了，脸憋得通红。

散在四周的几个同学受到了惊扰，聚拢过来问梅迪迪怎么了，梅迪迪红着脸说，刚才我后背上，好像有东西在爬。

当晚，梅迪迪在食堂门口堵住秦棋，冷着脸，开口就问，你什么意思？

秦棋知道她问的什么意思是什么意思，但他却装着什么都不明白的样子反问她，什么什么意思？

梅迪迪哼了一声，直来直去地问，我后背怎么惹你了？

秦棋怕跟她吵架，就和气地说，我打蚂蚁呢。

梅迪迪一听他这话，脸色更不对劲了，哆嗦着问，谁让你打了？

秦棋从没见过她脸色这么难看，心里就有点较劲了，腔调硬硬地说，狗咬吕洞宾，不识好人心！说完扭头就走。

过了一会儿，秦棋听到梅迪迪在他背后发狠地说，秦棋，你给我听着，我不会跟你有完的，你等着瞧！

几天之后，在回寝室的路上，梅迪迪口气缓和地问秦棋，你很讨厌蚂蚁吗？

本打算接着跟她较劲的秦棋，因她的态度如此一转好，这心里顿时就没了底，甚至一听到蚂蚁两个字，身上起鸡皮疙瘩的感觉也不像从前那么强烈了。

他恍惚道，我不讨厌蚂蚁。

梅迪迪斜了他一眼又问，那你喜欢蚂蚁吗？

秦棋说，还行。

梅迪迪噘了一下嘴，悠着两条胳膊再问，那你还打？

秦棋飞了她一眼，憨笑道，怕蚂蚁咬你。

梅迪迪一愣，站住了，望着秦棋的脸，半天没开口。

秦棋的心跳，刹那间加快了。

秦棋与梅迪迪的爱情，从这以后就开始有声有色了，而且秦棋对他从小到大最厌恶的蚂蚁，在与梅迪迪的热恋中也有了新的认识视角，尽管这个时期里他的恐蚁症还时常显现，但都能被他以爱情的名义暂时克服。

在对待蚂蚁的态度与感受上，梅迪迪正好与秦棋相反，梅迪迪曾对秦棋说，也不知是怎么回事，她在读小学四年级的时候，突然意识到自己与蚂蚁纠缠上了，时常能感觉到有蚂蚁在身上爬呀咬呀，尤其是夏天里，经常有人大惊小怪地提醒她身上有蚂蚁，好多蚂蚁。等到上中学的时候，她又渐渐发现，每月里总有那么一两天自己会心神不定，没着没落，像是把魂丢掉了。她很闹心，也很忧心，影响学习呀，于是就查找原因，找来找去也没个答案，又不好跟父母讲，怕丢丑怕挨说。后来终于有一天，蚂蚁给了她答案，她发现每月在自己心神不定的那一两天里，只要有蚂蚁到她身上爬呀咬呀，她就会感到舒服，很享受。

伴随着对蚂蚁起起伏伏的认识，以及疙疙瘩瘩的冷麻感受，秦棋把他与梅迪迪的爱情，一步步带进了他们大学生活的最后一年。有一天，刚刚享受过蚂蚁爬咬的梅迪迪在秦棋寝室里撒娇说，秦棋，你要是一只蚂蚁就好了，我什么时候需要你，你就什么时候爬到我身上来。

秦棋心头一热，血往脑袋上顶，喘着粗气把梅迪迪压到床上说，我就是你的蚂蚁，我现在就要爬到你身上咬你。

婚后每每说起这场初次做爱，梅迪迪总是得意地对秦棋说，净吹大牛，还咬我呢，结果还不是你被我咬软蛋了！

秦棋初次做爱的水平确实不怎么样，费半天劲上去了，三摇两晃就下来了，稀里糊涂收场。事后嘀咕失败原因时，秦棋认为不是自己无能，而是蚂蚁在那一刻让他的功力减弱了，不然自己的初次表现不会那么没出息，初次对自己来说多新鲜、多神秘啊，怎么还不得照一根烟的时间去折腾。

然而有关自己对蚂蚁最原始、最真实的感觉，秦棋至今也没告诉过梅迪迪。不仅如此，婚后第二年，秦棋还背着梅迪迪，花了一个多月的时间与心思，秘密研究梅迪迪与蚂蚁之间的怪异症结。他首先分析蚂蚁，找来相关书籍、杂志等资料翻阅，也上网查信息。

如今的秦棋，对各种蚂蚁的了解与认识，已经不是挂在皮毛上的事了，他知道蚂蚁存在的历史悠久，源远流长，从波罗的海沿岸捡到的嵌着蚂蚁遗骸的琥珀化石来看，蚂蚁至少有四千五百万年的历史，事实上它们的祖先可以追溯到一亿多年前的中生代。随着环境和历史的变迁，躯体庞大的恐龙早已灭绝，而身躯细小的蚂蚁，依靠集体的力量在自然界生存、繁衍，而今已成为一个鼎盛的王国，其数量在上百万种陆生动物中首屈一指。蚂蚁种类繁多，全球约有一万六千多种，除了南极、北极和终年积雪不化的山峰外，在陆地上几乎都有蚂蚁的影子，目前我国境内已确定的蚂蚁种类有六百多种。

至于说蚂蚁的饮食及生活习性，秦棋也能说出一大套来，像什么蚂蚁中的绝大多数都不会拒绝含有丰富营养的肉类，对各种昆虫，甚至小的哺乳动物的捕捉也经常发生。蚂蚁很少挑剔肉类，不论死活，即使从没见过的海鲜，只要在领地上出现，照收不误。而且，一种蚂蚁很可能被另一种蚂蚁当作食物，一些蚂蚁甚至杀死同种的蚂蚁，然后吃掉。对于拣到的或抢到的蚂蚁幼虫和蛹，蚂蚁的选择有两种，一种是吃掉，一种是养起来充实自己。但是，有些蚂蚁则完全把抢来并羽化出的蚂蚁当作奴隶。

后来秦棋在蚂蚁上开窍，得益于他从网上看到的一段话：人类对研究和开发蚂蚁的价值由来已久，经现代营养学和医药学专家测试鉴定，蚂蚁含游离氨基酸高达二十七种，各种微量元素二十八种，蛋白质含量是牛肉的两倍以上，并证明了蚂蚁的消炎、抗菌、抗癌、镇静、抗风湿、护肝、壮阳、健脾生肌、活血化瘀等功效，对风湿、乙肝、心血病、糖尿病、妇科、哮喘、胃病、神经衰弱、脱发白发、产后无奶、发育不良、性功能减退等患者均有疗效。

## 五

从医学理论根据入手，秦棋开始怀疑梅迪迪会不会是得了什么稀奇的皮肤病？非蚂蚁不能起到治疗作用的皮肤病？秦棋的心轻松不下来了，闷了几天后，终于没能忍耐住，把他研究出来的担心，一五一十地告诉了梅迪迪，并建议她马上到医院去好好检查一下。

梅迪迪被感动了，说有你这份爱心和担心，我今后就是死在蚂蚁上，也没什么可后悔的了。老公，我今天跟你交个实底吧，结婚前我去医院检查过，结婚后瞒着你也检查过几次，可是什么都查不出来，有专家说可能是某种神经过敏依赖症，也有教授讲可能是一种目前尚未被医学知晓的什么菌类的皮肤病。

秦棋听了，心里沉沉的，但他还是坚持找最好的医院和大夫再看看。

梅迪迪一头扎到他怀里，说了句我听你的，就呜呜地哭开了。

大医院和名医不灵，西药也拿不到要害问题，花出去的钱都打了水漂，秦棋在无奈中想，不能在一棵树上吊死，这又不是癌症糖尿病没法治，于是他就打起了中药和偏方的主意，四处淘弄，结果在那一年里，梅迪迪咕咚咕咚没少往下灌药汤子，灌得她时常是两眼发直，有一次她一闻到药汤子味，张嘴就呕吐，哇哇不止，秦棋赶忙过来，边给她捶背边安抚说，算了，那就别再喝了。梅迪迪不想在这一刻让秦棋有种竹篮打水一场空的徒劳感觉，于是一抹嘴，直起腰，花着两眼，硬从难受里找幽默说，不行，这是爱情汤，我得把它喝下去……

功夫不负有心人，一次秦棋陪所长出国考察，认识了一个华裔皮肤病专家，秦棋虔诚向人家讨教梅迪迪的蚂蚁症结。专家听后，没多说什么，送给他两瓶西药，让患者照说明吃就行了。药名、用途和服用说明什么的全是英文。秦棋英语水平过关，当下就在心里把药名译出来了，四个中文字：托拉西平。分手时华裔专家给了秦棋一个电话号码，嘱咐他不论药效如何，到时都要给他打个电话。

托拉西平还真是厉害，等到梅迪迪把两个药瓶吃空后，她身上的蚂蚁症结消失了。激动的秦棋，忙给华裔皮肤病专家打电话表示感谢，华裔专家谦虚过后说，从现在起，一个月内，你均分日子，三次捉蚂蚁来，放到她身上，三次的蚂蚁要是都不再贪恋她的皮肤，说明她的皮肤病已根除。此外，再捉一些蚂蚁放到与你夫人血缘关系最近的几个人身上试试。秦棋照吩咐首先试梅迪迪，三次的蚂蚁都不再对她的皮肤感兴趣了，上了她的身就往下溜，反复多次都是这样，梅迪迪高兴得差点没晕过去。接下来就要在梅飞飞身上试了。秦棋打电话把梅飞飞从广州招呼来。试那天，梅飞飞觉得很好玩，蚂蚁不在她身上爬，她就对蚂蚁说肉麻的好话，什么宝贝、亲亲、疼疼、爱爱，逗得秦棋和梅迪迪直笑。梅飞飞不怕蚂蚁，小时候在北京的胡同里，她就经常帮姐姐捉蚂蚁，顺便也往自己身上放几只，但从那时候起她就不招蚂蚁喜欢。

然而让人意想不到的是，梅迪迪蚂蚁症结的根扎得太深了，蚂蚁长时间不来找她，她倒想蚂蚁了，是那种心想而不是皮肤需要，有时想得要命，抓耳挠腮，心神不宁，没办法她几次背着秦棋捉蚂蚁到身上玩。可是这时的蚂蚁，确实在她皮肤上找不到先前喜欢的某种气味，或是真菌之类的好东西了，死活不在她身上玩，这让她感到失落、恍惚。后来她实在憋得难受，嘴巴一松，就把新的精神苦恼告诉了秦棋。

秦棋想了想，给她支了一招，就是让她在想玩蚂蚁的时候，可以往脚上腿上，手上胳膊上涂点蜂蜜，蚂蚁没有不爱甜食的。

梅迪迪心里一软，眼里闪出泪花，跃起来张开双臂，搂住秦棋。亲吻过后，梅迪迪觉得心底的荡漾感受，似乎并没有表达出来，这让她心里涨得慌，索性把秦棋弄到床上去释放正在她心底波动的温馨感受。尽管这一刻不是他们习惯的做爱时间段，但彼此都想给予的气氛出来了，两人也只能跟着感觉走了。秦棋对女人的禀性还算熟悉，知道女人的爱是男人疼出来的；女人的恨是男人骗出来的；女人的怨是男人冷出来的；女人的乐是男人暖出来的；女人的美是男人娇出来的；女人的衰败是男人欠出来的；女人的贪欲是从娘胎里带来的！但是秦棋今天有些疲倦，不易激情做爱，一份研究报告里的差事，整整让他忙活了两天多才收尾，此时正是他需要偷点懒儿，喘口气放松的时候，却是没想到梅迪迪的需要加塞儿挤了进来，还莞城快递一样急切。体能上亏气量，把握局势的能力就不好说了，秦棋只得一再叮咛自己，下面再困难也要像以往一样，认真对待在这次计划外做爱，不能断章取义，更不可途中乱点顿号，就算小马拉大车，也要把梅迪迪顺顺畅畅拉到那个风光独好的峰顶。依赖你的女人，往往是那种好记你身上弱项而不好记你长处的偏食尤物，这尤物的记忆很会耍赖，还任性，还贪婪，还挑剔，你满足她几十次，她偷懒儿顶多记你住你三两次，可是一旦你有一次让她不尽兴了，她的记忆就会把你的这一次意外失手，当甜蜜往事一样藏匿起来，这样日后万一在哪儿理亏了，情短了，需要找齐需要平衡需抵消，或是兴致涨起来想撒娇想找疼想要情调什么的，她就会从记忆里翻出甜蜜往事让你重温，所以秦棋认为，女人记忆里的某一个区域，就是为储存男人这毛病那缺陷而建立的一个专用数据库。有一回在床上，秦棋跟梅迪迪说闲话，说着说着，他发现她要睡觉，于是就找新鲜话题捅她耳根，说其实女人，就是让男人阅读的长篇小说、中篇小说和短篇小说，梅迪迪一听这比喻挺新鲜，一下子精神了，搂住他的脖子问她是哪样一种小说，秦棋逗她说你是短篇小说，梅迪迪听了脸色一酸，马上就不高兴了，推开秦棋，背对着他，生硬地问那谁是你的长篇和中篇？秦棋没想到一句松动气氛的玩笑话，竟然把她搞伤感了，就改嘴找辙，说现在的长篇和中篇都像注水猪肉，没什么看头了。梅迪迪跟他拧，说你少打马虎眼，刚才你是顺口说出来的，是你心里最真实的想法，你就是认为我是你的短篇。说罢扭过身子，哽咽几声就流出了眼泪。秦棋好话哄了几句不管用，于是哼唱《电风扇》，她喜欢这首歌……现在秦棋集中精力，用意念吆喝体内一切可以调动的积极因素，迎难而上。给予，依旧是从梅迪迪唇舌上起步。两片相互吮吸的绵舌，像婴儿柔滑的小指，缠绕、弯勾、搅动，在温热中顽皮地挤兑，整个预热过程连贯完美，使得梅迪迪再次未进实战区便得战果。事后醉意难收的梅迪迪喃喃道，老天爷呀，我这是哪辈子修来的福分，让我的男人这么疼爱我……

拿蜂蜜诱惑馋嘴蚂蚁这一招果然灵验，梅迪迪新的精神苦恼又被秦棋化解了，现在梅迪迪玩蚂蚁，纯属心里怀旧，也可以说是随意找乐趣。

## 六

秦棋正在家里收拾他的写字台，梅迪迪回来了。

你晚上不是去大朗应酬吗？秦棋问，将手里一把不知何年何月拥有的放大镜放到了桌子上。

梅迪迪喘口气道，这叫回马枪，看你是不是一个人老老实实地在家里待着。

秦棋一脸认真地说，你开什么玩笑？

梅迪迪过来，摸着秦棋的脸说，大朗的应酬取消了，回家陪老公。哎，我说你这是在翻腾什么呐，乱七八糟的？

秦棋拍拍手说，清理清理，没有用的东西都扔出去。

梅迪迪表情夸张地说，你可别把咱家的金元宝，当没用的东西扔出去。说完从手提包里抽出一个黑色塑料袋，一扬手扔到了乱糟糟的桌子上，然后转身去小客厅换拖鞋。

秦棋问，多少？

梅迪迪头也不回地说，四万。

秦棋不再清理没用的东西了，一屁股坐到转椅上，推开眼前的杂物，把塑料袋子里的钱倒出来。

四捆百元面额的人民币。

秦棋把这四捆钱都拿到手上，掂量了几下，觉得挺压手。重新把钱放到桌子上，一眼看见了那把放大镜，秦棋心里一动，就鬼使神差地拿起了放大镜，在一捆钱上来回扫描了几次，镜片最后定格在了毛主席的头像上，具体说是毛主席的鼻子上。

我说你照什么呢？不会是在搞什么科研吧？梅迪迪笑嘻嘻地问，从后面搂住了秦棋。

秦棋心里一热，回手摸摸她脸蛋，打哈哈说，照眼泪呢。

梅迪迪摇着他说，哟，那是照出了穷人眼泪？贪官眼泪？还是小姐眼泪？

秦棋想站起来，梅迪迪不让，使劲往下压他，他只好回头看她。

她噘着嘴，往上看着说，说呀，到底照出了谁的眼泪？

秦棋说，失学儿童的眼泪。

哼！梅迪迪松开他说，看来是男人就会扯淡！

秦棋转过身子，拽过梅迪迪，让她坐到了自己的大腿上。

梅迪迪内心柔软，嘴上却是委屈地说，经营不好，利润点下降，只拿回来四扎，对不起老公。

秦棋前阵子听她念叨过，她入股的那家油品公司，前些时候在两笔交易上没算计好，错过了赚大钱的时机。

秦棋说，不少了，你再多挣，我这做男人的压力可就大了。

梅迪迪表情失真地说，我挣到的，不过是些小钱，你这石油大科长才是金矿呢，只是还不到时候，我不能野蛮开采就是了。

秦棋心里一阵跌宕，带着几分讨情调的意思说，这些年你都快把我掏空了，还说你没有野蛮开采？

梅迪迪揪着他的耳朵，热烘烘的嘴巴凑到他眼前说，你什么意思？你什么意思？现在你嘴也会损人了。

秦棋缩着脑袋，搂紧梅迪迪说，家庭暴力，屈打成招。

两人的身子静止了一阵子，梅迪迪才从秦棋怀里出来，整理了一下乱发，然后去榨了两杯果汁拿来。

递给秦棋果汁时，梅迪迪咬了一下嘴唇说，一会儿你给飞飞打个电话，看看她在哪儿疯呢，咱们晚上去吃凤翔麻鸡。

秦棋接过果汁，喝了一口，谨慎地说，你打不行吗？非得我打？

梅迪迪坐下说，你打是姐夫送温暖，我打就是个吃饭的事，意义不一样。

秦棋吭吭哧哧，脸色很不情愿。

梅迪迪斜视着秦棋，话题突然拐弯，哎你说，飞飞在东莞能住下去吗？

秦棋脱口道，她不愿意在东莞待着，那她可以回广州嘛。

梅迪迪道，你以为她在广州就能扎根啊？我的意思是说，她未来的婚姻问题解决不好，她在哪儿都是个漂浮物。

秦棋说，东莞这地方，什么样人都有，没准她就能挑到一个可心的。

梅迪迪梗了一下脖子，盯着自己的脚尖，慢腾腾地说，可是像你这样的好人不好找呀。

秦棋觉得她话里有话，就歪着头问，你这不会是骂我吧迪迪？

梅迪迪一撇嘴，紧接着就咯咯咯地笑起来。

秦棋咽口唾液，心里有点慌乱，放下杯子说，好好好，我打就我打。

秦棋打通了梅飞飞的手机，梅飞飞说她这会儿正跟朋友在外看房子呢。

秦棋说，你姐姐说，晚上咱们一起去吃凤翔麻鸡。

梅飞飞道，不行，晚上我有事姐夫，你们去吃吧。

秦棋收了手机，望着还在目不转睛看他的梅迪迪，嗓子眼一下子紧住了，要说的话没说出来。

晚饭后，秦棋和梅迪迪接着看那天没看完的《隐手开牌》。看片时，两人的身子挨在一起，谁都不说话，一直到把半截片看完。

秦棋坐在那儿喝茶，梅迪迪从卫生间出来就去了厨房，取来蜂蜜和装蚂蚁的青瓷花瓶。

秦棋心里有些压抑，大概是片子结尾闹的。《隐手开牌》的结局是女主人公死于疾病，男主人公在一年后娶了女主人公的妹妹。

秦棋怔怔地看着她往大腿上涂抹蜂蜜，然后又盯着她的手从青瓷花瓶里引出蚂蚁，一只两只三只……大约十几只赭色的蚂蚁，很快就从她的手臂过渡到她涂抹了蜂蜜的大腿上，欢快地享受着美食。

梅迪迪头也不抬地问秦棋，你说这个片名，为什么非要叫隐手开牌呢？感觉怪怪的。

秦棋说，象征什么，或是某种隐喻吧。

梅迪迪嘟囔了一句，噢，你这么理解。

秦棋突然感到喉头紧涩，腹部和后背上的肌肉，时不时抽搐一下，寒冷的感觉在他四肢上来回走动，胃里的东西倒来倒去，有几次差点就挺不住了。

梅迪迪玩得陶醉，无暇顾及秦棋脸上的受难表情。她眯缝着眼睛，脸颊上浮着一层红晕，吊在大腿旁的两只手，偶尔蠕动几下，那是神经末梢的作用，证明她现在已经非常放松了。

这时一只蚂蚁从梅迪迪大腿上掉下来，秦棋盯着地上的蚂蚁，像是在观察一只毒蝎子。掉下来的这只蚂蚁，可能是吃醉了，找不到美食地了，拐着弯就爬到了秦棋的拖鞋上，秦棋这时的第一感觉是捏死这只蚂蚁，然而就在他准备伸手行动的时候，他又感觉到自己的心理反应，好像已经没有先前那么强烈了，就收回手，放了这只蚂蚁一条生路。

呃——梅迪迪呻吟了一声，两眼全合上了。

秦棋咬了咬嘴唇，开始往自己的大腿上涂抹蜂蜜，然后也去青瓷花瓶里引蚂蚁到大腿上。感觉很刺痒，很酥麻，很痉挛，他想自己这是承受住了蚂蚁多年来对自己神经系统的摧残！

不知不觉中，两个人的身子贴靠到了一起，他们正爬着蚂蚁的大腿，后来也奏上了，她大腿上的蚂蚁和他大腿上的蚂蚁，很快就融入到了一块儿，来来往往像是串亲戚。

梅迪迪抓住秦棋一只手，睁开眼睛，边享受蚂蚁带来的快感边问，哪天万一我不在了，你会让飞飞来顶替我的角色吗？

你说什么呢？秦棋说，心里通地跳动了一下。

梅迪迪紧逼道，回答我，会，还是不会？

秦棋犹豫着说，我有什么呀，也就你能看上我。

不是心里话吧？梅迪迪笑笑，使劲攥了一下他的手。

# 七

从明圣大酒后一出来，陈副经理就站不住了，秦棋和陈副经理的司机赶忙把陈副经理扶上车。

秦棋一想到后面的事很麻烦，就让所里的领导都回去，他送陈副经理回饭店。

陈副经理是北方石油开发公司的副经理，叫陈至礼，从沈阳赶过来的。陈至礼是秦棋的大学同学，陈至礼他们公司的一个石油资源深度开发课题，正由研究所在技术层面上提供相关科研数据支持，秦棋是这个课题的具体负责人。

关上车门，秦棋对司机说，本想请你们去洗个脚，谁知他喝成了这样，唉！

司机笑笑，没接话，抬眼看着棚顶上的后视镜，不慌不忙地问，咱们去哪儿陈经理？

　　秦棋觉得陈至礼都这样了，司机这话问得多余，就接话说，送他回酒店。

　　后背啪地给人拍打了，秦棋一激灵，下意识回头一看，一直倒在后排座上的陈至礼，这会儿坐起来了，正笑眯眯地看着他呢。

　　你……秦棋的舌头僵硬了。

　　陈至礼说，刚才我不东倒西晃，能把你们领导请回去吗？

　　秦棋松口气说，装得还挺像。没醉好，我请你们洗脚去。

　　陈至礼往车窗外瞥了一眼说，先去厚街转转吧，都说厚街眼下是中国最值得观光的一条街，而且还听说现在在厚街，一些人的眼泪能酿成美酒，美酒保存不当还能变成毒药，是这样吧老同学？

　　秦棋想想说，厚街是东莞的一片肺叶。

　　陈至礼两手搭到秦棋肩上说，我听一个台湾商人讲，厚街是天堂也是地狱。

　　秦棋两手交到一起道，哪儿都是天堂，哪儿也都是地狱。

　　陈至礼哈哈笑了几声说，照你这么讲，我倒是觉得自己就是自己的天堂和地狱。嗨，你我虽说是大学同班同学，可是你这搞科研的脑子，跟我这搞经营的脑子，现在走的完全不是一条道啊！

　　秦棋摸着后脑勺说，条条大道通厚街。到东莞来，不去厚街看看夜景，怎么说也是件遗憾的事。走吧，咱们去厚街。

　　冒险家的乐园！陈至礼说，早知道东莞能发展成今天这个样，当初我也就不北上了。

秦棋说，你现在调头过来也不迟呀。没听人说嘛，东莞这地方没傻子，只有成功者、创业者，还有打工仔和打工妹。失败了，倒霉了，沮丧了，又不愿意吃苦从头再来，那你只能夹着尾巴，灰溜溜离开东莞。在生存观念上，东莞的本土人，最知道什么是心中的重，什么是眼中的轻。

陈至礼吐口酒气，讪笑道，这打江山，没个天时、地利、人和，脚跟不容易站稳啊。

说着话，车子在秦棋的指引下朝厚街开去了。插闲聊的空当，秦棋悄悄给海迪迪发了一条短信，让她十分钟后打他手机。

陈至礼喝了几口矿泉水说，昨天在广州，我听说樟木头镇的二手房，现在便宜得很，满大街都是房屋中介公司，花个十万八万就能弄上一套。

秦棋道，那么个弹丸之地，当初开了那么多楼盘，热闹劲一过去，还能不人去楼空？怎么，有兴趣买一套？

陈至礼在秦棋背上不轻不重拍打了几下，意味深长地说，我买是扯淡，你要是买一套就不一样了。

秦棋笑着说，就算买得起房，我也养不起人。

陈至礼噢了一声说，我说你这搞科研的脑子想到哪去了？我说的那个不一样是投资的意思。

秦棋侧脸道，科研是个一是一，二是二的严谨事儿，但是搞科研的人，就不一定都是两耳不闻窗外事的学奴了。咱没吃过猪肉，还没见过猪跑呀？

陈至礼嘿嘿地笑道，也是呢，你要真是个榆木脑袋，那你当初也就不会把大家都惦记的梅同学弄到手了。

秦棋停停说，歪打正着，不好意思。

陈至礼阴阳怪气地说，你曾经的爱情天堂，就是我曾经的爱情地狱。你知道毕业时，有多少同学想收拾你吗？

秦棋道，当时你尽管没站到台上来表演，但是你背后更蔫损，我脸盆里的那泡尿，不就是你尿的嘛！

陈至礼身子往前一探说，这事没尘封啊？你啥时候知道的？谁告诉你的。

秦棋回头说，那年同学在广州聚会，你没来。

陈至礼表情夸张地说，我哪敢来呀，没见过那个段子嘛，说是同学会，同学会，见面疲惫，握手流泪，拥抱心碎，喝酒找醉，上床真睡，分手无所谓，以后再聚会，还是这滋味！

秦棋一脸幽笑。

快到厚街的时候，梅迪迪打响了秦棋的手机。

秦棋冲着手机大声说，啊，正在去厚街的路上，我请至礼去转转，然后洗个脚……哎迪迪，你说厚街哪个地方的沐足好一点？什么？潜龙湾大酒店？啊，你说什么？你要过来？好好，我给他。秦棋转过半个身子，把手机递给陈至礼。

陈至礼接手机时，望着秦棋的脸，诡秘地笑了一下。

陈至礼说，哎呀迪迪同学，咱们那会儿不是说好了你明天红杏出墙嘛，你不会是担心我想污染你家老秦吧？

那会儿陈至礼见到秦棋后，秦棋就给梅迪迪打了电话，说了几句就把电话给了陈至礼，陈至礼跟梅迪迪寒暄后说我先办事，明天请你吃饭，梅迪迪说那就明天见，明天我请你。

好好，一会儿见迪迪同学。陈至礼把手机还给秦棋。

嗯，嗯嗯，替龙湾大酒店，知道了迪迪。秦棋说。

那晚洗脚回来，陈至礼并没有回饭店休息，而是把秦棋和梅迪迪张罗到夜明珠唱歌，喝啤酒，直到凌晨才收场。到家后，秦棋把一个信封交给了梅迪迪。

至礼给你包红包了？梅迪迪问。

秦棋说，你看看就知道了。

梅迪迪把信封里的东西拿出来。

信封里的东西是两张三亚嘉馨度假村的免费食住贵宾卡，以及两张广州某航空售票代理处的提票凭证。

秦棋说，到时去那个航空售票代理处，凭身份证就可取到广州往返三亚的机票，有效期一个月。迪迪你带飞飞去散散心吧，我走不开。

梅迪迪兴趣不是很大，抻着懒腰说，回头我问问飞飞再说吧。

## 八

周日中午，屋外下着小雨，秦棋刚吃下一碗面，梅迪迪和梅飞飞就回来了，脸色一个比一个不好看，这叫他犯蒙，不知这姐俩因何弄出这样一脸表情。

　　秦棋试探着问梅迪迪，怎么不多在三亚玩几天，梅迪迪就天大委屈地哭开了，往背后一指说，你问她！

　　梅飞飞梗梗脖子，不服气地说，问我什么？瞧你这样？

　　秦棋想她俩可能是在三亚因鸡毛蒜皮的事闹别扭了，一赌气回来了，心里就没怎么当回事，可脸上却拿出了当姐夫的大度神色，冲着梅迪迪说，嗨，有什么嘛，有什么你也是姐姐嘛！

　　梅迪迪捂住脸说，我没怎么她，是她在度假村又犯了老毛病！

　　秦棋望一眼梅飞飞，梅飞飞瞪着眼说，少见多怪，玩个洋人有什么，跟你这种人出门真没意思，以后再也不跟你出去了！说完一扭身，一甩手，噔噔噔去了另一间屋子。

　　秦棋这才意识到她们之间发生的事，可能不是鸡毛蒜皮的小事，就耐着性子问梅迪迪到底怎么了？

　　梅迪迪抽噎着说起来……

　　那天在小鱼湾潜水时，梅飞飞与一个叫尼特的欧洲中年男人纠缠到一起了，梅迪迪怕出事，就警告梅飞飞少惹事。

　　梅迪迪说，看那家伙色迷迷的，你少跟他扯淡。

　　梅飞飞眉眼放电地说，他色我才觉得他有味，比国产的好玩。

　　梅迪迪狠了她一眼说，弄上艾滋病，我看你还怎么活？

　　梅飞飞贴过来小声说，安全套是干什么的？就是对付艾滋病的姐。

　　梅迪迪扭过脸说，你敢！

　　梅飞飞嬉皮笑脸地说，逗你乐呢姐，你急什么？说着抬起右腿，用脚尖指着那边一个金发女郎又说，噫，瞧见没姐，那个穿三点装的大波妞，就是尼特的老婆，他们结婚还不到一年，甜蜜着呢。

　　梅迪迪的情绪一下子就好了，别着两条腿说，远看身条还凑合，不知道脸上条件怎么样？哎对了飞飞，你刚才说那家伙叫什么？迪特？

　　尼特。梅飞飞纠正说，说是搞机械的工程师，还是国际机械工程师联盟的一个什么理事。

　　你刚才，就跟他聊了那么一小会儿，梅迪迪看着妹妹说，你就知道人家这么多事？

　　梅飞飞说，这家伙汉语不错，说起来溜着呐。

　　梅迪迪点点头，溜了一眼尼特的老婆。

　　梅飞飞抓了一把沙子，朝正在冲她招手的尼特扔过去，尼特就竖起了大拇指，梅飞飞一脸媚笑，小声对尼特说，去你大爷的！

　　梅迪迪双手拍着沙滩，乐得差点没背过气去。

　　晚上吃自助餐的时候，梅飞飞又跟尼特搞到了一起，梅迪迪这时尽管心里还有些别扭，但基本上不怎么担心艾滋病什么的了，飞飞大不了跟尼特在嘴上调调情。

　　可能是梅飞飞跟尼特说了梅迪迪是她姐，不然尼特不会隔着几张桌子与梅迪迪招手。

　　梅迪迪礼貌地回了一个手势。

等到梅迪迪快吃完的时候，梅飞飞端着一杯椰汁回来了。

梅迪迪问，他老婆呢飞飞？怎么没来吃饭？

梅飞飞道，听说拉肚子了。

梅迪迪说，那可能是水土不服。

梅飞飞说，为体现对国际友人的一片爱心，一会儿我给她送点拉肚子药过去。姐你去不？近距离看看那个大洋妞。

喊——梅迪迪一撇嘴道，我？没那个兴趣，我一会儿还要去看热带民族风情歌舞表演呢。

梅飞飞说，丙级队水平，你也去捧场啊姐？你什么素质吗？

梅迪迪说，大老远跑来，不看多亏？再没意思也得去看几眼，你不去，我自己去。

回房间休息了一下，梅飞飞往脸上补了一些淡妆，拿着一瓶治拉肚子的药就出去了。

梅迪迪换了一身休闲的短衣短裤，把手机面巾纸之类的随身小零碎塞进挎包，在衣镜前照了照也离开了房间。

后来发生的那一幕争吵，梅迪迪没看见，事后她听一个当时在现场目睹了全过程的服务员说了一遍。

争吵现场在住所门口的一棵椰子树下。当时几个服务员、保安和一些游客围着吵吵嚷嚷的梅飞飞、尼特和他老婆，眼神儿都挺来劲。

尼特老婆气急败坏，肢体动作很大，说的是英语，大意是讲她那会儿说拉肚子是假，给尼特和梅飞飞设一个圈套是真，她说她下午在水里就看出了问题，东西方两个淫荡男女，眉来眼去的已经骚起来了。而尼特则是一会儿说英语，一会儿讲汉语，英语的意思是他是受害者，是给这个中国女人勾引了；汉语的意思是让梅飞飞承认是她勾引了他，这样就能把他老婆摆平了，他老婆其实不想怎么着，无非就是想跟她要一个说法，要一个倒霉女人的脸面。

梅飞飞这时哪还是省油的灯啊，双语对阵，把尼特和他老婆捆一块儿贬损，很长中国女人的威风，一旁看热闹的中国人，时不时就给梅飞飞打气叫好，那劲头很怂恿，表达出来的意思很明确，就是姐们你死活跟她整，中国人民向着你，在家门口咱还受她洋人气？东亚病夫的时代早他妈过去了！

梅飞飞指着尼特老婆，用英语说着北京土话，歇菜吧你姐们，你大爷的你哪来的这么大火气？拽不紧自家爷们的裤腰带，你丫还有脸跟我扯淡，面不面呀？你丫回去拉肚子泻火吧！

尼特老婆也不知听没听懂梅飞飞这番变味的英语，还在东一句西一句地跟梅飞飞要说法，偶尔还掐腰撑劲儿。这时一个保安加进来劝和，说有话好好说，说不明白他可以帮他们报警。梅飞飞就让保安少管闲事，说这不是个小问题，而是国际大问题，解决不当容易造成两国外交争端，给国家添麻烦。一个本土女服务员听了直乐。

尼特尴尬地掏出钱包，抽出两张百元面值的美元，一脸无奈地用英语对他老婆说，笑话，笑话，陪她走走步，也要收小费，天大的笑话，给她小费。

尼特老婆一脸嘲讽地看着梅飞飞，用英语说，下贱，给她尼特!

尼特就一本正经地把手里的美元递过来，梅飞飞也不见外，伸手就接过来了，送到鼻子下闻闻，眼光挑着尼特说，臭，太臭!

刚才插进来平息事态的保安，捂着嘴笑起来，招惹得其他人也都笑了。

尼特看看大家，觉得不对劲，拉着他老婆就要走，梅飞飞开口了，尼特先生，慢!

尼特红着脸说，就两百，多了没有。

梅飞飞耸耸肩说，你挣两百，委屈你了尼特。

尼特没听明白，一脸疑惑的表情。

梅飞飞往自己身上看了一眼，然后问看热闹的中国人，现在咱人民币跟这玩意儿怎么比? 摇了摇手里的美元。

一个男人接话说，七点几呀还是八点几?

梅飞飞点点头说，啊，没比到十呀，咱两千人民币不就盖过去了嘛。说到这，隆重地把在场的中国哥们姐妹都看了一遍，然后再次开口，哪位朋友身上有两千人民币，请拿出来，先替我周转一下，等打发了国际买卖就跟我去房间取，同胞的事我不会儿戏。

片刻安静后，就有两个男人掏出了钱，一个男人正数时，另一个男人索性将从钱包里拽出来的一把钱全都给了梅飞飞，姐们，牛，提气，玩得够份儿，今天这个单我埋了，全当友情赞助!

梅飞飞接过钱说，谢谢这位先生，还是周转一下。不过冤枉钱咱不花，两千就是两千。说着麻利地把手里的钞票数出二十张，走到尼特身边，连同那两张美元一起塞进了尼特的衣领。

对不起尼特，梅飞飞把嘴举到尼特耳边，低声用汉语说，刚才下手狠了，把你内裤拽坏了，不过你那内裤质量确实也是个问题，地摊货吧？建议你离开中国前，买几条中国产的名牌内裤，你记住有一款天霸王就很不错，天然彩棉，质地柔软。

尼特点头说，谢谢，天霸王，我记住了。

梅飞飞又微笑着用英语说，你还要记住尼特，一个中国女人，征服过你。

尼特与他老婆面面相觑！

一个瘦高挑留长发的中国女人，目光搭在梅飞飞脸上，不自觉地来了一句，有种！

瘦高挑女人旁边的方脸男人，想必是瘦高挑女人的丈夫或是情人，他拉了一下瘦高挑女人的衣襟，轻声问，她刚才说什么？

瘦高挑女人脸一红，侧身吭哧道，她让那外国佬记住，一个中国女人……征服过他……

方脸男人攥紧两个拳头，倒出一口长气，挺着胸脯说，有骨气，过瘾！

听梅迪迪诉说完，秦棋脸色阴暗，说，事已经出了，人也回来了，你还能把她怎样？

梅迪迪抹抹脸上的泪水，往梅飞飞待的房间扫了一眼，声音适量地说，叫我这么一折腾，飞飞的情绪，肯定不稳定，今天不能让她走，再出点事就更麻烦了。唉，过一会儿你进去看看她，留她住这，等到吃晚饭时，我好好哄哄她，她刀子嘴豆腐心，这你还不知道？

秦棋没料到梅迪迪的态度转变得这么快，心理压力减轻了一些，不然后面的事情，他还真不知从哪下手好，现在梅迪迪退一步就好说了。

梅迪迪小声说，你这就去问问她饿不饿，不饿就让她冲个澡，反正我们在飞机上吃过饭了。

秦棋心里有些抵触，梅迪迪说的那个尼特，在他眼前晃来晃去。

你去呀！梅迪迪用胳膊肘碰碰他的腰说，姐夫哄小姨子，没有哄不好的，快去。啊对了，我出去买点菜什么的，晚上咱们在家吃，我好好做一顿。

一听梅迪迪要回避，秦棋就本能地警惕起来，不露心迹地看着她。

梅迪迪说，我没别的意思，你不要瞎想，你帮我一次忙还不行吗？

秦棋让梅迪迪弄得有点摸不着头脑了，信她的话心里没底，不信她的话心里一样没底，就感觉她不是从前的那个她，变成了一个让人说不清道不明的她，甚至是一个正在酝酿什么阴谋的她。

磨磨叽叽，看你哪还像个大男人！梅迪迪把秦棋推动了。

秦棋脚底下一阵跟跄。

梅迪迪出云后，秦棋克服抵触情绪，硬着头皮去了梅飞飞的房间。他原以为梅飞飞会把床罩、枕头、毛巾被之类的床上用品都扔到地上，满面泪水地委在某一个床角，谁进来往外轰谁，哪知她正没事人似趴在床上发短信息呢，见了秦棋还挤了一下眼。

让她老是霸道，我就要修理修理她。姐夫，我说你不心疼吧？我今天收拾姐，也是在替你出气。说着梅飞飞坐起来，把手机扔到了一边。

秦棋刚想开口，就觉得嗓子眼一阵发紧，只好叹了一口气。

梅飞飞蹭到床边来，吊下两条小腿，歪着头问，刚才我姐都跟你说什么了姐夫？

说你玩老外！秦棋说。

梅飞飞咯咯咯笑起来，屁股还不老实，压得床吱吱叫唤，秦棋浑身发紧，站也不是坐也不是。

梅飞飞不屑一顾地说，我还以为老外多生猛呢，原来也就那么两下子。

秦棋脸上阵阵发热，舌头拧着劲问，让尼……尼特他老婆堵屋里了？尼特屋？还是你们屋？

梅飞飞摊开双手说，没在屋里，在屋里多不刺激，我们在椰子林做的，我把尼特……

别说了——秦棋猛地一挥手，打断了梅飞飞的话，身子抖动了一下。

梅飞飞并不介意秦棋这个暴躁的手势，也不在乎他脸上的气色，表情还是那个表情，悠着两条小腿说，姐夫我从没见过你发过火，今天见到了。

秦棋刚想说你再这么轻浮就别叫我姐夫了，忽然发现刚才还让他动怒的那张玩世不恭的脸上，眨眼间就挂上了两行泪水。

秦棋心里酸痛，嘴唇也僵了，站在原地像一具扮相哀伤的木偶人。

## 九

那晚的家宴应该说是丰盛的，蛇皮酸黄瓜、白醋烩蜇头、盐焗竹节虾、青豆醉鹅肝、红汁蘑菇头、甜蜜无核枣和砂锅芙蓉汤，这两凉四热一汤均出自梅迪迪的手，此前秦棋已经好长时间没有吃过梅迪迪正儿八经做过的饭菜了。还开了一瓶西域纯红葡萄酒，也正是这瓶红酒改变了这顿晚餐的意义。

秦棋原本也想喝红酒，梅迪迪就提醒他说还有点国窖1573，时间不短了，再放就跑味了，秦棋说那我就把那点1573喝了吧。

三人人座后，梅迪迪主动倒酒，然后说了几句让梅飞飞开心的话，梅飞飞笑嘻嘻地说，姐你还有完没完啊，我一看你做的这桌饭菜，我现在只剩下终身感动了姐。

哪知半杯红酒下去，梅飞飞就说困，睁皮子挑不开了，梅迪迪说出门就是累人，我现在也是腰酸腿疼，来飞飞，再喝点晕乎晕乎，然后好好睡上一觉。

当时秦棋并没有意识到红酒里给梅迪迪做了手脚。

梅飞飞的酒量秦棋有数，一瓶红酒下去，除了话多点没别的毛病，所以秦棋也认为是旅途疲劳把梅飞飞的眼皮子搞沉重了。

第二杯红酒还没喝完，梅飞飞就趴到桌子上睡着了，梅迪迪脸色不安地望着秦棋，秦棋心里颤了一下。

梅迪迪站起来说，帮我把飞飞弄卧室去。

等把梅飞飞弄进卧室，梅迪迪问秦棋，她冲澡了吗？

秦棋摇着头说，可能……没有。

梅迪迪说，啊，没你事了老公，你去吃吧，吃完了把桌子收了，我不吃了。

秦棋感觉此时家里的气氛，突然有种难以言表的压抑，梅迪迪似乎在搞什么名堂？或者干脆就是自己刚刚想到的什么阴谋！

梅迪迪端着一盆水进了卧室，然后把门关上。

秦棋并没有吃饱，但他这时已经没有进食的胃口了，站起来收拾桌子。

梅迪迪脱下妹妹的内衣，解下蛋青色的文胸。尽管是亲姐妹，但梅迪迪已经有很多年没有像今天这样面对妹妹的胴体了。

她抚摸着，感到妹妹的皮肤还算韧滑，就是小腹那儿，有一小片鱼鳞状的花纹，肌肉稍稍有一点板结，摸着不怎么流畅，但她知道这不是妹妹天生的，而是妹妹生孩子后留下的妊娠斑，想当年妹妹为了这些终生不去的妊娠斑还惆怅过好些日子呢，她记得那会儿自己还劝过妹妹。现在她的手已经滑过了那片鱼鳞状的花纹，几个粉嫩鲜亮的指肚儿，小甲虫一样爬上了妹妹的右乳，曾经哺乳过小生命的右乳。她心里收了一下，意识到手感似乎不如自己的好，外观品质明显不如自己的浑圆，弧线上也差了几分劲，至于说下坠的迹象有是有，但不怎么明显，恰似一枚熟透的果子，闻着，看着，都好，吃可能更有味道，就是摸不出多少膨胀的弹性了。想想也是，婴儿的吮，岁月的掏，情绪的蚀，使得妹妹的这只乳房开始轻空了。她低下头，嗅着，乳房独有的气息让她内心感动。她情不自禁顺出嘴里绵柔的舌尖，靠近，再靠近，直到靠上那粒赭色的乳头，才闭眼舔了舔，感觉像碰到了一粒正在水发中的野山枣干。等眼睛睁开，她不知怎么的一走神，又想到了另一个让她心跳的问题，就是妹妹的这一对乳房，究竟给多少个男人捏过、掐过、吃过、叼过……没准还会给哪个变态的王八蛋咬过呢？心里忽一揪，她就咬了自己的嘴唇。

她停在妹妹乳房上的手，突然使劲捏了一下，像是害怕这只乳房脱手似的。然而梅飞飞对姐姐的这一捏，基本上没有神经反应，她可能是醉深了，要么就是累到家了。

盆里的水还是温和的，梅迪迪涮出一条毛巾，对头折好，来到床边，一只脚踩地，一条腿担在床上，弯着腰身，从上至下，细心地把妹妹的上身擦出来。

直起腰休息了一小会儿，她又把妹妹下身的内外裤都褪下来，换了一盆水像擦妹妹上身那样把妹妹的下身也擦了出来，然后找来一条新内裤和她的一身睡衣给妹妹穿上。

最后她把一条薄毛毯，盖到妹妹身上就出了卧室。

秦棋已经把桌子收拾干净了，坐在沙发上不知想什么呢，见梅迪迪出来了，满头是汗，禁不住问，她没事吧？

梅迪迪说，没事，我给她擦了擦身子，睡了。

秦棋瞅着梅迪迪，欲言又止。

梅迪迪看了一眼墙上的挂钟说，我跟你说点事。

秦棋就往沙发的一头挪了挪屁股，梅迪迪挨着他坐下来，拢了一下额前的散发说，事到这个地步，我不能再欺瞒你了老公，等会儿你得配合我给飞飞抽血。

秦棋一脸糊涂，皱着眉梢问，抽血？什么意思？

梅迪迪说，检测。她跟外国人上床了，我怕她染上艾滋病。

秦棋下意识站起来，脑子里嗡嗡直响，望着梅迪迪，眼神直勾勾像个智障人。许久，他才恢复过来，瞪大眼睛问道，你是说，你给她抽血？

梅迪迪也站起来，面对秦棋，眼圈发红，喘息急促，一言不发。

天呐！秦棋再怎么也想不到梅迪迪会动这样的心计，声音颤抖着说，你不会是开玩笑吧？你抽血？你会抽血吗？你拿什么抽？

梅迪迪说，东西我都买回来了。

秦棋抖着手说，虽说她是你妹妹，可这里面也人权、也有隐私、也有……你这样做合适吗？日后她要是知道了会是什么感受？这你都想过吗？就算怀疑她感染了艾滋病，那我们也可以想办法，通过正当渠道检测啊？

可是我的感受你想过吗？梅迪迪说罢扑进秦棋怀抱，搂紧他抽泣道，我没办法，我只能这样做，我就这么一个妹妹，她再怎么着我也不能失去她……我要她平平安安……健健康康……你帮帮我吧……等她醒过来，我们就没有机会了。

你在红酒里放了什么？秦棋问。

梅迪迪咬咬嘴唇说，催眠散。就算我这是在犯罪，你做我一次帮凶不好吗？

秦棋心里一哗啦，感觉陌生的梅迪迪又熟悉了，他无力再从梅迪迪这个让人恐惧的阴谋里挑剔什么了。

给昏睡中的梅飞飞抽血时，秦棋没想到毫无此类经验的梅迪迪，居然异常镇定，一招一式都还像那么回事，这让他不寒而栗，脑子里不停地闪出天使与魔鬼几个字。梅迪迪拿起梅飞飞的右胳膊，把睡衣袖子挽上去，抚摸了一阵子后，低下专注的目光，琢磨了好长时间才开始下手。而这时的秦棋心里却是一点谱儿也没有，他想她一针能解决问题吗？前年自己献血，还给专吃这碗饭的护士扎了两针呢。万一她把飞飞的血管捅破了大出血怎么办？针头断在血管里她会处理吗？还有……无数个攸关生死的问号，像一个个空衣架挂在他脑子里，他做好了抽血失败后打120急救的心理准备。

捆扎、消毒，指挥秦棋把梅飞飞的右手团成拳头，攥紧，别动。这时的梅迪迪尽管也是紧张，但不放弃的念头，撑着她一直往下。

梅飞飞的动脉血管突起来了，但显得不够充实。

梅迪迪说，你再使点劲攥。

秦棋照办，他的心已经窜到了嗓子眼，额头上的汗珠掉下来。

就在梅迪迪入针的一刹那，秦棋心里一炸，脑子里仅剩下了两个字：魔鬼！

梅迪迪突然急促开口，把稳了你！

正在哆嗦的秦棋，本能地闭上了眼睛……

血抽出来了，梅迪迪看着针管里的妹妹的血液，嘴唇嚅动了几下，空着的那只手捯了一下汗水湿透的胸衣，艰涩地笑笑，自言自语道，我要是学医护，指定能拿到南丁格尔奖！

望一眼脸上汗水滴滴答答往下掉的梅迪迪，秦棋感到心在裂碎，同时恐慌地想，她走火入魔了吧？

秦棋讷讷地问，这血，今晚放冰箱里保管吗？

梅迪迪说，不，我送走。

秦棋不安地再问，这么晚了你往哪送啊？

梅迪迪说，我都安排好了，你不用管了，我走后你听着点动静，她要是有什么你马上电我。

梅迪迪走后，秦棋躺在沙发上，浑身软绵绵的，还感到冷，胡思乱想中就觉得自己这会儿不是躺在自家的客厅里，而是某一家医院的太平间，头皮上嗖嗖地冒着寒气。

不知过了多长时间，迷迷糊糊中的秦棋，听到了房门开动的声音，就一骨碌从沙发上下来，使劲挤了几下酸涩的眼睛。

梅迪迪头发蓬乱，脸色蜡黄，一副精疲力竭的样子，一关上门就靠到了门框上，手里捏着一个纸卷。

回来了？秦棋奔过去，心里通通地跳着。

梅迪迪问，她没事吧？

秦棋说，没什么事。

秦棋把梅迪迪搀扶到沙发前，梅迪迪一屁股坐下去。

秦棋小心翼翼地问，喝点什么？茶？奶？还是饮料什么的？

梅迪迪说，我不渴。

秦棋看了一眼她手里的纸卷问，顺利吗？

梅迪迪愣了一下，之后摇着手里的纸卷自嘲道，丢人啊老公，我们对艾滋病，太缺乏了解了。

秦棋心里一空，紧张地看着梅迪迪。

梅迪迪把手里的纸卷递给秦棋说，这是一张有关艾滋病预防知识的宣传资料，你重点看看我底下划线的那一段。

<u>人体感染艾滋病病毒后，一般需要两周的时间才能产生抗体。人体感染艾滋病病毒后至外周血液中能够检测出艾滋病病毒抗体的这段时间，一般为两周至三个月，少数人可到四个月或五个月，很少超过六个月。在这段时间内，血液中检测不到艾滋病病毒抗体，但人体具有传染性。</u>

看过后，秦棋松了一口气。

梅迪迪恍恍惚惚地说，我朋友说我神经病，老公你说我是不是神经病？

秦棋扳着她的肩头，安慰道，你这也是急蒙了迪迪。

梅迪迪嘟囔说，你说飞飞这一次会不会感染上艾滋病毒？

秦棋对她的这个问题很难给出像样的说法，他现在唯一能做好的事情就是找来面巾纸，替梅迪迪擦去脸上的泪水……

梅迪迪突然推开秦棋，直视着他的眼睛问，你们以前，有过吗？

　　秦棋脑子里一打转，就明白了她这是在问什么，心里不由得一扯，头顿时也涨大了。

　　梅迪迪并不关注秦棋的反应，继而倦怠地说，那你今后可要三思后行，刚才你不是看了艾滋病预防知识宣传单嘛，我记得那上面说得很清楚，人体具有传染性！

　　此时秦棋看梅迪迪的眼神，就像是在看一个恶魔！

　　后来梅迪迪懒得再说话了，起身去卫生间冲澡了。

　　秦棋再次躺在了沙发上，回想梅迪迪刚才说的那些不着边际的话，心想她肯定是受了刺激，不然正常人，怎么会说出那些不正常的话哭？

　　秦棋想，今晚我就在沙发上睡了。

　　梅迪迪洗出来，脸色好多了，见秦棋还在沙发上躺着，就皱了一下眉头问，咦，你怎么不去床上睡？

　　秦棋说，在沙发上睡一样。

　　梅迪迪走过来，低着头问，为什么？

　　秦棋长出了一口气，没回答她。

　　梅迪迪就微微一笑道，你进去睡吧，我今晚陪飞飞睡。

　　秦棋觉得这女人一准是要抽风，今晚她说话做事，不着天不落地，让他的心悬起来落下，落下了又弹起来。

　　翌日吃早饭时，梅飞飞挠着昨晚抽血留下的针眼说，刺痒，有个小红点，不会是你家蚂蚁咬的吧姐？哎对了姐，你的蚂蚁病，彻底好了吗？

　　梅迪迪劲劲地说，你姐夫那么会疼我，我身上这病那病的，还有不舒服什么的，都是你姐夫的情敌，你说你姐夫能不想办法消灭他们嘛！

梅飞飞刚才提起蚂蚁，秦棋心里就一麻，现在梅迪迪的这番话，让他心里麻上加麻，头皮紧缩，不得不离开饭桌去了卫生间。

梅飞飞瞄着秦棋的背影，小声对姐姐说，一大早你就撒娇，当心我姐夫吃顶了，把你吐给别人。

梅迪迪正在用餐刀往咸面包上抹奶油，听了妹妹这话，往卫生间那边斜了一眼，然后用手里的餐刀，做了一个抹脖子的动作。

梅飞飞把嘴里的奶酪咽下去，吐了一下舌头说，我个天，歹毒莫过妇人心！

梅迪迪放下餐刀，盯着妹妹的乳房问，小形保持得挺好，你是不是抹了丰乳霜呀？眼前又浮现出昨晚那一幕，妹妹的裸体让她心跳加快。

梅飞飞垂着目光，两手托起乳房下部，不以为然地说，还哪来的形啊姐，早就缩水了，我这奶子，现在好比一个网球切两半，左右各一块。

梅迪迪一乐，抹了奶油的面包，偏离了嘴巴，蹭到了鼻子上。

十

秦棋有些头晕目眩，于是放下手头上的工作，揉着太阳穴来到报刊阅览室放松一下。

浏览过《东莞日报》《东莞财讯》《广州日报》《羊城晚报》，他又随手从期刊架上取下了《东莞文艺》。这是一本文学月刊，以前闲时，秦棋倒也经常翻看这本杂志。

秦棋刚把一篇写沙田的散文看到一半，衣兜里的手机就震动了，掏出来一看来电号码，是本市的座机号，就接听了。

你是梅迪迪女士的先生吗？对方是个女人，口气急切。

秦棋本能地说，是！请问您是……

梅迪迪女士出车祸了，现在……

秦棋惊呆了，瞳孔瞬间放大，直挺挺地看着前方。

对方挂机有一会儿了，可他还是一动不动地立在哪儿，像是这会儿他的大脑已经停止了正常运转。

一个正在看报纸的女同事，见秦棋的样子不对劲，就惊虚虚问他，秦棋你怎么回事？

秦棋一激灵，调头跑出去。

那天自己是怎么去的医院？路上用了多长时间？在哪儿给梅飞飞打的电话？这些秦棋在事后都回忆不清楚了，他只能在记忆里重温到那一刻在急救室外等消息时，自己揪心扯肺的伤痛感觉。

然而梅进迪伤势过重，在抢救过程中就停止了呼吸。

晚秦棋几步赶到医院的梅飞飞，一听说姐姐没了，脸上刹那间就没有了血色，双腿一软就要往下倒。

秦棋抢步上来，一把捞起梅飞飞。

梅飞飞抱住秦棋，哇一声撕开嗓子，号啕大哭。

事后秦棋与梅飞飞听一目击者讲，当时梅迪迪是从超市停车场出口处，看到了那辆无人看护的童车，顺着一面连接马路的小斜坡，咯啦啦……咯啦啦地滑向了马路。追赶失手童车的那个女人，跟跄了几步就摔倒了，爬了几次也没能爬起来，像是她的某一只脚严重扭伤。女人一只手按在地上，另一只手或许是凭着一个母亲的本能，竭尽全力举过头顶，拼命挥舞求救，每一声听着都撕扯人心。这时节的马路上，尽管不是车流的高峰期，但行驶的车辆还是不少。童车直奔马路去了。倒地的女人，头冲着马路爬着，嘴里不停地发出绝望的喊叫！梅迪迪就是在这个关口冲过去的。由于身体前倾的速度太快，追上了童车的梅迪迪，却是没办法拽住童车，而这时一辆踩了刹车的白色本田轿车，四个轮子定住后摩擦路面，拖着一股蓝烟与刺耳的尖叫声，照直冲向童车，四周看到这一幕的人全都吓傻了，一个男人等意识到了什么后，甩掉肩头的挎包，跑向险境。而这时的梅迪迪，单手发力，往前推了一下童车，童车加速滑行了几秒后，就一头撞到了隔离栏上，在咣当声中朝着左侧翻过去。人们看见从童车里掉出来的婴儿，在隔离栏下哇哇大哭，听声音像是一个男婴。减了一些速度的白色本田，虽说拐了一下，试图避开梅迪迪，但一切都来不及了，左车头还是撞到了梅迪迪，之后车轮辗着梅迪迪又往前走了一截路……

梅迪迪救下的这个男婴，是一个台商的儿子。

梅迪迪火化那天，台商与他妻子，以及台商工厂里一百来号员工都来给梅迪迪送行。

泪水不止的台商的妻子，在梅迪迪遗体停留人世的最后几分钟里，扑上去抓住梅迪迪冰凉的右手，一声声哭成了泪人。

梅飞飞已是两眼通红，嗓子也哭哑了。她抽噎着拽开台商的妻子，俯下身子，抚摸着姐姐肿胀的伤脸，一下一下，从额头到下巴，如此重复了几遍，最后她用两只颤抖的手，托住姐姐的头说，姐你走了……姐你不管飞飞了……往后谁疼飞飞呀……姐——

梅飞飞成串的泪珠，摔碎在姐姐毫无弹性的脸颊上。

姐妹告别的场面，让在一旁站成了木桩似的秦棋，看得身上的皮肉一劲儿收缩，两只攥紧的拳头，怎么也打不开了，贴着大腿根不住地抖动。

秦棋咬着嘴唇，泪水再次不自觉地从他眼眶里漫出来。

梅迪迪舍身救台湾男婴的义举，很快就成了本市多家新闻媒体追踪的热点报道，一篇题为《奋力一推献生命》的长篇通讯，以饱含人性的温馨，全方位地把一个闪亮的梅迪迪展现给了世人。一时间，梅迪迪的事迹在市民嘴上升温，相邻城市广州与深圳的一些媒体，也派来了记者采访。作为无私献身者的丈夫与妹妹，秦棋和梅飞飞还同时在东莞电视台精心策划的一档访谈节目里出镜。市政府的几个相关部门，正在酝酿给梅迪迪一个什么光荣称号。

一天晚上，秦棋猛然想到了梅迪迪圈养蚂蚁的那只青瓷花瓶，于是就去厨房拎来青瓷花瓶，坐在沙发上愣神观看。花瓶里还有蚂蚁，秦棋打开网盖，把右手伸进瓶里。当感觉到蚂蚁在他手上爬的时候，他的胳膊痉挛了一下，脖子也梗直了。

这时梅飞飞打来电话，问他干什么呢，有时间一起出去吃夜宵吗？

秦棋一脸恍惚，居然不知该怎么回答飞飞。

梅飞飞又说，姐夫，我打算回广州跟他复婚。

秦棋愣怔地问，他？

梅飞飞道，副校长，他现在是校长了。

秦棋看着几只在地上爬来爬去的蚂蚁，口气虚弱地说，飞飞，到什么时候，我都是你姐夫！

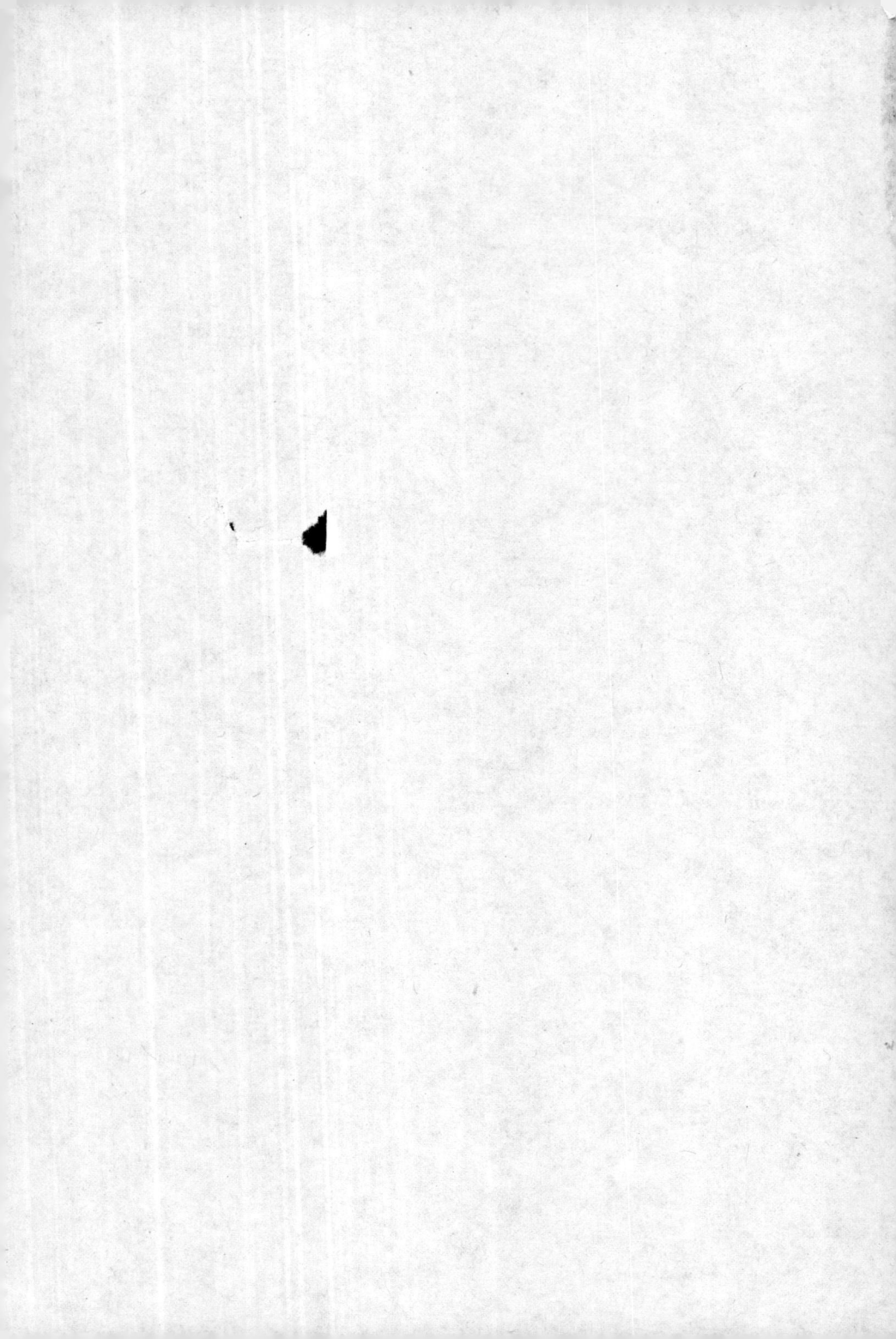